KB113599

네 입술이
움직일 때

네 입술이
움직일 때 2

초판 1쇄 인쇄일 2018년 11월 07일
초판 1쇄 발행일 2018년 11월 16일

지은이 | 옐로피쉬
펴낸이 | 김기선

편집장 | 김은지
편집부 | 김아름, 박신혜, 김에너벨리, 유기웅, 배영주, 신현정, 전유정
디자인 | 금장미

펴낸곳 | 와이엠북스(YMBOOKS)
출판등록 | 2012년 7월 17일 (제382-2012-000021호)
주소 | 서울시 도봉구 노해로 379, 802호(창동, 대성빌딩)
전화 | 02)906-7768 / **팩스** | 02)906-7769
E-mail | ymbooks@nate.com

ISBN 979-11-322-4728-9 (04810)
ISBN 979-11-322-4733-3 (set)

값 10,000원

YMBOOKS
ROMANCE STORY

네 입술이
움직일 때

2

옐로피쉬 장편소설

YM
BOOKS

차 례

16화. 낮게 깔린 음성과 살기 어린 눈빛

라엘과 알프레도는 눈에 띄지 않게 평범한 승용차를 끌고 청주에 도착했다.

"저기가 마지막이에요, 알 집사님."

"최 선생님이 이렇게 도와주시는데 좋은 결과가 있었으면 좋겠군요."

김 씨가 알려준 바로는, 오 기사는 청주 시내에서 24시간 순댓국집을 하고 있다고 했다. 인터넷을 통해 청주 시내에 24시간 문을 여는 순댓국집이 다섯 군데라는 걸 알아낸 두 사람은 네 군데를 돌아다녔지만, 오 기사는 보이지 않았고 마지막 식당에 희망을 걸었다.

라엘은 공영주차장에 주차를 마친 알프레도와 함께 식당으로 향했다. 그런데 24시간 식당이라고 써진 간판과 달리 식당 문은 잠겨 있었다.

"국밥 먹으러 왔어요?"

유리문에 적힌 안내 문구를 보기 위해 다가가는데 누군가 라엘에게 물었다.

"네? 네."

"허탕 치는 손님이 많네. 요즘 그 집 24시간 장사 안 해요."

중년 여자는 식당 옆집에 있는 편의점 주인으로 보였다.

"와이프가 둘째 임신했는데 다음 달이 출산이라 병원 다니느라 바쁘거든. 그래도 곧 올 때 됐으니까…… 어! 저기 오네. 오 사장."

물어보지 않아도 궁금한 점을 척척 알려주던 중년 여자는 라엘의 얼굴 너머로 시선을 옮기며 손을 흔들었다.

"와이프 병원은 잘 다녀왔어?"

"네. 잘 다녀왔습니다."

"이 여자분 국밥 먹으려고 기다리고 있었어. 멀리서 오신 분 같아. 그럼 난 이만 들어가볼게."

중년 여자가 편의점으로 들어가고 오 기사는 라엘을 향해 인사를 건네며 식당 문을 열었다.

"손님, 어디 멀리서 오셨어요?"

"아, 네. 서울에서 왔어요."

"날씨가 춥죠. 안으로 들어오셔서 따뜻한 물 한잔하세요."

철컥 소리와 함께 식당 문을 연 오 기사는 라엘에게 들어오라고 손짓하며 따뜻한 물을 따라 컵을 건넸다.

"감사합니다."

"손님, 근데 죄송해서 어쩌죠. 오늘도 오후 장사부터 시작해야……."

"오현식 기사님 맞으시죠?"

테이블 위에 놓인 의자를 부지런히 내리던 손길이 멈칫하고 깨끗한 바닥 위로 의자가 쓰러졌다.

"오랜만일세."

어느샌가 식당 안으로 들어선 알프레도와 마주친 오 기사의 동공이 속절없이 흔들렸다.

"집, 집…… 사장님."

"늦었지만 개업 축하하네. 갑자기 미안하지만 자네와 이야기를 하려고 찾아왔어."

"안녕하세요. 최라엘이라고 합니다. 실례인 줄 알지만, 몇 가지 묻고 싶은 게 있어서 찾아왔어요. 시간 오래 안 뺏을게요."

두 사람은 진심으로 부탁했지만, 돌아오는 대답은 거절이었다.

"식사하러 오신 거면 순댓국밥 한 그릇 대접해드릴 순 있지만 그게 아니라면 돌아가주세요. 전, 들을 말도 하고 싶은 말도 없습니다."

단칼에 거절하는 멘트에 라엘이 다시 한번 부탁하려던 그때였다.

"실례합니다. 아이고! 배야. 죄송하지만 화장실 좀 잠깐 써도 될까요? 제가 배가 너무 아파서요."

등산복을 갖춰 입고 배를 부여잡은 남자는 쓰고 있던 벙거지 모자를 살짝 올려 얼굴을 드러내며 오 기사를 쳐다봤다.

"……카운터 왼편으로 들어가시면 됩니다."

"감사합니다."

오 기사는 찰나의 순간이지만 식겁하며 떨리는 목소리로 화장실을 안내했고, 더 강력하게 두 사람을 가게 밖으로 내보냈다.

"상당히 불쾌하네요. 영업 방해하지 말고 그만들 나가세요."

아니, 내쫓았다는 표현이 더 어울렸다.

"생각했던 것보다 더 완강하네요. 최 선생님, 너무 낙담하지 마세요. 제가 또 찾아오겠습니다."

차에 돌아온 알프레도는 고개를 숙인 라엘에게 위로의 말을 전했다.

"아니요, 알 집사님. 아직 방법이 있어요."

라엘은 휴대폰 화면을 정면으로 들었고, 거기엔 처음 보는 번호가 찍혀 있었다.

"오 기사님 휴대폰 번호에요"

조금 전 가게 문을 연 오 기사는 카운터에 가방과 함께 휴대폰 번호가 찍힌 차 키를 올려두었다.

손가락만 한 실리콘에 찍힌 번호를 보는 순간 오 기사의 휴대폰이라 생각한 라엘이 필사적으로 적어놓았던 것이다.

"제발!"

라엘은 몇 번이나 쓰고 지우고를 반복한 끝에 오 기사에게 장문의 메시지를 전송했다.

살면서 말하는 것과 글 쓰는 건 누구보다 자신 있었다. 그런데 오늘만큼 글을 쓰는 게 어렵게 느껴진 적이 처음이었다.

"알 집사님, 이래도 안 오면 어떡하죠?"

"안타깝지만 어쩔 수 없습니다. 결국 선택은 오 기사의 몫이니 우리가 강제로 끌고 갈 순 없는 거죠. 일단 기다려보죠."

차 안으로 퍼지는 따뜻한 히터 바람과 함께 알프레도의 손에 들린 회중시계 초침 소리가 빠르게 회전했다.

"괜찮아."

오픈 준비를 서두르는 직원들 뒤로 오 기사는 여전히 놀란 얼굴로 혼잣말을 중얼거렸다.

그러더니 갑자기 식당 밖을 쳐다보며 누군가를 찾기라도 하듯이 슅하게 고개를 두리번거리며 창가를 기웃거리다 아내에게 전화를 걸었다.

-여보, 이 시간에 웬일이야? 오픈 준비로 바쁘지 않아?

"집에 별일 없지? 일은 무슨. 그냥 당신 잘 있나 해서. 알았어. 문단속 잘하고."

집에 별일이 없다는 소식을 듣고 나서야 한시름 걱정을 던 그는 휴대폰이 진동하는 소리에 화면을 터치했다.

[안녕하세요, 오 기사님. 조금 전 집사님과 함께 인사드렸던 최라엘이라고 합니다. 갑작스럽게 찾아와서 불편하신 마음 충분히 이해합니다. 잘 알고 계시겠지만 그때 사고로 수혁 씨의 형인 이수호 사장님께서 돌아가셨어요. 그런데 사고라고 생각했던 그날의 일이 누군가의 의도로 일어난 일일 수도 있을 것 같아요. 그래서 전, 어쩌면 오 기사님께서 뭔가를 알고 계시진 않을까 생각했습니다. 기사님, 부탁드릴게요. 수혁 씨한테는 굉장히 중요한 일이에요. 정말로 뭔가를 알고 계시다면 부디 알려주세요.]

장문의 메시지는 구구절절 틀린 말이 없었다. 수십 번을 생각해도 수혁을 도와줘야 한다는 결론은 똑같았다. 하지만 그러기엔 사랑하는 아내와 아이들이 다칠까 봐 차마 그러지 못했다.

"죄송합니다, 도련님."

죄송하다는 말을 내뱉으며 삭제 버튼을 누르려던 오 기사의 손가락이 멈칫했다. 읽을수록 죄스러운 마음이 밀려와 외면하던 메시지 하단 내용이 그의 시선을 잡아끌었다.

[오 기사님의 아드님이 1년 전 아파서 수술이 급하다고 들었습니다. 그리고 그 수술비를 지원해주신 분이 사모님이라고 알고 있고요. 제가 이런 말을 할 입장은 아니지만 그때 그 고마운 마음, 지

금 갚는다고 생각하시면 안 될까요? 제발 한 번만 만나주세요.]

"……!"

'걱정하지 마. 자네 아들 수술비는 내가 다 해결했어. 오 기사, 이제 내 말 잘 들어야 해.'

도저히 거절할 수 없었던 이지철의 속삭임이 머릿속에 떠올랐다.

"수술비라면 분명 그때 이지철이 내줬는데……."

1년 전 오 기사의 아들은 갑작스럽게 아팠고 이름도 생소한 희귀질환으로 판명받았다. 종합병원에서 수술과 함께 몇 달 동안 약을 먹으면 괜찮을 거라고 했지만 일반인은 감당하기 힘든 거대한 수술비와 약값이 문제였다. 당장 큰돈을 마련할 능력이 없었기에 세상에 모든 부모가 그러하듯 자식을 살리고자 하는 마음에 잘못인 줄 알면서도 이지철이 시키는 일을 할 수밖에 없었다.

그런데 연이가 수술비를 지원했다는 메시지에 오 기사는 머리가 혼란스러웠다.

"어떻게 이런 일이……. 설마! 내가 지금까지……."

휴대폰을 쥐고 있던 손끝에서부터 밀려오는 강한 떨림과 함께 전신에 소름이 돋았다. 차마 서 있을 힘조차 없던 오 기사는 의자에 털썩 앉으며 나머지 한 손에 얼굴을 묻고 마른세수를 했다.

'오 기사도 힘들 텐데 나도 엄마다 보니 내 새끼가 우선이라 정신이 없었어. 여기 일은 잊고 가서 잘 살아. 몸 관리 잘하고.'

셀튼가를 떠나던 날, 자신의 손을 잡고 안타깝게 말을 하던 연이의 얼굴이 생각난 오 기사는 질끈 눈을 감았다.

재깍. 재깍.

한 시간이 지나고 또다시 한 시간의 시간이 흘렀다.

"최 선생님, 아무래도 이만 가봐야 할 것 같습니다."

아쉽고 속상한 마음을 뒤로하고 출발하려는 찰나,

딩동.

두 손으로 간절하게 쥐고 있던 휴대폰에 메시지가 도착했다.

"알 집사님! 오 기사님한테 연락이 왔어요."

두 사람은 재빨리 휴대폰을 확인했고, 다음과 같은 메시지가 적혀 있었다.

[집사장님, 오현식입니다. 오늘 식당 문을 11시 반쯤 닫을 생각입니다. 식당에서 최대한 떨어진 곳에서 기다리셨다가 11시 반까지 시간 맞춰 가게로 오세요. 그리고 답신은 절대 보내지 마세요.]

-그게 무슨 소리야? 늙은이가 청주에 있다고? 그것도 최라엘 그 여자랑?

"네. 확실합니다."

공원 주차장에 주차된 검은 승용차에서 차도 맞은편에 있는 순댓국집에 시선을 고정한 채 통화를 하고 있는 남자. 벙거지 모자와 등산복을 갖춰 입고 오 기사에게 화장실을 물었던 이 남자는 바로, 이지철의 심복 조피복이었다.

"그게, 제 생각이지만 오 기사가 이수혁에게 입을 연 것 같지는 않습니다."

-입을 연 거 같지 않다니…….

"등산객인 척 일부러 화장실을 사용하겠다고 말하며 식당에 진입했을 당시 오현식은 두 사람에게 나가라고 분명하게 말하고 있었습니다."

그는 여전히 차창 밖 식당을 노려보며 설명을 이어나갔다.

-그거야, 단순히 쇼를 한 것일 수도 있잖아.

"그럴 수도 있죠. 하지만 아까는 쇼가 아니었습니다. 제 얼굴을 확인한 순간 얼굴 위로 공포가 느껴졌거든요. 믿으셔도 됩니다."

이지철이 식당을 다녀간 뒤로 조피복이 감시차 몇 번이나 찾아왔기에 오 기사는 그의 얼굴을 알고 있었다.

-확실해?

"네. 겁에 질린 표정은 숨길 수가 없거든요."

-뭐야. 그럼 이수혁 그 새끼는 뭘 믿고 그렇게 지껄인 거지?

이지철은 수혁의 자신감의 원인이 무엇인지 궁금했다.

"아마도 사장님을 떠보는 건 아니었을까요?"

-하여간 그때 지 형 따라 골로 갔어야 하는데……. 가만 생각해 보면 이수호보다 더 질긴 놈이라니까.

"사장님, 오 기사는 어떡할까요? 좀 더 겁을 줄까요?"

-아니. 오 기사는 됐고, 거기서 좀 더 지켜봐. 그 여자나 영감이나 그리 쉽게 포기할 성격들이 아니야.

"다시 찾아오면요?"

-다시 찾아오면 늙은이는 두고 최라엘. 그 여자를 노려. 살짝 다치게 만들어놔. 이수혁이 두 번 다시 깝치지 못하게.

"알겠습니다."

일전에 별채에서 라엘과 수혁을 맞닥뜨렸을 그때 이지철은 본능적으로 알 수 있었다. 수혁이 사랑하는 여자가 라엘이라는 것을. 암컷을 지키는 수컷의 본능이 정확히 느껴졌기 때문이다.

그런 점에서 라엘은 수혁을 흔들 수 있는 좋은 구심점으로 충분하다 못해 넘쳤다. 이지철은 사랑하는 사람이 다치거나 죽었을 때 상대가 느끼는 말할 수 없는 그 고통을 지켜보는 걸 즐기고 있었다.

-그 여자가 다쳤을 때 이수혁이 어떤 반응을 보일지 벌써부터 기대되네.

회의를 끝낸 수혁은 사무실에서 나와 부산으로 가기 위해 공항으로 갈 계획이었다.

"본부장님, 일정에 조금 변동 사항이 있습니다."

주차장에서 수혁의 뒤를 따르던 김 비서가 말했다.

"공항으로 가는 거 아닌가?"

"그 전에 급히 가보실 곳이 있습니다."

안 그래도 차분한 김 비서의 목소리에 평소와는 다른 묵직함이 서려 있자, 수혁은 직감적으로 수호와 관련된 일이라는 걸 예상했다.

"사고 전날, 사장님의 차를 수리했던 정비소를 찾았습니다."

서울 시내 조용한 어느 골목길에 수혁의 차가 멈췄다.

"여기가 바로 그 정비소입니다."

시동을 끈 김 비서는 뒤쪽에 위치한 정비소를 가리켰다. 평범한 정비소 간판 위에 흔하게 볼 수 없는 튜닝이란 글자가 눈에 띄었다. 수혁은 사고가 나는 그 찰나의 순간 선명해진 기억 속에서 자신이 외쳤던 '브레이크'란 말이 항상 신경 쓰였다.

하지만 1년 전 당시 사고가 나고 사건을 담당했던 형사조차 차량 자체 결함은 없었다고 결론지어버렸고 어느 순간 차는 폐차가 되어 있었다. 확실하진 않지만 담당 형사조차 이지철과 모종의 거래가 있다고 판단한 수혁은 김 비서를 통해 사고 전날 수호의 차를 수리했던 정비소를 찾아보라고 지시했다.

셀튼가의 모든 차량은 정해진 정비소에서 점검과 함께 수리를 담당하곤 했다. 기사들은 출장을 가거나 주요한 일정이 있기 전날 늘 차량 점검을 생활화하고 있다. 그런데 사고 전날 오 기사가 정해진 정비소에서 점검이 끝나기도 전에 이지철과 함께 차를 끌고 나갔다는 사실을 알게 됐다.

김 비서는 미국에서 들어오자마자 믿을 수 있는 보안팀 직원들과 함께 이지철의 집을 중심으로 기업이 아닌 개인이 운영하는 정비소를 직접 찾아다녔다. 그리고 각고의 노력 끝에 결국 그 정비소를 찾아냈다.

"어제 저희 직원한테 이 사람 안다고 하셨다면서요."

기름 냄새 가득한 작업복을 입은 남자는 김 비서가 내민 사진을 쳐다봤다.

"이분 알죠."

젊은 남자는 안경까지 쓰고 다시 한번 유심히 보더니 확신에 찬 표정으로 말했다.

"이분은 모를 수가 없어요."

"혹시 1년 전쯤 이 사람이 고급 세단 수리를 이곳에 맡기진 않았나요?"

"시기는 그쯤이었던 것 같고. 수리라고 하긴 애매하지만 확실히 차를 손보긴 했어요."

"어느 곳을 손봤는지 알 수 있을까요?"

"사실 간판에 정비소라고 적혀 있지만 제 가게는 일명 개조업소로 입소문이 나 있거든요."

"개조업소요?"

"네. 튜닝이라고 하죠. 이 손님이 뭐랄까, 좀 특이한 경우라서 1년이나 지났는데 또렷이 기억하고 있었어요. 결론부터 말씀드리자면 제가 손본 곳은 브레이크 부분입니다."

남자의 입에서 '브레이크'란 말을 듣던 수혁은 순간적으로 눈앞이 아찔함을 느꼈다.

젊은 사장은 기억하고 있던 그때 상황을 설명했다.

어느 날 이지철이 어떤 남자와 함께 고급 세단을 타고 찾아와 멀쩡한 브레이크를 손봐달라고 했다. 남자가 무슨 황당한 소리를 하냐며 반문하자 이지철이 자신을 영화 소품 제작자라고 소개하며 명함을 건넸다고 했다. 그러면서 유명한 감독이 찍는 액션 영화에 이 차를 가지고 멋진 사고 장면을 찍을 거라고 설명했다. 그러기엔 차가 상당히 고급스러워서 살짝 의심이 갔지만 이지철의 설명이 너무 구체적이고 상세하여 크게 의심하지 않았다고 했다.

"그때 제가 일정이 좀 빡빡했는데 눈앞에서 현금을 보여주면서 원하는 금액의 세 배를 주겠다고 하니…… 솔직히 넘어갔죠. 그리고 실제로 영화나 드라마에서 제가 튜닝한 차들이 꽤 나왔으니까 저도 더 이상 의심하지도 않았고요."

마치 무용담이라도 늘어놓는 것처럼 흥에 겨워 떠드는 남자의 설명이 끝나자 잠시 정적이 찾아들었다.

"혹시 그 차가 이 차 맞습니까?"

점점 무거워지는 분위기를 느낀 남자가 헛기침을 할 즈음, 김 비서는 차가 찍힌 사진을 남자에게 내밀었다.

"사람은 알겠는데 차는 정확히 기억이…… 아! 잠시만요."

모르겠다던 표정을 짓던 그는 갑자기 뭔가 생각난 듯 무릎을 치며 컴퓨터가 있는 책상으로 걸어갔다.

"아시는지 모르겠지만 제가 하는 일이 물건처럼 정해진 정가가 있는 게 아니거든요. 그래서 가끔 바가지 씌웠다고 언성 높이는 손님이 있어서 개조 전후 사진을 찍어두는데…… 아! 여기 이 차 같은데, 한번 보시겠어요?"

마우스를 빠르게 클릭하던 남자는 모니터를 돌리며 두 사람에게 손짓했다. 시멘트 바닥에 부딪히는 간결한 구둣발 소리와 함께 수혁의 시선이 모니터로 향했다. 위엄을 뽐내는 깨끗한 검정 세단이 모니터를 가득 메웠다. 바퀴 휠 중앙에 새겨진 셸튼가의 문양이 수호의 차가 맞음을 증명하고 있었다.

'브레이크! 형! 브레이크, 안 돼.'

1년 전 수호의 모습처럼 그 어떤 흠집 하나 없는 차 사진과 마주한 순간, 마치 거짓말처럼 끊겼던 그날의 절규가 눈앞에 필름처럼 떠올랐다.

그날 거대한 덤프트럭이 형과 자신을 덮치던 그 찰나의 순간, 왜 그렇게 브레이크란 단어를 미친 듯이 외쳤는지, 멀쩡했던 차가 왜 사고가 날 수밖에 없었는지. 모든 의문이 풀리는 순간이었다.

곧게 뻗은 대나무처럼 꼿꼿하게 서 있는 수혁은 무서울 만큼 침착한 표정으로 미동조차 없었다. 다만 소매 아래 피가 안 통할 정도로 꽉 움켜진 주먹이 새하얗게 질려 파르르 떨려왔다.

"본부장님…… 괜찮으십니까."

걱정스런 눈빛으로 김 비서가 물었다.

"괜찮아."

"사장님, 혹시 지금 하신 모든 말, 다시 한번 증언해주실 수 있으신가요?"

괜찮다는 말에 김 비서는 지체 없이 남자에게 질문을 던졌다.

"증언이요? 근데, 뭐 때문에 그러시는지……."

뭔가 잘못된 분위기를 감지한 남자는 긴장한 듯 눈치를 보며 조심스럽게 물었다. 그는 김 비서가 건넨 명함을 뚫어져라 쳐다보다 수혁의 얼굴로 시선을 옮겼다.

"저와 친형이 1년 전, 이 차를 타고 가다 사고가 났습니다. 그 사고로…… 제 형은 죽었습니다."

오 기사와 약속한 시간에 정확히 도착한 알프레도는 불 꺼진 식당 문을 두드렸지만 아무런 인기척이 없었다.

"신호는 가는데 전화는 안 받아요."

그 옆에서 오 기사에게 전화를 걸던 라엘은 난감한 얼굴로 닫힌 식당 문을 쳐다보고 있었다.

"이상하군요. 거짓말은 아닌 거 같았는데……."

알프레도 역시 덩달아 난감한 표정으로 다시 한번 가게 안을 살피던 그때였다.

"아가씨. 아까 국밥 못 먹었어?"

낮에 봤던 편의점 주인 여자가 두 사람에게 다가왔다.

"낮에 그냥 갔나 보네. 할아버지까지 모시고 왔는데 어째. 오 사장 조금 전에 갔어."

"네? 혹시 어디……."

마치 정해진 대사처럼 자신의 할 말만 속사포로 쏟아낸 주인 여자는 자신의 말만 들으라는 것처럼 라엘의 말을 딱 잘랐다.

"가는 날이 장날이라고 날이 아닌가 보네. 추운데 손이라도 녹여요"

그러더니 따뜻한 커피 캔 두 개를 손에 쥐여주고 편의점으로 들어갔다. 라엘의 손에 커피 캔이 닿는 순간 바스락거리는 감촉이 그녀의 살갗을 자극했다.

"……!"

굳이 확인하지 않아도 느껴지는 촉감만으로 커피 캔 밑바닥에 종이가 있다는 걸 알 수 있었다. 작은 쪽지에는 처음 보는 주소가 적혀 있었고, 두 사람은 그 주소를 찾아가면 오 기사를 만날 수 있을 거라고 생각했다.

알프레도와 라엘은 오 기사가 편의점 여자를 통해 전해준 쪽지에 적힌 주소로 이동했다. 시내를 빠져나와 한적한 길을 따라가다 보니 어느새 차창 너머 주변은 오래된 집과 논밭이 가득한 시골 풍경으로 변해 있었다. 알프레도는 혹시라도 오 기사의 장난이면 어떡하나 싶어 걱정하는 라엘에게 걱정하지 말라며 그녀를 달랬다.

어느 시골 마을로 들어선 오 기사는 세 갈래 골목을 지나 골목 안쪽 끝에 차를 주차하고 바로 옆에 있는 구멍가게로 들어갔다.

10분 뒤, 승용차 한 대가 세 갈래 골목 가운데로 서서히 진입해 깨진 가로등 밑에 있는 재활용 수거함 뒤쪽으로 차를 주차시켰다. 조피복의 차였다. 그는 자신을 피해 식당에서 장소를 옮긴 오 기사를 감쪽같이 미행해 따라붙었다. 미등조차 켜지 않고 뒤따라오던 조피복은 운전석을 있는 대로 뒤로 젖히고 이지철에게 쥐새끼 같은 은밀한 목소리로 전화를 걸었다.

-어떻게 됐어?

"오 기사가 눈치채지 못하게 잘 미행했습니다."

-제대로 실수 없이 해.

"걱정하지 마세요. 여기서 잠복하다 그 여자가 차에서 내리면 곧바로 돌진하겠습니다."

-피복아, 블랙박스에 잘 녹화해둬라. 그래야 이수혁을 더 괴롭히지.

"알겠습니다."

전화를 끊은 조피복은 검은색 마스크를 끼고, 쓰고 있던 모자를 더 깊게 눌러썼다.

아무리 내비게이션이 잘되어 있다고 해도 도심이 아닌 시골 초행길을 찾기란 쉽지 않았다. 얽히고설킨 골목을 몇 번 헤맨 끝에 두 사람은 작은 골목 코너를 돌아 쪽지에 적힌 주소에 도착할 수 있었다.

"어! 알 집사님, 다 온 거 같아요."

휴대폰 내비게이션 정보를 보며 작은 골목 주변을 두리번거리던 라엘은 정면으로 보이는 골목 끝에 작은 구멍가게를 가리켰다.

"후! 다행이네요."

알프레도는 한숨을 내쉬며 안도의 표정을 지었다.

세 갈래 골목 가운데 끝으로 저만치 보이는 구멍가게 앞까지 차를 가져가려 했지만 갈림길을 지나는 골목은 한쪽에 주차된 차량들로 인해 더 이상 진입이 불가능해 보였다.

"최 선생님, 아무래도 여기서 내려 조금 걸어야겠습니다."

"그럼요. 전 괜찮아요."

가운데 골목 한쪽에서 겨우 찾은 공간에 차를 주차한 알프레도는 밭쪽으로 내렸고 운전석에 있던 라엘은 도로 쪽으로 내렸다.

"집사장님! 안 돼요!"

이제 막 차에서 내려 골목으로 진입하려는데 구멍가게에서 뛰쳐나온 오 기사가 핏기 없이 하얗게 질린 얼굴로 소리치기 시작했다.

"뒤에! 뒤에 조심해요!"

오 기사를 보던 라엘의 고개가 뒤를 향했다.

"……!"

그 순간 조금 떨어진 곳에서 다가오던 차가 별안간 라엘이 서 있는 쪽을 향해 강하게 상향등을 켰다. 그리고 그 상향등으로 인해 그녀의 의지와 상관없이 반사적으로 두 눈이 질끈 감겨버렸다.

"최 선생님!"

놀란 알프레도가 소리치며 라엘에게 다가가려는 찰나, 지금까지 상황을 지켜보던 조피복의 차는 점점 속도를 높였다.

끼익.

두 사람의 심장이 오그라드는 그 순간, 아스팔트 위를 강하게 미끄러지는 브레이크 소리와 함께 다가오던 차가 급정거했다. 세 갈래 골목 한쪽에서 튀어나온 차량으로 인해 길이 막힌 조피복이 급히 브레이크를 밟은 것이다.

"최 선생님, 괜찮으세요?"

"……네. 저…… 괜찮…… 아요."

오 기사와 알프레도는 급하게 라엘을 차량 안쪽으로 데려왔다.

빵.

"이런, 시발!"

클랙슨을 세차게 치며 욕설을 내뱉은 조피복은 뭔가 잘못됐음을 직감하고 바로 왼쪽 골목으로 차를 돌리려고 했지만, 저만치 주차하고 있는 트럭 때문에 핸들을 꺾을 수 없었다. 어쩔 수 없이 지금 이 상태에서 후진 기어를 맞추고 차를 뒤로 빼려는데 하필이면 뒤쪽에서 또 다른 차가 진입하고 있었다.

"이게 어떻게 된 거야!"

설상가상 앞쪽을 가로막았던 차에서 내린 남자가 자신에게 다가오고 있었다. 더 이상 별다른 방법이 없던 조피복은 도망칠 생각으로 차를 버리고 뒤쪽으로 뛰어가기 시작했다.

그런데 도망치는 건 전문인 두 다리가 속력을 내기도 전에 타이밍 좋게 열린 보조석 차 문에 얼굴을 부딪힌 조피복이 바닥에 넘어졌다.

"캬악, 퉤!"

차 문에 부딪혀 터진 입술에서 피를 뱉어낸 그가 욕을 하며 조수석에서 내린 남자를 밀치고 가려는 순간,

"비켜, 이 새끼야. 눈깔 똑바…… 어!"

도리어 멱살이 붙잡히고 말았다.

"너, 뭐야! 네가 뭔데 감히……."

낮게 깔린 음성과 살기 어린 눈빛. 그리고 압도적인 악력으로 조피복을 마주한 상대는 수혁이었다.

퍽.

조피복은 날아오른 주먹에 얼굴을 맞고 바닥에 뒹굴었다.

지금 수혁에겐 주변의 소음도 자신을 보면서 놀란 오 기사도, 그 어떤 것도 들리지도 보이지도 않았다. 그의 시선 안에는 오직 라엘만이 존재했다. 꺼진 가로등 아래 불빛 하나 없었지만, 그는 그녀의 작은 표정까지 전부 읽을 수 있었다.

"……라엘아!"

방금 전에 보였던 강한 모습과 달리 지체 없이 뻗은 손이 조심

스럽게 다가와 라엘을 애틋하게 끌어안았다.

"하!"

곧 터져버릴 것 같은 그의 심장 소리가 그녀의 귓가에 고스란히 전달됐다. 수혁은 라엘을 제 품에 더 꼭 끌어안으며 연신 같은 말을 속삭였다.

"정말 다행이다……. 감사합니다."

아스팔트에 미끄러지는 브레이크 소리와 거미줄처럼 얽힌 몇 대의 자동차, 그리고 다급함을 토해내는 목소리까지. 조금이라도 시간이 지체됐으면 큰 사고가 날 수도 있었던 아찔했던 조금 전 상황과는 달리 희미한 가로등이 비치는 시골 골목길은 거짓말처럼 평화로워 보였다.

몇 시간 전, 오 기사의 메시지를 받은 알프레도는 라엘이 함께 있어 겉으로는 티를 내지 않았지만, 사실 속으로 심각하게 고민하며 걱정하고 있었다. 너무나도 조심스러운 오 기사의 행동에 혹시 이지철 일당이 뒤에 있는 건 아닌가 하는 생각 때문이었다.

자꾸만 왠지 모를 싸한 느낌에 사로잡힌 알프레도는 결국 식당으로 가기 전 라엘이 모르게 보안팀장에게 연락을 취했다. 보안팀장 역시 이지철 사건을 알고 있었기에 그는 연락을 받자마자 김 비서에게 이 소식을 전하며 청주로 내려갔다.

그렇게 식당으로 가던 보안팀장은 알프레도에게 받은 주소로 급히 이동경로를 바꿨고, 라엘에게 속도를 높이던 조피복의 차를 막을 수 있었다. 또한 부산으로 향하던 수혁은 김 비서의 연락을 받고 빠르게 길을 우회하여 그 장소로 달려왔다.

다행히 모두가 적절한 타이밍에 도착해 도망가려는 조피복을 잡을 수 있게 된 것이다.

"라엘아, 괜찮아?"

자동차 뒷좌석에 탄 수혁은 작은 손을 감싸 쥐며 그녀를 살폈다.

"어디 다친 곳은 없어? 조금이라도 불편하면 말해."

행여 자신보다 소중한 그녀에게 작은 상처라도 났을까 봐 이곳저곳을 살피는 그의 눈동자는 정신없이 바쁘게 돌아갔다.

"많이 놀랐지?"

아직까지 미세하게 경직된 얼굴이 그녀보다 그가 더 많이 놀랐음을 증명하고 있었다.

"조금이라도 늦었으면 네가……."

생각조차 하기 싫은 조금 전 장면이 허락 없이 기억 속에 떠오르자 그는 잠시 하던 말을 멈췄다. 수혁에게 있어 목숨보다 사랑하는 라엘이 다친다는 건 세상이 무너지는 것과 같았기에 온몸의 떨림이 쉬이 진정되지 않았다.

"수혁 씨……."

애처롭고 애틋하기까지 한 눈동자로 자신을 바라보던 그가 더이상 말을 잇지 못하자 라엘 역시 말을 잇지 못하고 수혁을 끌어안았다. 아직까지 울리는 그의 커다란 심장 소리와 함께 자신의 등을 덮은 손의 떨림이 그녀의 마음에 안타깝게 스며들었다.

"라엘아…… 나 때문에 네가 다칠 뻔했어. 미안……."

"아니에요. 내가 미안해요."

라엘은 뭔가 울컥한 심정을 간신히 참아내며 말을 이었다.

"내가 경솔했어요."

그를 도와주기 위해 했던 일이 오히려 그를 힘들게 한 것만 같아 미안했다.

"아니. 네가 왜 미안해. 넌 잘못한 거 없어."

그녀가 왜 미안해하는지 수혁은 누구보다 그 마음을 잘 알고 있었다. 그래서 라엘에게 일어난 이번 일이 더 미안하고 마음이 쓰였다.

"라엘아, 나랑 한 가지만 약속해줘."

조금씩 진정되는 목소리에 안심한 라엘이 고개를 들어 그를 바라봤다.

"네가 내 옆에 있다는 사실 하나만으로도 내게 얼마나 큰 힘이 되는지 몰라. 이지철 일은 형을 위해서라도 내가 마무리 지어야 해. 하지만 어떤 이유에서라도 네가 다치는 건 내 자신에게 용납이 안 돼. 그러니까 앞으로는 절대 오늘같이 무리하지 마."

"약속할게요. 다시는 수혁 씨 마음 졸이는 일 없도록 할게요."

"착하다, 우리 라엘이…… 고마워."

"대신 수혁 씨도 위험한 일은 절대 하지 말아요."

"그래. 약속할게."

라엘은 손을 뻗어 그의 뺨을 부드럽게 어루만졌다. 살포시 내려앉은 작은 손에 퍼지는 따스한 기운이 빠르게 뛰던 그의 마음을 진정시켰다.

수혁은 자신의 뺨에 내려앉은 작은 손을 포개 잡고 그녀의 손목 안쪽에 입을 맞췄다. 그리고 커다란 두 손으로 라엘의 얼굴을 부여잡고 맑은 눈동자를 마주한 뒤 천천히 다가가 키스했다. 항상 짜릿하고 강렬하던 키스는 어느 때보다 부드럽게 다가와 놀란 그녀의 마음을 진정시켰다.

두 사람은 그렇게 서로의 마음을 평화롭게 다스리며 애틋하게 키스를 나눴다.

수혁이 라엘과 함께 있던 그 시각. 서울의 한 고급 주택단지의 분위기와는 어울리지 않는 차량 한 대가 높은 담장 외벽에 달려 있는 CCTV를 피해 사각지대 안에 주차돼 있다.

"잘 들어. 어제처럼 괜히 실수하면 그땐 국물도 없을 줄 알아. 알았어?"

휴대폰 모서리를 세워 뒷좌석에 앉은 두 노숙자의 이마를 내리찍고 있는 남자는 이지철의 또 다른 심복 갈치였다.

"대답하라고, 이 병신 새끼들아!"

두 사람의 얼굴은 저번보다 심하게 곳곳이 멍투성이였다. 전날 저녁, 갈치가 잠시 자리를 비운 사이 도망치려던 두 노숙인은 하필이면 그때 컨테이너로 들어오던 이지철에게 걸리고 말았다. 안 그래도 수혁에게 모욕을 당한 그는 머리끝까지 차오르던 분노를 쏟아내며 몇 시간 동안 구타와 폭언으로 두 사람을 심하게 매질했다.

"대답 안 해?"

"네. 걱정하지 마세요."

노숙자는 갈치의 대답에 즉각적으로 대답했고 옆에 있던 말 못 하는 노숙자 역시 고개를 끄덕였다.

"이 집이 마지막이니까 잘 마무리만 하면 약속대로 니들 300만 원씩 바로 주고 서로 아름답게 갈 길 가면 돼. 알았지? 그럼, 잠시만 기다려."

마치 유혹하는 사람처럼 현금 다발을 흔들던 갈치는 갑작스레

울린 휴대폰의 발신인을 확인하며 얼른 받았다.

"네, 사장님."

-어떻게 되고 있어?

"마지막으로 한 집만 남겨두고 전부 아무 탈 없이 처리했습니다."

-잘했어. 특히 마지막은 조 이사네 집이니까 더 실수가 없어야 해.

"물론이죠. 이놈들, 겁먹어서 시키는 대로 잘하고 있습니다. 그런데 사장님, 일 끝나면 어떡할까요?"

-누구? 그 바퀴벌레들?

이지철은 노숙자들을 바퀴벌레로 비유하며 사람 취급도 하지 않았다.

-장사 한두 번 해봐?

"그럼 어제 말씀하신 그대로 할까요?"

-당연하지. 적당히 팔다리 한 군데씩 부러뜨려서 어디 산길에다 버려. 어차피 노숙자들이라 아무도 신경 안 쓰니까 걱정할 것 없어.

애초부터 이지철은 노숙자들에게 돈을 줄 생각이 전혀 없었다.

-그리고 일 끝나면 일단 컨테이너랑 오피스텔부터 정리하고 조용히 몸 사리고 있다 일정 맞춰서 부산으로 와.

"네. 알겠습니다."

전화를 끊은 갈치는 두 노숙자에게 또다시 작은 상자를 건넸다.

"자, 진짜 마지막이니까 잘하고 돌아와서 돈 받아가. 얼른 나가."

작은 상자를 건네받은 두 노숙자는 건너편에 있는 고급 주택 대문 뒤로 어제처럼 상자를 던졌다. 그리고 다시 갈치가 타고 있는 차를 향해 천천히 걸음을 옮기고 있었다.

그런데 중간쯤 걸어오던 그때,

"형씨? 지금이에요. 뛰어요."

말 못하는 노숙자의 손을 잡아 끈 또 다른 노숙자는 차를 타고 오면서 봐두었던 주택 사이에 있는 작은 계단 골목 아래로 미친 듯이 뛰어내렸다.

"뭐야! 저, 새끼들!"

생각지도 못한 상황에 혼이 나간 갈치는 골목 가까이 차를 주차한 뒤, 재빨리 계단으로 뛰어 내려갔다. 하지만 살기 위해 죽기 살기로 뛰어 내려간 두 사람을 찾기란 쉽지 않았다.

결국 좁은 골목 주변을 열심히 살피던 갈치는 걸음을 멈췄다. 새벽 시간이라 주변이 어두울뿐더러 고급 주택가에서 소란을 피웠다간 자칫 경찰이 와서 본인이 잡혀갈 수도 있었기에 대놓고 목청을 높일 수도 없었다.

'노숙자들이라 아무도 신경 안 쓰니까 걱정할 것 없어.'

순간 조금 전 통화했던 이지철의 말이 떠오른 갈치는 별일이야 있겠냐는 심정으로 계단을 오르며 최대한 조용하게 입을 털었다.

"그지 같은 새끼들아, 니들 지금 숨어서 나 보고 있는 거 다 알아. 어차피 일 끝나면 팔다리 부러뜨려서 버리려고 했는데 니들 운 좋았다. 근데 이거 명심해라. 만에 하나 허튼 짓거리 하면, 그땐 진짜 죽는다."

갈치의 차가 떠나고 계단 골목 끝에 있는 재활용 수거함에 숨어 있던 두 노숙자가 몸을 털며 밖으로 나왔다.

"형씨, 괜찮아요?"

"으…… 음!"

"잘 참았어요. 내가 비록 돈 없고 힘없는 노숙자지만, 그래도 저 놈들보단 떳떳한 거 같네요. 개만도 못한 놈들. 어디 한번 당해봐라."

두 노숙자는 뭔가 결심한 듯 조금 전 마지막으로 상자를 던졌던 집을 찾아가 초인종을 눌렀다.

-누구세요?

몇 번이나 초인종을 누른 끝에 당황스러운 목소리가 들려왔다.

"새벽에 대단히 죄송합니다만, 혹시 여기가 셀튼 호텔 조 이사님 자택 맞으신가요?"

-맞는데 누구세요?

"조 이사님께 이지철 실장에 관해 꼭 드릴 말씀이 있습니다."

컨테이너에 갇혀 있는 동안 두 노숙자는 이지철이 하는 소리를 전부 들었다. 그리고 그가 늘 입버릇처럼 언급하던 '조 이사가 거슬린단 말이야. 그 인간이 이수혁 편이라 구워삶기 힘들면 차라리 없애면 돼'라는 말을 기억하고 있었다.

어쩌면 이 선택이 자신들을 때려죽이려 했던 이지철 일당이 계획하는 일을 망가뜨릴 수 있을지도 모른다고 생각했다.

보안팀장이 알프레도와 라엘을 데려다주기 위해 서울로 출발하고, 김 비서에게 조피복의 감시를 지시한 수혁은 먼저 오 기사를 보기 위해 식당 안쪽 작은 방으로 향했다.

"작은 도련님…… 죄송합니다."

작은 미닫이문이 열리자마자 오 기사는 죽을 날을 받아놓은 사람처럼 오열하며 납작 엎드렸다.

"정말…… 죄송…… 합니다."

연이가 준 수술비인 줄도 모르고 급한 마음에 이지철의 말을 철석같이 믿고 병신처럼 속은 자신이 너무 한스러웠다.

"흑흑! 두 분 도련님께 면목이 없습니다. 가족을…… 건드린다는 말에 너무 무서워서 연락드릴 용기조차 없었어요. 죄송…… 해요."

죄인처럼 목 놓아 우는 오 기사를 바라보는 수혁의 표정은 복잡했다. 속상하고 분했지만 그 분노가 오 기사를 향하진 않았다.

오 기사는 브레이크가 조작된 사실을 모르고 있었다. 그때 이지철이 차를 가져갔다는 이야기라도 해줬더라면, 그랬다면 사고가 나지 않았을까 하는 생각도 숱하게 들었다. 하지만 아픈 아들을 살리고자 어쩔 수 없이 선택한 부모의 마음이라고 생각하니 오 기사의 마음이 아주 조금은 이해가 됐다.

"오 기사, 그만 됐어. 대신 정말 미안하다면 죽은 형을 위해서라도 나를 도와줘."

"그럼요. 제가 할 수 있는 한 다 하겠습니다."

"이지철의 악행을 전부 증언해줘. 하나도 남김없이 다."

수혁은 오 기사를 진정시킨 뒤 보안팀장에게 연락해 오 기사의 가족이 안전할 수 있도록 당분간 가족들의 신변 보호를 요청했다.

오 기사와 대화를 마친 수혁은 식당 방으로 들어갔다.

방 안에는 김 비서가 조피복을 감시하며 함께 앉아 있었다.

"이거 봐요, 이수혁 씨!"

청주 골목에서 붙잡힌 뒤로 자신에게 아무것도 묻지 않고 가만히 쳐다보고 있는 수혁을 향해 입을 다물고 있던 조피복이 먼저 말을 꺼냈다.

"어차피 내 할 일은 끝났거든. 그러니까 서로 피곤하게 하지 말고 경찰한테 넘겨. 나도 그게 편하니까."

수혁은 여전히 말이 없었다. 다만 맞은편에 앉은 뻔뻔한 얼굴을 직시했다. 조금 전까지 라엘을 바라보며 한없이 부드럽던 눈빛이나 방금까지 오 기사를 향하던 안타까운 눈빛 같은 건 더 이상 어디에도 없었다.

"어이, 귓구녕이 막혔어? 하긴 부잣집 도련님이 나 같은 쓰레기하나 잡아봤자 뭘 할 수 있겠어. 큭큭!"

"이름 조피복. 나이 마흔셋. 키 177㎝. 가정폭력으로 부인과 20년 전에 헤어졌고 슬하에 아들 하나 있지만 부인이 키우고 있어서 볼수도 없지. 보육원 출신으로 뒷골목을 배회하며 나쁜 짓만 골라 하다 교도소를 갔다 온 것만 벌써 세 번이 넘고……."

점퍼 주머니에서 담배를 꺼내던 손이 멈칫하며 당황한 얼굴이 고개를 들어 정면을 향했다.

"부잣집 도련님이라 내가 조금밖에 준비를 못 했는데, 어떻게, 더 읊어줘? 왜, 놀랐어?"

이지철조차 모르고 있던 자신의 오래된 과거 이력을 속속들이 알고 있는 수혁을 조롱하던 조피복은 놀랄 수밖에 없었다.

"이게 너희와 나의 클래스의 차이야. 조피복, 난 이미 이지철과 너희들이 작년에 저지른 모든 범죄 사실을 알고 있어. 그것도 모르고 어리석게도 이지철은 또 나와 내 주변 사람들을 해하려고 하고 있더군."

"……!"

"마지막 목표는 결국 셀튼이겠지만, 그런 일은 결코 일어나지 않아. 그러니 네가 알고 있는 모든 걸 나한테 자백해."

온실 속의 화초라고 전해들은 말과 달리 실제로 마주한 수혁에게서 느껴지는 포스는 상당했다. 긴장한 조피복의 목울대가 느릿하게 움직였다.

"난…… 아는 것도, 말할 것도 없어."

급격히 공손해진 태도였지만, 조피복은 쉽게 입을 열지 않고 있었다.

"그래? 김 비서, 아까 법무팀장님이 지금까지 모든 자료를 토대로 정리했을 때 뭐라고 말했었지?"

"일단 조피복이 받을 죄목은 살인미수가 아닌 살인교사에 더 근접합니다. 더불어 지금까지 행한 죄목을 모두 적용하면 무기징역을 받을 거라고 하셨습니다."

무기징역! 전혀 예상치 못한 죄목에 가슴이 철렁거렸다.

"너희들은 건드리면 안 되는 사람을 건드렸고 해서는 안 되는 짓을 저질렀어."

조피복은 이번 일만 끝나면 이지철이 약속한 1억을 받고 적당히 1, 2년만 썩고 나올 생각이었다. 그런데 무기징역이라니…….

"지금부터 난 너한테 두 가지 선택권을 줄 거야. 하나, 일말의 거짓 없이 나에게 모든 걸 털어놓고 형량을 조금 줄이는 것. 둘, 계속 멍청하게 입을 다물고 있다가 결국 이지철과 함께 올라올 수 없는 벼랑 끝으로 끝없이 추락하는 것. 참고로 말하지만 난 이번 기회에 아주 끝장을 볼 거야."

조피복은 느낌으로 알 수 있었다. 수혁이 하는 말이 그저 단순히 겁주기 위함이 아닌 진짜라는 것을.

"선택에 따른 책임 역시 네 몫이야. 자, 선택해!"

진짜 힘을 마주한 조피복은 불안한 듯 미친 듯이 떨리는 손을 진정시키며 희미한 목소리로 입을 열었다.

"내 선택은……."

직원들이 모두 점심을 먹으러 자리를 비운 시간, 전날 거사를 치른 조피복의 전화를 기다리고 있던 이지철은 알림 소리와 함께 메시지를 확인했다.

-뒤에! 뒤에 조심하세요!

-최 선생님!

다급함을 토로하는 목소리와 함께 화면을 찢을 듯한 차량의 급정거 소리가 누가 봐도 좋지 못한 상황임을 나타냈다. 이지철이 보고 있는 화면은 조피복이 갖고 있던 블랙박스 속 원본보다 화면이 훨씬 어두워 자세한 식별은 힘든 상태였다. 이 사실을 알 리 없는 그는 꽤 만족한 표정으로 영상을 몇 번이나 돌려봤다.

그리고 때마침 조피복이 전화를 걸어왔다.

-사장님, 접니다.

"너 어떻게 된 거야? 지금까지 뭐 하다가 이제야 연락을 해!"

-죄송합니다. 최라엘은 살짝 겁을 줬습니다. 아마 많이 놀랐을 겁니다. 그리고 이수혁한테도 영상을 보냈습니다.

"잘했어. 그 새끼 아마 약이 잔뜩 올랐겠네."

-그런데 조금 문제가 생겼습니다.

"문제라니?"

조피복은 라엘에게 겁을 주고 현장을 떠나려는데 알프레도가 불렀는지 셀튼가 직원이 그 현장에 나타났다고 말했다. 그리고 그 직원이 자신을 쫓아왔고, 조금 전에 완전히 따돌려 이제야 연락을 했다고 설명했다.

"미친 영감탱이. 죽으려고 발악을 하네. 그래서 확실하게 꼬리 자른 거 맞아?"

-그럼요. 걱정하실 거 없습니다.

"잘했어. 갈치보고 오피스텔이랑 컨테이너 정리하고 적당히 몸 사리라고 했으니까, 너도 당분간 피해 있어. 영감이 혹시 들쑤시고 다닐 수도 있으니까 특히 더 조심하고."

-알겠습니다. 사장님은 어쩌실 겁니까.

"나? 난 일단 오늘 이사들이 긴급회의를 소집했으니까 이수혁을 도마 위에 올려 놓고 오픈일 기다려야지."

-계획대로 부산에서 마무리 지으실 생각이시죠?

이미 알고 있는 사실을 확인이라도 하듯이 조피복이 일부러 질문을 던졌다.

"물론이지. 내 결말은 이수혁이 기조연설을 하기 전 연회장에서 이 회장이 보는 가운데 망가지는 거니까."

-몸조심하십쇼, 사장님. 전 부산에서 기다리고 있겠습니다.

"수고했어."

이지철은 만족스러운 듯 비릿한 미소를 지었다.

"아, 형사님, 뭘 잘못 알고 계신 거라니까요."

"글쎄, 잘못한 것도 없는 녀석이 왜 경찰을 보자마자 도망을 가! 가긴."

"그거야…… 죽일 듯이 쫓아오시니까 그렇죠."

"헛소리하지 말고, 안으로 들어가."

이지철의 지시대로 오피스텔을 정리한 뒤 바로 컨테이너를 정리하고 빠져나가던 갈치는 급하게 들이닥친 형사에게 붙잡혀 경찰서로 연행됐다.

전날 노숙자들이 새벽에 초인종을 눌렀던 집은 수호, 수혁 형제와 각별한 사이인 조 이사네 댁이었다. 아닌 밤중에 홍두깨같이 황당한 말에 놀란 조 이사는 결국 두 노숙자의 말에 귀를 기울였고, 수혁에게 연락을 취한 뒤 경찰에 신고했다.

"야, 갈치? 너희 둘이 아는 사이지? 서로 확인해봐."

형사는 갈치를 의자 안으로 밀어 넣으며 옆에 앉아 있는 사람을 가리켰다.

"아니, 내가 나쁜 놈들은 다 알고 있는 것…… 어! 형님?"

두꺼운 손목에 굳게 잠긴 수갑을 보며 얼굴을 슬쩍 쳐다보던 갈치는 깜짝 놀라 상체를 옆으로 틀었다. 분명 청주에 있던 조피복이 옆자리에, 그것도 수갑을 차고 앉아 있자 어안이 벙벙했다.

"이게 어떻게 된 거예요?"

"다 끝났어."

방금 이지철과 전화를 끊은 조피복은 자신의 휴대폰을 맞은편에 앉아 있는 형사에게 건넸다.

"다 끝났다니요. 그게 무슨……."

"이수혁이 전부 다 알았어. 작년 일까지 전부 다……."

그리고 모든 걸 체념한 표정으로 갈치에게 충고했다.

"그러니까 너도 괜히 잔머리 굴리지 말고 다 불어."

"……."

"쇼는 끝났어."

17화. 라면 먹고 갈래? 보다 더한 질문

"조 이사님도 USB 받으셨죠?"

"네. 받았습니다."

그동안 이지철의 지시로 두 노숙자가 새벽에 집집마다 던졌던 상자 안에는 USB가 들어 있었다. 그 USB 안에 들어 있는 내용은 수혁의 이름만 안 들어갔을 뿐 누가 봐도 셀튼의 차기 후계자인 그를 저격하는 글이었다. 더군다나 자기들은 알 수 없는 셀튼가의 내부 일과 미국 생활에 대한 이야기까지 가득했다.

마치 사실처럼 써진 글은 이사들 사이에서 씹기 위한 좋은 화두로 올랐고, 수혁의 후계자 자질을 판단한다는 명목 아래 급히 회의가 소집되었다. 이사들부터 각 부서 실장 라인까지 하이클래스 층에 있는 주요 직원들이 전부 한자리에 모였다.

"아무리 회장님의 아들이라지만 만약 여기 글이 전부 사실이라면 전 세계 직원들의 피땀으로 일군 셀튼그룹의 후계자 자리를 이런 사람에게 준다는 것은 문제가 있다고 봅니다."

이미 갈 데까지 간 이지철은 속된 말로 눈에 뵈는 게 없는 수준에 이르렀다. 겉으로는 회사를 위하는 척 정의로운 척 말만 번지르르하게 내뱉으면서 교묘히 수혁을 깎아내렸다.

"그건 저도 이 실장님 말에 동의합니다. 후계자에 어울리는 이수호 사장님 같은 인물이라면 아무런 문제가 없겠지만 솔직히 본부장님에 대한 건 우리가 아직 잘 모르지 않습니까."

모든 사기꾼이 그렇듯 제법 말발이 있는 이지철에게 휘둘린 몇몇 귀 얇은 이사들은 그의 말을 옹호했다.

"이거야, 원! 본부장님이 자리에 없으니 물어볼 수도 없고 답답할 뿐입니다."

이따금씩 본심에서 튀어나오는 조소를 보인 이지철을 주시하던 조 이사는 자리에서 일어나 회의실 문으로 다가갔다. 그리고 힘차게 문을 열며 큰 소리로 말했다.

"그렇다면 직접 물어보시죠!"

철컥.

"제 일정에는 회의가 없었는데, 다행히 늦진 않은 것 같군요."

분명 부산 현장에 있어야 할 수혁이 회의장에 들어왔다. 자리에 앉아서 수군거리던 모든 사람들이 놀랐지만 가장 놀란 건 역시 이지철이었다. 무엇보다 이 자리는 수혁을 제대로 씹어 이미지를 망가뜨리기 위한 자리였기에 수혁이 와서는 안 되는 곳이었다.

"본부장님 부산 가시지 않았나?"

"그나저나 어떻게 알고 오신 거래."

회의장 앞쪽으로 이동하던 수혁은 조 이사에게 눈짓을 보내며 다시 한번 고마움을 전했다. 당연히 부산에 있어야 할 수혁이 회의장에 나타날 수 있었던 이유는 조 이사의 연락 때문이었다. 식당에서 조피복과 단판을 짓고 이지철의 모든 악행을 자백받은 수혁은 보안팀장을 통해 조피복을 경찰에 넘긴 뒤, 쉴 틈 없이 부산으로 향했다. 부산으로 가서 모든 현장을 살펴보고 있던 그때 노숙자들과 이야기를 마친 조 이사로부터 연락을 받았다.

사내 게시판이라면 오히려 가볍게 무시하며 처리했겠지만 문제는 입김이 있는 이사진들을 포섭하려 했다는 거였다. 셀튼그룹에서 오랜 세월을 보낸 임원들은 만만한 사람들이 아니었다.

회사에 복귀한 뒤 이제 막 무언가를 보여주기도 전에 이런 일로 안 좋은 이미지를 심어주면 앞으로 회사를 이끌어감에 있어 걸림돌이 될 수도 있었다. 그렇기 때문에 급하게 회사 헬기를 이용한 수혁은 조 이사가 알려준 회의 시간에 늦지 않게 올 수 있었다.

"일단 제가 준비한 자료부터 함께 보시죠."

문 옆에 서 있던 김 비서는 수혁의 사인을 확인하고 들고 있던 자료를 사람들에게 돌렸다.

"밤새 누군가가 제게 쓰레기를 버렸더군요."

당당한 눈빛이 쓰레기를 던진 이지철에게 꽂혔다.

"소각장으로 직행할 쓰레기조차 안 되는 가십이었지만, 가만히 있으면 뒷말하는 사람들에게 빌미를 제공할까 싶어 간단히 자료를 준비해봤습니다."

서울로 오는 동안 수혁은 헬기 안에서 김 비서와 함께 자료를 만들었다.

수혁은 지라시에서 언급된 사고 당시 거액의 치료비를 회삿돈으로 지불했다는 내용에 단 1원도 회삿돈을 개인적으로 사용하지 않았음을 증명하는 자료를 첨부했다. 뿐만 아니라 몇 시간 전에 시찰을 마친 부산 현장도 영상과 사진을 준비하여 덧붙였다.

"마지막으로 제가 한 말씀만 드리겠습니다. 다른 건 다 웃어넘기려고 했는데, 제 친형인 이수호 사장님이 당한 사고를 마치 제가 계획적으로 저지른 것처럼 소설을 써놓았더군요."

수혁의 심기를 건드린 가장 큰 내용이었다.

몇 년 전 모 대기업에서 배다른 형제가 재산을 갖고 헐뜯다 결국 사고 조작까지 했던 사건이 있었다. 그 사건에 빗대어 후계자 자리에 눈이 멀어 수혁이 수호를 죽인 것처럼 몰아간 것이다.

"이건 저뿐만 아니라 돌아가신 사장님을 욕보이는 것이므로 법무팀을 통해 회사 차원에서 수사를 진행할까 합니다."

완벽한 준비로 어느 것 하나 흠 잡을 것 없는 발표가 끝나고,

"출처도 불분명한 지라시에 휘둘리기나 하고…… 본부장님 앞에서 낯이 뜨거워 견딜 수가 없군요."

"도대체 오늘 회의는 누가 소집하자고 했습니까?"

회의장에 모인 이사들은 자신들이 얼마나 터무니없는 지라시에 호들갑을 떨었는지 민망해하며 황급히 자리를 떴다.

"부산에서 일하다 말고 부리나케 오시고, 우리 본부장님 참 대단하십니다."

자신의 팔다리가 잘린 줄도 모르는 이지철은 애써 준비한 서프라이즈 파티가 수포로 돌아갔다는 사실에 못마땅한 표정으로 회의장을 나서는 수혁에게 다가왔다.

"본부장님. 그거 아십니까. 때론 삶이 계획대로 흘러가진 않습니다."

"그런가요? 안 그래도 제가 실장님께 꼭 드리고 싶은 말이었는데 신기하네요. 오늘 오후에 강원도 지사에 내려가신다고요."

"네. 중요한 국제대회가 있어 제가 직접 진두지휘할 생각입니다."

국제대회가 있는 건 사실이었지만 이지철이 강원도를 가려는 건 그 때문이 아니었다. 부산 연회장에 특별한 장치를 준비해둔 그는 운명의 그날을 위해 잠시 몸을 사리며 미리 샴페인을 터트릴 생각에 부풀어 있었다.

"참, 실장님께 작은 선물을 준비했는데 제가 평소 즐겨 듣는 클래식입니다. 내려가는 동안 들으시면 심신에 도움이 될 겁니다."

수혁은 작은 CD를 이지철에게 건넸다.

"실장님께서 저를 위해서요? 이렇게 황송할 수가 있나요. 꼭 듣도록 하겠습니다. 근데 제목이 뭔가요?"

"베토벤의 운명 교향곡. 그럼, 이만."

수혁은 한껏 들떠 있는 이지철의 표정을 보고 간신히 웃음을 참으며 당당하게 등을 보이고 돌아섰다. 이미 증거와 증언 등 모든 자료가 갖춰졌기 때문에 지금 당장이라도 이지철을 끝장낼 수 있었다. 하지만 수혁은 기다릴 수밖에 없었다.

먼저 이지철을 신뢰하는 이 회장의 안목이 잘못됐음을 깨닫게 해주고 사고 역시 자신의 실수가 아님을 알려주고 싶었다. 그리고 마지막으로 가장 기대감에 부풀어 있을 때 더 철저하고 절망적으로 무너질 이지철을 보고 싶었다. 그게 이지철이 느끼는 가장 큰 고통일 테니까.

이제 곧 이 회장의 귀국 날짜가 다가온다. 지금까지 1년이 넘는 시간을 기다렸는데, 그깟 며칠쯤이야 완벽한 복수를 위해 기꺼이 기쁜 마음으로 기다릴 수 있었다.

라엘은 사무실에서 수혁의 연설문 영상을 확인하고 있었다.

-앞으로 저희 셀튼그룹은 오늘 이 시간을 계기로 세계 속에 우

뚝 서는 기업으로 도약할 것입니다.

결국 또다시 영상이 중간에서 멈췄다. 벌써 세 번이나 다시 보는 영상이건만, 라엘은 수혁이 걱정돼 도저히 집중할 수가 없었다. 청주에서 일도 그렇고, 혹시라도 그사이 또 다른 일이 생긴 건 아닐까 하는 불안한 생각이 들었다.

"별일…… 없겠지? 없을 거야."

당장이라도 전화를 걸어 물어보고 싶었지만, 안 그래도 어제오늘 강행군을 하고 있는 그에게 구태여 걱정스러운 생각을 전하고 싶지 않았다.

"하! 보고 싶네. 내 남자 친구."

걱정되는 마음을 가라앉히자 그가 보고 싶은 마음이 수면 위로 빠르게 올라온 라엘은 수혁이 보낸 메시지를 다시 한번 확인했다.

[주말엔 데이트하자. 늦게까지 일하지 말고 밥 거르지 말고, 특히 골목길 조심해. 촉새야, 보고 싶다♥]

고작 이틀 정도 떨어져 있는 건데 체감으로 느껴지는 감각은 마치 열흘 정도 못 본 것 같은 기분이었다.

"그래도 일요일이면 볼 수 있네. 그만 퇴근해야겠…… 어?"

괜스레 심란한 마음을 다잡고 퇴근 준비를 하려고 자리에서 일어나는 데 반가운 전화가 걸려왔다.

-라엘아!

그의 목소리가 들리는 순간 가라앉았던 그녀의 목소리가 쏟아지는 햇살처럼 밝아졌다.

"수혁 씨?"

-설마, 밤 9시가 다 됐는데 아직도 사무실은 아니겠지?

수혁은 라엘이 늦은 시간까지 사무실에 있을까 봐 걱정된 마음으로 말했다.

"엄마야!"

쿵.

-라엘아, 괜찮아! 촉새야, 무슨 일이야? 상또야!

"……괜찮아요. 잠깐 넘어진 거예요."

전화를 받으면서 퇴근 준비를 하던 중 수혁의 목소리에 집중하던 라엘은 가방끈에 다리가 걸린 것도 모르고 걷다가 넘어진 것이다.

-정말 괜찮아? 무릎은 안 까졌어? 그러니까 내가 늦게까지 일하지 말라고 몇 번이나……

"잠깐! 잠시만요."

라엘이 다쳤을까 봐 전전긍긍하며 쏟아지던 잔소리가 그녀의 간결한 외침에 쏙 들어갔다.

"수혁 씨, 방금 전에 나한테 뭐라고 했어요?"

-방금? 무릎 안 다쳤는지 물어봤는데.

"아니, 그거 말고요."

-아! 혹시…… 상또?

'상또'란 말에 풍성한 속눈썹이 위아래로 빠르게 맞물렸다.

"수혁 씨, 그 말 어디서 들었어요?"

-상또? 저번에 집에 갔을 때 문밖에서 형님이 계속 그렇게 부르시던데? 뭔가 정감 가고 좋은 것 같아서.

"에이, 무슨 정감씩이나. 오빠가 나 놀릴 때 부르는 말이라서 별로 안 좋아하는 별명이에요. 그러니까 수혁 씨도 나 놀린답시고 부르거나 그러면 안 돼요. 촉새까지만 봐줄게요."

-근데, 무슨 뜻인지 물어봐도 돼?

"아니요! 절대 안 돼요."

-알았어. 내가 또 우리 촉새 말은 기가 막히게 잘 들으니까 싫은 건 하지 말아야지.

더 이상 상또의 뜻을 궁금해하지 않기로 한 수혁은 차마 그녀가 물어보지 못한 이지철의 일을 먼저 꺼내며 설명했다. 이제 더 이상 걱정할 일은 없다고 완벽한 타이밍에 맞춰 죗값을 치르는 일만 남았다며 그녀를 안심시켰다.

휴대폰 너머로 가만히 듣고 있던 라엘은 들려오는 이야기에 집중할 뿐 그 어떤 질문도 하지 않았다. 그에게 고통을 주었던, 길가에 아무렇게나 널브러진 먼지보다 못한 이름을 꺼내기조차 싫었기 때문이다.

-근데 설마 계단으로 내려오는 거야?

평소처럼 엘리베이터를 이용하지 않고 일부러 계단으로 내려가고 있는 라엘에게 수혁이 물었다.

"네."

-다리 아픈데 엘리베이터 타지 않고.

"엘리베이터 탔다가 괜히 수혁 씨 전화 끊길까 봐서요."

어쩜 이렇게 말 한마디를 해도 예쁘게 하는 건지. 휴대폰 너머 들려오는 그의 웃음소리에는 흐뭇함이 느껴졌다.

"안녕하세요, 최 선생님."

오늘 하루 동안 있었던 일을 조잘조잘 얘기하면서 이제 막 건물 밖으로 나오던 라엘을 향해 같은 건물에 입주해 있는 남자가 인사를 건넸다.

"안녕하세요."

"이제 들어가시나 봐요."

"네. 일하다 보니 좀 늦었네요."

"주차장 골목에 가로등이 나갔거든요. 운전 조심해서 들어가세요."

"감사합니다. 들어가세요."

라엘은 간단한 인사말을 끝내고 다시 휴대폰을 귀에 밀착했다.

"여보세요, 수혁 씨?"

-듣고 있어.

"난 또 끊어진 줄 알았네. 미안해요. 같은 건물에 있는 분이 인사를 하느라."

-최라엘? 너 내가 다른 남자한테 그렇게 웃지 말라고 했지? 남자들 반한다니까.

"에이, 무슨 또 내가 웃으면 남자들이 반……."

살짝 성이 난 말투에 기분 좋게 받아치던 라엘은 순간 멈칫하며 좌우로 고개를 돌렸다.

-머리 묶은 모습 오랜만에 본다.

"……."

두 귀를 쫑긋 세우고 주변을 살피는 토끼처럼 큰 눈을 동그랗게 뜬 그녀는 휴대폰에 귀를 기울이며 주차장을 주의 깊게 살폈다.

-코트 안에 터틀넥 티 입었네. 날도 추운데 옷도 얇게 입고.

"수혁 씨! 지금 여기 와 있어요? 나 보고 있죠?"

-응. 보고 있어. 난 항상 우리 촉새만 보고 있지.

"어디 있어요? 안 보여."

주차장 중앙으로 걸어온 라엘이 여전히 고개를 움직이던 그때였다.

"라엘아!"

주차된 차량 옆에 숨어 있던 수혁이 걸어 나오며 세상 다정한 목소리로 그녀를 불렀다.

"수혁 씨!"

그의 얼굴을 본 순간 맑게 개인 하늘처럼 해사한 미소가 어둠 속에서 찬란하게 빛났다. 발걸음에 속도를 높인 라엘은 추운 겨울 공기도 녹여버릴 정도로 따뜻한 그의 품에 들어와 안겼다. 수혁은 자신의 품에 안긴 라엘을 코트로 감싸 안으며 그녀의 머리에 입을 맞췄다.

"어떻게 된 거예요? 내일 오는 거 아니었어요?"

엄마 품에 안긴 새끼 강아지처럼 라엘은 코트 위로 얼굴을 쏙 내밀었다.

"그게……. 이거 보여?"

그녀의 등을 쓰다듬던 그는 한쪽 손을 들어 올렸다. 허공에 멈춘 손은 추운 날씨 때문인지 조금씩 떨리고 있었다.

"손이 왜 이렇게 떨려요?"

"이것 때문에 일찍 왔어."

"수혁 씨 어디 아픈 거 아니에요?"

"아픈 건 아니고. 최라엘 금단 현상. 촉새 보고 싶어서 손까지 떨리는 거 있지."

"뭐라고요!"

순간적으로 걱정했던 표정이 허무해질 정도로 말도 안 되는 대답이었지만 라엘은 어쩐지 웃음이 나오고 말았다.

"아, 맞다! 라엘이 너, 내 얼굴 좀 봐봐."

다짜고짜 얼굴을 보라던 수혁은 눈을 게슴츠레 뜨더니 한쪽 입꼬리를 얄밉게 올렸다. 부산에서 뭘 잘못 먹었나 싶을 정도로 얼굴을 순식간에 우스꽝스럽게 만든 것이다.

"……."

세상에! 잘생긴 얼굴을 이렇게 막 쓰는 수혁을 보며 어쩌면 그의 내면에도 상당한 빙구력이 내재되어 있는 게 틀림없다고 라엘은 생각했다.

"수혁 씨, 혹시 나 모르게 개그맨 준비해요?"

"그게 아니라 앞으로 나 말고 다른 남자 앞에선 이렇게 웃으라고."

"뭐라고요?"

"넌 여자라서 잘 모르겠지만, 남자를 보는 눈은 남자가 더 정확하거든. 근데 아까 너한테 인사하던 그 남자, 널 보는 눈빛이 예사롭지 않았어."

"수혁 씨! 아까 그분은 위층에 새로 들어오신 요리 연구가예요. 그리고 그분 결혼하셨거든요. 와이프분도 함께 일하시고요."

"그…… 래? 내가 잘못 봤나!"

괜스레 머쓱해진 수혁은 그녀의 시선을 슬쩍 피하며 헛기침을 했다. 그러더니 민망한 듯 라엘을 다시 꼭 끌어안으며 귀엽게 애정을 드러냈다.

"보고 싶어 죽는 줄 알았어."

"나도요."

파리에서 유럽 장기출장을 마무리 지은 이 회장은 연이와 함께 파리 오페라 하우스를 찾았다. 출장 기간 동안 자신 못지않게 고생한 연이에게 이 회장은 그녀가 가장 좋아하는 오페라 공연을 준비한 것이다. 우아한 모습으로 로열석에 앉아 공연을 즐기는 연이의 표정은 좋아 보였다.

배우들의 열띤 공연에 관객들이 우레와 같은 박수로 찬사를 보내고 2막의 커튼이 내려졌다.

"당신 나한테 할 말 있죠?"

잠시 쉬는 시간을 이용해 공연 순서지를 보고 있던 연이는 옆자리로 살짝 상체를 틀었다. 아까부터 공연에 집중하지 못하는 이 회장의 의중을 파악하기 위해서였다.

"아까부터 공연은 보지도 않고 다른 생각 하고 계시잖아요."

"역시 당신이야. 실은 당신한테 할 말이 있어. 진작 하려고 했는데 그동안 업무 때문에 바빠서 시간이 없었어."

"뭐…… 안 좋은 일은 아니죠?"

늘 당당하던 이 회장이 신중함을 내비치자 연이는 덩달아 조심스러웠다.

"그럴 리가. 오히려 좋은 일이지 싶은데."

"좋은 일이요? 어서 말해보세요. 당신답지 않게 뜸을 들이고 그래요."

"당신 차일드 어패럴 알지?"

"그럼요. 차일드그룹 자녀들이 운영하는 패션기업이잖아요."

"차일드그룹 차녀인 김시라 양이 거기 실장으로 있어."

"김 실장이라면 저도 알아요."

영국 휴양지 부지 계약 건으로 이 회장이 오랫동안 공을 들인 차일드그룹을 연이가 모를 리 없었다. 게다가 저번 주 사교 연회장에서 마주친 뒤로 부담스럽지 않은 꽃으로 인사를 보내온 시라 역시 모를 수가 없었다.

"그저께 제가 보여드렸던 꽃다발 기억나시죠? 그것도 시라 양이 보내온 꽃이에요."

"기억나. 여보, 차일드그룹에서 공식적으로 사돈을 맺고 싶다고 연락을 해왔어. 그것도 김 회장이 직접."

"혼사요? 누구한테……."

갑작스럽게 혼사라니! 비가 내리기 전에 소나기부터 쏟아지는 말에 연이는 무슨 말인지 쉽게 이해할 수 없었다.

"누구긴. 당연히 수혁이지."

"수혁이요?"

"김 실장이 수혁이를 좋아한대. 오래전부터 마음에 품고 있었다지 뭐야. 하하하!"

이미 시라를 셀튼가의 사람으로 인정한 듯한 이 회장의 웃음소리를 듣고 있던 연이의 표정은 그와 정반대로 그리 밝지 않았다.

"여보! 그게 그렇게 좋으세요?"

"당연하지. 당신은 싫어? 김 실장 정도면 우리 수혁이와 잘 어울릴 것 같은데."

"시라 양이 싫은 게 아니에요. 똑똑하고 자기 일도 열심히 하는 사람인 거 알아요. 근데 전 잘 모르겠어요."

"모르겠다니? 이건 연애가 아니고 결혼이야. 수혁이도 당연히 이해할 거고."

얼마 전 알프레도를 통해 수혁의 상태를 전해 들은 연이는 남몰래 조용히 눈물을 훔쳤다. 늘 바라고 원했던 대로 아들의 고통이 사라졌다는 소식에 끝까지 함께해준 라엘에게 감사하며 만나면 엎드려 절이라도 하고픈 마음이 간절했다.

그런데 이제 막 후계자라는 무거운 타이틀을 시작도 하기 전에 혼사라니. 아무리 재벌의 결혼이 기업 간의 이익을 무시할 순 없다지만, 너무 앞서나가는 이 회장의 결정이 불편했다.

수혁인 수호와는 반대의 성향으로 자유로운 스타일이다. 그렇기 때문에 강제로 밀어붙이면 받아들이기보단 남편인 이 회장과 충돌할지도 모른다는 걸 다른 사람은 몰라도 연이는 알고 있었다.

"좋아요. 대신 부탁이 있어요."

하지만 냉정히 말하면 남편의 이런 행보가 틀렸다고, 아니라고 연이 또한 자신 있게 말할 수는 없다. 그게 재벌들의 삶이니까. 그래도 죽을 만큼 힘들었던 아들이 또다시 어떤 형태로든 고통스러워하는 모습은 더 이상 보고 싶지 않았다.

"부탁?"

"네. 당신도 알죠? 누군가를 좋아하는 사람의 마음은 노력한다고 되지 않아요. 내가 당신과 결혼한 건 단순히 서로의 집안이 재벌이기 때문이 아니었어요. 당신이 나에게 진심인 모습을 보고 나도 당신을 좋아했기 때문이에요. 그래서 당신을 선택한 거고요."

"알아. 당신이 나와 결혼해줘서 난 늘 고마워하고 있어."

"그러면 그 고마운 마음, 이번에 갚아줘요."

"……!"

살면서 단 한 번도 무언가를 요구하거나 불평을 한 적이 없던 연이었기에 이 회장은 좀 놀란 기색이었다.

"이번 혼사를 진행할 거면 무엇보다 수혁이의 마음을 우선시해 주세요."

짐짓 진중하게 고민하던 이 회장은 천천히 입을 열었다.

"연이야, 난 지금도 널 사랑해. 근데 지금 당신 말에 거짓이 아닌 진심으로 그렇게 하겠다고는 대답하지 못할 거 같아."

하지만 언제나 그러하듯 이 회장은 자신의 뜻을 쉬이 굽히지 않았다.

함께 차를 타고 라엘의 집 근처에 내린 두 사람은 다정하게 손을 잡고 골목을 걷고 있었다.

서로 맞잡은 손과 손 사이에 작은 틈이 벌어지더니 기다란 손가락이 유려하게 작은 손가락 사이를 파고들어 깍지를 꼈다.

"내일 뭐 하고 싶은 것 없어? 먹고 싶은 거나, 가고 싶은 곳이나."

"음……. 난 아무거나 다 좋을 것 같아요. 수혁 씨, 하고 싶은 거 있어요?"

"나야 많지."

밥 먹기, 영화 보기, 산책하기, 하루 종일 같이 있기, 그리고 드라이브하기 등등 여느 커플들이 연애를 하면서 하는 평범한 것부터 상상하기조차 힘든 기상천외한 데이트까지.

찰나의 순간 수혁의 머릿속에는 그동안 하고 싶었던 오만 가지데이트 코스가 떠올랐지만 가장 큰 지분을 차지하고 있는 한 가지는 확실했다.

하루 종일 그녀를 꼭 끌어안고 오직 둘이서 사랑을 속사…….

'아니야. 이수혁! 정신 차려.'

차마 무지갯빛 가득한 므흣한 상상을 더는 잇지 못한 수혁은 고개를 흔들며 스스로를 진정시켰다.

"……혁 씨! 수혁 씨?"

"어, 말해."

"그럼 저번에는 내가 원하는 거 수혁 씨가 같이 해줬으니까 이번에는 수혁 씨가 하고 싶은 거 하면 어때요?"

"내가…… 하고 싶은 거?"

라엘의 말 한마디로 연기처럼 날아간 핫한 상상에 다시금 휘발유가 뿌려지는 순간이었다.

"혹시 스키 탈 줄 알아?"

불꽃이 활활 타오르는 속마음과 달리 그는 굉장히 태연한 척 품격 있게 스포츠를 즐기는 드라마 속 남자 주인공처럼 말했다.

"스키요? 내가 또 한 운동 하는 거 몰랐구나. 나 스키 은근히 잘 타요."

"정말? 우리 촉새 스키도 잘 타는구나."

스키를 잘 탄다는 말이 이렇게 반가울 수가. 어둠 속에서 광명을 찾은 것처럼 수혁의 얼굴이 머리 위 가로등보다 밝게 빛났다.

"여주에 별장이 있어. 근처에 스키장도 있는데 별도 잘 보이고 실내 스파도 있고 주변도 조용해. 별장이 진짜 멋있거든. 그래서 말인데, 라엘아. 나 너랑 여행 가고 싶어."

수혁은 정말 그 어떤 거절의 말은 듣고 싶지 않다는 듯 온갖 진심과 갈급함, 간절함이 더해진 영화 속 고양이의 순수한 눈망울을 보이고 있었다.

"우리 주말에 여행 갈래?"

어째 '여행 갈래?'라는 말이 '라면 먹고 갈래?'보다 더 에로틱한 느낌으로 변해버린 순간이었다. 천하의 이수혁이, 전 세계 굴지의 기업 셀튼의 후계자인 그가 잔뜩 긴장한 채 그녀에게 초집중했다.

드디어 앙증맞게 앙다문 붉은 입술이 서서히 열리기 시작했다.

"여행…… 이요?"

커다란 눈이 연속적으로 깜빡였다.

"어, 여행!"

방금 전까지 자신을 바라보는 고양이 같이 순수한 눈동자가 지금은 마치 한 마리 늑대를 쳐다보는 것 같았다. 놀라움에 반쯤 열린 입술, 그 입술 앞을 살짝 가로막은 어색한 손길, 그리고 슬며시 피하는 시선까지. 뭔가 분위기가 어색해지는 것만 같았다.

"흠흠!"

'내가 너무 오버했나?'

바람 앞에 선 촛불처럼 갈피를 잃고 미세하게 떨리는 눈빛과 의도적으로 내뱉는 기침 소리. 그리고 마지막으로 민망한 듯 손부채질로 얼굴을 식히는 모습까지.

지금 그의 상태는 누가 봐도 당황해하는 것처럼 보였다. 정작 라엘은 아직까지 아무 말도 하지 않고 있었는데, 도둑이 제 발 저린다고 수혁은 혼자 뜨끔하며 초조함을 느끼고 있었다.

"최라엘, 혹시나 네가 오해할까 봐서 말하는 건데, 여행 가자고 한 거는……."

"가요, 여행."

잔뜩 긴장한 채 살얼음판을 걷는 펭귄처럼 조심스럽게 말하는 수혁을 귀엽게 보고 있던 라엘은 그의 걱정과 달리 세상 쿨하게 대답했다.

"정말? 정말 여행 가는 거야?"

저렇게나 좋을까. 그녀의 허락에 나라를 구한 영화 속 히어로처럼 수혁은 세상 뿌듯한 얼굴로 당장이라도 하늘로 날아갈 것만 같았다.

하지만 그가 쾌재를 부르는 것과 달리 라엘이 어딘가 모르게 점점 미안한 표정을 짓더니 청천벽력 같은 말이 되돌아왔다.

"그런데…… 당장 내일 여행은 조금 힘들 것 같아요."

이런, 형용할 수 없는 환희에 취해 그는 잠시 잊고 있었다. 한국 말은 끝까지 들어봐야 한다는 것을.

"왜? 내일은 안 돼? 무슨 일이라도 있어?"

수혁은 최대한 자신은 절대 늑대가 아니라는 듯 절제력이 돋보이는 뉘앙스로 물었다.

"그게, 실은 할머니랑 약속이 있어요."

라엘도 여행을 가고 싶었다. 요 며칠 회사 일을 비롯해 이지철 일까지 쉴 틈 없이 바쁜 하루하루를 보낸 그와 조용한 곳에서 함께 보내면 좋을 것 같았다.

그런데 수혁이 일요일에 오는 줄 알고 김 여사와 약속을 한 것이다. 안 그래도 벌써 두 번이나 거절을 했는데 또다시 거절하는 건 예의가 아닌 것 같았다. 결국 라엘은 김 여사의 식사 초대를 흔쾌히 받아들였다.

"할머니랑 밥을 먹기로 했다고?"

"네."

"그게 무슨 상관이야. 밥 먹고 출발하면 되잖아."

실망하면 어쩌나 했던 라엘의 예상과 달리 그는 별일 아니라는 듯이 대비책을 내놓았다.

"그렇긴 한데, 할머니랑 오후에 만나서 영화 보고 저녁 먹기로 했거든요. 내일이 쉬는 날이라서 적적하신가 봐요."

더군다나 아직까지 김 여사가 수혁의 친할머니인 것을 모르고 있는 라엘은 내일이 쉬는 날이라는 김 여사의 말을 철석같이 믿고 있었다.

"수혁 씨, 그러지 말고 우리 여행은 다음에 가고 일요일에 스키 타러 갔다 올까요?"

'아니! 싫어'라는 말이 목젖을 강타하고 입 밖으로 튀어나올 뻔했지만 수혁은 최대한 침착한 표정을 유지했다. 이미 머릿속으로 바비큐파티부터 노천 스파, 풀장과 각종 데이트 코스까지 전부 짜놓은 상태였기에 여기서 포기할 순 없었다. 게다가 약속의 주인공이 할머니라는 사실이 더욱더 포기할 수 없게 만들었다.

"그럼 할머니랑 시간을 한번 조율하면 되지 않을까?"

다른 사람도 아닌 라엘이 여기서 말하는 할머니는 자신의 친할머니인 김순자 여사다. 그런 김 여사가 누구인가! 라엘을 예뻐하며 미래 손주며느리로 점찍었을뿐더러 거기에 더해 누구보다 자신과 그녀가 잘되길 바라는 가장 큰 후견인이라고 할 수 있는 인물이었다. 수혁은 자신의 부탁이라면 김 여사가 당연히, 그것도 아주 흔쾌히 자연스럽게 약속을 백 프로 미뤄줄 것이라고 생각했다.

"수혁 씨, 혹시 할머니께 약속 취소해달라고 하고 그러는 건 아니죠?"

"넌 날 뭘로 보고 그래. 당연하지. 나 이수혁이야. 그런 부탁 하면 할머니께 실례잖아. 그것도 대단한 실례."

이미 충분히 그렇게 생각하며 마음은 벌써 저택에 있는 김 여사 앞에 가 있는 수혁이었다.

"그저, 시간을 조금 조율해주실 수 있나 하고 여쭤보는 거지. 할머니께서 우리 두 사람 다 예뻐하시니까 그 정도는 조율해주실 거야. 그러니까 라엘아……"

간절한 염원을 담아 커다란 손이 그녀의 두 손을 감싸 안았다.

"우리 여행 가는 거다. 응?"

"일단 할머니랑 얘기만 잘되면요."

"잘된다니까. 내 말 믿고 여행 준비해놔. 할머니랑 얘기 나누고 내일 일찍 전화할게."

라엘은 수혁이 얼마나 여행이 가고 싶었으면 이렇게까지 할까 싶었다.

"그렇게 여행이 가고 싶어요?"

"어, 가고 싶어."

"알았어요. 그런데 아무래도 할머님께 제가 직접 말씀드리는 게……."

라엘은 그래도 약속 당사자인 본인이 직접 말하겠다고 했지만 그는 끝까지 자신을 믿으라며 그녀를 만류했다.

"내가 잘 말씀드릴게."

"할머님 기분 상하지 않게 잘 말씀드리고, 대신 절대 강요하지는 말아요. 알았죠?"

"그럼, 걱정하지 마."

여행은 꼭 가야 한다는 강력한 의견이 골목을 가득 메울 동안 두 사람은 어느새 그녀의 집 앞에 도착했다.

"다 왔네."

아쉬움이 깊게 함축된 헤어지기 싫은 그의 감정이 짧은 말과 함께 튀어나왔다. 까만 하늘 위에 반짝이는 별빛과 둥근 하현달이 수혁의 마음을 위로하듯 아름답게 펼쳐졌다.

"안 데려다줘도 되는데……. 피곤해서 어떡해요."

대문 계단 위에 올라선 라엘은 수혁과 눈높이를 맞추며 손을 뻗어 그의 얼굴을 쓰다듬었다.

"얼굴 상한 것 좀 봐."

잠을 못 자고 강행군을 한 탓인지 피곤함이 서려 있는 얼굴을 마주한 라엘의 마음은 안쓰러움으로 가득했다.

"전혀!"

수혁은 짧게 고개를 흔들며 마지막 한 발자국까지 전부 그녀에게 밀착하며 가까이 다가갔다.

"너를 본다는 생각만으로 내 가슴은 또다시 설레는데 어떻게 피곤할 수 있겠어. 하나도 안 피곤해."

눈치 없이 불어오는 겨울 찬바람이 머리카락에 심술을 부리며 라엘의 얼굴 위로 노닐자 기다란 손가락이 바람을 다스리며 들어와 머리카락을 그녀의 귀에 꽂아 주었다.

"그래도 일 끝나자마자 바로 우리 촉새 보러 오고, 나 잘했지?"

"응! 너무 잘했어요."

작은 얼굴 위에 자리 잡은 커다란 눈이 반달로 접히며 싱그러운 미소로 옷을 갈아입었다. 보는 것만으로도 행복감에 젖어드는 그녀의 사랑스러운 미소를 보며 은밀히 따라 웃던 수혁은 손가락을 들어 자신의 입술을 가리켰다.

"잘했으면 뽀뽀해줘."

평소와 달리 귀여운 행동에 망설임 없이 발뒤꿈치를 든 라엘은 '쪽' 소리와 함께 그의 입술에 입을 맞췄다.

"……"

그런데 살포시 떨어지던 그의 입술이 다시 다가와 붉은 입술 사이로 뜨거운 숨결을 밀어 넣고 강한 프렌치 키스를 선사했다. 그리고 마지막으로 그녀의 이마에 입술을 내리며 인사를 나눴다.

"기사님 오시기로 했다면서요. 얼른 가요."

"알았어. 갈게. 먼저 들어가."

대문이 닫히고 라엘이 손인사와 함께 2층 현관으로 들어간 뒤에야 수혁은 발걸음을 재촉했다.

보는 순간 편안한 착용감을 자랑하는 적당히 무릎 나온 추리닝과 겨울밤을 거부하는 핑크색 삼선 슬리퍼. 그리고 하늘색 귀마개까지. 상당히 믹스맥치한 패션으로 한 치의 민망함 없이 당당함의 결정체를 이룬 남자가 수혁을 향해 걸어오며 한마디를 던졌다.

"오구, 귀여워라! 이리 오세요."

"……!"

오구 귀여워라? 수혁은 순간 등줄기에서 오소소 소름이 돋아남과 동시에 모든 정신이 리셋되는 것만 같은 기분을 느꼈다.

'뭐지, 이 남자? 설마 날 보고 귀엽다는 건가?'

정말이지 촉새에 관한 일이 아니라면 웬만해서는 절대 당황하지 않는 그가 당황함을 넘어 식겁함을 느끼던 찰나, 문제의 그 남자가 점점 더 거리를 좁혀오고 있었다.

"저기, 전 여자 친구가 있는 몸……."

그러면서도 수혁은 이상하게 나쁜 사람일 거라는 생각보다는 나와 다른 성적 취향을 갖고 있는 사람이라고 생각했다. 상대의 취향을 존중하며 남자에게 헌팅을 당하고 있다고 생각한 그때였다. 곧장 직전으로 다가오던 남자는 바람처럼 수혁을 스쳐 지나갔다.

"오구, 돼냥아~ 이제 집에 들어가니?"

그러더니 주차된 차량 사이에서 나온 상당히 통통한 고양이에게 다가가는 것이다.

"그래, 돼냥아. 할머니 기다리시니까 얼른 들어가봐."

야옹.

소름 돋는 귀여운 말투의 주인공은 알고 보니 자신이 아니라 고양이였다는 사실에 안심한 수혁은 다시 길을 서둘렀다.

뚜벅뚜벅.

턱턱턱턱.

한 땀 한 땀 장인의 놀라운 솜씨로 탄생한 고급 수제화가 아스팔트 위를 위엄 있게 지나가고, 곧장 오천 원짜리 가성비 끝판왕인 분홍색 삼선 슬리퍼가 그 뒤를 따랐다.

[알프레도 난데, 지금…….]

다시 한번 휴대폰을 꺼내 알프레도에게 연락을 취하려던 수혁에게 이번에는 진짜 문제가 생겼다. 그저 동네 고양이를 예뻐하며 서로 제 갈 길을 갔다고 생각한 그 문제의 추리닝 남자가 이번에는 대놓고 다가오고 있었다.

"……."

그것도 다가오다 못해 아까 그 통통한 고양이가 그랬던 것처럼 수혁의 주변을 호를 그리며 걸어가면서 자꾸만 시선을 고정시켰다.

이대로는 안 되겠다고 생각한 수혁이 걸음을 멈추고 남자 앞에 마주 섰다. 어릴 적부터 생활예절 가정교사에게 숱하게 들었던 말 중에 하나가 떠올랐다.

'도련님, 주변에 도움이 필요한 사람을 봤을 때는 지나치지 마시고 도와주세요.'

많이 가진 것에 자만하지 말고, 베풀 수 있음에 감사하라던 은사님의 말씀을 떠올린 수혁은 지금이야말로 그 말을 실천할 때라고 확신했다.

"이 날씨에 그런 차림으로 계속 돌아다니시면 위험합니다. 아무래도 도움이 필요하신 것 같은데……. 112, 119. 둘 중 어느 곳에 연락을 취해드릴까요?"

수혁은 이 남자는 그저 도움이 필요한 거라고 판단한 것이다. 그런데 전혀 생각지도 못한 말에 뒤통수를 잡아당기며 영혼이 빠져나가는 것만 같은 기분이 들었다.

"그쪽이 내 여동생 남자 친구입니까?"

수혁의 표정은 순식간에 굳어버리고 대신 남자의 동물적인 촉이, 눈앞의 남자가 라엘의 오빠라고 말하고 있었다.

누군가가 그랬다. 남자는 둘이 모이면 술을 먹으러 가지 커피숍을 가진 않는다고. 그런데 여기 완벽한 슈트를 입은 얼굴천재와 내 여동생은 까도 오직 나만 깐다는 원조 까칠 츤데레인 두 남자가 커피숍 작은 테이블을 사이에 두고 마주 앉았다.

사실 까칠함과 츤데레로 따지면 수혁도 만만치 않았지만, 이 자리에서만큼은 날 때부터 친절함과 믿음직스러움이 내재된 것처럼 행동해야 했다.

'112, 119. 둘 중 어느 곳에 연락을 취해드릴까요?'

정확히 몇 분 전 자신이 내뱉은 엄청난 말을 떠올린 수혁은 폭신한 소파가 가시방석처럼 느껴졌다. 언젠가는 라준을 만나서 인사도 하고 함께 밥도 먹고 술도 한잔하면서 친해지려고 했는데, 이런 식으로 갑자기 만날 줄은 예상하지 못했다.

지난번처럼 라준의 옷을 입고 있는 것도 아니고 몰래 집에 숨어 있다 걸린 것도 아니었다. 그저 그녀를 집에 바래다줬을 뿐, 여자 친구 오빠의 입장에서 기분이 상할 만한 행동은 하지 않았다. 그런데, 그럼에도 불구하고 수혁은 상당한 긴장감을 느꼈다.

'저놈, 아니! 저 사람이 상또의 남친이란 말이지.'

겉으로 보이는 모습만 보면 누가 봐도 슈트를 입고 흐트러짐 없는 수혁이 당당해야 할 그림이었다. 하지만 여자 친구의 오빠라는 타이틀을 갖고 있는 라준은 무릎 나온 추리닝과 동생의 핑크색 삼선 슬리퍼를 신고서도 고고한 학처럼 당당했다.

드르르르륵.

침묵 속에 서로를 탐색하는 눈동자가 빠르게 굴러가는 와중에 테이블 위에 놓인 알림벨의 진동이 격하게 울렸다.

"제가 갔다 오겠습니다."

움직일 생각이 단 전혀 없는 라준과 달리 빛의 속도로 반응한 수혁이 향긋한 아메리카노 두 잔을 갖고 왔다.

"이수혁이라고 합니다. 처음 뵙겠습니다."

커피를 내려놓은 수혁은 자리에 앉기 전 반듯한 인사와 함께 이름을 밝혔다.

"최라준이라고 합니다. 우리 라엘이 남자 친구라고요?"

"네. 그렇습니다. 현재 라엘이와 교제 중입니다."

"뭐, 안 그래도 얼마 전에 얘기 들었습니다. 그런데 우리 라엘이랑은 어떻게 만났나요?"

"아, 네. 스피치 강의를 하다가 만났습니다."

질문의 답변이 되돌아올 때마다 라준은 매의 눈빛으로 수혁을 살폈다.

'오빠, 나 만나는 사람 있어.'

밥을 먹다 말고 느닷없이 사귀는 남자가 있다는 라엘의 말에 라준은 어안이 벙벙했다. 그동안 사무실을 오픈하고 강의를 다니며 바쁘게 업무를 하면서 전혀 연애하는 티가 나지 않았기에 당연히 놀랄 수밖에 없었다.

한번은 그런 동생이 걱정된 라준이 주변에 좋은 사람을 물색해 일부러 만나보라고 권했지만, 라엘은 그때마다 아직 누굴 만날 생각이 없다며 일언지하에 거절했었다.

'상또, 남친 어떤 사람이냐?'

'좋은 사람이야.'

'사진 없어? 어디, 얼굴 좀 보자.'

'나중에 직접 보여줄게.'

'오빠가 네 남친 잡아먹냐? 존재는 하는 거야? 왜 이렇게 꽁꽁 숨겨.'

사진이라도 보여달라 치면 나중에 보여주겠다는 말로 궁금증만 남겼다. 그런데 그토록 궁금하고 궁금했던 베일에 싸여 있는 주인공이 하룻밤 새 '짠' 하고 나타난 것이다.

'180은 훌쩍 넘고, 나보다 크겠네. 와! 얼굴은 진짜 기똥차네. 근데 얼굴이 너무 잘나도 피곤한데.'

한눈에 봐도 훤칠한 신장에 어쩐지 고급미가 느껴지는 패션과 함께 남자가 봐도 잘생긴 수혁의 얼굴이 눈에 띄었다.

'그래도 집까지 바래다준 건, 아니 잠깐! 집을 바래다준 거면 서로의 집을 알고 있다는 소리인데……'

"저기, 제가 동생이기도 하고. 말씀 편하게 하세요."

한참 상상의 나래를 펼치고 있는 라준에게 수혁이 먼저 말을 꺼냈다.

"그럴 순 없죠. 오늘 처음 봤는데 나보다 나이가 어리다는 이유로 그러는 건 예의가 아니죠."

잔뜩 긴장했던 수혁은 라준의 말에 미세하지만 아주 약간은 긴장이 풀리는 것만 같았다.

'형님은 어떤 분이서?'

'오빠요? 음…… 굉장히 짓궂고 장난도 잘 치고 유쾌하고 가족들을 다 잘 챙겨요. 일단 자기 사람이라고 판단하면 그때부터 엄청 잘해줘요. 아! 그리고 수혁 씨랑 공통점이 있네요.'

'그래? 뭔데?'

'까칠함!'

그동안 라엘에게 들은 이미지와는 달리 실제로 마주한 그는 좀 다른 느낌이 들었다. 물론 조금 전 골목에서 만난 강렬한 첫인상을 잊을 순 없겠지만, 까칠하다는 느낌보다는 매너 있다는 생각이 들었다.

'왠지 형님이랑 빨리 친해질 수 있겠다.'

속으로 벌써 호칭 정리까지 싹 끝난 수혁이 어떻게 하면 조금이라도 좋은 인상을 심어줄까 고민하던 그때였다.

"남자와 여자가 만나다 보면 잘될 수도 있고 헤어질 수도 있죠. 솔직히 말해서 앞으로 내 동생이랑 이수혁 씨가 어떻게 될지는 아무도 모르는 것 아닌가…… 요?"

지금까지 잠잠했던 라준의 진정한 까칠함이 봉인 해제되는 순간이었다.

"아, 네. 그렇게 생각하실 수 있습니다."

라준은 한껏 김이 서린 뜨거운 커피를 일부러 보란 듯이 차가운 냉수를 마시는 것처럼 들이켜며 단 한 번도 눈을 찡그리지 않았다.

"그런데 어떻게 될 줄 알고 말을 편히 하겠어…… 요. 안 그래…… 요?"

어렵고 불편할 자리임에도 불구하고 이따금씩 상대방과 눈을 마주치는 센스와 걸을 때 구두를 끌지 않고 발뒤꿈치부터 지면을 누르는 모델 같은 워킹. 그리고 몸에 밴 듯 매너 있는 행동거지와 왠지 티비에서 본 듯한 어딘지 모르게 낯이 익은 얼굴까지.

라준의 관점에서 지금까지 파악된 여동생의 남자 친구라는 녀석은 모든 면이 완벽했다.

'완벽한데…… 이상하게 별로란 말이지…….'

라준은 수혁이 평범한 구석 없이 너무 완벽해 보여서, 아직은 마음에 들지 않았다. 겉으로는 장난기 많은 오빠였지만 속내는 누구보다 여동생을 아끼는 라준이었기에 그의 이런 까칠한 모습은 당연한 걸지도 모른다.

"언제 시간 괜찮으시면 식사를 대접하고 싶습니다."

"저랑요? 왜죠?"

"형님분과 친하게 지내고 싶어서요."

"혹시 뭐 하나만 물어봐도 될까요?"

"그럼요. 물어보셔도 됩니다."

"좋아요."

흔쾌히 응하는 대답을 듣고 잠시 고민하던 라준은 자세를 고쳐 앉았다.

"다른 게 아니라 내가 물어보는 것 중에 본인이 원하는 걸 하나 골라서 답하면 돼요."

"예. 알겠습니다."

"짬뽕, 짜장?"

짬뽕과 짜장? 도대체 이 상황에서 짬뽕과 짜장이 무슨 연결 고리가 있는 건지 전혀 모르겠지만, 수혁은 일단 성심성의껏 장난기 없이 답하기로 했다

"짬뽕."

"맑음과 비?"

"맑음."

"축구, 골프?"

"골프."

"소주? 맥주?"

"둘 다 즐겨 마시는 술이 아니라서……."

"오케이. 패스. 그럼 아메리카노, 에스프레소?"

"에스프레소."

"마지막으로 된장찌개, 김치찌개?"

"된장찌개입니다."

쏟아지는 질문에 착실히 답을 한 수혁은 여전히 어리둥절했다.

"난 말이죠. 누군가와 친밀함을 쌓고 가까워짐에 있어 서로 취향이 잘 맞는 게 중요하다고 생각합니다."

"네, 저도 그렇습니다."

"사람은 공통점이 많을 때 나와 잘 맞는다고 생각하고 좀 더 친해지기 쉽죠. 난, 짬뽕보다는 짜장을 좋아하고 비 오는 날이 좋으며, 축구와 소맥을 선호하고 김치찌개를 먹고 아메리카노를 마시죠. 그런데 아쉽게도 이수혁 씨와 하나도 맞는 부분이 없네요."

친절한 말투 속에 정확히 선을 긋는 내용이 가득했다. 그런데 수혁은 라준이 자신에게 거리감을 두는 게 전혀 서운하지 않았다.

"저도 질문 몇 가지 드려도 괜찮을까요?"

"얼마든지요."

"비빔냉면, 물냉면?"

"……!"

"두 가지 중에서 편하게 좋아하시는 걸로 선택해주시면 됩니다."

첫 번째 질문을 듣는 순간 라준의 눈썹이 살짝 들썩였다. 수혁이 던진 질문의 의도를 정확히 알기 때문이었다.

"비빔…… 아니, 물냉면."

짐짓 심각해진 얼굴로 굉장히 고민하며 첫 질문의 답을 생각했다. 라준이 중간에 선택을 바꾸자 맞은편에 있는 수혁의 눈매에 살짝 웃음이 보였다.

"저도 물냉면을 더 좋아합니다. 바다, 산?"

"바다."

"그것도 저랑 같으시네요. 영화, 뮤지컬?"

"뮤지컬."

"정말 신기한데요. 저도 뮤지컬을 조금 더 선호하거든요."

"……!"

방금 전 맞는 부분이 전혀 없다며 선을 긋던 라준은 민망한 듯 남은 커피를 들이켰다.

"제 개인적인 생각일지 모르지만, 나 자신이 아닌 다른 누군가와 온전히 좋아하는 게 같을 수는 없다고 생각합니다. 조금 전의 질문에서는 형님분과 공통적인 부분이 없었지만, 이번에는 전부 다 공통적이었잖아요. 단순히 좋아하는 것으로 사람과 친해지는 걸 판단하기는 좀 애매한 부분이라고 생각합니다."

자신의 말에 경청하는 라준을 보며 수혁은 조심스럽게 나머지 의견을 피력했다.

"취향이 다르다고 해서 무조건 안 맞는다 생각하고 거리를 두지는 않잖아요. 오히려 나와 다른 부분을 존중하고 거리를 좁혀가다 보면 더 친해질 수 있지 않을까 합니다."

"내 동생 어디가 좋아요?"

라준은 질문을 하면서도 웬만한 남자들이 그렇듯 당연히 예뻐서 좋다는 뻔한 소리가 나올 거라고 생각했다.

"라엘이는 지혜롭고 현명합니다."

그런데 예상과 다른 답변이 라준의 신경을 집중하게 만들었다.

"제가 부족한 면이 있는데 라엘이는 그 부족한 부분을 채워주는 사람입니다. 또, 사람을 대할 때 가식적이지 않고 솔직하게 대하는 모습들이 좋아하는 마음으로 연결되었습니다."

조금 전 차분하게 자신의 의견을 전할 때도 그렇고 이번에도 그렇고, 화려한 겉모습이 전부인 사람이면 어쩌나 걱정했던 라준은 수려한 수혁의 언변에 살짝 감탄했다.

'뭐야, 말도 잘하네. 아니, 잠깐!'

그러면서 저도 모르게 품고 있던 경계심이 풀어지려는데, 방금 들은 말을 가만히 생각해보니 오빠로서 뭔가 괘씸한 기분이 들었다.

"그래, 우리 상또! 아니, 원래 내 동생이 정의감도 투철하고 지혜롭지. 그런데 이수혁 씨 눈에 우리 라엘이가 예쁜 건 아닌가 보네요?"

"예? 아니요! 아닙니다."

당황한 수혁의 목소리가 높아졌다.

"그럴 리가요. 라엘이가 얼마나 예쁜데요."

어떻게 하면 라준에게 점수를 딸까 고민하며 신중하게 대답한 말이 어째 심기를 건드린 것만 같았다.

"오빠?"

찰나의 정적이 내려앉은 그때 별안간 라엘이 두 사람을 부르며 뛰어왔다.

"수혁 씨?"

라엘은 산책을 나왔다가 함께 있는 두 사람을 발견한 종인의 연락을 받고 급히 커피숍으로 오게 됐다.

"오늘 만나서 반가웠어요."

커피숍을 나온 라준은 묻고 싶은 말이 더 있었지만, 라엘이 팔짱을 끼고 상당히 심기 불편한 표정으로 뚫어질 듯 쳐다보자 어쩔 수 없이 인사를 건넸다.

"아닙니다. 저도 형님분을 봬서 좋았습니다."

"그럼 난, 형이랑 먼저 들어가볼게. 형 우리 먼저 가요."

"야, 야! 종인아, 너 왜 그래?"

눈치 빠른 종인이 집으로 향하는 골목으로 라준의 등을 떠밀며 걸음을 재촉했다.

"어휴, 두 사람 어떻게 된 거예요?"

"골목에서 우연히 마주쳤어."

"오빠가 짓궂게 하거나 불편한 질문을 하진 않았어요? 우리 오빠 장난 아닌데……."

"아니, 전혀. 형님이 불편하지 않게 편하게 잘 대해주셨어. 유쾌하시고 말씀도 잘하시더라."

"야! 최라엘, 너 빨리 안 오고 뭐 해!"

두 사람이 대화를 하고 있는 사이 이미 저만치 앞서간 라준이 라엘을 부르며 재촉했다.

"수혁 씨, 나 가볼게요. 조심해서 가요."

"얼른 가봐."

인사를 건네고 걸어가던 라엘은 라준이 걸어가는 걸 확인하곤 다시 있던 자리로 빠르게 다가왔다. 그러더니 발뒤꿈치를 높이 들

고 빠르게 손을 뻗어 그의 얼굴을 부여잡고 아래로 내린 뒤,

쪽!

차가운 그의 입술에 따뜻한 온기와 함께 입을 맞춘 뒤 골목으로 뛰어갔다. 사랑스러운 스킨십에 수혁의 입꼬리가 하늘 높은 줄 모르고 올라갔다.

18화. 소원권 쟁탈전

한 치의 흐트러짐 없이 완벽한 슈트 차림 위로 한 폭의 그림 같은 얼굴 속 이목구비가 열일을 하고 있다. 우수가 느껴지는 눈빛은 보는 이가 부담스럽지 않게 상대의 인중에 머물렀다 눈을 마주치기를 반복하고, 이따금씩 미소를 보이되 치아가 너무 드러나지 않도록 적정선을 넘지 않았다. 또한 상대의 집중력을 높이는 적절한 손짓도 과하지 않게 이뤄지고 있었다. 이 광경은 마치 뉴스에 나오는 장면처럼 각국 정상회담을 방불케 할 만큼 열정적이고 진지하기까지 했다.

"여기까지가 제 의견입니다."

독일 아우토반 위를 달리는 스포츠카처럼 막힘없이, 후회 없이, 실수 없이 자신의 의견을 어필한 그의 눈빛은 자신감이 충만했다.

'좋아! 됐어.'

그렇다. 수혁은 지금 여자 친구와 여행을 가기 위해 그 어느 때보다 완벽한 프레젠테이션으로 김 여사를 설득하는 중이다.

"그러니까 핵심은 지금 라엘이와 스키를 타러 가고 싶다, 이거네."

"네, 할머니."

느낌이 좋다. 퍼펙트, 완벽하다. 이미 대화의 주도권은 자신에게 있다고 그는 자신 있게 확신했다.

"그래서 할미보고 약속을 미뤄달라는 얘기고."

"맞습니다."

라엘과 여행을 가고 싶은 그 간절한 마음이 여과 없이 겉으로 드러나는 수혁을 보며 김 여사는 사랑스러운 눈빛으로 흐뭇한 표정을 지었다. 다 큰 손주의 애가 타는 모습이 어찌나 귀여운지 자꾸만 터져 나오는 웃음을 간신히 참고 있었다.

"그럼, 이렇게 하면 어떨까?"

지켜보는 수혁은 물론 알프레도와 별채특공대까지 모두가 김 여사의 다음 말을 기다렸다.

"수혁이 네가 할머니랑 간단한 내기를 해서 이기면 너 하고 싶은 대로 여행 가."

김 여사는 자신의 말 한마디 한마디에 세상 집중하는 수혁을 보며 살짝 놀리고 싶다는 생각을 했다.

"할머니, 지금 하신 말씀 정말이죠?"

"이 녀석아, 할미가 언제 거짓말하는 거 봤어."

"그럼 내일 라엘이와 약속 다른 날로 미뤄주시는 거, 맞죠?"

"그렇대도. 하지만 그건 어디까지나 수혁이 네가 이겼을 때 얘기지. 만약 지면 그땐 할머니는 예정대로 라엘이랑 만날 거야."

"물론이죠."

내기에서 이기면 라엘이와 약속을 미뤄준다는 말에 수혁은 기쁜 마음을 감추지 못했다. 저택에서 가능한 내기를 떠올려 볼 때 도저히 자신이 질 것 같은 종목은 없었기 때문이다.

"어떤 내기를 하면 좋을까……. 그러지 말고 수혁이 네가 한번 정해볼래?"

"괜찮으시겠어요?"

"괜찮지, 그럼."

거기에 더해 직접 내기를 정하기까지 하니 이 정도면 이미 결과는 불을 보듯 뻔했다. 하지만 그래도 일단은 확실히 이길 수 있는 내기 종목을 생각하며 심사숙고하기 시작했다. 수혁은 일단 지하에 있는 운동시설을 떠올렸다.

'어떤 걸로 할까?'

수영장과 볼링장, 당구대, 스쿼시 코트 등 하나같이 모두 자신 있는 종목이었다.

"할머니!"

"그래, 정했니?"

"네. 볼링 단판 어떠세요?"

"볼링?"

"네."

"그러자꾸나."

내기 종목을 볼링으로 한다는 소리에 김 여사는 흔쾌히 수락했다. 스쿼시는 시시각각 공을 쫓아 뛰어다녀야 하기 때문에 김 여사의 체력으로는 힘들 듯했다. 이기는 종목을 하겠다고 마음먹었지만 그렇다고 젊은 사람도 힘든 스쿼시를 고령인 김 여사와 할 수는 없었다. 그래서 볼링을 택한 것이다.

그런데 문제가 생겼다. 정작 주인공인 김 여사는 아무렇지 않은데 이 방에 모인 여론의 분위기가 심상치 않았다.

"언니, 들었어? 형부도 들었죠? 볼링이래요."

"내도 들었다. 우리 도련님 그리 안 봤는데 너무하시네."

"에이, 우리가 잘못 들었겠지. 볼링은 무슨 볼링이야."

알프레도는 안타까운 표정으로 고개를 가로저었고 별채특공대는 대놓고 들으라는 식으로 수군거렸다.

"알프레도, 그 표정 뭐야? 다들 나한테 뭐라고 하는 거야?"

"무슨 소리세요, 도련님. 저흰 별말 안 했어요."

"수혁아, 할미는 볼링 괜찮은데. 내려가서 얼른 하자."

발끈하는 수혁을 보며 김 여사는 재미있어 죽겠다는 표정을 지었다.

"이거 봐! 할머니는 괜찮다고 하시잖아."

이미 머릿속으로는 그녀와 함께 여주 별장에 도착해 있는 엉큼한 그에게는 아무것도 들리지 않았다. 그렇게 여론을 잠재우며 보란 듯이 자리에서 일어나는 순간,

"쓰레기니?"

알프레도의 태블릿PC에 조용히 집중하고 있던 관우의 허를 찌르는 외침이 들려왔다.

"너, 정말 쓰레기구나?"

쓰레기!

'설마, 관우 녀석 나한테 그러는 건 아니겠지……?'

'쓰레기'란 소리에 깜짝 놀란 수혁이 빛의 속도로 반응하며 고개를 돌리자 관우가 드라마를 보며 배우의 말을 따라 하고 있었다.

"수혁아, 뭐 하니? 어서 가지 않고."

"아니요. 할머니, 잠시만요."

어느새 문 앞으로 걸어간 김 여사를 수혁이 불러 세웠다.

"왜? 볼링 치려면 지하로 내려가야 하잖아."

"다른 걸로 할게요."

"다른 거? 종목을 바꾼다고?"

"네."

"그래, 어떤 걸로 할래? 할미는 아무거나 상관없어."

별채특공대의 말도 말이지만, 수혁은 기막힌 타이밍에 의미 없이 던진 관우의 말 한마디에 양심이 찔려 종목을 바꾸기로 결정했다.

"도련님께서 종목을 바꾸시려나 보네."

"이번에는 어떻게 하시려나."

볼링이 안 되니까 당연히 수영도 안 될 게 뻔하고, 어떤 걸로 해야 공정하고 공평할까 생각하고 또 생각하던 중,

'그래! 저게 있었어.'

테이블 가운데 놓여 있는 황금빛 비숍 장식물이 눈에 띄었다.

"체스! 할머니, 우리 체스로 내기해요."

"체스?"

김 여사는 수혁을 향해 다시 한번 확인하며 물었다.

"체스를 하자고? 나랑?"

"단판 내기. 더 이상 안 바꿀게요."

"나한테 체스로 도전한다고. 수혁아, 괜찮겠니?"

"그럼요. 자신 있습니다."

테이블로 다가와 비숍을 흔드는 김 여사를 보며 수혁은 전에 없는 자신감을 드러냈다.

"그래. 한번 해보자꾸나."

고급스러운 앤티크 테이블 위로 체스판이 깔리고 마주 앉은 김 여사와 수혁의 앞에 각각 열여섯 개의 피스가 차례대로 세워졌다.

"흠흠! 룰은 국제대회 룰을 적용하겠습니다. 두 분 다 알고 계시죠?"

알프레도가 두 사람 가운데 서서 경기를 진행하기로 했다.

여기서 잠시 김순자 여사의 체스 실력을 알아보자. 그녀는 일찍이 귀족게임으로 알려진 체스를 아버지를 통해 접하며 전문가 뺨을 치는 상당한 실력자가 되었다.

"수혁아, 네 피스 잡았다."

"저도 잡았습니다."

그럼 수혁은 체스를 못하나?

그건 또 아니다. 웬만한 운동과 게임에 능한 만능재주꾼으로, 그도 체스를 곧잘 둔다. 하지만 '곧잘 둔다'일 뿐 전문가의 뺨을 칠 정도는 아닌 것이다.

한때 사교계에 소문난 체스 퀸으로 이름을 떨친 김 여사는 영국 아마추어 체스대회에서 시니어 부분 우승 트로피까지 거머쥔 인증된 실력자였다. 고로 수혁은 김 여사의 실력에 견줄 바가 아니었다. 진짜 대회라면 한 게임당 몇 시간이 걸리겠지만, 워낙 실력 차이가 나는 두 사람이었기에 그런 방대한 시간이 걸리지 않았다.

20분 후. 너무 갖고 싶었던 사탕을 손에 꼭 쥐고 있는 아이에게서 사탕을 뺏으면 그 아이는 서러움에 눈물이 폭발하고 만다. 지금 수혁의 상황이 그랬다.

"아이고, 우리 도련님, 건드리면 우시는 거 아냐? 당신 웃어? 왜 웃는 거야?"

곁에서 구경하던 요리장은 어금니를 꽉 깨물며 아주 웃겨 죽겠다는 표정으로 김 씨의 팔을 쳐댔다.

"아이고, 웃음 참느라 혼났네. 당신 그거 생각 안 나요? 작은 도련님이 어릴 때 큰 도련님한테 체스로 까불다가 져서 체스판 엎고 울면서 뛰어나갔잖아요."

"아, 그래, 그래. 생각나. 그러고 보니 그때랑 상황이 비슷하네."

"내 말이 그 말이에요."

"원숭이 엉덩이는 빨개. 수혁이 얼굴이 더 빨갛다."

속절없이 지고 있는 상황을 알고 있는 건지 아니면 드라마에 나왔던 노래를 외운 건지, 안 그래도 불난 집에 관우가 기름을 부으며 살살 약을 올렸다.

"관우야, 너 그러다 도련님한테 혼난다. 그만해."

5분 뒤.

"수혁아, 아무래도 할미가 이긴 거 같지?"

김 여사가 수혁의 킹을 잡으며 게임은 끝났다.

"여사님이 이기셨습니다."

"그럼 약속대로……."

"할머니, 잠시만요!"

땅이 꺼질 것 같은 깊은 한숨을 내쉰 그가 고개를 들며 다급하게 외쳤다.

"이건 반박의 여지없이 제가 깔끔하게 졌습니다."

"너도 잘했어."

"한 판만. 딱 한 판만 더 하면 안 될까요?"

"나도 오랜만에 재미있는데 그럼 한 판 더 할까? 그럼 할미가 선심 써서 이번 판 이기면 수혁이 네가 이기는 걸로 해줄게."

"감사합니다. 할머니."

김 여사의 배려로 수혁은 다시 한번 기회를 얻었지만, 결과는 역시나 마찬가지였다.

"여사님이 이기셨습니다."

그 뒤로도 두 사람은 또 한 번 체스를 뒀지만 수혁은 단 한 판도 이기지 못했다.

"제가 졌네요."

"우리 수혁이가 많이 상심했나 보구나."

"아니에요. 할머니가 세 번이나 봐주셨잖아요."

"약속대로 내가 하고 싶은 대로 할게. 그럼 내일 라엘이랑 스키 잘 타고 와."

"네. 약속대로 라엘이랑 스키……! 방금 뭐라고 하셨어요?"

원래대로 라엘이와 만나겠다는 게 아니라 스키를 타러 가라는 김 여사의 말에 깜짝 놀란 수혁이 되물었다.

"사실 처음부터 너희 두 사람 스키 타러 가라고 할 생각이었어. 그런데 수혁이 네가 애태우며 너무 안달복달하니까 괘씸하면서도 귀여워서 할미가 놀린 거야."

"아! 할머니. 저, 진짜 놀랐잖아요."

"우리 도련님 표정 보소."

"도련님 속 보여요."

옆에서 구경하던 별채특공대는 좋은 기분을 주체 못 하는 수혁을 보며 함께 놀렸다.

"대신 할머니가 이겼으니까 부탁 하나 할게. 내일 스키 타기 전에 두 사람, 함께 영화 봐. 표는 라엘이한테 미리 보냈어."

"라엘이랑 영화 보는 건 부탁이 아니라 저한테 더 좋은 거잖아요."

안 그래도 언젠가 라엘이와 영화관 데이트를 하고 싶었던 수혁에게는 더없이 좋은 일이었다.

"라엘이가 좋아하는 영화가 개봉했다길래 같이 보려고 했는데, 이왕 이렇게 된 거 수혁이 네가 같이 보면 라엘이도 더 좋아하지 않겠니?"

"감사합니다, 할머니."

아이처럼 좋아하는 수혁을 보며 김 여사도 기분 좋게 웃어 보였다.

"아휴, 여사님도 참. 이러다 내일 우리 도련님 식겁하시겠어요."

"그런가……."

알프레도와 함께 방을 나서는 수혁을 보던 쌍방울 댁은 작은 목소리로 속삭였고, 김 여사는 의미심장한 미소를 보였다.

"도련님, 그럼 별장은 내일 영화 보시고 점심 지나서 들어가실 건가요?"

"그쯤 될 것 같아. 스키 타고 가면 좀 더 늦을 수도 있고."

"스파는 작은 거 큰 거 어떤 걸로 준비하라고 할까요?"

"큰 방에서 머물 거니까 2층 투명 스파로 준비해줘."

"알겠습니다. 나머지 먹거리는 제가 알아서 준비시키도록 하겠습니다."

수혁은 라엘과 전화를 마친 뒤 한껏 들뜬 마음으로 여행 준비를 하고 있었다.

"근데 도련님께서 정말 바비큐 준비를 하실 수 있으시겠어요?"

"당연하지. 그 정도는 쉽게 할 수 있으니까 걱정하지 마. 그보다 오른쪽 체크, 왼쪽 스트라이프?"

"왼쪽 거요."

"아니야, 아니야."

알프레도가 골라준 티셔츠를 가방에 넣던 수혁은 그 셔츠를 다시 꺼냈다. 그러더니 남자답지 않게 야무진 손끝으로 정갈하게 정리된 캐리어에 있던 여분의 옷을 몇 벌이나 연달아 꺼냈다.

"도련님, 옷은 왜 다시 꺼내시는 거예요?"

알프레도는 그의 행동을 이해할 수 없다는 듯 물었다.

"다른 옷으로 바꾸시려고요?"

"아니, 생각해보니까 옷을 이렇게 많이 가져갈 필요가 없을 거 같아."

"그래도 지금은 옷을 너무 많이 빼신 것 같은데요."

팔짱을 낀 채 한참을 진지하게 고민하던 수혁이 그윽한 눈빛으로 알프레도를 쳐다봤다.

"스키 타고 거의 별장에만 있을 건데 굳이 옷을……."

그러더니 한쪽 입꼬리를 쓰윽 올리며 야릇한 눈빛과 함께 말을 이었다.

"입을 일이 있을까 싶네."

드디어 토요일. 수혁은 오늘 특별한 날인 만큼 언제나 대동했던 운전기사 없이 직접 운전대를 잡고 가장 아끼는 SUV 차에 그녀를 태운 뒤 여행의 시작인 극장으로 향했다.

"다 왔다."

완벽한 주차와 함께 차에서 내리기 전 그녀의 안전벨트를 풀어주는 그의 손길은 한없이 다정하다.

"그렇게 좋아?"

해사한 미소를 품은 작은 얼굴이 수혁의 눈에 햇살처럼 따사롭다.

"나 너무 좋아요. 저번에 할머니랑 차 마실 때 뭐 좋아하냐고 물어보시길래 영화 보는 걸 좋아한다고 했거든요. 제가 좋아하는 영화까지 기억하셨다가 수혁 씨랑 같이 보라고 선물해주시니까 너무 감사한 거 있죠."

오랜만에 영화관에 온 것도 좋은데 보고 싶던 영화를 수혁과 함께 볼 수 있어서 라엘은 더 기분이 좋았다.

"수혁 씨도 영화 보는 거 좋아해요?"

"난 네가 좋으면 다 좋아. ……라엘아?"

"응?"

휴대폰으로 김 여사가 보내준 티켓을 확인하던 라엘은 불러놓고 말이 없는 수혁을 향해 고개를 들었다.

"왜요?"

좋은 기분을 따라 올라간 그녀의 뺨을 쓰다듬던 그는 갑자기 전후좌우로 고개를 돌리며 주변을 살폈다.

"수혁 씨, 뭐 찾아요?"

차 밖을 두리번거리는 그를 보며 라엘이 물었다.

"아니, 밖에 사람 있나 확인했어."

"사람?"

"다행히 아무도 없네. 라엘아?"

매의 눈으로 동서남북 사방팔방을 확실하게 체크한 그는 중저음의 듣기 좋은 음성으로 다시 한번 그녀를 불렀다.

"말해요."

얼마나 대단한 말을 하려고 이리 뜸을 들이는지 목울대를 일렁인 그가 라엘의 귓가에 입술을 밀착하며 다가왔다. 말캉하게 부딪히는 느닷없는 감촉과 익숙한 그의 향기에 예민해진 귓가가 움츠러든 사이, 수혁이 은밀하게 속삭였다.

"키스…… 하고 싶어. 키스해도 돼?"

"뭐라고요? 어! 진짜 못 말려!"

대놓고 뻔뻔하게 물어보는 질문에 라엘은 크게 반응하며 주먹으로 그의 가슴을 톡톡 쳤다. 안 그래도 요즘 스킨십이 부쩍 는 그였다. 물론 그의 스킨십이 싫은 건 아니었다. 하지만 공공장소에서만큼은 조심스러울 수밖에 없었다.

"엉큼하긴."

이미 예상했던 당연한 반응에 빠르게 포기한 수혁은 대신 아쉬운 대로 라엘의 입술에 빠르게 입을 맞췄다.

"어쩔 수 없어. 이게 다 네가 너무 예뻐서 생긴 일이니까."

"수혁 씨한테만 예쁜 거예요. 누가 들으면 욕하겠어."

"나한테만 예쁘면 됐지. 그리고 내가 내 여자 친구 예쁘다는데 누가 욕해."

"이분 오늘 왜 이렇게 애정표현이 과하실까? 수상하네. 혹시 무슨 꿍꿍이라도 있으신 거 아닌가 몰라."

오늘따라 눈에 띄게 하이텐션을 유지하며 살짝 흥분돼 있는 수혁을 보며, 라엘은 그의 마음을 알면서도 모르는 척 장난스럽게 물었다.

"어! 수상하긴 무슨……."

"좋아요. 믿어줄게요. 수혁 씨, 우리 빨리 영화 보러 가요."

"오케이. 가자."

영화관에 올라온 두 사람은 티켓을 교환했다.
"영화 시작까지 20분 정도 남았네. 수혁 씨, 팝콘 살까요?"
"팝콘은 필수지. 촉새 먹고 싶은 거 다 사. 근데 우리 오늘 무슨 영화 보는 거야?"
수혁은 어제부터 온통 여행에 정신이 팔린 탓에 무슨 영화를 보는지도 몰랐다.
"아! 내가 말을 안 했구나. 우리가 볼 영화는 바로 저거예요."
곧게 쭉 뻗은 손가락을 따라 그녀에게 닿은 시선을 대형 포스터에 옮긴 순간,
"……!"
수혁의 표정이 심상치 않게 변했다.
'저거! 설마 진짜 저거야?'
어쩐지 아까 엘리베이터에서 내릴 때부터 수혁은 뭔가 느낌이 싸했다. 아무리 토요일이고 한국 사람들이 영화를 사랑한다지만 영화관 로비에 사람들이 그야말로 인산인해를 이루고 있는 게 좀 이상했다.
그뿐인가! 지금 수혁의 눈앞을 지나고 있는 음산한 패션을 한 사람들이 풍기는, 살벌한 기운까지. 이렇게 곳곳에 대놓고 힌트를 주고 있음에도 불구하고 라엘에게 온 신경이 쏠려 이제야 눈치를 채고 말았다. 김 여사가 직접 예매해준, 오늘 라엘과 봐야 하는 영화는 공포영화라는 것을.
그렇다. 자신의 여자를 뜨겁게 사랑하는 상남자 이수혁이 세상에서 가장 두려워하는 것. 그것은 바로 공포영화를 보는 것이었다.

수혁은 대형 전광판에 무한 반복되는 영화 예고편에서 빛의 속도로 시선을 피했다. 그리고 미약하게 떨리는 마음을 진정시키며 그녀에게 물었다.

"라엘아? 우리 오늘 공포영화 보는 거야?"

"공포영화? 아니에요."

잔뜩 흐려 있던 얼굴이 아니라는 그녀의 말에 어둠 속 광명을 찾은 탐험가의 얼굴처럼 빛났다.

"그래, 아니지?"

당연히 아니겠지. 그녀와 어울리는 분위기는 꽃가루가 휘날리는 로맨스나 코믹이면 모를까 아무리 생각해도 공포 영화는 아니었다. 이렇게 사랑스러운 그녀와 공포 영화는 어울리지 않는다고 정의 내렸지만, 그는 라엘의 영화적 취향을 대단히 착각하고 있었다.

"그럼 저 영화가 아니겠네."

한결 편안해진 마음이었지만, 여전히 시선은 라엘에게 고정한 그가 손가락으로 전광판을 가리켰다.

"저 영화 맞아요. 예고편이 좀 요란해서 그렇지, 정확한 장르는 공포가 아니라 스릴러예요."

"그럼, 촉새 네가 보고 싶다던 영화가……."

"네. 바로 저 영화예요."

그녀의 확인 사살에 맑게 개었던 그의 기분은 다시 짙은 먹구름이 드리워지며 혼돈의 카오스를 느꼈다. 두근거림이 가득할 거라고 생각했던 영화관 데이트가 순식간에 살 떨리는 데이트로 바뀌는 순간이었다.

라엘은 로맨스나 멜로보다는 SF나 스릴러를 훨씬 선호했다. 특히나 오늘 보는 영화는 세계적인 스릴러 거장 감독의 것으로 시리즈가 개봉할 때마다 돌풍을 일으키는 영화였다. 감독의 말을 따르면 스릴러 장르가 분명했지만, 말이 스릴러지 팬들 사이에서조차 공포영화라고 불리고 있었다. 대학교 시절 원작 책까지 섭렵한 라엘 또한 이 영화의 팬이었다.

"수혁 씨, 저거 봐요. 저기 주인공 코스프레한 모델이랑 같이 사진 찍을 수 있나 봐요. 우리도 가서 사진 찍어요."

"촉, 촉새야? 아무래도 이건 아닌 거 같아."

"왜요? 어!"

라엘은 블랙홀처럼 소용돌이치는 눈빛과 어딘지 모르게 하얗게 질린 수혁의 얼굴을 보며 걱정했다.

"수혁 씨, 갑자기 얼굴이 왜 이래요? 어디 아파요?"

"아니. 그것보다 라엘아, 우리 다른 영화 볼까? 아니면 나가서 데이트하는 건 어때?"

"다른 영화를 보거나 나가자고요?"

주차장에서 올라올 때까지만 해도 영화관 데이트를 한다고 그렇게 좋아하던 사람이 다른 영화를 보자고 하더니 급기야 영화를 보지 말고 밖에 나가서 데이트를 하자고 하는 것이 아닌가. 단 몇 분 만에 손바닥 뒤집히듯 변하는 그를 보며 뭔가 이상하다고 느끼던 라엘은 순간 번뜩하고 한 가지 생각이 떠올랐다.

"수혁 씨?"

정처 없이 떠돌던 눈빛이 그녀에게 향했다.

"저기 전광판 좀 볼래요? 영화 재밌겠죠?"

"어, 그러네. 진짜 기대된다."

영혼이 단 1%도 실리지 않은, 사하라 사막을 능가하는 건조한 말투와 전광판을 대놓고 외면하는 눈빛을 보며 라엘은 설마 했던 생각을 확신했다.

"수혁 씨, 우리 영화 다른 거 볼까요?"

"그럴래? 그래. 이런 거 보면 촉새 너 막 놀라서 정신 건강에 해롭고 별로야."

"음! 듣고 보니 맞는 것도 같고."

"그렇다니까. 자! 그럼 우리 다른 영화로 바꾸러⋯⋯."

라엘은 자신에게 팔짱을 끼며 데스크로 향하던 그의 손을 잡고 걸음을 멈췄다.

"그런데 이건 어디까지나 혹시나 해서 물어보는 건데요. 수혁 씨 혹시 무서워서 그건 건 아니죠?"

"내가?"

대답 대신 라엘의 작은 머리가 위아래로 흔들렸다.

"촉새 너! 설마 내가 무서워서 이 영화를 안 본다고, 아니 못 본다고 생각한 거야?"

지나치게 빠른 반응을 보인 수혁은 어깨를 들썩이며 믿을 수 없다는 표정을 보였다.

"네. 설마 그렇게 생각했어요."

"나 이수혁이야. 누가 무섭대. 가자. 가!"

좋아하는 그녀 앞에서 약한 모습을 보이기 싫었던 그는 잔뜩 허세를 부리며 결국 영화를 보기로 마음먹었다. 두 사람은 팝콘과 콜라를 구입하고 남은 시간까지 이야기를 주고받으며 영화관에 있는 여느 연인처럼 즐거운 모습을 보였다.

수혁이 잠시 차에 다녀오고, 두 사람은 시작을 알리는 안내 문구와 함께 극장 안으로 입장했다. 라엘은 아까보다 한결 편안해진 수혁의 모습을 보며 그가 괜찮아졌다고 생각했다. 김 여사의 센스로 두 사람은 커플 좌석에 함께 앉았다.

"수혁 씨, 우리 자리 여기예요."

자리에 앉은 라엘은 음료수를 팔걸이에 꽂아 넣고 휴대폰 음소거를 확인한 뒤, 옆에 앉은 수혁을 향해 고개를 돌렸다. 그런데 방금까지 잘 보이던 그의 두 눈 위로 새까맣고 커다란 선글라스가 떡하니 자릴 잡고 있었다. 선글라스를 보는 순간 조금 전 그가 급하게 차에 갔다 온 이유를 알 것만 같았다. 스릴러 영화 한 편이 몰고 온 수혁의 의외의 모습을 보며 라엘은 그의 이런 행동 하나하나가 귀엽게 느껴졌다.

"쿡!"

"혹시나 해서 말하는 건데, 선글라스는 스릴러 영화의 다크한 분위기를 한껏 살려 좀 더 재미있게 보기 위해 쓴 거야."

바로 옆에서 들려오는 외마디 웃음소리를 들은 그는 괜히 민망한 듯 물어보지도 않은 말을 장황하게 꺼내 자신을 변호했다.

"촉새, 오해하지 마. 나 무서워서 쓴 거 아니다."

"나, 아무 말 안 했어요. 근데 그렇게 보면 잘 안 보일 텐데 괜찮아요?"

"전혀, 이거 생각보다 잘 보여."

아무래도 수혁의 철통같은 마지막 자존심은 지켜줘야겠다고 생각한 라엘은 더 이상 선글라스를 벗으라고 강요하지 않았다. 대신 그의 마음이 조금이나마 진정되길 바라는 마음으로 커다란 손에 깍지를 끼고, 넓은 어깨에 얼굴을 기대며 스크린으로 시선을 옮겼다.

몇 편의 광고가 지나고 영화가 시작됐다. 역시나 스릴러를 표방한 공포영화답게 음산한 음악과 저절로 움츠러들게 만드는 소름

돈는 장면들로 곳곳에서 놀라는 소리가 속출했다. 단단히 마음먹고 있던 수혁은 짙은 선글라스 효과를 톡톡히 보며 의외로 크게 놀라지 않았다. 물론 머리카락이 절로 서는 장면에서는 살짝 눈을 감았지만 영화는 제법 볼만했다.

반면 보고 싶던 영화에 큰 기대감을 드러내며 용감한 모습을 보이던 라엘이 상체를 들썩이며 크게 놀라자 그는 바로 고개를 돌려 그녀에게 시선을 고정했다. 순식간에 커다래진 눈은 곧장 문을 닫고 눈꺼풀을 걸어 잠갔고, 도톰한 입술은 옹알이를 하는 아기처럼 두서없이 리듬을 타며 샐쭉거렸다. 거의 매초마다 버라이어티하게 변하는 화려한 표정을 보던 수혁은 혼잣말로 조용히 속삭이며 선글라스를 벗었다.

"진짜 선글라스 때문에 잘 안 보이네."

그리고 그의 시선은 스크린이 아닌 오직 그녀에게 고정됐다. 그때부터 수혁은 연출과 여주인공을 맡고 있는 최라엘이라는 영화에 푹 빠져들었다.

'귀여워라. 저 표정 어쩔 거야……'

어둠이 자리한 영화관의 모든 사람들이 긴장한 표정으로 영화를 볼 때, 수혁은 혼자 로맨스 영화를 보는 사람처럼 사랑스러운 표정을 자랑했다.

무서운 장면이 나올 때마다 커다란 손이 그녀가 놀라지 않도록 미리 마중 나가 긴장한 눈앞에 펼쳐졌다. 라엘은 그때마다 커튼처럼 곧게 펼쳐진 손가락을 꼭 잡고 그 사이로 곁눈질을 하며 영화를 봤다.

마지막까지 사람들의 비명을 자아냈던 영화가 끝나고 수혁과 라엘은 자리에서 일어나 출입구로 향했다.

"재미있었어?"

"오랜만에 극장에서 영화 봐서 그런지 더 재미있었어요."

"그렇구나."

여전히 손을 꼭 잡고 그녀의 말에 집중하던 그가 눈을 가늘게 뜨며 묘한 표정을 지었다.

"뭐예요? 왜 갑자기 그렇게 쳐다봐요?"

"아니, 난 촉새가 너무 자신하길래 공포영화를 잘 볼 줄 알았지. 근데 계속 깜짝 놀라던데? 최라엘, 너 솔직히 말해. 무서웠지?"

"어허! 이 남자 좀 봐. 무서워한 사람이 누군데 나보고 무서워한 대. 그리고 원래 이런 영화는 깜짝깜짝 놀라는 맛에 보는 거라고 요."

"예. 어련하시겠어요."

"네, 영화 무서워서 선글라스 쓰신 분이 누구시더라?"

두 사람이 초등학생처럼 서로 겁쟁이라고 놀리며 출입구를 벗어나고 있던 그때였다.

"어······!"

별안간 발밑에서 느껴지는 이질적인 힘 때문에 라엘의 몸이 휘청하며 앞으로 고꾸라지려 하고 있었다. 다행히 곁에 있던 수혁이 때를 놓치지 않고 그녀를 지탱해 일으켜 세웠다.

"괜찮아?"

대화를 하느라 시선이 옆으로 쏠린 상태에서 하마터면 크게 넘어질 뻔했기에 라엘은 안도의 한숨을 쉬었다.

그런데 괜찮다는 말과 함께 고맙다는 말을 하려던 라엘은 순간, 수혁의 행동 때문에 공포영화를 볼 때보다 더 크게 놀라며 말문이 막혀버렸다.

"수혁 씨! 지금 뭐 하는 거예요?"

라엘이 이토록 놀란 이유는 그가 갑작스럽게 한쪽 무릎을 바닥에 대고 그녀의 발밑에 쪼그려 앉았기 때문이다.

"아, 죄송합니다."

당황한 라엘은 앞서가는 남자의 사과와 함께 바닥에 풀려 있는 자신의 운동화 끈을 보고서야 모든 상황이 이해됐다. 매듭이 풀어진 운동화 끈을 지나가던 남자가 모르고 밟는 바람에 중심을 잃었던 것이다. 수혁은 여전히 쪼그려 앉아 그녀의 운동화 끈을 소중하게 쥐고 있었다.

"수혁 씨…… 내가 할게요."

넓은 어깨를 살짝 흔들며 만류했지만 여왕 앞에 충성을 맹세한 기사처럼 그는 꼼짝하지 않았다. 오히려 기다란 손가락을 이용해 예쁜 리본 매듭을 만들기 시작했다.

"저 남자 봐봐. 여자 친구 운동화 끈 묶어주나 봐."

"어머, 진짜 그러네. 멋있다."

두 사람 옆을 지나는 몇몇 여자들의 놀란 음성과 함께 부러운 시선이 라엘에게 꽂혔다.

"다 됐다."

지나가던 사람들이 복도를 거의 다 빠져나갈 즈음 그가 자리에서 일어났다. 그의 손끝을 떠난 운동화 끈은 어느새 양쪽 모두 똑같이 정갈한 리본 매듭을 자랑했다.

"최라엘!"

그가 성까지 붙여 그녀의 이름을 완전하게 불렀다. 오랜만에 들어보는 '최라엘'이었다. 라엘이 고백을 받아준 그즈음부터 수혁은 엔간해서는 성을 붙이지 않았다. 항상 입꼬리는 올리고 눈 끝은 내리며 3월의 봄 햇살같이 다정하게 '촉새야' 또는 '라엘아'라고 그녀를 불렀다. 그러다 지금처럼 성을 붙여 부를 때가 있었는데, 그때는 뭔가 불만 사항이 생길 때였다.

"너 은근히 조심성 없는 거 알아?"

물론 그 불만 사항도 결국 라엘의 안전에 관한 것들이 대부분이었다.

"저번에도 운동화 신고 넘어질 뻔했던 거 기억나? 운동화 끈 아무렇게나 매는데 그러다 진짜 잘못 넘어지면 다쳐. 앞으로 운동화 신고 나올 때마다 나한테 검사받아."

수혁은 고개를 숙이고 발밑을 빤히 쳐다보고 있는 그녀를 향해 운동화 끈에 대한 열변을 토했다.

"왜? 리본 별로야?"

천천히 고개를 들고 정면을 향한 작은 얼굴 속에 살짝 흐트러진 눈썹을 마주한 그가 그녀의 눈치를 살폈다.

"매듭 때문에 발 불편해?"

그의 손을 잡은 라엘은 고개를 가로저었다.

"하나도 안 불편해요."

라엘은 잠시 잠깐, 어린 시절 읽었던 동화책 속 신데렐라가 된 것 같았다. 너무 정성스럽게 운동화 끈을 만지는 모습 때문에 운동화가 유리구두같이 반짝이는 착각이 들 정도였다.

이까짓 운동화 끈이 뭐라고, 바닥에 무릎을 대는 행동까지 마다하지 않는 수혁을 보며 왠지 모르게 마음이 따뜻하게 벅차올랐다. 하지만 그와 동시에 마음 한편에는 조금 걱정스러운 마음도 들었다.

"고마워서 그래요. 근데, 수혁 씨 다음부터는 이런 거 하지 마요. 누가 알아보기라도 하면 어떡해요."

수혁은 자신과 다르게 평범한 사람이 아니다. 더군다나 앞으로는 셀튼을 책임질 사람이다. 그런데 언제나 자신의 앞에서 한없이 낮아지는 그의 이런 행동들이 다른 사람들 눈에 띄어 행여, 도마 위에 오르진 않을까 걱정됐다.

유명 연예인이나 유명 기업인들을 상대로 강의를 해본 라엘은 언젠가 그들의 연애 라이프에 대해 직접 들은 적이 있었다. 자신들이 연애를 할 때 굳이 남들보다 돈이 많아서 또는 과시하기 위해서 외국에 가는 게 아니라고 했다. 국내에서 연애를 하고 싶지만 자신도 모르게 찍히는 사진 한 장으로 사실과 다른 이미지가 심어질 경우 그 후폭풍을 감당하기 힘들다는 것이다. 그 당시에는 공감할 수 없던 그들의 말이 요즘 수혁을 만날수록 조금씩 남의 일이 아니란 걸 알게 됐다.

"누가 쳐다보면 어때서! 그게 뭐가 중요해. 네가 날 걱정해서 하는 말인 거 잘 알아."

실은 수혁도 알고 있었지만 티를 내지 않았다. 사람이 많은 극장에 들어오고 나서부터 평소와 다름없던 그녀가 왠지 모르게 조심스럽게 행동하는 게 느껴졌다. 그런데 라엘이 주변 시선을 의식하며 자신을 걱정하는 모습을 직면하니 마음이 편치 않았다.

안 그래도 이제 곧 아버지인 이 회장이 한국에 들어오니 김 비서는 라엘과 있을 때는 되도록 조심해달라고 했지만, 수혁은 그러고 싶지 않다고 딱 잘라 말했다. 자신 때문에 그녀가 불편을 감수하고 쉬쉬하는 모습을 원하지도 않을뿐더러 누군가에게 라엘을 숨길 생각도 없기 때문이었다.

"근데, 난 주변 시선은 전혀 두렵지 않아."

그는 아무렇지 않다는 듯, 그런 걱정 따윈 생각조차 하지 않고 있다는 듯 단호하게 말했다. 주변의 시선이 어떠하든 그 시선들로 어떤 가십이 생겨나든, 그딴 것들은 수혁에게 티끌만큼도 위협적이거나 두렵지 않았다.

그가 가장 두려운 건 정작 따로 있었다.

"내가 가장 두려운 건 딱 하나, 내 앞에 네가 없는 거야."

저 말을 하는 찰나의 순간 수혁의 눈동자가 미세하게 흔들렸다.

"라엘아, 우리 둘이 함께 있을 때는 아무 걱정도 하지 말자."

커다란 손이 작은 손등을 따뜻하게 감싸 쥐었다.

"그냥 여느 연인처럼 우리 둘만 바라보며 그렇게 서로에게 집중하자."

수혁의 말을 집중해서 듣고 있던 라엘이 그의 말에 공감하며 고개를 끄덕였다.

"그래요. 서로에게만 집중하기로 해요."

지금 자신이 걱정하는 부분들은 노력한다고 해결되는 것이 아니었다. 오히려 그런 걱정과 고민들이 마음을 불편하게 만들 뿐이었다. 라엘은 더 이상 괜한 걱정으로 함께 있는 소중한 시간을 허비하지 않기로 다짐했다.

영화관을 나온 두 사람은 일찍 점심을 해결하고 서울을 빠져나와 이천에 있는 스키장에 도착했다. 라엘이 스키복으로 갈아입고 탈의실에서 나오자 수혁은 하나부터 열까지 그녀의 스키 장비를 꼼꼼히 살핀 뒤 밖으로 나왔다.

"스키장 정말 오랜만에 온다."

수혁은 설원으로 뒤덮인 스키장 전경을 바라보며 기대감을 드러냈다.

"수혁 씨 얼른 올라가요."

"아니, 잠깐!"

기대감에 들떠 있는 그에게 라엘이 리프트를 타러 올라가자며 몸을 틀자마자 수혁이 목소리를 높이며 그녀의 몸을 반대편으로 되돌렸다.

"왜요?"

"순서가 틀렸어."

"순서요? 리프트 타러 가려면 저쪽으로 가야 하는데……."

"아니야. 아직 그 순서가 아니야."

도대체 스키를 타는 데 무슨 순서가 있다는 건지. 라엘이 알고 있는 스키 타는 순서는 장비를 잘 갖추고 실력에 맞게 코스를 선택하여 리프트를 타면 끝이었다. 그런데 왜 계속해서 순서 타령을 하는지 이해할 수 없었다.

"저길 봐."

라엘은 리프트를 타는 방향과 정확히 반대쪽을 향하고 있는 손끝으로 고개를 돌렸다.

"무릎을 살짝 구부리고, 좋아요. 잘하고 계십니다. 여러분, 스키 어렵지 않죠?"

"네. 재미있어요."

"스키는 잘 타는 것도 중요하지만 잘 넘어지는 것도 중요해요. 이번에는 넘어지는 연습을 해볼게요."

그가 가리킨 곳에는 젊은 남자 두 명이 여러 명의 어린아이와 학생들 앞에 서서 스키 타는 법을 설명하고 있었다. 일명 스키 강습. 보통 스키장에서 처음 스키를 타는 사람들을 대상으로 무료 강습을 하는 서비스였다.

"수혁 씨? 설마 지금 나보고 초보 강습을 받으라는 건 아니죠?"

"스키나 보드는 잘못 넘어지면 다칠 수 있기 때문에 무조건 안전하게 타는 게 우선이야."

"그럼요. 나도 알아요."

"촉새 너, 스키장 2년 가까이 안 왔다면서. 그러니까 기초 강습을 다시 받아야 안전하지."

"……!"

아니, 잠깐. 이건 좀 아니잖아. 라엘은 수혁을 보며 말문이 막혔다. 이건 마치 스키를 처음 타는 어린아이에게 안전규칙을 가르치는 부모님과 같은 얼굴, 그 자체였다.

"수혁 씨, 나, 애 아니거든요! 그리고 나 스키 잘 탄다고요."

"그래. 알지, 알아. 근데 잘 탄다는 기준이 뭔지 내가 아직 직접 보지 못했잖아."

하는 족족 답답한 말을 토해내는 그에겐 나름 이유가 있었다. 두 사람이 막 스키복을 갈아입고 밖으로 나올 때였다. 라엘은 못 봤지만 중급 코스에서 스키를 타던 한 커플이 코스 중간에서 넘어지는 장면을 수혁이 보게 된 것이다.

다행히 넘어진 커플은 크게 다치진 않고 발목만 살짝 삐었는지 절뚝거리며 안전요원에게 부축을 받고 내려왔다. 그리고 남들보다 좀 더 안전에 민감한 그였기에 라엘이 손끝 하나 다치는 게 자신이 다치는 것보다 더 싫었다.

"그러니까 라엘아, 우리 저 강습 한 번만 받고 타자."

"글쎄, 나 진짜 스키 고수라니까요. 그럼 이렇게 해요. 초보 코스

에서 나 타는 거 보고 수혁 씨 마음에 안 들면 강습받기로 해요. 됐
죠?"

"……."

"왜 대답이 없어요. 나 강습 안 받으면 우리 스키 못 타는 거예
요?"

"어, 안 돼."

라엘의 합리적인 의견에도 여전히 자신의 의견을 고수하는 수
혁이었다. 아무리 안전이 우선이라지만 라엘의 입장에서는 이건
해도 해도 너무하는 수준이었다.

수혁이 잠시 잊고 있는 게 있었다. 지미와 촉새, 이 커플의 갑은
언제나 촉새라는 걸. 뛰는 지미 위에 나는 촉새가 있다는 걸. 고로
수혁은 절대 라엘을 이길 수가 없다.

"그럼 별수 없겠네요."

잠시 생각하던 그녀는 짙게 선팅된 고글을 힘차게 벗더니 그의
고집을 꺾을 핵폭탄급 말을 시원하게 내뱉었다.

"나 여행 안 가."

"……!"

집에 간다니. 아니아니, 아니 될 말씀이시다. 느닷없는 선포에
수혁은 꿀 먹은 벙어리가 됐다.

"1번, 군말 없이 초보 코스부터 스키를 탄다. 2번, 계속 고집부리
면 짐 싸서 집에 갈 테니 수혁 씨 혼자 스키 타고 별장에 혼자 간
다."

"……."

"어허! 대답하시는 분 어디 멀리 가셨나? 그럼 답이 없으신 줄
알고 저는 이만 서울……."

"1번!"

압박에 못 이긴 수혁이 결국 그녀 뜻에 굴복했다.

"1번이요."

"1번 확실한가요?"

"네."

"더 이상 오버하지 않고 재미있게 스키를 탈 건가요?"

"네. 약속합니다."

"……아닌데. 지금 그쪽 표정이 상당히 불만족스러운 표정이거든요."

"제가요?"

말은 아니라고 하지만 얼굴에 심통이 가득한 수혁이었다.

"아닌데요?"

"그러면 좀 더 확실하게 웃어주시겠어요?"

"지금 웃을 기분 아니거든요."

"웃을 기분이 아니라고요?"

"네. 아니라고요."

"안 되겠네. 이래도?"

덩치에 안 맞게 삐친 그를 보며 라엘이 양쪽 눈을 가운데로 모으고 양쪽 볼을 부풀리며 우스꽝스러운 표정으로 들이댔다.

"이래도 안 웃어요?"

"크……! 진짜 내가 너 때문에 못 살겠다."

한껏 심통 난 표정을 일관하던 수혁은 그녀의 귀여운 장난에 결국 웃음이 터지고 말았다.

"내가 잘못했으니까 그만해."

"싫은데요? 계속할 건데."

"계속할 거야? 그럼 나도 내 마음대로……."

계속 장난치며 까부는 라엘을 귀엽게 바라보던 수혁은 손을 뻗어 그녀의 뒷목을 잡고 '쪽' 소리와 함께 입을 맞췄다.

"계속 뽀뽀할 거야."

"이 남자가! 됐고요, 얼른 스키나 타러 가요."

라엘은 또다시 입을 맞추러 다가오는 제스처를 취하는 그를 피해 빠르게 앞서 걸었다.

"촉새야, 내가 창피해? 아니지?"

수혁의 걱정과 달리 라엘은 눈 위에서 날다람쥐처럼 날아다녔다. 운동신경이 좋다는 건 익히 알고 있었지만 이 정도일 줄은 몰랐을 정도로 스키를 정말 잘 탔다.

초급 코스와 중급 코스에서 날아다닌 두 사람은 상급자 코스를 타기 위해 리프트를 탔다.

"우리 애기 힘들지 않아?"

"아니, 수지는 한 개도 안 힘들었어."

폐쇄형 원통 리프트에 탑승한 수혁과 라엘은 맞은편에 앉은 대학생 커플의 간드러지는 대화 소리에 시선을 모았다.

"오빠! 수지 너무 재미있어. 우리 오빠도 재미있어요?"

"그러엄. 오빤 우리 애기가 재미있으면 뭐든 재밌지. 으이, 예쁜 우리 귀염둥이."

남자는 귀여워 어쩔 줄 모르겠다는 표정으로 자신의 여자 친구의 뺨을 잡아당기며 코를 맞댔다.

"어우, 오빠! 하디 마. 사람들 있잖아. 수지 땅피해."

"저 사람들도 커플인 거 같은데 괜찮아. 그리고 우리가 나쁜 짓하는 것도 아니잖아."

"맞오. 역시 우리 오빠는 똑똑해."

대학생 커플은 어린 나이만큼 패기가 심히 넘쳤다. 혹시 혀가 불편한 건지, 그것도 아니면 세종대왕님께서 전파하신 한글 말고 다른 언어를 배우는 건지. 대학생 커플의 애정 행각에 수혁의 눈썹이 들썩거렸다.

"내가 우리 애기 예쁘다는데 누가 뭐라고 해. 뭐라고 하는 사람 있으면 나와보라고 해."

"몰라!"

나오라는 말에 수혁은 당장 손을 들고 싶었지만 옆에 앉은 라엘이 들썩이는 손을 잡고 진정시켰다.

"오빠, 수지 사진 찍고 싶어?"

"그럴래? 오빠가 우리 애기 사진 찍어줄까?"

"아니. 혼자 말고 같이. 아! 저기, 죄송한데요. 저희 사진 좀 찍어주실 수 있으세요?"

여자는 라엘을 향해 방긋 웃으며 휴대폰을 내밀었다.

"어, 그래요. 찍어줄게……."

"우리 공주님 팔 아프니까 내가 찍을게."

라엘이 기꺼이 화답하며 휴대폰을 받으려는데, 마치 저 커플에게 보란 듯이 수혁이 '공주님' 소리를 하며 휴대폰을 대신 받았다.

"자, 여기 보세요. 좋아요. 그럼 찍습니다……."

그런데 가만히 그의 행동을 보고 있던 라엘이 살짝 당황한 표정으로 휴대폰을 빠르게 가로챘다.

"휴, 휴대폰을 자꾸 흔들면 어떡해요. 내가 찍을게요."

사진을 찍어주겠다고 휴대폰을 가져간 수혁이 줌을 있는 대로 당겨서 두 사람의 코 부분만 초점을 잡고 있었기 때문이다.

"여기, 다 찍었어요."

"예쁘게 잘 찍으셨다. 감사합니다."

찍힌 사진에 만족한 두 사람은 인사를 건네고 멈춘 리프트에서 내렸다.

"왜 그렇게 쳐다봐."

"수혁 씨, 아까 왜 그랬어요?"

"뭐가?"

"사진 말이에요. 저 친구들 코만 찍으려고 했잖아요."

"사람들이 매너가 살짝 부족한 거 같아서."

"어휴! 유치해. 그래도 학생 같던데, 귀엽지 않아요?"

"아니. 하나도."

천천히 스키를 밀며 코스를 향해 가던 수혁은 눈 위에 스키 폴대를 꽂으며 옆으로 고개를 돌렸다.

"라엘아, 나 부탁이 있는데 들어줄래?"

"부탁이요? 그럼요. 들어줄게요. 뭔데요."

"나랑 내기해."

부탁을 들어달라던 그는 다짜고짜 내기를 제안했다.

"갑자기…… 내기요?"

"응. 나중에 도착한 사람이 이긴 사람 원하는 거 뭐든지 들어주기. 이를테면 일종의 소원권이라고 할까."

"소원권이라……. 뭐든 다 요?"

"어. 뭐든 다. 전부 다 돼."

라엘은 방금 전까지 수혁의 실력을 떠올렸다. 운동을 즐겨 하는 사람답게 안정감 있게 상당한 실력을 자랑했지만 속도가 빠르진 않은 것 같았다. 그가 무슨 내기를 걸지 모르지만, 한참 고민해도 승산이 있다고 생각했다.

"좋아요. 내기해요."

승부욕 대단한 두 사람의 소원권 쟁탈전이 시작됐다. 주말을 앞둔 스키장은 서서히 해가 지고 있었지만 불타는 금요일답게 스키를 즐기는 사람으로 가득했다.

하얗게 단단히 쌓인 눈 위를 미끄러지듯 가르며 바람을 헤치는 두 사람이 있었으니, 바로 수혁과 라엘이었다. 절벽 끝자락에서 창공으로 떠오른 독수리의 날카로운 눈매와 전의를 불태우는 굳게 다문 입술. 고글을 착용했음에도 불구하고 지미와 촉새의 표정은 프로요, 마음은 올림픽 선수를 능가했다. 촉새가 한발 앞서는가 싶으면 곧바로 지미가 그 뒤를 따라 추월했고, 다시 또 촉새가 속도를 높이며 선두로 치고 나갔다. 정말 딱 두 사람의 모습만 놓고 본다면 실제 경기를 보는 착각이 들 정도였다.

서로에게는 한없이 다정하고 사랑이 넘치던 두 사람이 내기로 인해 한순간에 불꽃같은 승부욕에 사로잡혔다. 과연 수혁의 소원은 무엇이고, 라엘의 소원은 무엇일지 점점 더 궁금증이 높아지는 사이 두 사람이 마지막 지점을 통과했다.

"봤죠? 내가 이겼어요."

라엘은 민트색 스키 폴대를 허공에 흔들며 목소리 톤을 높였다.

"아깝네. 조금만 빨랐으면 이길 수 있었는데."

말은 아깝다고 하지만 이상하게 수혁의 표정에는 자신감이 흘러넘치고 있었다. 그 표정이 어찌나 여유로운지 마치 일부러 지기 위해 설계를 한 것처럼 느껴졌다.

"그럼 1대 1인 거지?"

"응. 첫 번째는 수혁 씨가 이겼고, 두 번째는 내가 이겼으니까 이제 마지막 판만 남았네요."

"촉새! 내가 딱 말할게. 안 봐줄 거야."

"누가 할 소리. 나야말로 절대 봐주는 일 없으니까 각오해요. 행여 지고 나서 기회 더 달라고 해도 소용없어요."

"당연하지. 올라갈까?"

대망의 내기 소원권을 차지하기 위해 두 사람이 리프트를 타고 올라갔다. 나란히 출발점에 서서 카운트를 외치며 동시에 출발한 결과, 말도 안 되는 상황이 연출됐다.

"……!"

중간 지점을 내려오던 라엘은 압도적인 스피드로 이미 결승선에 도착한 수혁을 보며 그 자리에 멈출 수밖에 없었다.

"왜 이렇게 늦게 내려왔어?"

수혁은 조금 전 불꽃같은 열정을 보이던 모습과 반대로 왠지 기운 빠진 모습으로 천천히 내려오는 라엘에게 다가갔다.

"……하! 수혁 씨가 빨리 내려온 거예요."

"한참 기다렸잖아."

사실 스키와 보드는 눈을 감고도 탈 만큼 프로급 실력자인 수혁은 애초부터 이 내기에서 질 수가 없었다. 이런 실력자인 그가 속도를 맞추면서 한 판을 져주고, 두 판을 이겨버린 건 단연 그녀 때문이었다.

"위에서 보는데 무슨 스키 선수가 활강하는 줄 알았네. 이렇게 잘 타면서……."

누가 봐도 심통을 곁들인 표정으로 라엘이 말했다.

"말했잖아. 안 질 거라고."

"한 가지만 물어봐도 돼요?"

"아니. 백 가지 물어봐도 돼."

"장난하지 말고. 근데 수혁 씨 왜 일부러 늦게 탄 거예요? 세 판 다 이길 수 있었잖아요."

"세 판 다 이기면 네 기분이 그리 유쾌하지 않을 것 같아서. 속도 맞춰서 내려가는데 네 표정이 신나 보여서 그 기분 망치고 싶지 않았어."

세상에 말 한마디도 이렇게 예쁘게 말하는 남자를 어떻게 미워할까? 분명 방금까지 내기에 져서 심통 났던 라엘은 그의 말을 듣자마자 절로 기분이 좋아졌다.

"인정! 내가 졌어요. 깔끔히 인정할게요. 자, 이제 말해봐요. 수혁 씨 소원권."

어떤 부탁을 하려고 그가 내기까지 하자고 했는지 라엘의 궁금증이 극에 달했다.

19화. 허리 끝에서부터 시작된 저릿한 느낌

"그러니까 내 소원은 너에게……."

도대체 얼마나 대단한 걸 말하려고 뜸을 들일까 생각하며 살짝 긴장감을 느끼는 찰나,

"'오빠' 소리 듣는 거야."

바로 이어진 수혁의 소원권으로 인해 그녀가 빵 크게 웃음을 터뜨리고 말았다.

"큭! 진짜로? 지금 그 말 진짜예요?"

언젠가 라엘은 미용실 잡지에서 남자들이 '오빠'란 단어에 로망이 있다는 문구를 본 적이 있었다. 그 당시에는 웃어넘겼던 그 말이 설마 자신의 남자 친구에게까지 해당될 줄은 꿈에도 몰랐다.

"어, 진짜야. 그러니까 웃지 마. 나 지금 진지해."

수혁은 조금 아까 리프트 안에서 대학생 커플의 과한 애정 행각은 불편했지만, 말끝마다 주고받던 '오빠'라는 소리가 솔직히, 아주 솔직히 부러웠다. 물론 자신의 이름을 불러주는 것도 좋지만,

사랑스럽고 귀여운 촉새에게 '오빠' 소리가 듣고 싶었다.

"그래요. 뭐 어려운 것도 아니고, 이 정도 소원이라면 언제든지 들어줄 수 있어요."

"정말? 그럼 지금 당장 해줘."

잔뜩 기대하는 눈빛을 마주한 라엘이 살짝 민망함을 느꼈다. 집에 있는 개또 라준에게 말할 때는 아무런 감정 없이 술술 나오던 '오빠' 소리를 막상 수혁에게 하려니 뭔가 느낌이 달랐다.

"자! 그럼 할게요. 딱 한 번만 할 거니까 잘 들어요."

라엘은 잠시 생각했다. 걸크러시 최라엘 인생에 애교는 엄마 배 속에 두고 세상 밖으로 출사표를 던졌지만, 좋아하는 남자 친구를 위해 한번 제대로 하자고 마음먹었다. 애교는 없었지만 만화방에서 쌓은 경력이 있다. 얼굴의 반이나 차지하는 커다란 눈동자를 지닌 순정 만화책 여주인공을 떠올리며 양쪽 검지를 마주하고 드라마 속 여주인공으로 빙의한다.

"오빠! 라엘이 배고파서 똑땅해. 오빠랑 맛있는 거 먹고 싶어요."

"……."

어차피 한번 할 거 제대로 하자는 마음이었다. 그런데 빙산처럼 얼어버린 수혁을 보며 라엘은 자신이 너무 과했다는 걸 깨달았다.

"……."

"내가 잘못했으니까 표정 좀 풀어요. 그러니까 다시는 나한테 오빠 소리……."

흔들림 없는 그의 표정을 보며 민망함에 변명을 쏟아내던 라엘은 제 귀를 의심하는 소리에 깜짝 놀랐다.

"애기야, 가자!"

인기드라마로 인해 한때 여자들의 이름이 애기로 불리던 시절이 있었다. 지금 이 순간, 바로 그 주인공을 능가하는 애기 발언이 나온 것이다.

"오빠가 라엘이 먹고 싶은 거 다 사줄게."

그녀의 생각과 달리 오빠 소리를 듣는 순간 수혁은 마음이 사탕처럼 녹아내리는 것 같았다. 그만큼 그녀의 오빠 소리는 상상보다 더 달콤했다. 라엘이 하는 건 어떤 것이라도 마냥 좋은 그는 이쯤 되면 진짜 최라엘 바보가 분명했다.

"설마, 내가 잘못 들은 거죠? 수혁 씨 지금 뭐라고 한 거예요?"

"잘 못 들었으면 오빠가 한 번 더 해줄까? 우리 애……."

"아니, 아니. 안 들을래요. 제대로 들었으니까 빨리 들어가요."

"왜 그래, 애기야. 오빠랑 같이 가야지."

낯간지러운 멘트에 몸서리를 치며 걸음을 재촉하던 라엘은 식당에 들어가기까지 '애기야' 소리에 시달렸다.

"애기야, 고기 사줄게. 애기야, 손잡고 가야지."

열심히 스키를 탄 두 사람은 햄버거를 구입해 벽 쪽 테이블에 자리를 잡았다.

"맛있다! 수혁 씨도 얼른 먹어봐요. 햄버거 진짜 맛있어요."

수제 햄버거를 한입 크게 베어 문 라엘은 상당히 만족감을 드러내며 수혁에게 권했다.

"천천히 먹어. 콜라도 마시고. 근데 햄버거로 괜찮겠어? 고기 먹자니까."

"이 시간에 고깃집 가려면 또 찾아야 하잖아요. 여기서 간단하게 저녁 먹고 별장 가요. 그리고 실은 나 햄버거 먹고 싶었어요. 수혁 씨야말로 햄버거로 괜찮겠어요?"

"나도 햄버거 먹고 싶어서 괜찮아."

마주 보고 앉아 햄버거를 먹는 두 사람의 시선은 서로를 향해 있었다.

수혁은 햄버거에 열중하는 라엘에게 콜라를 먹여주기도 하고 감자튀김도 먹여주면서 그녀를 향한 다정함을 자랑했다.

"오랜만에 스키 타러 오니까 완전 신나지 않냐?"

"누가 아니래. 그것도 밤에 오니까 더 신난다. 야! 정신 좀 차려!"

테이블에 앉은 세 명의 여자들이 커피를 마시고 있었다.

"쟤 마감 끝내고 간신히 왔잖아. 좀 봐줘라."

"그래. 나 좀 봐줘. 이틀 동안 한 시간도 못 잤어."

신난 두 여자 옆에 앉아 피곤함을 쏟아내는 여자는 하품을 삼키며 커피를 들이켰다.

"그렇게 피곤하면 그냥 쉬지. 너 스키 탈 수 있겠어?"

"쉬긴. 이게 얼마 만에 타는 스킨데. 절대 포기 못 하지."

"잘생겼다."

"뭐야, 뜬금없이."

"저기, 저쪽 테이블에 앉은 남자 봐봐. 잘생기지 않았냐?"

무리 중에 한 여자가 고갯짓을 하자 나머지 두 여자의 시선이 동시에 돌아갔다.

"대박! 진짜 잘생겼다."

"그치? 연예인인가? 분위기가 남다른데……."

"앞에 여자 친구인가 봐. 콜라 먹여주네. 완전 스윗하다. 저런 남자랑 사귀는 여자는 진짜 예쁘겠지?"

"그렇겠지. 여자 뒷모습만 봐도 선남선녀네. 부럽네. 남의 커플

그만 보고 우린 스키나 타자."

"선영아? 뭐 해! 안 가?"

자리에서 일어난 여자 두 명이 피곤함을 느끼던 친구에게 물었다.

"어! 얘들아, 나 회사 선배랑 통화 좀 하다 갈게. 너희 먼저 타고 있어."

"알았어. 우리 먼저 타고 있을 테니까 빨리 와."

선영이란 여자는 친구들이 완전히 건물 밖으로 나가자 휴대폰으로 인터넷에 들어갔다. 뭔가를 한참 동안 찾던 여자는 확신에 찬 얼굴로 휴대폰을 내려놓았다.

"맞네. 셀튼그룹 이수혁 본부장."

여자는 연예인은 물론 각종 유명인들의 열애설을 터트리는 일명 '가십패치'의 직원이었다.

"이거 완전 대박 기사잖아."

방금 전까지 피곤함을 느끼던 여자는 수혁을 확인한 순간 언제 그랬냐는 듯 정신이 또렷해졌다. 소위 톱스타라고 불리는 유명 연예인들의 열애 사진보다 더 대박 기사는 재벌의 열애 사진이었다. 그리고 그중에서도 가장 핫한 인물이 바로 수혁이었다.

"셀튼의 차세대 후계자, 이수혁 본부장의 열애. 이건 무조건 실시간 검색어는 물론 클릭 수까지 1위다."

여자는 친구들이 먹다 남긴 일회용 커피 컵과 자신의 가방으로 테이블 위에 벽을 만들었다. 그리고 소리가 나지 않는 카메라 어플을 실행시켜 수혁과 라엘을 향해 천천히 줌을 당겼다.

"출발하기 전에 나 잠시 화장실 좀 다녀올게."

"네. 다녀와요."

햄버거를 다 먹고 자리에서 일어나던 라엘은 화장실을 다녀온다는 수혁의 말에 다시 자리에 앉았다.

"그동안 이거 듣고 있어."

수혁이 라엘의 옆으로 다가가 자신의 휴대폰 이어폰을 귀에 꽂아주며 노래를 틀어줬다.

"좋다. 이 노래 뭐예요?"

"내가 즐겨 듣는 컨트리 음악인데 너도 좋아할 것 같아서. 여기서부터 연달아 들으면 좋은 곡 많아."

그는 친절하게 플레이리스트를 손으로 콕 짚어서 들어보라고 알려준 뒤 테이블을 벗어났다.

"여자 얼굴 안 보이는 게 아깝네. 티 안 나게 살짝 옮겨서 찍어볼까?"

휴대폰으로 촬영한 사진을 보고 있던 여자는 테이블 앞쪽에 드리우는 그림자를 보며 천천히 고개를 들었다.

"이봐요! 왜, 사진을 찍는 겁니까?"

여자는 수혁을 보며 크게 놀라 휴대폰을 떨어뜨렸다.

"안녕하세요, 이수혁 본부장님. 이선영 기자입니다."

조용한 곳으로 자리를 옮긴 여자는 수혁에게 명함을 내밀며 인사를 건넸다.

"가십패치 기자님이시군요."

명함을 확인한 수혁은 짐작한 듯 놀라지 않았다. 조금 떨어진 테이블에 앉아 있던 여자가 자꾸만 자신의 눈치를 보며 휴대폰을 만지는 게 이상하다고 생각했는데, 역시나 예상대로였다. 그는 대화 소리가 들리지 않도록 일부러 핑계를 대며 라엘의 귀에 이어 폰을 꽂은 것이었다. 아무리 등지고 앉아 있다고 해도 테이블 다섯 개 정도의 거리와 저녁때가 지난 탓에 사람이 많지 않아서 여자에게 말을 거는 자신의 목소리가 그녀에게 들릴 수 있었기 때문이다.

"우연히 야간 스키를 타러 왔는데, 제 친구들이 잘생긴 남자를 봤다면서 본부장님을 가리켰어요. 워낙 외모가 출중하셔서도 대번에 알아봤네요."

"칭찬으로 듣도록 하죠. 가십패치 활약은 익히 알고 있었지만 제가 그 주인공이 될 줄은 몰랐네요."

"재벌들 사이에서는 가장 핫한 분인데 당연히 주인공이 되시고도 남죠."

여자는 작정하고 특종을 뽑으려는 심산이었다.

"개인적인 휴가로 온 거라 길게 얘기를 할 수 없으니 다시 한번 단도직입적으로 묻겠습니다. 이 기자님께서 나와 내 일행 사진을 찍었습니까?"

"네. 찍었어요."

남의 사진을 몰래 찍어놓고도 여자는 미안한 기색 하나 없이 당당했다.

"맞은편에 앉아 계신 여성분을 살뜰히 챙기시던데……."

그동안 수많은 연애 기사를 터트린 기자는 느낀 바가 있었다. 연예인들은 사진이 찍히면 대개 연인으로 인정하는 반면 재벌가 사람들은 절대 연인으로 인정하지 않았다. 대부분 끼리끼리 만나는 탓에 결혼 전 잠시 연애를 위한 가벼운 만남이었기 때문이다.

'이 사람은 과연 뭐라고 답할까?'

이 기자는 지금 현재 대한민국에서 가장 핫한 사람 중에 한 명으로 꼽히는 셀튼 후계자인 그가 어떤 반응을 보일지 궁금해하며 질문을 던졌다.

"저 여자분하고는 어떤 사이신가요?"

건조한 눈빛으로 기자를 쳐다보던 수혁의 시선이 저만치 푸드 코너 안으로 향했다. 이어폰을 꽂은 채 노래에 심취한 작은 머리가 리듬을 타며 작게 흔들리고 있었다. 그런 라엘을 본 순간 그의 눈빛은 순식간에 사랑의 감정에 사로잡혔다. 그리고 여전히 그녀에게서 시선을 떼지 않고 기자에게 말했다. 다부진 입술로 당당하게.

"사랑하는 사이입니다."

"……!"

어떤 말이 들려오나 기대하던 이 기자는 말문이 막혔다. 그녀는 연예부 기자로서 겉으로는 신사적이나 인간성은 쓰레기보다 못한 셀럽들을 상대하며 웬만한 일에는 당황조차 하지 않았다. 그런데 자신의 생각이 오만이었다는 듯 예상을 무시한 답변에 당황하고 말았다.

톱스타나 재벌, 유명인들이 연애 현장을 걸렸을 때 하는 반응은 대개 비슷하다. 대부분은 '친한 선후배 사이로 밥 먹은 게 다예요' 라고 말하며 바쁘니까 이런 일로 연락하지 말라고 딱 잡아뗀다. 그러다 작정하고 비서실이나 기획사로 데이트의 시작부터 끝까지 증거 사진을 보내면, 그땐 얘기가 달라진다. 그제야 만나는 사이가 맞다는 말을 하며 대신 좀 과한 사진을 빼달라는 부탁을 하는 것이다. 그렇게 사진 선별 작업이 끝나면 '이제 막 서로 알아가는 사이. 좋은 시선으로 지켜봐달라'라는 모두가 아는 멘트와 함께 연애 기사가 메인에 걸린다.

그런데 이 기자는 지금까지 일하면서 수혁처럼 연애 사실을 아무런 핑계 없이 인정하는 사람을 이쪽 세계에선 처음 봤다.

"사랑하는 사이라고 하시면, 흔히 생각하는 대로 두 분께서……."

"네. 연인 사이입니다."

"역시 연인 사이시군요. 기자의 촉이 그럴 거라고 예상은 했지만, 그래도 좀 놀랐네요. 이렇게 당당하게 말씀하시는 분을 본 적이 없거든요."

"그녀와의 사랑을 부정할 필요가 없으니까요."

휴대폰 속에 있는 펜을 꺼내 메모 어플을 클릭하던 기자는 자꾸만 예상 밖의 답변을 쏟아내는 수혁 때문에 또 한 번 멈칫했다.

"휴가차 왔다고 하셨으니까 몇 가지만 최대한 빠르게 물어볼게요. 교제 중인 여성분은 어떤 분이신지. 같은 동종업계 종사자로 만나신 건지 궁금……."

"말씀 중에 실례지만, 기사를 내실 생각인가요?"

수혁의 질문에 기자는 당연하단 듯이 고개를 끄덕이며 답했다.

"네. 물론이죠."

"기사를 내지 않았으면 합니다."

"다른 분들도 처음에는 다들 그렇게 말씀하세요."

담담하지만 분명하게 말하는 수혁을 보며 기자는 대수롭지 않게 답했다.

차기 후계자로 꼽히던 형이 죽고 미국에서 활동하던 수혁이 새로운 후계자가 되어 한국에 돌아왔다. 세계적인 그룹의 후계자이기 때문이기도 하지만 이 기자가 그의 연애사에 주목하는 이유는 따로 있었다.

얼마 전 셀튼그룹 후계자 소식과 함께 그의 얼굴이 언론에 공개됐을 때, 웬만한 연예인을 능가하는 눈부신 비주얼이 장안의 화제가 됐었다. 그런 주인공의 연애사라니 산속에서 100년 된 산삼을 찾은 것과 매한가지였다.

'이건 무조건 특종 중에 특종이다.'

이 기자는 무조건 대서특필을 해야겠다는 열망으로 속으로 쾌재를 부르며 침착하게 기자의 말발로 수혁을 당해낼 생각이었다.

"다시 한번 말씀드리지만, 제 연애 기사는 물론 내 사람에 대한 어떠한 기사도 내지 말았으면 합니다."

"보통 저희들이 유명인의 연애 기사를 터트리면 연애도 마음대로 못 하냐? 너무한다, 라는 말을 하지만 동전의 양면처럼 한쪽으로는 열광해요. 그들의 삶을 직접적으로 볼 수 없기에 궁금하기 때문이죠."

이미 머릿속에 '특종'이 자리 잡은 이 기자는 빳빳하게 고개를 든 대나무처럼 틈을 주지 않고 계속 자신의 의견을 피력했다.

"요즘 이수혁 본부장님이 얼마나 핫한 인물인지 아직 잘 모르시죠? 너무 뻔한 말이지만 전, 기자예요. 기자에게는 알릴 권리가 있고 사람들은 알 권리가 있죠. 그리고 연예부 기자인 저에겐 연애 기사가 큰 특종이기도 하고요."

"이 기자님의 의견에 반박할 생각은 없습니다. 다만, 그녀는 저와 다르게 지극히 평범한 사람입니다. 부탁드립니다."

아까도 기자에게 말했지만, 수혁은 자신의 옆에 있는 라엘의 존재를 숨길 생각은 추호도 없다. 누구보다 떳떳하게 공개해 따뜻한 축복 속에서 사랑하고 싶다는 마음은 그대로였다.

하지만 이렇게 아무런 대책 없이 갑자기 열애설이 공개된다면 단연 대중의 모든 시선은 그녀에게 쏠릴 것이다. 그렇게 되면 원하지 않는 과한 관심에 라엘이 힘들어질 게 뻔했기 때문이다. 준비하고 맞이하는 것과 갑자기 들이닥치는 건 마음가짐부터 천지 차이다. 수혁은 이제 막 평범한 연인으로 행복을 느끼는 그녀의 일상을 좀 더 지켜주고 싶었다.

"글쎄요……. 그 부탁을 거절한다면요?"

"그땐 우리 회사 법무팀에서 초상권 침해를 이유로 소송을 걸 겁니다. 물론 여기서의 초상권은 내가 아니라 내 여자 친구의 초상권입니다."

'소, 소송이라고?'

소송이란 말에 기자는 움찔했다. 연애 기사 때문에 몇 번 문제가 생긴 적은 있어도, 그 셀튼의 법무팀이라니 웬만한 연예기획사의 소송과는 다를 것이다. 속으로는 살짝 겁이 나면서도 도대체 저 여자가 뭐길래 이수혁이란 남자가 이렇게까지 예민하게 구는 건지도 궁금했다.

"대신 이 기자님이 제 부탁을 들어주신다면 제 연애 기사만큼 대단한 취잿거리를 드리도록 하죠."

기자가 소송과 대형 특종 사이에서 고민하는 틈에 수혁이 제안했다.

"거래를 하시자는 거네요. 어떤 건지 들어보고 결정해도 될까요?"

"그러세요. 오늘 일을 기사화하지 않는다면 추후 있을 부산 테마파크에 초청 기자로 취재권을 드리도록 하죠."

곧 있으면 오픈할 셀튼그룹이 오랫동안 공들인 부산 테마파크는 연예부 기자는 물론 일반 기자들까지 출입이 제한된 곳이다.

"그, 그 정도 제안이면 제 입장에서는 거절할 이유가 없네요."

그런 엄청난 곳의 취재권을 준다면 이 기자로서는 오늘 특종을 놓쳐도 전혀 아쉽지 않은 거래였다.

"근데, 제가 본부장님의 말을 어떻게 믿죠? 계약서에 사인하는 것도 아니고……."

휴대폰 펜으로 액정을 건드리며 말끝을 흐리는 기자를 보며 수혁은 답변 대신 어딘가로 전화를 걸었다.

Rrrrrrrrr.

"어!"

제 손안에 쥐고 있던 휴대폰이 진동하자 이 기자는 번호를 확인했다. 처음 보는 모르는 번호였다.

"……."

뭔가를 눈치챈 기자에게 수혁이 말했다.

"내 개인번호입니다. 거만하게 들릴진 모르겠지만 대한민국 언론사에서 이수혁의 개인번호를 알고 있는 사람은 이 기자님이 최초입니다."

기자는 찍혀 있는 번호로 전화를 걸었다. 수혁의 번호가 확실했다.

"이만하면 신용은 충분히 보여드린 것 같은데요. 답변은?"

번호 확인이 끝난 기자는 휴대폰 화면을 정면으로 두고 조금 전에 찍은 두 사람의 사진을 전부 삭제했다. 그리고 수혁을 향해 확실하게 말했다.

"제 기자 생활을 걸고 약속드리는데, 오늘 전 본부장님을 뵌 적도 없을 뿐더러 사진을 찍은 적도 없습니다. 그럼."

기자는 간략한 인사를 전한 뒤 스키를 타러 빠르게 건물 밖으로 나갔다.

스키장을 나온 두 사람은 여주 별장으로 향했다. 10시 가까이 되는 늦은 시간이었지만 차창 밖의 네온사인은 여전히 반짝였다. 시내를 빠져나온 차는 점점 더 좁혀지는 도로를 따라 한적한 길로 접어들었다.

차창이 느릿하게 내려가자 차 안에 맴돌던 하프 선율이 밖으로 퍼져나갔다. 차창 가까이 얼굴을 붙인 라엘이 시원한 공기를 한껏 들이마셨다.

"음! 공기 좋다."

창밖으로 손을 뻗는데 미세한 눈송이가 먼지처럼 손끝에 내려앉았다.

"어, 수혁 씨. 눈 오나 봐요."

"그러네. 그래도 쌓이진 않을 것 같다."

까만 하늘에서 천천히 내리는 작은 눈송이가 두 사람을 반기고 아담한 언덕을 내려간 차량은 커다란 대문 앞에서 속도를 줄였다. 담장 바로 앞에 붙어 있는 수십 그루의 상록수가 하늘을 향해 가지를 뻗은 채 별장 주변을 감싸고 있었다. 자동으로 열린 대문 사이로 천천히 차가 진입했다.

"여기가 우리 별장이야. 어때?"

수혁이 차 문을 열어주자 라엘은 차에서 내려 주변을 둘러봤다. 겨울이라고는 믿기 힘든 푸른 상록수 잎에 둘러싸인 밝은 회색빛의 별장은 은은한 조명을 더해 그림 같은 풍경을 연출했다.

"너무 예뻐요."

"이따 진짜 예쁜 거 보여줄게. 들어가자."

그녀의 반응에 흐뭇한 표정을 지은 수혁은 라엘의 손을 꼭 잡고 안으로 들어갔다. 안으로 들어가자 따뜻한 공기와 함께 상큼한 향기가 기분 좋게 밀려왔다. 멋진 외관만큼이나 실내 인테리어도 완벽했다.

"여기 앉아."

거실 한쪽에 마련된 티테이블에 라엘을 앉힌 수혁은 김이 올라오는 찻주전자에서 레몬티를 따라 건넸다.

"잠깐 관리인 좀 만나고 올게. 차 마시고 있어."

"걱정 말고 다녀와요."

수혁은 별장 옆 건물에 살고 있는 관리인 부부를 만나기 위해 밖으로 나갔다. 오랜만에 만난 관리인 노부부가 수혁을 보며 손주처럼 반가워하는 통에 그는 쉽게 자리를 뜨지 못했다. 준비했던 선물을 건네고 그들의 이야기를 들어주다 보니 어느새 20분이 훌쩍 지나갔다.

"저희가 도련님을 너무 오래 붙잡았네요. 어서 가서 쉬세요."

"네, 두 분도 쉬세요."

관리인 집과 연결된 작은 쪽문을 통해 별장 뒤쪽으로 들어온 수혁은 그사이 제법 쌓인 함박눈을 밟으며 안으로 들어갔다.

"밖에 눈 많이 내리…… 어!"

머리에 내린 눈송이를 털어내던 손길이 멈추고, 티테이블로 옮겨진 시선 또한 멈췄다.

"라엘아!"

조금 전까지 앉아 있던 라엘의 모습이 보이지 않자 수혁은 그녀의 이름을 불렀다.

"최라엘!"

실내를 구경하고 있나 싶어서 1층 이쪽저쪽을 불러보며 찾았지만 여전히 답이 없었다. 위층으로 올라갔나 싶었지만 발소리도 들리지 않았다. 혹시나 작정하고 숨었나 싶은 생각이 드는 찰나 커다란 거실 유리창 밖으로 뭔가 휙 하고 지나가는 게 느껴졌다.

"……!"

설마 하는 생각으로 거실 창으로 다가가니, 라엘이 눈이 쏟아지는 넓은 정원을 이쪽저쪽 거닐고 있었다.

"하! 진짜 강아지가 따로 없네."

굵은 눈송이를 보며 아이처럼 신난 그녀의 모습이 수혁의 눈엔 눈밭을 뛰노는 강아지처럼 귀엽고 사랑스러웠다.

"뭐 해, 감기 걸리겠다."

그는 재빨리 모자를 꺼내 들고 밖으로 나간 라엘에게 다가갔다.

"왔어요?"

커다란 손이 머리에 쌓인 눈을 다정하게 털어내고 작은 머리에 따뜻한 털모자를 씌웠다.

"수혁 씨, 눈 오는 것 좀 봐요."

"그러니까 지금 이 눈 때문에 이렇게 신난 거야? 스키장에서 눈 실컷 봤잖아."

"그건 인공 눈이잖아요. 여기서 보니까 눈이 더 예쁜 거 있죠?"

라엘은 허공에 팔을 뻗어 손안에 떨어지는 눈송이를 쳐다봤다. 그의 말대로 이미 스키장에서 실컷 눈을 보고 왔는데도 이상하게 기분이 달랐다. 까만 밤하늘에서 쏟아지는 눈송이가 하얀 꽃처럼 느껴졌고, 자신을 향해 미소 짓는 그의 눈동자가 자꾸만 마음을 설레게 했다. 그리고 무엇보다 오직 두 사람만이 그림 같은 풍경 속에 함께 있다는 사실이 라엘의 기분을 춤추게 만들었다.

"수혁 씨!"

라엘은 좋은 기분만큼이나 상기된 목소리로 수혁을 불렀다.

"촉새, 너 무슨 생각 하는 거야."

뭔가 심상치 않은 그녀의 눈빛을 보며 수혁이 움찔했다. 분명 뭔가 또 다른 꿍꿍이가 있는 듯했다.

"우리 눈싸움할래요?"

분위기에 휩쓸려 충동적으로 튀어나온 말이었지만, 라엘은 그림 같은 풍경을 지나치기가 너무 아까웠다. 그냥 속없이 이 눈 속을 그와 함께 뛰놀고 싶었다. 다 큰 어른이 눈밭을 뛰어다닌다고 뭐라고 할 사람도 없고, 눈치 봐야 할 사람도 없으니 아이처럼 마음이 풀어졌다.

"눈싸움? 유치하게 애도 아니고 눈싸움은 무슨……."

"아, 왜! 해요. 응?"

안 할 것처럼 심드렁한 태도로 돌아서던 수혁은 그녀가 방심한 사이, 다시 상체를 돌려 라엘을 꼭 끌어안고 장난스럽게 눈밭에 넘어트렸다. 그는 그녀의 눈치를 살피며 은근히 뒷걸음질을 쳤다.

"엄마야!"

"괜찮지?"

라엘은 장갑에 묻은 눈을 태연하게 털어내며 일어났다. 그리고 피식 웃으며 그를 향해 시선을 돌렸다.

"어쭈!"

"촉새 화났어?"

"에이, 설마. 화를 왜 내요."

"그치? 장난인데…… 우리 눈싸움하자."

"그럼요, 다 장난인데. 근데 이상하다. 기분 탓인가? 수혁 씨가 왜 자꾸 도망치는 것 같지."

"그럴 리가. 기분 탓이지."

그 순간 이수혁과 최라엘에서 지미와 촉새 모드로 변한 두 사람은 일정한 간격을 두고 서로의 눈치를 보며 정원에 쌓인 눈을 뭉

치기 시작했다.

"촉새, 너 설마 거기 뭐 넣은 건 아니지? 왜 이렇게 커!"

"원래 내가 어릴 때부터 눈 좀 굴려봐서 잘 만들어요."

"어, 어! 그만, 그거 아니야. 착하지. 어서 내려……!"

시선을 올렸다 내렸다 하며, 라엘을 보다가 눈을 줍다가 반복하던 수혁이 잠깐 방심한 사이 눈뭉치가 날아왔다.

"너, 이거 반칙이야. 동시에 시작해야지. 최라엘, 너 이리 와."

"싫은데! 안 설 건데?"

"너 잡히기만 해봐."

"잡히면 어쩌려고?"

"까분다."

"어이구, 무서워라!"

잔뜩 약이 올라 있는 말투와 달리 서로를 향한 눈빛은 생크림처럼 달콤했고, 두 사람은 비처럼 쏟아지는 눈을 맞으며 넓은 정원을 돌아다녔다. 티 없이 맑은 동심으로 돌아간 수혁과 라엘은 골목을 뛰노는 어린아이처럼 웃음소리가 끊이질 않았다. 행복한 기운이 전해지는 웃음소리가 내리는 눈송이에 섞여 하얀 눈밭에 흩뿌려졌다. 이따금씩 눈뭉치가 서로를 향해 날아가도 누구 하나 불평하는 사람 없이 마냥 행복했다. 아무런 근심 걱정 없이 즐거운 그와 그녀의 모습에 쏟아지는 눈조차 질투를 느끼며 두 사람의 시야를 방해했다.

"아!"

그렇게 얼마간의 시간이 지나고 그녀를 쫓아가던 수혁이 멈칫하며 외마디 소리를 질렀다.

"왜 그래요?"

앞서가던 라엘이 고개를 돌렸다.

수혁은 눈에 뭐가 들어간 듯 그녀가 있는 쪽으로 고개를 돌리며 한쪽 눈을 찡그렸다.

"촉새야, 아무래도 눈에 뭔가 들어간 것 같아."

굉장히 진지한 그의 목소리는 충분히 신뢰할 만했지만 라엘은 속지 않았다. 이미 수혁을 너무나 잘 알고 있었기에 지금 그의 행동이 장난임을 쉽게 알고 있었다.

"아!"

작정하고 엄살까지 부리는 수혁의 모습을 귀엽게 바라보던 라엘은 장단을 맞추며 그에게 다가갔다.

"괜찮아요? 어디 좀 봐요."

"촉새 너 딱 걸렸어."

"어, 어!"

그는 슬며시 다가온 그녀를 다시 제 품 안으로 꼭 끌어안더니 그대로 바닥에 누워 함께 눈밭을 굴렀다.

"엄마야!"

생각지 못한 행동에 깜짝 놀란 외침은 곧이어 웃음소리로 변했다. 차가운 눈이 피부에 닿았지만 이상하게 하나도 춥지 않았다. 그의 품 안에서 뱅그르르 눈밭을 구르며 처음 접한 그 느낌이 오히려 새롭게 다가와 그녀의 기분을 더 들뜨게 만들었다. 오래된 영화 속 주인공처럼 하얀 솜사탕같이 눈밭을 구르던 두 사람이 정원 한가운데 멈췄다.

수혁은 옆에 누워 있는 라엘을 자신의 몸 위로 올렸다. 두 사람은 서로의 몸을 겹쳐 반듯하게 모로 누웠다. 올려다보는 그의 눈빛은 찬란했고 내려다보는 그녀의 눈빛은 반짝였다.

"어지럽지 않아?"

"아니. 너무 재미있었어요."

두 사람의 거리는 가까웠다. 그 거리가 너무나 가까워 말을 할 때마다 서로의 입술이 바람에 퍼지는 장미 향처럼 자극적으로 다가왔다. 수혁이 가벼이 입을 맞추자 붉은 입술이 곡선을 그리며 그를 반겼다.

"내가 말한 적 있어요?"

"뭘?"

"수혁 씨 오늘 참 잘생겼다고."

"오늘만?"

"아니. 나한테는 언제나 멋있어요."

라엘은 커다란 눈을 반달로 접어 미소 짓고 다가와 그의 코에 자신의 코를 애교 있게 부딪히며 입술을 내렸다. '쪽' 소리와 함께 붉은 입술이 느릿하게 떨어질 즈음 손을 뻗은 수혁이 그녀의 머리를 감싸며 다시금 입을 맞췄다. 그 어떤 방해 없이 살짝 벌어진 입술 사이로 그의 혀가 진입하며 점점 더 붉은 입술의 문을 넓혔다. 부드럽고 말캉거리는 감촉이 단숨에 몰려오자 움찔하며 어깨를 떨던 라엘에게서 얕은 신음이 터졌다.

"하…… 아!"

수혁은 라엘의 입 안 끝까지 밀고 들어와 미끄러지듯 지나쳐 가지런한 치아를 훑으며 곳곳을 탐색했다. 잔잔한 연못에 거대한 파도가 몰아치듯 아찔한 키스가 이어졌고, 그와 동시에 그녀의 정신은 아득해졌다. 겹쳐진 두 사람의 온도가 너무나 뜨거워 떨어지는 눈송이가 단숨에 녹아내릴 것만 같았다.

그도 그녀도 오롯이 서로를 향한 집중의 깊이가 너무나 깊어 두 사람은 자신들이 눈밭에 누워 있다는 사실조차 잊은 듯했다. 서로의 가슴에 뜨거운 불을 지른 농염한 키스는 턱 끝까지 차오른 숨을 이기지 못하며 잦아들었다.

"하!"

"하……."

떨어지는 눈꽃 사이사이로 뜨거운 숨이 넘나들었다.

"……미치겠다."

수혁은 촉촉한 물기를 가득 머금은 라엘의 눈동자를 보며 괴로운 듯 고백했다. 여기서 멈추지 않으면 더 이상 참기 힘들 것 같다. 그토록 고대하고 갈망하던 그녀와의 사랑을 눈밭에서 표현할 순 없었기에 안으로 들어가기로 했다.

"감기 걸리겠다. 그만 들어갈까?"

그의 말에 라엘은 고개를 끄덕였다.

두 사람은 샤워를 하고 스파를 하기로 했다. 그녀가 편하게 씻을 수 있도록 수혁은 다른 방으로 자리를 피해줬다.

길쭉한 샤워기에서 쏟아지는 물줄기에 고개를 든 라엘은 생각이 많아졌다.

"조금만…… 진정하자."

그와 처음으로 함께 보내는 밤을 눈앞에 두고 제멋대로 뛰기 시작한 가슴이 쉬이 진정되지 않았기 때문이다. 그러다 지금까지 두 사람이 함께했던 시간들이 퍼즐 조각처럼 머릿속에 떠오르고,

'광활한 하늘을 원고지 삼아 내 감정을 모두 적을 수 있을 만큼 네가 좋았다. 하지만 가장 큰 이유는 분명했다. 누구도 아닌 오직 너라서, 그래서 좋다. 네가 좋다.'

고백사를 읽어 내려가던 모습과 함께 수혁의 음성이 귓가에 맴돌았다.

"당신이 좋다."

그 음성을 되뇌니 어느 정도 마음이 진정됐다.

샤워를 마친 라엘은 가운을 걸치고 파우더룸에 있는 거울 앞에 섰다.

위이이잉.

가방에서 꺼내온 헤어드라이어를 켜자 젖은 머리카락 사이로 뜨거운 바람이 안쪽까지 밀려왔다.

"나 좀 봐!"

젖은 머리카락이 물기를 털어내고 가벼워질 때쯤 라엘은 거울 속에 마주한 자신을 보며 헛웃음을 쳤다.

"어차피 스파 할 건데……."

분명 스파를 한다는 수혁의 말을 또렷이 기억하고 있었는데 긴장한 탓에 머리카락까지 말린 것이다. 헤어드라이어를 정리한 라엘은 잠시 머리 스타일을 고민하다가 정수리 위로 편하게 말아 올렸다. 그리고 파우더룸 세면대에 놓인 작은 가방에서 수영복을 꺼냈다.

"안 맞으면 어떡하지……."

수영복을 새로 사러 갈 시간이 없었던 라엘은 집에 있는 걸 갖고 왔는데, 하필이면 끈이 달린 과감한 비키니 수영복이었다. 몇 년 전에 대학 동창들과 놀러 가려고 사두고 한 번도 착용하지 않은 수영복이었다.

"다행이다."

걱정과 달리 수영복은 잘 맞았다. 마지막으로 거울을 보고 파우더룸을 나서던 라엘은 다시 돌아와 가방에서 얇고 박시한 흰색 시스루 티셔츠를 덧입었다. 아무래도 비키니 수영복을 입은 모습으로 바로 마주하기에는 부끄러웠기 때문이다.

그리고 방을 나온 뒤 수혁이 알려준 기다란 복도로 들어섰다. 센서가 달렸는지 한 걸음씩 걸음을 옮길 때마다 희미한 불빛이 조금씩 그녀를 밝혔다.

하나씩 밝아지는 불빛을 따라 끝이 없을 것만 같던 긴 복도를 통과한 순간, 라엘은 눈앞에 펼쳐진 환상적인 모습에 말문이 막혔다.

"……."

2층에 위치한 스파룸은 넓은 거실같이 커다란 공간이었다. 라엘이 서 있는 바닥 주변은 피톤치드 향이 올라오는 결이 고운 나무가 정갈하게 깔려 있었고, 그 뒤로 무릎 높이까지 올라오는 타일 벽을 시작으로 무광의 멋스러운 검정 타일이 바닥 끝까지 깔려 있었다. 검정 타일이 끝나는 바닥 끝에는 정면을 차지한 통유리가 벽을 대신해 그림 같은 정원 풍경을 선보였다. 또한, 바닥에 설치된 작은 무드등에서 쏟아지는 불빛이 어두운 천장 위로 수많은 별을 그렸고, 가장 중앙에 달 표면이 그려진 동그란 조명이 별빛과 교차하며 미세하게 돌아가고 있었다.

무엇보다 라엘을 가장 놀라게 했던 건 달빛 조명 아래 자리한 스파 욕조였다. 타원형 모양의 커다란 스파 욕조는 전면이 모두 투명한 강화유리로 되어 있어 바닥 끝까지 그 안이 전부 보였다. 어두운 실내 불을 밝힌 투명 욕조의 모습은 마치 우주 속을 유랑하는 조각배 같았다. 황금빛 수도꼭지에서 쏟아지는 물줄기가 거품을 일으키며 출렁였고, 그 가운데 상체를 탈의한 그가 앉아 있었다.

욕조 바닥에서 올라오는 미세한 조명에 반사된 수혁은 마치 조각 같았다. 그 모습이 왕좌에 앉은 왕처럼 위엄 있고 기사처럼 용맹하며 섹시했다. 물기를 머금은 머리칼이 젖어들었고, 그 끝에서 위태롭게 매달린 물방울이 계속해서 떨어졌다. 물방울은 이마를 지나 날렵한 콧잔등을 미끄러져 그의 입술 안으로 스며들었다. 또 다른 물방울은 운동으로 다져진 단단한 그의 가슴 근육에 자리 잡은 흉터 위로 떨어져 아찔하게 아래쪽으로 미끄러졌다.

주변에 들어찬 공기조차 그를 유혹하는 듯 뜨겁게 데워졌다. 치명적인 그 모습에 라엘은 저도 모르게 조심히 숨을 끊어 쉬었다. 서로를 향한 두 사람의 시선은 미동조차 느껴지지 않을 만큼 흔들림이 없었다.

지금 이 순간, 서로가 서로에게 또다시 반했다는 사실을 두 사람은 알지 못했다. 숨 막히는 정적이 깊이를 더할 즈음, 커다란 손이 물결에 부딪히며 야릇한 침묵을 깨뜨렸다.

"라엘아……."

손으로 얼굴에 묻은 수증기를 닦아낸 수혁은 정면을 향해 손을 내밀며 거부할 수 없는 목소리로 그녀의 이름을 불렀다.

"들어와."

찰방거리는 물결 소리와 함께 라엘이 욕조 안으로 들어왔다. 너무 뜨겁지도, 그렇다고 또 너무 차갑지도 않은 딱 알맞은 온도와 일정하게 소용돌이치는 물거품이 그녀를 감싸 안았다. 두 사람은 욕조 벽에 등을 기대 서로를 마주 보고 앉았다.

"물 온도 괜찮아?"

팽팽한 분위기를 풀어줄 겸 수혁이 대화를 시작했지만, 여전히 그의 시선은 그녀에게서 벗어나지 않았다.

"괜찮아요. 그보다 수혁 씨?"

"응."

"여기 이 공간 너무 예뻐요."

물속에 잠겨 있던 작은 손이 곳곳을 가리켰다.

"천장에 비치는 별빛도 커다란 달도…… 다 너무 예뻐."

시선이 닿는 곳곳마다 라엘은 그가 세심하게 신경 썼다는 걸 알 수 있었다.

"마음에 든다니 다행이다."

"나 투명 욕조는 처음 봐요. 너무 신기해. 뭐랄까 유리구슬 안에 있는 기분이랄까."

라엘은 진짜 신기한 표정으로 손가락으로 바닥을 꾹 눌러봤다.

"어머니가 스파를 좋아하셔서 밖에 경치랑 잘 어울릴 것 같다고 직접 주문하신 거야."

"그렇구나. 정말 바깥 경치랑 잘 어울리는 것 같아요"

라엘은 그에게 닿은 시선을 살짝 들어 올려 정면을 바라봤다. 투명한 욕조에 앉아 있는 모습과 커다란 유리벽 너머 눈 내리는 풍경이 완벽하게 어우러졌다.

"훗!"

자연이 선사하는 아름다운 풍경에 잠시 넋을 놓고 보던 라엘은 갑자기 들리는 웃음소리에 다시 시선을 내렸다.

"라엘아?"

갑자기 왜 웃는 건지 묻기도 전에 수혁이 먼저 그녀를 불렀다.

"안 불편해?"

수혁이 버튼을 누르자 수면 위로 소용돌이치던 물거품이 점차 줄어들었다. 스파 기능이 줄어들자 물속에서 양쪽 무릎을 곧게 세우고 두 팔로 무릎을 감싸 안은 그녀의 자세가 적나라하게 보였다.

"큭!"

버건디 패디큐어가 칠해진 열 개의 발가락이 바닥 위로 꼼지락 거리는 모양새가 귀여워 그는 자꾸만 웃음이 새어 나왔다.

"하나도 안 불편한데? 나 지금 세상 편해요."

라엘은 언제 그랬냐는 듯 보란 듯이 씩씩하게 두 다리를 쭉 뻗었다.

"우리 촉새 긴장했구나?"

"누, 누가 긴장했다고 그래요!"

"하여간 귀엽다니까."

대뜸 목소리를 높이던 라엘은 한쪽 눈을 가늘게 뜨며 얄궂게 웃고 있는 수혁의 얼굴을 향해 살짝 물을 끼얹었다.

"치! 하여간 못됐어."

"미안. 안 그럴게. 손!"

재빠른 사과와 함께 그가 손을 내밀며 외치자 작은 손이 커다란 손 위로 올라왔다. 작은 손을 꼭 잡은 수혁이 살짝 힘을 주자 맞은 편에 앉아 있던 그녀의 몸이 옆으로 돌아가며 물속에서 미끄러지 듯 그에게 밀려왔다.

수혁은 제 품으로 밀려 들어온 라엘을 백허그로 바짝 밀착해 가녀린 허리에 두 팔을 두르며 감싸 안았다. 그 모습이 마치 공예품을 다루는 장인의 모습처럼 만지면 부서질까 유리 인형을 다루듯이 그녀를 소중하게 끌어안았다. 피부에 맞닿은 여린 살결은 벨벳보다도 몇 배나 더 미치도록 보드라웠다.

라엘은 자신의 허리를 감싸 안은 그의 팔에 손을 겹쳤다. 그리고 강하게 일어난 푸른 핏줄을 따라 천천히 토닥이며 쓰다듬었다.

단단한 가슴과 긴 팔다리에서 느껴지는 그의 온도는 물의 온도보다 높아 마음까지 따뜻하게 데워졌다.

"수혁 씨……."

"응?"

"나 지금 너무 행복해요."

라엘은 눈앞을 수놓은 아름다운 경치와 따뜻한 그의 품에 안겨 있는 이 순간이 소중했다. 이런 시간을 선물해준 그에게 고마운 마음을 표현하고 싶었다.

"고마워요."

보드라운 뺨을 매만지던 손길이 턱밑으로 내려와 손끝으로 그녀의 얼굴을 옆으로 돌렸고, 곧장 그의 입술이 라엘의 입술 위에 내려졌다. 가볍게 입을 맞춘 수혁은 그녀의 아랫입술을 살짝 깨물며 느릿하게 놓아주었다.

"내가 더 고마워."

다정하게 진심이 묻어나는 속삭임과 함께 그의 입술이 눈꺼풀에서 이마로 옮겨졌다. 라엘이 다시 고개를 돌려 정면을 향하는 사이 수혁은 수영복 주머니에서 뭔가 꺼내들었다. 그리고 그녀의 고개가 정확히 정면으로 돌아설 때를 맞춰 손안에 쥐고 있던 물건을 손끝에 걸고 라엘의 시선 바로 앞에 떨어뜨렸다.

"……!"

황금빛 목걸이가 은은한 조명 빛에 반짝거렸다. 뱅그르르 돌아가던 펜던트가 고맙게도 그녀의 시선에 멈췄다. 하나의 선으로 연결된 펜던트는 작은 새 모양을 하고 있었고 머리 부분에는 다이아가 박혀 있었다. 세상 어디서도 구할 수도 살 수도 없는, 오직 그녀만을 위한 세상 하나뿐인 목걸이였다.

"……이게 뭐예요?"

"목걸이. 늘 주고 싶었어."

수혁은 이날을 위해 그동안 어설픈 솜씨로 틈틈이 그림 연습을 했다. 라엘의 애칭인 촉새와 어울리는 새 모양의 목걸이를 선물해 주고 싶었기 때문이다. 수십 장에 달하는 스케치가 나온 끝에 주얼리 디자이너의 도움으로 마음에 드는 목걸이를 완성할 수 있었다.

"이거도 있던 거예요?"

"아니. 내가 직접 디자인한 거야."

어찌할 바를 몰라 그냥 내뱉은 말에 직접 만들었다는 말을 들은 라엘은 여기서 더 무슨 말을 해야 할지 몰랐다.

"마음에 들어?"

"너무…… 예뻐요."

그의 정성이 가득한 목걸이가 어떻게 마음에 들지 않을 수 있을까. 라엘은 다만 이 귀한 걸 아무렇지 않게 그냥 받아도 될지 고민스러웠다.

"수혁 씨, 이걸 내가……."

"당연히 받아도 돼."

멈칫하는 그녀의 마음을 알아챈 수혁이 단호하게 말했다.

"아니, 꼭 받아줬으면 좋겠어."

사실 이런 부분에 있어서 그가 늘 자신의 눈치를 보며 조심스러워한다는 걸 라엘은 알고 있었다. 그래서 항상 선물을 줄 때마다 '있던 거야'라는 편안한 농담으로 거절 못 하게 한다는 것도 알고 있었다.

"라엘아……."

수혁은 간절하게 그녀를 불렀다.

"널 위한 거야."

"이 목걸이…… 받을게요. 진짜 너무 예뻐요."

라엘은 생각했다. 나보다 더 대단한 이 남자는 늘 자신보다 나를 더 대단히 만든다고. 함께 있으면 가치를 높여주고, 아껴주는 그 마음 때문에 여자로서 더없이 행복감을 느끼게 해준다.

"잘 어울린다."

수혁이 목걸이를 채워줬다. 생각대로 목걸이는 예쁜 그녀의 목선에 잘 어울렸다.

"예쁘다. 우리 촉새."

뜨거운 숨결이 라엘의 목에 떨어졌다. 점차 가까이 다가온 숨결은 자취를 감추고, 어느 순간 그의 입술이 뒷목에 내려앉았다. 수혁은 그녀의 뒷목에 얼굴을 묻고 자잘한 입맞춤을 선사했다.

"앞으로는 더 행복하게 해줄게."

모든 신경이 목 주변으로 몰아치고 낮은 음성과 함께 또다시 뜨거운 숨결이 피부를 간질였다. 조금씩 천천히 라엘의 목에 입을 맞추던 그는 달콤한 열매를 베어 물듯 그녀의 귓가를 간질이며 살짝 깨물었다.

"하!"

그리고 다시 아래로 내려간 그의 입술은 그녀의 목을 구속하는 검은색 비키니 끈을 입에 물고 정갈하게 묶인 첫 번째 매듭을 천천히 풀어헤쳤다. 아찔하게 익어가는 분위기에 두 사람은 말이 없었다.

수혁은 티셔츠 안으로 손을 넣어 검지와 중지를 교차하며 매끄러운 등을 타고 올라갔다. 허리 끝에서부터 시작된 저릿한 느낌이 라엘의 척추를 관통했다. 천천히, 그러나 정확하게 올라선 손가락이 그녀를 억압한 또 하나의 끈을 찾았다. 기다란 손가락에 두 번째 매듭이 걸리고 그는 지체 없이 끈을 잡아당겼다.

이윽고 모든 매듭이 풀리고 그녀의 상체는 완벽한 해방감을 느끼며 완연한 자유를 만끽했다. 티셔츠를 벗어난 검은색 비키니 수영복이 서서히 일렁이는 물살에 밀려 저만치 떠내려갔다.

"……!"

순간, 라엘의 몸이 살짝 들리더니 순식간에 정반대 방향으로 위치가 바뀌었다. 수혁이 자신의 단단한 허벅지 위로 그녀를 돌려 앉혔다. 두 사람 사이엔 그 어떤 공간도 허락되지 않았고, 살결에 밀리는 야릇한 물소리가 그 사이를 공존했다.

적정 온도를 벗어난 두 개의 뜨거운 시선이 깨질 듯이 아찔하게 부딪혔다. 마치 양쪽 끝이 한계까지 팽팽하게 당겨진 고무줄처럼 두 사람의 감정은 점점 더 그 끝을 향해 증폭되어가고 있었다.

수혁의 시선은 언제나 그녀를 내려다봤고, 라엘의 시선은 늘 그를 올려다봤다. 그렇게 언제나 동일하던 두 사람의 시선이 처음으로 바뀌었다. 라엘은 단단한 근육이 느껴지는 허벅지 위에서 높아진 시선으로 수혁을 내려다봤다.

자신을 올려다보는 눈동자는 밤을 지배하는 포식자의 눈빛으로 어둠이 내려앉은 하늘보다 까맣게, 흑요석처럼 빛났다. 또한 관능적이며 도발적이고 매혹적이었으며, 길들여지지 않은 야성미가 가득했다. 그 아찔한 눈빛이 우월하게 자신의 시선을 휘감을 때마다 라엘은 당장이라도 그의 눈동자 속으로 온몸이 빨려 들어갈 것만 같은 착각이 들었다.

똑. 똑. 똑.

황금빛 수도꼭지에서 떨어지는 물방울 소리가 눈빛으로 서로를 탐하는 두 사람의 무언의 대화 위로 겹쳐졌다. 두 개의 입술 너머로 내쉬는 날숨은 아슬아슬하게 상대의 입술로 스며들었다.

그 숨 막히는 긴장감을 먼저 깨뜨린 건 그녀였다. 라엘은 찰방거리는 물소리와 함께 물속에 잠겨 있던 오른손을 작게 일렁이는 수면 밖으로 꺼내들었다. 넓은 어깨를 자유롭게 유랑하며 올라오던 손가락을 정확히 목 아랫부분에 멈춘 라엘은 검지를 세워 그대로 목선을 타고 올라와 그의 턱 끝에서 또다시 손가락을 멈췄다. 수혁은 가느다란 손가락이 이끄는 대로 자신의 턱을 살짝 들어 올렸다.

갑자기 어디서 그런 대범한 생각이 샘솟았는지 모르겠지만, 라엘은 순간 수혁을 괴롭히고 싶다는 발칙한 생각이 들었다. 머리부터 발끝까지 이수혁이란 긴장감에 사로잡힌 저와 달리 표정까지 완벽한 그가 갑작스러운 도발에 어디까지 여유로울 수 있을지 궁금해졌다.

그의 턱 끝에 머물고 있던 오른손을 허공으로 들어 올린 라엘은 손가락을 꽉 붙인 뒤 손바닥을 펼쳤다. 그리고 그대로 그의 얼굴 위로 내리더니 손바닥으로 수혁의 눈을 가렸다.

"수혁 씨, 불편해요?"

"아니. 전혀. 네가 뭘 하든 난 항상 편해."

그녀의 얼굴이 점점 더 그의 얼굴을 향해 다가왔다. 붉은 입술에 그의 입술이 맞닿고, 라엘은 버드 키스를 하며 입술을 내렸다. 갈증을 느끼던 수혁이 문을 열고 들어오려고 하자 그녀는 부드러운 혀로 그를 밀어내며 대신 그의 아랫입술을 깊게…… 아주 깊고 깊숙이 깨물었다.

"……!"

순간 예상치 못한 자극을 느낀 그의 몸에 힘이 실리고 라엘의 허리를 끌어안고 있던 커다란 손이 흠칫했다.

"감질나……."

그러나 이내 언제 그랬냐는 듯이 그는 얄미울 정도로 다시 여유로움을 찾았다. 그 얄미운 여유로움에 반항이라도 하듯 라엘은 다시 꽃을 찾는 벌에게 다가가 슬며시 입술을 맞대었다. 그리고 작게 속삭였다.

"화났어요?"

"그럴 리가. 감히 누구한테 화를 내. 재미있어. 그보다 이제 그만 줘!"

"주다니……."

수혁이 원하는 게 뭔지 잘 알고 있었지만, 라엘은 뻔뻔하게 모른 척을 하며 되물었다.

"뭘요?"

"네 입술."

부드러운 감촉에 반응한 수혁이 다시 한번 그녀의 입술 안쪽으로 막 진입하려던 그때, 입술을 열고 호응해주던 라엘은 또다시 그를 애태우며 고개를 슬며시 뒤로 뺐다.

아슬아슬한 줄다리기에 그녀의 얼굴엔 개구진 미소가 번졌다. 하지만 그와 반대로 유려하게 미소를 품던 그가 '피식' 하며 웃어 버렸다. 느릿하게 올라가는 한쪽 입꼬리가 수혁의 기분을 대변했다. 그는 지금 그녀 때문에 기분 좋게 바짝 약이 오르는 중이다.

"큭!"

"놀리니까 재밌어?"

수혁은 여전히 작은 손에 눈이 가려진 채 그녀를 제 품으로 더 끌어안으며 말했다.

"전혀요. 그리고 나 수혁 씨 놀린 거 아니에요."

"확실해?"

"그럼요."

"이상하다. 기분 탓인가? 앞이 안 보이는데도 왜 네가 즐거워하는 표정이 보이는 것 같지."

정곡을 찔린 라엘은 저도 모르게 웃고 있는 입술을 작게 다물었다.

"그래서 안 해줄 거야…… 키스?"

20화. 서로를 완전하게 품은 두 사람

그녀의 귀여운 장난에 수혁은 달콤한 입술에 대한 갈증이 더 짙어지고 있었다.

"글쎄……."

"계속 까불면 혼날 텐데."

"하나도 안 무서운……."

순간, 그의 여유로움을 따라 하던 라엘의 말끝이 급격히 흐려졌다. 지금까지 얌전히 순한 양처럼 그녀의 장단을 맞춰주던 그의 분위기가 백팔십도 달라졌다는 것이 느껴졌기 때문이다.

라엘은 이때 깨달았다. 그를 도발한 자신이 얼마나 어리석었는지를. 늑대의 본능을 드러낸 그가 얼마나 유혹적이고 위험한지도 전부 깨달았다. 수혁은 한쪽 손을 들어 눈을 가린 작은 손을 잡아 그대로 자신의 어깨 위에 올려놓고, 나머지 그녀의 손 역시 반대쪽 어깨 위에 올려놓았다.

마치 자신을 꽉 붙잡으라는 듯이.

"예쁜 눈은……."

어느새 웃음기가 사라지고 긴장감을 느끼는 눈가에 부드럽게 입을 맞추며 그가 말했다.

"안 가릴 거야. 네 표정 못 보는 게 더 힘들 거 같아."

안심하라는 따뜻하고 부드러운 그의 음성이 어쩐지 그녀를 더 긴장하게 만들었다. 수혁은 라엘의 허리를 정성스럽게 감싸 안고 있던 커다란 손을 풀어 두 사람 사이에 갖다 놓았다. 그는 그녀가 그랬던 것처럼 똑같이 검지를 세웠다. 그저 손가락 하나 세운 것뿐인데, 그 손가락 하나마저도 눈앞의 수혁처럼 아찔하게 위협적이다. 수혁은 곧게 세운 검지를 그녀의 목을 따라 쭉 올렸다. 그리고 느릿한 숨을 토해내는 붉은 입술 선을 따라 립스틱을 바르듯이 움직이던 손가락을 그 안으로 밀어 넣었다.

순간 입 안으로 들어온 손가락에 라엘이 저도 모르게 손끝을 깨물자, 수혁의 매끄러운 눈매가 살짝 내려갔다 금세 제자리를 찾았다. 부드러운 감촉이 손끝에서부터 그의 가슴 안으로 스며들었다. 수혁은 손가락을 마치 젤리처럼 말캉거리는 혀 주변에 호를 그리듯이 맴돌다 다시 밖으로 꺼냈다.

"하!"

기다란 검지가 달콤한 타액을 덧입어 번들거렸다. 그는 뜨거운 시선을 그녀에게 고정한 채 그녀의 타액이 묻은 자신의 손가락을 핥았다. 그 장면이 주는 시각적인 자극이 너무나 야릇해 라엘은 저도 모르게 질끈 눈을 감았다 떴다. 여전히 타오르는 시선이 그녀에게 향하고 있었다.

수혁의 입가에 머물던 손이 물속에서 나비처럼 나풀거리는 시스루 셔츠 끝자락을 아래로 확 잡아당겼다. 그와 동시에 아직 젖지 않은 셔츠 윗부분이 물을 머금은 습자지처럼 젖어 들어갔다. 투명한 욕조 안에 일렁이는 물은 그의 마음을 알고 있는 것처럼 빠르게 지체 없이 하얀 셔츠를 적셨다.

마침내 네크라인 끝까지 물이 젖어들고, 보일 듯 보이지 않게 애간장을 태우던 그녀의 실루엣이 젖은 티셔츠에 달라붙어 환상적인 자태를 드러냈다. 그의 입에서 흘러나온 뜨거운 숨결이 그녀의 가슴에 고루 퍼졌다. 수혁은 봉긋하게 솟아오른 살결을 조심스럽게 그러쥐고 천천히 정성을 다해 입을 맞췄다.

순간 강한 자극이 라엘의 가슴속 깊이 전이되고 허리가 살짝 뒤틀리며,

"……아!"

붉은 입술 사이로 물기 어린 신음이 터져 나왔다. 이 세상에 존재할 수 없는 가장 부드러운 촉감이 그의 폐부를 자극하고 왼쪽 심장 역시 점점 더 빨리 뛰기 시작했다. 두 사람의 가슴이 조금씩 거칠게 상승하고 겹쳐진 눈빛은 서로를 잡아당겼다.

조금씩…… 조금씩…….

조바심이 났지만 누구 하나 서두르지 않고 서로의 입술이 맞닿을 때까지 기다리던 두 사람은 마침내 입술이 교차된 순간, 누가 먼저라고 할 것 없이 상대방의 입술을 탐했다. 서로의 타액이 질서 없이 흐트러지고 엉켜 붙은 혀는 떨어질 줄 몰랐다.

한참 동안 이어진 농밀한 키스가 간신히 잦아들고 서로를 꽉 붙들고 있던 입술이 느릿하게 떨어져 나갔다. 수혁은 그녀와의 사이에서 걸리적거리며 수면 위를 헤엄치는 시스루 티셔츠 끝자락을 입술로 물어 올렸다. 그리고 라엘의 입에 입을 맞추며 그대로 티셔츠를 붉은 입 속에 밀어 넣었다. 그녀가 티셔츠를 살짝 물었다.

"착하다……. 우리 라엘이."

커다란 손이 매끄러운 등을 토닥이며 쓸어내렸다. 가슴을 크게 상승시키며 긴 숨을 들이마신 수혁이 어깨에 올려진 라엘의 손가락을 하나씩 떼어내며 말했다.

"만세."

'만세'란 두 글자가 이렇게 치밀하고 섹시하게 다가올 수 있다는 걸 라엘은 처음 알았다. 아이의 옷을 벗겨주는 것처럼 다정한 수혁의 손길로 인해 그녀의 상체를 가리고 있던 젖은 티셔츠가 벗겨졌다. 얇디얇은 티셔츠였지만 있고 없고의 차이는 생각보다 컸다. 라엘은 순간 부끄러운 느낌이 한껏 밀려와 두 손을 교차하며 상체를 가리려 했다.

"……!"

하지만 커다란 손에 붙잡혀 그의 뒷목으로 두 손이 올려졌다.

"거기 말고…… 내 목, 꽉 붙들어."

그렇게 말하고 그녀를 아기처럼 소중히 끌어안은 수혁이 그 자리에서 일어났다.

"방으로 가자."

라엘은 넓은 어깨에 얼굴을 묻으며 대답 대신 고개를 끄덕였다.

라엘은 무슨 정신으로 방까지 왔는지 전혀 알지 못했다. 솜털처럼 부드러운 침대 위에 수줍게 누워 있는 자신도 붉어진 얼굴을 내려다보는 수혁도 어느새 실오라기 하나 걸치지 않은 상태였다. 스파를 하는 내내 그에게 취한 그녀는 아직도 그 강한 술에 깨지 않았다. 오히려 살짝 맛본 그 술에 점점 더 취하고 싶은 기분이었다.

새하얀 솜털 이불 위에 누워 있는 라엘을 내려다보는 수혁의 눈동자는 한없이 따사로웠다. 매끄럽게 뻗은 다리와 잘록한 허리, 풍성한 상체와 작은 얼굴을 수놓은 이목구비까지.

온 세상을 다 뒤져도 찾을 수 없는 향기로운 꽃처럼 예뻤고, 하늘을 지배하는 태양보다 눈이 부셨다. 차마 말로 다 형용할 수 없는 그 자태가 너무나 아름다워 가슴까지 벅차올랐다.

발끝에서부터 머리끝까지 천천히 수혁의 시선이 자신을 훑을 때마다 라엘은 덩달아 몸이 뜨거워지는 것 같았다. 방 안의 온도는 적당했지만 위에서 쏟아지는 그의 열기는 이미 끓는점을 넘어섰다.

"아름답다……. 우리 라엘이."

그의 말 한마디 한마디에서 그녀를 향한 애정이 물밀듯이 밀려왔다.

"매일 밤 몇 번이고 널 품에 안고 싶었어."

한없이 부드러운 눈빛 속에 거친 야성미가 불쑥 튀어나오며 빛을 발했다.

"오늘은 참지 못할 것 같아."

수혁은 자신의 사랑 앞에 언제나 당당했고 지금도 그랬다.

"아니, 안 참을 거야."

"참지…… 말아요."

자신을 안고 싶은 그 마음을 드러내는 그에게 라엘도 숨기지 않았다.

"나도 당신을 원하니까……. 수혁 씨, 근데 나 조금 떨려요."

떨린다는 말에 수혁은 라엘의 이마에 입을 맞췄다.

"실은…… 내가."

그의 입술이 다시 코끝에 내려앉고,

"더 떨려."

핑크빛 두 뺨을 지나 그녀의 입술에 종착했다.

"라엘아, 아무것도 걱정하지 말고 오직 나한테 맡겨."

"그럴게요."

그녀의 허락에 수혁은 입맞춤으로 화답했다. 향긋한 숨결을 받아들이며 붉은 입술에 머물렀던 그의 입술은 그녀의 쇄골로 옮겨 갔다. 뜨겁다 못해 델 듯한 숨결을 내뿜으며 쇄골에서 입술을 뗀 수혁은 새로운 길을 찾아 나섰다.

그의 입술이 가파르게 상승하는 가슴에 닿았고 그 아래로 내려가 호를 그리며 그녀에게 자잘한 키스를 퍼부었다. 조심히, 그러나 신중하고 꼼꼼히 그가 길을 내디딜 때마다 라엘은 처음 느껴보는 쾌감에 온몸이 떨렸다. 성냥개비에 붙은 작은 불씨에 커다란 장작이 불기둥을 만드는 것처럼, 지금 그가 지핀 작은 불꽃은 어느새 불기둥으로 바뀌어 온몸이 타들어가는 것만 같았다.

"……라엘아!"

자신을 내려다보는 부드러운 눈빛과 달리 그의 손길은 거침없이 그녀의 몸에 안착했다. 보드라운 살결에 손이 달라붙는 느낌이었다. 콧속에 치미는 향기롭고 유혹적인 그녀의 체취에 수혁은 아찔하게 혼미해지는 정신을 간신히 붙잡았다.

"아!"

그의 손끝과 입술이 스칠 때마다 붉은 입술 사이로 달뜬 신음이 터져 나왔다. 어느새 두 사람의 이마에는 송골송골 땀방울이 알알이 맺혔다.

한차례 폭풍 같은 순간이 지나가고 거친 숨소리가 차츰 진정되어갈 즈음, 수혁은 서서히 자신의 몸을 그녀 위로 포개 내렸다. 라엘은 묵직하게 내려온 그의 무게감에 마음이 안정되고 기분이 좋았다. 두 손을 뻗어 그의 목을 감싸 안은 그때,

"아!"

순간 눈앞이 아찔해짐을 느꼈다.

"하!"

마치 고압전류가 온몸을 강타한 느낌에 수혁도 거친 숨을 토해냈다.

"하아······."

온전히 그를 품은 라엘은 정신이 번뜩 드는 기분이었다. 지금껏 느껴보지 못한 강한 힘에 정면으로 도전하는 것만 같았다. 이질적이고 생경한 느낌이었지만 거부할 수 없었다. 좀 더 솔직히 말하면 거부하고 싶지 않았다. 눈앞의 수혁을 사랑하기에 사랑하는 그만큼 그를 받아들이고 자신 또한 사랑으로 채워주고 싶었다.

"괜찮아······. 괜찮아."

그는 어린아이에게 말하듯 열꽃이 핀 귓가에 끊임없이 부드럽게 속삭이며 그녀를 달래 안았다.

"나······ 괜찮······ 아요."

괜찮다고 속삭이는 그녀에게 입을 맞추며 수혁은 상체를 일으켜 천천히 움직였다.

"힘들면 말해."

푹신한 베개 위에서 그를 올려다보는 라엘의 시야가 일정한 박자에 맞춰 흔들리더니 점차 빨라지기 시작했다.

"라엘아······."

수혁은 라엘이 사랑스러워 계속해서 그녀의 이름을 불렀다. 그

와 동시에 젖은 그의 머리칼을 파고드는 작은 손길에 힘이 실렸다.

"아…… 하!"

온몸이 활화산에 잠긴 듯 라엘은 측정할 수 없는 용광로에 던져진 것 같았다. 치밀어오르는 강한 감각에 온몸이 제멋대로 속절없이 떨려왔다. 8월에 내리쬐는 강렬한 태양에 힘없이 녹아내리는 아이스크림처럼 모든 세포가 그로 인해 녹아내리는 것 같았고, 거대한 블랙홀 안으로 빠져드는 기분이었다.

"……수혁 씨……."

자신의 이름을 부르며 두 팔을 펼치는 라엘을 그는 천천히 들어올려 온몸으로 끌어안았다. 두 사람은 서로의 몸을 맞닿은 채 마치 처음부터 하나였던 것처럼 포개졌다. 수혁은 흔들리는 눈가에 맺힌 영롱한 그녀의 눈물에 입을 맞췄다. 라엘이 선사하는 달콤한 쾌감이 혈액을 타고 돌아 폐부까지 전이되는 것만 같았다.

라엘은 수혁이 아니면 안 될 것처럼 그에게 매달렸고, 수혁은 자신의 사랑은 오직 라엘뿐임을 외치기라도 하듯이 마음을 다해 온몸으로 그녀를 깊이 품었다. 누구의 땀인지도 모를 정도로 서로의 땀이 뒤섞였고 사랑을 나누는 유혹적인 소리가 방 안에 메아리쳤다. 그는 거침없이 맹수처럼 달려들다가도 한없이 따뜻하게 그녀를 안았다.

수혁은 그녀를 안고 있는 이 순간조차도 라엘이 사랑스러워 견딜 수 없었다. 당장이라도 터져버릴 것 같은 풍선처럼 그녀를 향한 마음에 울컥하기까지 했다.

"라엘아……."

그리고 마침내 아끼고 아껴왔던 가장 큰 진심을, 절절한 마음을 다해 고백했다.

“사랑해.”

수혁은 사랑을 나누는 순간 들려주고 싶었기에 지금까지 수천 수만 번을 참고 참아왔던 그 말을 더 이상 참지 않고 전했다. 그녀로 인해 일어나는 전율과 함께 그의 고백은 계속됐다.

“사랑해, 라엘아.”

눈을 마주치며 그의 사랑을 고백받은 라엘은 왈칵 눈물이 쏟아졌다.

“하나뿐인 널, 오직 너만을 사랑해.”

“나도…… 사랑해요.”

서로를 완전하게 품은 두 사람의 사랑은 날이 바뀌는 새벽이 돼서도 계속됐다. 수혁은 라엘이 지칠 때면 다정하게 다가갔고 다시 정점을 향해 달릴 때는 거침없는 늑대처럼 그녀 안을 파고들었다.

밤새 쌓인 눈이 중천 위로 떠오른 태양빛에 녹아내리고, 두 사람은 아침도 거른 채 점심시간이 될 때까지 서로를 벗어나지 않았다.

함께 샤워를 마친 두 사람은 가운을 걸친 채 욕실을 나왔다. 잔뜩 잠이 서린 눈으로 머리에 대충 큰 물기만 닦아낸 라엘이 파우더룸을 벗어나려 하자 수혁이 그녀의 손목을 잡고 제자리로 돌렸다.

“머리 말려야지.”

“수혁 씨…… 나 10분만 자면 안 돼요?”

따뜻한 물에 몸을 담그고 있어서인지 샤워를 하고 나왔음에도 불구하고 라엘은 자꾸만 졸음이 밀려왔다.

“안 돼!”

그녀가 애원하듯 말했지만, 그는 단호했다. 여기서 더 잠을 자게 됐다간 오랜 공복에 속이 상할 것만 같았다.

"밥 먹어야지."

입술을 쭉 내밀며 불평하는 그녀의 표정이 귀엽다.

"배 안 고파."

"조금이라도 먹어."

가만 생각해보니 잠을 설쳐가며 자신을 감당했으니 라엘의 이런 피곤한 반응은 당연할지도 모른다. 그에 비해 이제 막 출시된 스포츠카처럼 쌩쌩한 자신의 상태를 보며 수혁은 피식 웃음이 났다.

"자! 그 전에 먼저 머리부터 말려드릴게요."

"네. 그럼 잘 부탁드려요."

헤어드라이어를 가져온 수혁은 파우더룸 거울 앞 의자에 앉아 졸고 있는 라엘에게 일어날 것을 주문했다.

"잠깐 일어나보세요."

정신이 비몽사몽한 그녀는 왜 일어나라고 한지 묻지도 않은 채 자리에서 일어났다.

"······!"

그런데 순간 몸이 허공에 붕 떠오른 라엘이 빠르게 눈을 떴다. 바닥에 서 있던 자신의 몸이 어느새 거울 앞 세면대에 엉덩이를 걸친 채 그를 마주 보고 앉아 있었다.

"놀랐어?"

"수혁 씨, 아니 왜······?"

"머리를 말린다고 했는데 왜 세면대 올려놓았냐고?"

척 하면 척 하고 알아듣는 그가 그녀가 묻고 싶은 말을 정확히 꺼냈다. 졸린 눈을 커다랗게 뜨고 궁금한 표정을 짓고 있는 라엘을 보며 수혁은 대답 대신 미소를 띠었다. 그리고 헤어드라이어를 콘센트에 꽂고 그녀의 작은 머리를 자신의 가슴에 천천히 기울이며 이유를 설명했다.

"이래야 머리를 말리는 동안 네가 잠깐이라도 잘 수 있잖아."

위이이잉.

기분 좋은 따뜻한 바람이 밀려왔지만, 라엘은 그의 말에 마음이 더 따뜻해짐을 느꼈다.

"의자에서 졸다가 대리석에 머리라도 박으면 어떡해."

수혁은 그녀의 뒷머리에 손을 집어넣고 천천히 머리를 말리며 이유를 덧붙였다.

"머리 말릴 동안 눈 좀 붙여."

"고마워요."

"천만에."

"그럼 나 5분만 눈 좀 감고 있을게요."

라엘은 기분 좋은 그의 손길에 저도 모르게 스르르 눈이 감겼다.

잠시 뒤.

"으음……!"

눈을 뜬 라엘은 머리를 말리다 깜빡 잠이 든 걸 알아차렸다.

여전히 수혁의 가슴에 머리를 기대고 있던 라엘은 깜짝 놀라 고개를 들고 시선을 올렸다.

"잘 잤어?"

"네, 잘 잤……! 수혁 씨? 나 얼마 동안 잤어요? 5분?"

정신까지 개운한 게 양심상 5분은 넘은 것 같았다.

"15분? 20분?"

"아니."

겸연쩍게 웃는 그를 보며 왠지 모르게 미안한 느낌이 드는 건 왜일까.

"설마 더 잤어요?"

"아니야. 얼마 안 잤어. 한 시간 정도."

라엘은 빠르게 고개를 돌려 벽에 걸린 시계를 확인했다.

그의 말대로 한 시간이 조금 넘게 잠들어 있었다는 걸 알 수 있었다.

"설마……!"

그러다 문득 눈앞에 수혁이 자신 때문에 같은 자세로 한 시간을 넘게 서 있었다는 것 또한 깨달았다.

"미쳤어! 미안해요. 나 때문에 수혁 씨만 고생했네. 깨우지……."

"이게 왜 미안해."

아기처럼 고른 숨소리를 내며 곤히 잠든 라엘을 지켜보는 한 시간이 수혁에겐 또 다른 행복의 시간이었다. 그렇기에 미안해하는 반응을 이해할 수 없었다. 그녀의 말이라면 5분이 아니라 다섯 시간을 서 있을 수도 있었다. 허투루 하는 생각이 아니라 진짜 그랬다. 그게 라엘을 대하는 남자 이수혁의 자세였으니까.

"너 자는 모습 예뻐. 그 예쁜 모습 보면서 나도 기분 좋았어. 그러니까 미안해할 필요 전혀 없어."

미안해하지 말라고 하는 소리가 아니라 진짜 그렇다는 걸 그의 눈빛을 보며 라엘은 느낄 수 있었다. 또한 미소 짓게 만든 한 가지가 더 있었는데, 바로 머리카락이었다.

'언제 이렇게 머리까지…….'

그러고 보니 뽀송하게 잘 말린 머리카락이 노란 머리끈에 포니 테일 스타일로 묶여 있었다.

물론 여자의 손길처럼 깔끔할 순 없지만, 오히려 몇 가닥씩 삐져나온 잔머리가 그렇게 사랑스러울 수 없었다.

"이리 와요."

손바닥으로 자신의 가슴 부분을 툭툭 친 라엘이 정면을 향해 두 팔을 활짝 벌리며 말하자, 그가 다가왔다.

"고마워요."

라엘은 그런 수혁을 따뜻하게 안아주며 고마움을 전했다. 커다란 등을 토닥이며 쓸어내리는 손길이 참으로 사랑스럽다.

"근데 촉새야, 이거 살짝 위험한 거 같은데."

가만히 그녀에게 안겨 있던 그가 알 수 없는 말을 꺼냈다.

"위험? 뭐가 위험하다는 거예요?"

"그게……."

라엘의 귓가에 입술을 붙인 그가 장난스럽게 속삭였다.

"우리 지금 가운 안에 아무것도 안 입었어."

"어의! 진짜…… 엉큼해."

순간 얼굴이 붉게 달아오른 라엘은 주먹으로 수혁을 때리고 방 안으로 들어갔다.

점심때가 훌쩍 지나고 나서야 두 사람은 주방으로 내려왔다. 수혁은 어설픈 솜씨로 테라스에 바비큐를 준비했다. 그러나 옥수수는 살짝 덜 익었고 아스파라거스는 너무 익어 물러졌으며, 1등급 한우는 한쪽이 다 타버렸다. 그래도 누구 하나 음식에 대해 타박하거나 못 먹겠다고 하는 사람은 없었다. 그저 서로가 있어 세상 그 어느 때보다 맛있고 행복한 식사 시간이었다.

그렇게 끼니를 해결한 수혁은 라엘의 손을 잡고 별장 주변을 산책했다. 그녀의 웃는 모습과 놀란 모습 그리고 장난치는 모습까지. 하나둘 사진을 찍다 보니 어느새 그의 앨범엔 라엘의 사진들로 넘쳐났다.

대지를 비추던 태양이 구름 뒤로 넘어가며 붉은 노을이 모습을 드러낼 즈음, 두 사람은 서울로 출발했다. 1박 2일의 짧은 일정이었지만, 서로가 함께하는 첫 번째 여행이었기에 수혁도 라엘도 너무나 만족스러웠다.

그렇게 두 사람은 주말 동안 남다른 추억과 의미를 간직한 채 일상으로 복귀했다.

평소보다 일찍 점심을 먹은 김 여사는 본채 주차장으로 빠르게 걸음을 옮겼다.

"어머님!"

고급 세단에서 우아한 모습으로 내리던 연이는 김 여사를 발견하곤 한걸음에 다가왔다.

"그래. 어서 오렴. 고생 많았다."

며느리가 아닌 오랜만에 만난 딸자식을 만난 것처럼 김 여사는 반가운 마음을 한껏 드러내며 그녀를 안았다.

"그이는 회사로 바로 들어갔어요. 부산 일이 코앞이라 체크할 게 많은가 봐요."

"바로 못 와서 죄송하다고 전화 받았어. 장기출장 힘들었지?"

"그래도 작년보다는 한결 수월했어요. 어머니 점심은 드셨어요?"

"난 먹었지. 배고프지 않니?"

"아니요. 저도 먹었어요."

"피곤할 텐데 좀 쉬어야지."

"비행기에서 많이 잤어요. 그보다 어머님 저, 상의드릴 게 있는데 차 한잔 하시겠어요?"

"좋지. 나도 할 말이 있는데…… 일단 들어가자꾸나."

두 사람은 고부관계라고는 믿기 힘든 다정한 모습으로 손을 잡고 본채로 들어갔다.

김 여사의 방으로 자리를 옮긴 두 사람은 따뜻한 녹차를 나눠 마시며 대화를 시작했다.

"연이야."

"네, 어머님."

"내가 보기엔 이제 수혁이 걱정은 하지 않아도 되겠더라. 보고 싶지?"

"네. 전 아직도 이게 꿈은 아닌가 하고 생각해요."

장기출장을 떠나기 전 수혁의 상태는 불안정하고 위태로웠다. 그런데 출장을 가 있는 동안 라엘의 도움으로 긴 고통에서 벗어나더니 어느덧 어엿한 그룹의 후계자 역할을 하고 있었다. 연이의 입장에서는 정말 기적 같은 일이었다. 언론에서 쏟아지는 수혁의 기사를 접할 때마다 아직까지 코끝이 시큰해지는 기분이 들었다.

"내가 보기엔 이게 다 최 선생 덕이 아닌가 싶구나."

"저도 그렇게 생각해요. 저한테는 은인 같은 사람이에요, 어머니."

"그래. 수혁이뿐만 아니라 우리 가족 모두에게 은인이지."

김 여사는 계속해서 일부러 라엘의 이야기를 꺼내며 연이의 속내를 살폈다.

"아마 이따 저녁에 그이가 들어오면 어머님께 말씀드리겠지만, 제가 먼저 말씀드릴게요. 실은 수혁이의 혼처가 들어왔어요."

"차일드그룹 막내딸 맞지? 이름은 '김시라'고, 계열사 패션 회사에서 실장으로 있는 사람."

"알고 계셨어요?"

수혁의 혼사는 아직 자신과 이 회장을 포함한 몇몇만 알고 있는 중대한 사항이었다. 연이는 김 여사가 이렇게까지 정확하게 알고 있다는 사실이 놀라웠다.

"한 실장에게 들어서 알고 있었어."

알프레도조차 몰랐던 김 여사의 뻐꾸기는 이 회장의 수행비서인 한 실장이었다. 한 실장은 이 회장이 계획한 수혁의 혼사 문제가 마음에 걸렸었다. 계속된 고민 끝에 높은 산 같은 이 회장을 상대할 수 있는 인물은 김 여사뿐이라고 결론짓고 이 소식을 전하게 된 것이다.

"애미야, 넌 이 문제에 대해 어떻게 생각하니?"

"경영적으로는 수혁이에게 도움이 되는 혼처인 건, 저도 알아요. 셸튼의 안주인으로 생각해도 그쪽으로 무게가 실리는 것도 맞고요. 하지만 솔직히 전 내키지 않아요, 어머니."

연이는 수혁이 또다시 힘들어하는 모습을 보고 싶지 않았다. 아직 서로의 관계를 풀지도 못한 남편과 아들이 이 문제로 또 충돌할지도 모른다는 생각 때문에 그저 마음이 답답했다. 그리고 무엇보다 수호와 달리 수혁은 이런 문제를 호락호락하게 넘어갈 것 같지도 않았다.

"솔직히 수혁이는 본인이 좋아하는 사람과 만났으면 좋겠어요."

"정말 그렇게 생각하니?"

"그럼요. 어머니, 우리 수혁이 힘들었잖아요. 앞으로는 셀튼을 책임지며 살아야 하는데, 퇴근 후 집 안에서만큼은 사랑하는 사람과 웃으면서 살게 하고 싶어요."

세상 사람들은 시대가 어느 때인데 정략결혼이냐 하겠지만, 아직도 손가락 안에 꼽히는 재계 집안들은 서로의 조건을 따지며 정략결혼을 한다. 하지만 정략결혼을 하게 되면 집안에서조차 업무의 연장임을, 시간이 지나면 서로에게 자연스레 무관심하게 됨을 알고 있기에 연이는 아들이 그렇게 살기를 원하지 않았다.

"연이야?"

"네, 어머님."

"실은 수혁이가 교제하는 아가씨가 있단다."

"……!"

갑작스러운 소식에 연이는 할 말을 잃었다.

"내가 옆에서 보기엔 우리 수혁이가 그 아가씨를 굉장히 아끼고 사랑하는 것 같더구나."

"……."

"나도 그 아가씨를 잘 아는데 속이 아주 진국이야. 똑똑하고 밝고 예쁘고, 심성도 아주 곧아."

도대체 어떤 아가씨길래 김 여사가 이렇게까지 애정을 쏟아붓는 건지, 연이는 점점 더 궁금해졌다.

"난 우리 수혁이가 그 아가씨와 결혼을 한다고 하면 무조건 찬성하고 싶을 정도로 마음에 들어. 아! 그리고 연이 너도 잘 알고 있는 아가씨야."

"제가요? 어느 집안 사람인데요?"

자신이 잘 알고 있다는 소리에 연이는 순간 이쪽 집안의 사람일지도 모른다고 생각했다.

"최라엘 선생."

"네? 누구요?"

연이는 순간 제 귀를 의심하며 되물었다.

"라엘이가 바로 수혁이가 교제하는 여자란다."

보통 다른 기업 오너들은 몇 달이나 걸리는 장기출장이 끝나면 하루나 이틀 정도 쉬고 복귀하는 게 정석인데, 회사가 본인보다 중요한 이 회장은 바로 복귀했다. 그리고 회사 내 각 부서를 돌며 직원들에게 인사를 건넸다.

"안녕하십니까, 회장님."

"수고들 많아요."

장기출장을 다녀오면 습관처럼 하는 일과로, 직원들은 이를 두고 '부서 순찰'이란 표현을 쓰기도 했다.

"하여간 우리 회장님 참 대단한 분이셔."

"누가 아니래. 근데, 오늘 순찰은 확실히 다르네."

이 회장의 무리가 지나가자 직원들은 삼삼오오 모여 이 회장과 수혁의 뒷모습을 보며 수군거렸다.

"부자 사이라 그런가, 우리 본부장님 풍기는 포스가 회장님과 판박이시네."

지금까지는 이 회장을 필두로 주요 이사진이 서열대로 서서 다녔지만 올해는 다른 점이 생겼다. 바로 이 회장 옆에 수혁이 함께 서 있는 점이다.

겉으로 보기에는 직원들을 상대로 단순한 인사를 건네는 그림

이지만, 그렇게 생각하는 사람은 아무도 없었다. 이 회장은 이사진과 직원들에게 수혁을 본부장이 아닌 셀튼그룹의 후계자로 정식 인사를 시킨 것이었다. 긴 부서 순찰을 끝낸 이 회장은 이사진을 포함한 주요임원들과 회의실로 향했다. 그리고 그 무리에는 강원 지사로 쫓겨났던 이지철도 홍보실장이란 타이틀로 참석했다. 이 회장은 본사뿐만 아니라 해외지사까지 아울러 그동안 있었던 주요 사항들을 검토하고 장기출장으로 거둔 성과를 공표하며 강도 높은 회의를 진행했다.

수혁이 교제하는 여자가 있다는 것도 놀라운데 그 주인공이 라엘이라는 게 상당히 놀라웠다. 말문이 막혔던 연이는 간신히 정신을 차리고 김 여사에게 다시 한번 확인하듯 질문했다.
"어머님, 지금 최라엘 선생님이라고 하셨어요?"
"그래. 맞다. 최 선생이라고 했어."
"아니, 어떻게…… 두 사람이."
"놀랐니?"
"네. 조금, 아니 실은 너무 놀랐어요."
"당연히 놀랐겠지."
못 볼 걸 본 사람처럼 심히 놀란 연이를 보며 김 여사는 당연한 반응이라고 생각했다. 그리고 자신과 라엘의 기막힌 인연을 설명했다. 고등학생 시절 그녀를 만났던 일화와 공항에서 우연히 재회하고, 저택에서 또다시 만난 일까지 전부 설명했다. 그러면서 수혁이 라엘을 좋아한다는 사실을 몰랐을 때에도 자신은 이미 그녀를 수혁에게 소개시켜줄 생각도 했다고 전했다.
마지막으로 김 여사는 라엘은 아직 자신의 진짜 정체를 모른다는 말도 덧붙였다.

"세상에! 어떻게 그런 인연이 있을 수가 있죠?"

"그러게 말이다. 아무리 생각하고 또 생각해봐도 우리 수혁이랑 보통 인연이 아닌 것 같구나."

"그러게요, 어머니."

연이는 처음 라엘을 봤을 때 당찬 모습에 어쩌면 수혁을 고통 속에서 꺼내줄 마지막 희망이라고 생각했다. 너무나 절박했기 때문에 본인 스스로가 희망의 동아줄이라고 단정 지었을지도 모른다. 그런데 자신의 바람대로 진짜 동아줄이 될 줄은 정말 몰랐다.

"어멈아?"

"네, 어머님. 말씀하세요."

"그래서 네 생각은 어떠니? 넌 라엘이를 어떻게 생각해?"

빙빙 돌려 말하지 않는 김 여사였다. 대충 느낌은 왔지만 며느리인 연이의 정확한 생각을 알아야 했기에 지체 없이 바로 가장 중요한 걸 물어봤다.

"아직 최 선생님을 자세히 알지는 못하지만 몇 번 만나면서 받은 느낌으론 똑똑하고 예쁘고 밝은 사람인 거 같아요."

"그렇지? 나도 그렇게 생각한단다. 그럼 두 사람이 교제하는 부분은 찬성인 거지?"

"네, 어머니. 전 찬성이에요."

남편인 이 회장이 두 사람의 사이를 반가워하며 찬성하기보단 반대하겠지만, 연이는 생각이 달랐다. 굳이 저 두 사람의 관계를 반대할 필요가 없었다. 사실 반대라는 표현도 자신에게는 사치라고 생각했다. 무엇보다 수혁이 달라지지 않았는가.

도대체 어떤 마법 같은 일을 벌였기에 수혁이 예전 모습으로 돌아왔는지는 모르겠지만, 이쯤 되면 아들 옆에는 라엘이 꼭 있어야 할 것 같은 느낌이 들었다. 두 사람이 서로 좋아한다면, 그리고 만약 앞으로의 미래까지 함께하고 싶다면, 연이는 무조건 그들의 편을 들어줄 생각으로 마음을 굳혔다. 아무리 재산이 많아도, 아무리 권력이 강해도 라엘이 아닌 다른 여자는 쳐다보지도 않을 거란 걸 평생 수혁을 키워온 엄마의 직감으로 알 수 있었다.

그리고 무엇보다 몸도 마음도 아팠던 아들에게 사랑으로 흥정하고 싶진 않았다. 보는 눈이 많아 보이는 것도 중요하고 지켜야 하는 것도 많은 재벌의 삶이라고는 하지만, 연이는 아무리 그래도 내 새끼의 행복까진 건드리고 싶지 않았다.

"근데, 어머님! 어떡해요? 김 실장은 기조 행사 맞춰서 들어올 거예요. 더군다나 차일드그룹과 큰 계약 건으로도 묶여 있고 그리고 아시잖아요. 그이, 한번 결정한 일에 대해 번복하는 사람이 아니라는 거."

김 여사는 고개를 끄덕였다. 이 회장은 어릴 때부터 그랬다. 자신이 맞다고 생각하는 일에는 늘 물러서지 않고 무섭게 돌진하는 성향이 강했다.

"설득하든 고집을 부리든 아니면 협상을 하든, 어떤 방식으로 어떻게 하든 결국 태준이와 직접 대면하고 맞닥뜨려야 하는 건 수혁이 본인이야. 일단 우리는 수혁이랑 라엘이가 흔들리지 않게 버팀목처럼 지지해줘야지."

손주 커플을 누구보다 지지하고 있지만 김 여사는 아직까지 직접 나서서 수혁을 도와줄 생각은 없었다. 초반부터 대놓고 도와준다면 오히려 두 사람 사이에 역효과만 날 수 있기 때문에 일단은 이 회장이 어떤 식으로 나올지 지켜보기로 했다.

"연이야?"

밀려오는 걱정으로 하얗게 질린 며느리의 손을 덥석 잡은 김 여사는 씩씩한 표정으로 연이를 불렀다.

"물론 기업 간의 계약도 있고 복잡하긴 하지. 그래도 이 문제로 태준이가 말도 안 되는 고집을 부리며 애들 힘들게 하면 그땐 내가 직접 나서마. 그러니 벌써부터 너무 걱정하지 마."

"네, 어머니."

연이는 김 여사가 곁에 있어 누구보다 든든했다. 하지만 그럼에도 불구하고 걱정스런 마음은 좀처럼 진정이 되질 않았다.

장장 세 시간이 넘는 회의가 끝나고 그제야 이 회장은 수혁과 함께 사무실에 둘만 남게 됐다.

-네, 회장님.

이 회장이 인터폰을 누르자 밖에 있던 한 실장이 빠르게 대답했다.

"지금부터 중요한 대화 할 거니까 사무실에 사람 들이지 마."

-네. 알겠습니다.

한 실장에게 지시를 내리고 이 회장은 정면으로 고개를 들어 수혁에게 시선을 옮겼다. 열 명 정도 앉을 수 있는 사무실 테이블에 두 사람은 가장 끝자리에서 서로를 마주 보고 앉았다.

사고가 난 뒤, 수호가 떠나고 1년이 넘는 시간이 지나서 두 사람은 처음으로 단둘이 서로를 마주했다. 부자 사이라고는 믿기 힘들 정도의 불안정한 정적이 사무실 안을 가득 메웠다. 마치 사자와 호랑이가 마주한 듯 왠지 모를 긴장감마저 감돌았다.

"어디 불편한 곳은 없으세요?"

수혁이 먼저 이 회장에게 말을 꺼냈다.

"불편할 게 뭐 있겠니. 전세기 타고 다니면서 좋은 음식 먹고 편히 다닌 출장인데, 이것도 불편하면 오너 자격이 없는 거지. 그나저나 좋아 보이는구나."

먼저 질문해주길 기다렸던 사람처럼 말문이 트인 이 회장은 질문을 쏟아냈다.

"좋습니다."

"이제 괜찮은 거니?"

"네. 그동안 심려 끼쳐드려 죄송합니다."

1년간의 소통의 부재를 짧게 압축한 두 사람의 안부 인사는 너무 간결하고 아직은 서로 어색했다.

"이미 지난 일 계속 들추고 생각해서 뭐 하겠니. 서로에게 상처만 될 뿐이지. 수혁아, 넌 이제 셀튼그룹의 정식 후계자야. 네가 수호를 대신해 그룹을 이끌어가야 한다."

이 회장은 수혁이 어떻게 건강한 모습을 되찾았는지 물어보지도 궁금해하지도 않았다. 그의 머릿속에는 오직 '후계자 이수혁'에 대한 생각만 가득할 뿐이었다.

"그럼요. 걱정하지 마세요."

그런 이 회장을 잘 알고 있는 수혁 역시 구태여 지난 일을 꺼내지 않았다. 지금 무엇보다 중요한 건 이 회장이 원하는 방식으로 셀튼의 후계자로서 능력을 보여주는 일이었다.

"김 비서에게 보고받았다. 그동안 행사 준비를 꽤 잘했더구나. 내일이 리허설인데 마무리는 확실한 거지?"

"물론이죠. 내일 리허설 기대하셔도 돼요."

"그래? 네 말에 자신감이 실린 걸 보니 진짜 기대되는구나. 그리고 차일드그룹에서 며칠 내로 사람이 올 거다. 업무적인 차원에서의 방한이니 수혁이 네가 잘 챙겨라."

"네."

두 사람은 서로에게 전달하고자 하는 목적이 있었다. 수혁은 라엘의 존재를 알리고 싶어 했고 이 회장은 시라의 존재를 알리고 싶어 했지만, 아직은 누구 하나 섣부르게 그 목적을 발설하진 않았다. 그 전에 꼭 해결해야 할 중요한 과제가 있었기 때문이다.

이 회장의 과제는 부산 테마파크 기조 행사의 성공이었고, 성공을 확신하는 수혁의 과제는 그 전에 이지철의 가면을 벗기는 것이었다. 그동안 이지철을 강원도에 내려 보내 가만히 지켜보고 있던 것도 모두 아버지인 이 회장 앞에서 그 민낯을 들추기 위함이었다.

그리고 드디어 그 결전의 날이 내일로 다가왔다.

"그러고 보니 행사 장소를 옮겼던데 특별한 이유라도 있었니?"

이 회장은 한 실장에게 보고받은 내용 중 가장 이해 안 되는 게 행사 장소를 변경한 부분이었다. 더군다나 이미 준비가 모두 끝난 상태에서 갑자기 장소를 옮겼기에 그 이유가 궁금했다.

"그럴 수밖에 없는 이유가 있었어요. 그건 내일 그 자리에서 전부 설명드리겠습니다."

수혁은 최대한 침착한 표정으로 대화를 마치고 문을 향해 걸었다. 그러다 사무실을 나가려고 문 앞에서 손잡이를 잡으려던 순간, 그가 문득 고개를 돌렸다.

"아버지?"

그리고 이 회장을 불렀다.

"내일 리허설 명단에 이지철 실장도 있던데, 굳이 리허설까지 참석시켜야 할까요?"

내일 그 자리에 이지철이 없으면 모든 게 허사라는 걸 가장 잘 알고 있는 수혁이었다. 그런 그가 이지철 이야기를 꺼낸 건 순전히 고의였다. 이지철에 대한 이 회장의 생각이 아직도 변함없는지 궁금했기 때문이다.

　"홍보실장인데 당연하지 않겠니? 왜? 혹시 이 실장이랑 무슨 잡음이라도 있는 거야?"

　"회사 내에서는 제가 상사인데 잡음이랄 게 있나요."

　"욕심도 많고 허세도 있지만, 그래도 힘들 때 우리 가족을 도와줬던 사람인데 잘 좀 봐줘."

　"정말…… 이지철이 우리 가족을 도왔다고 생각하세요?"

　"당연하지."

　찰나의 순간 수혁의 목소리가 파르르 떨려왔다. 그럴 수 있다. 이지철이 어떤 일을 저질렀는지 아버지인 이 회장은 모르니까.

　"사고 때도 가장 먼저 달려온 사람이야."

　사람 보는 눈이 깐깐한 이 회장이 이지철을 달리 보기 시작한 건, 사고 수습을 하는 모습을 보고 나서부터였다.

　"돌아가신 할아버지 부탁도 있고 하니, 부족한 면이 있더라도 네가 잘 이끌어줘. 잘만 다듬으면 너한테 도움이 많이 될 거다."

　그러니 아버지의 저런 반응은 당연한지도 모른다고 수혁은 생각했다. 그럼에도 불구하고 이 회장의 마지막 문장만큼은 침착한 얼굴로 아무렇지 않게 듣고 있기 힘들었다.

　"아니요!"

　말이 끝나기 무섭게 단호한 답변이 이 회장을 향해 달려갔다.

　"절대 그럴 수 없는 사람입니다."

　수혁은 하고 싶은 말이 수없이 많았지만, 어금니에 힘을 주고 참았다. 그리고 살짝 당황함이 서린 이 회장의 표정을 뒤로하고 서둘러 사무실을 나왔다. 어차피 내일이면 이 회장은 장대비처럼 쏟아지는 무서운 진실을 온몸으로 마주해야 할 테니까.

사무실로 돌아온 수혁은 책상 위에서 미친 듯이 울리는 휴대폰을 집어 들었다.

[본부장님, 이지철에게 연락이 왔습니다.]

이번 이지철 사건을 맡고 있는 담당 형사의 메시지였다.

[조피복, 갈치와 함께 부산으로 출발합니다. 내일 뵙겠습니다.]

수혁은 회의 전에 마주친 이지철의 말이 생각났다.

'본부장님, 내일 리허설 기대가 큽니다. 어디 한번, 잘 해보세요.'

이제 곧 맞이할 자신의 비참한 최후를 모른 채 이죽거리던 표정이 참으로 가소로웠다.

"그래, 피복아. 지금까지 내 말 잘 이해됐지?"

직원들이 모두 퇴근하고 사무실 책상에 혼자 앉아 있던 이지철은 심복인 조피복과 통화 중이었다.

-네, 알아들었습니다. 그럼 내일 첫 기차로 내려오시는 겁니까?

"그래야지. 참, 내가 알아보라고 한 건 어떻게 됐어?"

책상 위에 널려진 사진 중에서 수혁의 사진을 가까이 당긴 이지철은 연필꽂이에 꽂혀 있던 작은 만년필을 꺼내들었다.

-천장에 걸린 조명 말씀하시는 거라면 문제없습니다. 어제 마지막 점검할 때 업체 옷으로 갈아입고 갈치랑 확인했습니다.

"이상 없다 이거지? 잘했어."

이지철은 계속 통화를 하면서 만년필의 날카로운 촉으로 수혁의 얼굴 부분을 콕콕 찌르기 시작했다.

-그런데 원래 행사 당일에 작업을 치기로 하셨는데 왜 갑자기 일정을 당기셨습니까?

원래대로라면 이지철은 행사 당일 연설이 끝나고 성공을 축하하는 샴페인을 터뜨린 직후 수혁을 제거할 생각이었다. 그런데 며칠 전 조피복에게 갑자기 리허설 당일로 계획을 변경하겠다며 연락을 했다.

"내가 계속 곰곰이 생각해봤는데 아무리 생각해도 그건 아니지 싶더라고."

이지철은 어깨와 귓가 사이에 휴대폰을 고정했다. 휴대폰을 들고 있던 손으로 사진을 고정한 그는 만년필을 직각으로 세워 웃고 있는 수혁의 얼굴을 그어나갔다. 성난 힘이 잔뜩 실린 촉이 사진 위를 지나갈 때마다 웃는 얼굴을 조금씩 벗겨나갔다.

-무슨 말씀이신지……

"전장에서 싸우다 죽으면 사람들이 뭐라고 부르는지 알아?"

-…….

의미를 알 수 없는 이지철의 말에 휴대폰 너머 조피복은 대답이 없었다.

"영웅."

-네? 영웅이라니요?

"내가 전에 그랬지. 사람은 가장 소중한 걸 잃었을 때 무너진다고. 이수혁만 제거하면 자연히 이태준도 무너지게 돼 있어. 그러면 그때 내가 셀튼을 꿀꺽하면 돼. 그런데 테마파크 행사장에서 끝까지 최선을 다하다 이수혁이 죽으면 사람들은 그 새끼를 불쌍해하며 영웅처럼 기억할 거 아냐. 그렇게 생각하니까 배알이 꼴려 죽겠더라고. 내가 가질 셀튼그룹에 이수혁이 영웅으로 남게 할 순 없잖아."

이지철은 정말 말도 안 되는 해괴망측한 억지로 궤변을 쏟아냈다.

"아무튼 그리 알고 내일 오전에 갈치 놈이랑 좀 만나자."

전화를 끊은 이지철 앞에는 수혁의 사진이 조각조각 찢겨져 있었다.

한 뼘이 간신히 넘는 나무 테이블에 조피복과 갈치는 나란히 앉아 있었다.

"알겠습니다. 그럼 내일 뵙죠."

이제 막 통화를 마친 조피복은 들고 있던 휴대전화를 맞은편에 앉은 형사에게 다시 건넸다. 유치장 생활을 오래 한 탓인지 두 사람은 초췌한 모습이었다.

"아니 근데, 방금 이지철이 뭐라고 한 거야. 선배? 이 사람 정신 감정 의뢰해봐야 하는 거 아니에요?"

취조실 문을 막고 있던 형사는 손가락으로 관자놀이 옆을 뱅글뱅글 돌리며 목소리를 높였다.

"그래, 아무래도 필요한 거 같긴 한데, 일단 먼저 잡고 나서 하자. 김 형사, 이 형사는 자리 지키고 있지?"

"네. 김 형사는 주차장에서 이지철 동선 따고 있고 이 형사는 집 앞에서 잠복 중이에요."

수혁에게 의뢰받은 형사는 그동안 극비 사항으로 팀을 꾸려 은밀하게 수사를 진행하고 있었다. 이지철이 강원도로 내려갔을 때도 혹시나 중간에 도주를 하지 않을까 우려해 지금까지 주변에 머물면서 경계를 늦추지 않았다. 또한, 그동안 그가 저지른 충격적인 사고의 대한 증거 수집과 증인 진술도 마친 상태였다.

"다들 정신 바짝 차려. 경찰이 두 번 쪽팔리면 안 되는 거야."

"당연하죠."

담당형사는 1년 전 거액의 돈을 받고 사건을 은폐한 상사의 쪽팔림을 위해서라도 이지철을 꼭 잡아야 한다고 생각했다.

"좋아. 준비는 다 됐고. 맞다! 이지철 가족은 연락됐어?"

"그게 좀 이상하던데요?"

"뭐가?"

"외국에서 공부 마치고 들어온다고 했던 아들은 들어온 기록이 없고, 이웃에게 물어봤는데 안주인 본 게 몇 달 전이라는데요?"

"그래? 계속 연락해보고 그래도 안 되면 아들이 공부했다는 학교로 연락해봐. 그리고 한 시간 뒤에 우리도 출발한다. 준비해."

"알겠습니다."

문 앞에 서 있던 형사가 취조실을 나가자 조용히 형사들의 대화를 듣고 있던 조피복이 고개를 들었다.

"형사님? 진짜 형량 낮춰주시는 거 맞죠? 저, 이번엔 진짜 오래 있으면 안 돼요."

"저도! 저도요, 형사님. 부탁드릴게요."

"그걸 아는 사람들이 이지철을 도와? 최대한 노력할 테니까 대신 내일 실수 없이 잘해야 해. 만약 조금이라도 헛짓거리 하면 그땐 알지?"

살벌한 형사의 으름장에 두 사람은 체념한 표정으로 고개를 끄덕였다. 더 이상 이지철을 도와도 자신들이 챙길 수 있는 이익이 없다는 걸 깨달은 두 사람은 형량을 낮추는 데 초점을 맞췄다.

21화. 심판(審判)

"최 선생, 이제 퇴근하는 거야?"

"네, 사장님."

퇴근하는 라엘을 보며 1층 편의점 사장이 인사를 건넸다.

"오늘은 평소보다 퇴근이 빠르네……."

물건이 담긴 박스를 옮기던 편의점 사장은 말을 하다 말고 몸을
옆으로 돌리며 주차장 쪽으로 고갯짓을 했다.

"아무래도 잘생긴 남자 친구가 마중 나와서 그런 거 아냐?"

편의점 주인의 시선이 향한 곳에는 어느새 퇴근한 수혁이 주차
장에 서 있었다. 그는 편의점 사장을 향해 가볍게 고개를 숙이며
인사를 건넸다.

"네, 사장님. 맞아요."

"좋을 때야. 최 선생, 내가 늘상 하는 말 알지?"

"그럼요, 알죠."

"사랑은 불같이 뜨겁게 하는 거야. 그럼 데이트 잘하고 들어가."

"네. 수고하세요."

주차장과 연결된 뒷문으로 나온 그녀의 걸음에 힘이 실렸다. 조금씩 속도를 더한 발걸음이 점차 빨라지더니 정확히 그의 구두 앞에 멈췄다. 수혁은 자신의 앞에 멈춰선 라엘을 코트 안으로 끌어안으며 인사를 대신했다.

"미치게 보고 싶어서 왔는데……."

건물에서 뛰어올 때까지만 해도 아침 햇살처럼 밝던 라엘의 눈매가 가늘어져 있었다.

"표정 좀 풀지."

수혁이 라엘의 한쪽 볼을 애정을 담아 살짝 당기며 말했다.

"나 안 보고 싶었어?"

"보고 싶었어요. 그런데 수혁 씨, 사모님 서운하시겠어요. 몇 달만에 보는 건데."

"안 그래도 어머니랑 통화했어."

시간 맞춰 퇴근한 수혁은 오랜 출장을 끝내고 돌아온 연이를 보기 위해 집으로 가려고 했다. 그런데 라엘이 보고 싶어서 집으로 향하던 차를 스피치 건물로 돌렸다. 더군다나 내일은 리허설 때문에 부산 출장이 있어서 오늘 못 보면 이틀 동안이나 그녀를 볼 수 없다. 수혁에게 무려 48시간 동안 라엘을 볼 수 없다는 건 생각보다 견디기 힘든 일이다. 그렇기에 짧은 시간이라도 그녀를 직접 보기 위해 찾아온 것이다.

그리고 아까 통화를 할 때, 연이는 마치 수혁의 일정을 알고 있는 사람처럼 '볼일 있지? 편하게 보고 들어와'라고 했었다.

"이래서 아들자식 키워봐야 소용없다는 거예요."

"무슨 소리! 우리 어머니는 어릴 때부터 사랑하는 여자가 생기면 무조건적으로 그 여자에게 잘하라고 하셨어."

그는 능청스러운 표정으로 반박하며 라엘의 작은 손에 깍지를
껴 자신의 코트 주머니에 넣었다.

"대신 한 시간만 있다 얼른 들어가요. 알았죠? 부산도 일찍 가야
하잖아요."

"뭐, 고작 60분이지만 어쩌겠어. 촉새가 하라고 하면 해야지. 내
가 무슨 힘이 있나."

라엘은 말 잘 듣는 아이처럼 순순히 자신의 뜻대로 따라주는 수
혁이 고마웠다. 단단한 그의 팔에 애교 있게 이마를 살짝 부딪치자
부드러운 그의 입술이 그녀의 머리 위로 내려앉았다.

"배고프지 않아? 맛있는 거 사줄까?"

"안 됩니다. 오늘 저녁은 집에 가서 먹어요."

"후! 못 당하겠다. 알았어."

멀리 나가는 시간조차 아까운 두 사람은 결국 근처 커피숍에서
음료를 테이크아웃한 뒤 사무실에서 편히 시간을 보내기로 했다.

"수혁 씨, 우리 커피숍 가는 거 아니에요?"

라엘은 이미 작은 커피숍을 지나친 채 주변을 두리번거리는 수
혁에게 물었다.

"다 왔다."

원하는 목적지에 도착했는지 그가 걸음을 멈췄다. 뿌듯한 표정
으로 수혁이 가리킨 곳은 얼마 전에 생긴 디저트를 전문적으로 판
매하는 디저트 커피숍이었다. 뉴욕에 본점이 있는 유명 맛집으로
아시아에서는 유일하게 한국에서만 오픈한다는 소식 때문에 요즘
한창 SNS에서 떠오르는 핫플레이스였다.

"여기 오려고 했던 거예요?"

"유명한 곳이라고 해서."

안 그래도 라준이 여자 친구에게 주고 싶다고 디저트 좀 사다달라고 부탁해서 라엘도 알고 있었다.

워낙 줄 서 있는 사람들이 많다는 소리를 듣고 갈 엄두를 못 냈었는데, 디저트가 새로 나오는 저녁 시간이 막 시작해서인지 기다리는 사람이 많지 않았다.

"너 만나고 온다니까 알프레도가 여기 가라고 추천하더라고."

"알 집사님이요?"

"이 세상에 디저트를 싫어하는 여자는 드물 거라고 하면서 꼭 데려가라고 했어."

"하긴 내 주변에도 디저트 싫어하는 친구는 못 봤어요."

라엘은 가끔 여자의 마음을 이렇게나 잘 알고 배려 넘치는 알프레도가 왜 싱글 라이프를 즐기는지 궁금했다.

"수혁 씨, 나 궁…… 어!"

이참에 궁금한 걸 물어보려던 찰나, 친한 동료인 한 선생에게 전화가 걸려왔다.

"나 잠시 전화 좀 받고 올게요."

"내가 주문할게. 먹고 싶은 디저트 있어?"

"수혁 씨가 골라주는 거요. 아! 그리고 내일 출장이니까 커피는 안 돼요. 레몬티 먹어요."

카페인이 들어간 음료는 안 된다고 당부한 라엘은 줄 서 있는 사람들 사이를 지나쳐 잠시 커피숍 밖으로 나갔다.

"다음 고객님, 주문 도와드리겠습니다."

"핫민트초코와 레몬티 한 잔씩 부탁드립니다."

"고객님, 디저트도 같이 하시겠습니까?"

"네, 여성분들에게 인기 있는 제품이 어떤 건가요?"

수혁은 투명한 진열장에 놓인 달콤한 디저트를 쳐다봤다. 아기 주먹만 한 커다란 딸기가 올라간 타르트부터 부드러운 티라미수와 상큼한 레몬머랭까지. 수십 가지가 넘는 화려한 디저트가 저마다 자태를 뽐내며 사람들을 유혹했다.

"저희 디저트는 전부 다 맛있습니다. 메인 셰프님의 고집으로 버터는 고메 버터만 사용하고요, 프랑스산 최고급 초콜릿을 사용하고 있거든요."

잘난 외모 때문인지 직원은 수혁을 보며 앞에 손님에게는 하지도 않던 부연 설명까지 곁들였다.

"그럼, 여기서부터…… 여기까지 하나씩 포장해주세요."

"네? 정말이세요?"

그가 손을 들고 진열장을 가리키며 주문하자 방긋 웃으며 응대하던 직원이 깜짝 놀라 되물었다.

"네. 맞습니다. 여자 친구가 디저트를 좋아하거든요."

"아, 네. 잠시만 기다려주세요."

당황한 직원의 표정으로 보아 뭔가 큰일이 벌어진 듯했다. 그와 반대로 당사자인 수혁의 표정은 흐뭇함을 넘어 뿌듯하기까지 했다.

"수혁 씨, 주문했어요?"

잠시 뒤 통화를 마치고 커피숍으로 들어온 라엘이 수혁의 옆으로 다가왔다.

"민트초코랑 레몬티, 그리고 디저트 주문했어."

"잘했어요. 디저트는 뭘…… 아니, 잠깐만요."

잠시 진열장의 디저트로 시선을 옮겨가던 라엘의 시선이 카운터 테이블 위로 빠르게 쌓여가는 작은 상자로 향했다.

"저기, 죄송한데 혹시…… 이거 제 남자 친구가 주문한 건가요?"

라엘은 직원에게 질문을 던지며 옆으로 고개를 돌렸다. 마치 칭찬을 바라는 대형견처럼 흐뭇하기 그지없는 표정으로 수혁이 미소를 날리는 게 아닌가.

'설마……'

수혁의 웃음을 보니 싸한 기분이 느껴졌다. 설마설마하면서도 불안한 기분이 드는 건, 이미 지금까지 한 데이트에서 드러난 그의 전적을 너무나 잘 알고 있기 때문이었다. 대왕 엿을 뽑겠다는 일념 하에 뽑은 작은 엿이 30개가 넘고, 태백이와의 약속을 지킨다는 명목 아래 시킨 개 사료와 간식이 1년 치. 결국 그 사료와 간식은 종인이네를 제외한 근처 개를 키우는 이웃에게 아낌없이 나눠줬다.

그리고 마지막으로 집 안에 있는 미세먼지의 씨를 말리겠다며 처음으로 방문한 여자 친구의 집에 식구 수대로 주문한 공기청정기가 무려 4대였다. 어쩔 줄 모르며 어색한 웃음을 짓던 직원이 라엘의 눈치를 보며 입을 열었다.

"그게, 여기 있는 종류 53가지를 전부 하나씩 주문하셨어요."

직원의 답을 듣는 순간, 눈, 코, 입까지 모두 오픈된 라엘은 제 귀를 의심할 수밖에 없었다.

"……네? everything 전부요?"

"네. 전부요. 53개 몽땅."

"오, 오…… 십세 개요?"

"……네!"

아니, 무슨 입맛 따라 골라먹는 서른두 가지 아이스크림도 아니고, 아니 그보다도 많을 뿐더러 한중일 음식이 모여 있는 뷔페보다도 종류가 많았다.

라엘은 투명한 진열장으로 빠르게 고개를 돌렸다. 보기만 해도 달콤하고 예쁜 디저트가 줄을 맞춰 정확히 53개가 맞았다.

'그래. 디저트 종류가 많을 수도 있지.'

문제는 디저트 종류가 많은 게 아니라 사랑하는 남친께서 무려 53개의 디저트를 전부 주문했다는 것이다. 이렇게 수혁의 전적이 또 한 번 갱신되는 순간이었다. 세계적으로 먹방이란 콘텐츠가 대세라지만, 라엘은 50개가 넘는 디저트를 먹다간 온몸이 밀가루로 변해버릴지도 모른다는 엉뚱한 생각마저 들었다. 그리고 고급 수제 디저트를 표방하는 가게답게 한 개에 만 원 가까이 되는 디저트 가격을 전부 더하니 머리가 아찔했다.

"쉿! 조용히, 가만히 있어요."

강 건너 불구경하는 사람처럼 흐뭇하게 웃으며 '맛있겠지?'라고 말하는 수혁의 귓가에 그녀가 어금니를 꽉 깨물며 속삭였다.

"저, 선영 매니저님?"

눈썰미 좋은 라엘은 왼쪽 가슴에 달린 이름표를 빠르게 보며 직원의 이름을 친근하게 불렀다.

"혹시 지금 포장이 다 끝난 건가요?"

"아니요. 아직 22개 정도 됐어요."

"아! 그래요? 그럼 죄송하지만 포장한 것까지만 계산하면 안 될까요?"

"당연히 가능합니다."

미안한 마음에 조심스럽게 말하는 라엘을 보며 직원은 오히려 기다렸다는 듯이 흔쾌히 수락했다.

"솔직히 말해서 많이 구매해주시면 저희는 좋지만, 실은 저도 남자분께서 좀 과하게 구입하시는 건 아닌가 걱정됐거든요."

"감사합니다."

"아직 포장이 끝난 것도 아니고, 괜찮으니까 신경 쓰지 마세요."

"감사합니다."

"수혁 씨?"

계산을 마치고 리본이 달린 커다란 오렌지색 상자를 손에 든 채 앞서가던 수혁이 라엘의 부름에 움찔하며 멈춰 섰다.

"어, 불렀어?"

"나랑 약속 한 가지만 해요."

"약속?"

"앞으로는 뭐든 과하지 않기로 해요."

사랑하는 남자 친구가 자신에게 뭔가를 해주고픈 그 마음과 선물을 싫어할 여자가 누가 있겠나.

사실 수혁이 마음만 먹으면 못 해줄 선물이 없다는 건 라엘이 가장 잘 알고 있었다. 더군다나 남의 돈으로 사는 것도 아니고 본인 돈을 본인이 사용하는 건데 뭐라고 할 것도 없었다.

하지만 그가 통이 커도 너무 크다는 게 문제였다. 다른 일에는 철두철미한 그였지만 꼭 자신에게 뭔가를 해주려고 할 때면 마치 어딘가 나사 하나가 풀린 것만 같았다.

"솔직히 말하면 이 정도가 과하진 않아."

수혁이 디저트 상자를 강조하며 살짝 흔들었다.

"알아요. 수혁 씨 입장에서는 전혀 과한 게 아니라는 거. 이 디저트가 먹고 싶고 맛있어 보이는 건 사실이에요. 근데, 많으면 다 못 먹어서 버리게 되잖아요. 절 향한 수혁 씨의 마음 너무나도 소중하고 고맙지만 그렇다고 나 때문에 불필요하게 돈을 사용하는 건 싫어요. 다 좋은데 여기서 조금만……."

라엘은 혹시라도 그가 서운한 마음이 들지 않게 신중하면서도 최대한 솔직하게 표현했다.

"내 말 무슨 말인 줄 알죠?"

"그래. 무슨 말인지 알아. 나도 노력할게."

"고마워요. 세상에, 누구 남친인데 이렇게 멋있어요?"

"참, 까불기는!"

그가 라엘을 향해 가끔씩 내뱉는 '까분다'라는 표현은 그녀가 사랑스럽고 귀여울 때 나오는 애정 표현과도 같았다. 수혁은 손에 들린 디저트보다도 더 달콤한 눈빛으로 라엘을 쳐다보며 그녀의 손을 꼭 잡고 걸어갔다.

"근데, 수혁 씨?"

"응."

"수혁 씨는 내가 갖고 싶은 건 다 해주고 싶고 그래요?"

"말해 뭐 해. 당연하지."

숨도 쉬지 않고 말하는 그의 모습을 보며 라엘은 사랑스럽다고 느꼈다.

"뭐 갖고 싶은 거 있어?"

"하나 있긴 한데."

방금 전까지 '적당히'를 외치던 그녀가 무슨 생각인지 대놓고 갖고 싶은 게 있다고 어필하고 있었다.

"뭔데? 갖고 싶은 거 말만 해."

단 한 번도 먼저 뭔가 원한 적이 없던 라엘의 첫 번째 요구에 수혁은 초집중 모드에 들어갔다.

"그게⋯⋯."

커다란 눈이 두어 번 깜빡이더니 갈색 눈동자의 시선이 밤하늘로 향했다. 그를 따라 그의 까만 눈동자도 저절로 하늘로 향했다.

"설마!"

"지금 수혁 씨가 생각하는 거 맞아요."

"저건 아니지."

"라엘이 별 주세요."

뭔가 눈치챈 수혁이 하늘 위에서 반짝이는 작은 별을 가리키자 라엘이 고개를 끄덕이며 말했다.

"저기 달 옆에 반짝이는 게 좋겠다."

"최라엘! 너 진짜!"

"에, 속았죠?"

"못 당하겠다."

수혁은 그제야 그녀의 장난임을 눈치채고 어이없이 웃어버렸다.

사무실에 들어온 두 사람은 나란히 앉아 디저트를 꺼내 차를 마셨다.

"아! 맞다. 나 아까 수혁 씨한테 물어볼 거 있었는데 이제 생각났어요."

따뜻한 민트초코를 마시던 그녀는 테이크아웃 컵을 테이블 위에 내려놓았다.

"뭔데?"

"알 집사님이요."

사무실 근처에 새로 생긴 디저트 맛집을 알프레도가 알려줬다고 했을 때 라엘은 그가 왜 혼자인지 물어보려고 했다가 디저트 개수를 듣고 질문을 잊고 있었다.

"알프레도?"

"네, 알 집사님은 혼자세요?"

아는 것도 많고, 적지 않은 나이에 자기관리 또한 뛰어나고, 중후한 멋에 매너까지 완벽한 알프레도가 지금까지 혼자인 게 의아했다.

"실례되는 질문이라서 직접 물어보기 그랬거든요."

"알프레도는 결혼을 하지 않았어. 나도 자세한 내막은 모르지만 예전에 할아버지께서 그러셨어. 사랑하는 여자가 있었는데 하늘 나라로 떠났다고. 그러면서 알프레도야말로 영화 같은 사랑을 했다고 하셨어."

"아……!"

"이건 내 생각이지만 알프레도 성격상 아마도 떠나보낸 사랑을 못 잊는 거 같아."

"그랬구나."

그 영화 같은 스토리가 궁금했지만 라엘은 더 이상 물어보진 않았다.

"어머! 맛있어."

상자에서 꺼낸 디저트를 맛본 그녀가 상당히 만족하며 감탄했다.

"맛있어?"

"완전 맛있어요. 풍부한 크림이 느끼하지 않게 입 안에서 사르르 녹는다고 할까."

"그럼 한 개 더 먹어."

"안 돼요. 칼로리가 얼만데. 먹고 싶은 대로 다 먹으면 그만큼 살 쪄요."

"괜찮아. 쪄도 예뻐. 그리고 내가 빼줄게."

"수혁 씨가 어떻게요?"

"있어. 내가 제일 자신 있는 운동 같이 하면 살 다 빠져."

"……!"

도통 무슨 말인지 몰라 잠시 생각하던 라엘이었다. 그러다 불현듯 떠오르는 이미지에 얼굴을 붉히며 주먹으로 수혁의 어깨를 쳐 댔다.

"세상에! 수혁 씨 지금 뭐라고 한 거예요? 못됐어."

"촉새! 너 무슨 상상한 거야?"

수혁은 손부채질을 하며 여전히 얼굴을 붉히는 그녀에게 바짝 다가갔다.

"이러면 내가 억울하지. 난 스쿼시를 말한 거야. 스쿼시가 칼로리 소모가 상당하거든. 너 혹시……."

"내, 내가 뭘요? 와, 디저트 정말 맛있다. 수혁 씨도 얼른 하나 먹어봐요."

되로 주려다 말로 받은 라엘은 말까지 더듬으며 생크림 가득한 디저트를 한 입 물었다.

"난 내 거 먹을게."

그녀를 은밀하게 바라보던 수혁은 좀 더 가까이 라엘에게 다가 왔다.

"여기…… 내 거."

한 손으로 그녀의 턱을 잡고 제 쪽으로 살짝 돌려 나지막이 속삭이며 아랫입술에 묻은 생크림을 핥았다.

"달콤하다."

수혁은 작은 손에 위태롭게 흔들리는 디저트를 상자 안에 넣었다. 그리고 손을 들어 그녀의 한쪽 뺨을 부드럽게 감싸며 달콤한 향기 가득한 입술을 베어 물었다.

허공에 정지된 채 멈춰 있던 작은 손이 그의 목을 감쌌다.

상큼한 레몬티의 향과 달콤 쌉싸름한 민트초코 향이 작은 사무실 공간에 들어찼다.

좁혀진 얼굴만큼 두 사람은 서로의 입술에 사랑을 새겨 넣으며 더 깊이 베어 물고 진한 키스를 나눴다.

"수혁 씨?"

집 근처에 도착한 라엘은 운전석에 앉은 그의 손을 꼭 잡고 다정하게 그를 불렀다. 조금 전 밝고 경쾌한 눈빛, 말투와 달리 차분한 음성과 신중한 눈빛이었다.

서로에게 비밀이 없었기에 라엘은 알고 있었다. 수혁이 내일 부산으로 향하는 게 단순한 리허설이 아니라는 걸. 그동안 참고 기다렸던 이지철과 단판을 짓기 위해서라는 걸. 겉으로 티 내지 않았지만 수혁의 마음은 편치 않을 거다. 그래서 오늘 함께하는 동안 라엘은 그를 웃게 하기 위해 일부러 더 밝게 행동했었다.

"지금부터 내가 하는 말 따라 해봐요."

내일 어떤 일을 마주하고 어떤 일이 벌어질지, 계획한 대로 잘될지, 지금으로서는 아무것도 알 수 없었다. 그저 온 마음을 다해 그를 응원할 뿐이었다.

그래서 라엘은 그에게 뭔가 힘이 되는 말을 해주고 싶었다.

"다 잘될 거야."

괜스레 겸연쩍은 수혁은 짧은 미소로 일관하며 흘러내린 그녀의 머리카락을 넘겨주었다.

"어서요, 응?"

"알았어. 할게."

작은 손을 쓰다듬는 커다란 손 위로 또 다른 작은 손이 포개졌다.

"다 잘될 거야."

"다 잘될 거야."

"걱정하지 말자."

"걱정하지 말자."

온 마음으로 수혁을 걱정하고 생각하는 따뜻한 진심 위로 그의 음성이 겹쳐졌다.

"수혁 씨, 우리 처음에 만났을 때 내가 한 말 기억나요? 말에는 힘이 있어서 좋은 말을 하면 긍정의 기운이 좋은 길로 인도한다고 했던 말."

"기억나……. 전부."

그녀가 했던 말, 그녀가 지었던 표정, 그녀가 들어찬 풍경까지. 수혁은 함께한 시작부터 지금까지 라엘에 관한 모든 순간을 기억하고 있었다.

"나도 네가 인도해줬잖아. 좋은 길로."

진짜 그랬다. 처음에는 말도 안 되는 소리라고 귀담아듣지도 않았던 말이었다. 하지만 그녀의 말대로 좋은 말을 따라 하다 보니 어느새 수혁은 자신이 좋은 길로 오게 됐다는 걸 알게 됐다.

"그리고……."

라엘의 말투가 방금 전보다도 더 조심스럽게 느껴졌다.

"내일 회장님이 많이 힘드실 거예요."

이 회장이 어떤 사람인지 직접적으로 겪어보진 않았지만, 그동안 수혁과 알프레도에게 많이 들었기 때문에 조금은 알고 있다. 본인의 선택과 믿음에 후회와 흔들림이 없고, 워낙에 강직해 절대 부러지지 않는 사람이라고 했다. 하지만 라엘은 그렇기 때문에 내일 수혁보다 이 회장이 더 힘들지도 모른다고 생각했다.

"수혁 씨? 강함과 강함이 만나면 서로 커다란 충돌을 일으켜요. 당신이 하고 싶은 말 많다는 거 알아요. 하지만 내일은 그저, 회장님 곁에서 가만히 지켜봐줘요."

"그래. 그렇게 할게."

수혁은 고개를 끄덕이며 라엘을 끌어안았다. 온몸을 감싸는 그녀의 체취가 예고 없이 일어난 긴장감을 잠재시켰다.

그래. 아무것도 걱정하지 말자. 내 곁에 네가 있으니까……. 네 말대로 다 잘될 거야.

이른 새벽 시간 쇼팽의 '승리'가 온 집 안에 울려 퍼졌다. 콧노래로 흥얼거리기까지 한 이지철은 드레스룸에서 슈트와 셔츠, 시계와 넥타이까지 자신이 갖고 있는 가장 비싼 것들만 속속 골라 나갈 준비를 하고 있었다.

옷을 갖춰 입고 거실로 나온 그는 곧장 주방으로 향해 간단한 식사를 했다. 이지철의 표정은 그 어느 때보다 행복해 보였고, 마치 구름 위를 걷는 사람처럼 웃음이 끊이지 않았다.

식사를 마친 그는 창밖에 내리는 심각한 빗소리와 달리 진취적으로 들려오는 선율 위에 손가락을 까딱거리고 피아노를 치는 행동까지 선보이며 거실로 나왔다.

"아버지?"

거실 한쪽의 고풍스러운 탁자 위를 차지하고 있는 여러 액자 중에서 이지철은 이미 고인이 된 자신의 부모님 사진을 집어 들었다.

"아버지, 드디어 그렇게 기다리던 오늘이 왔습니다."

환하게 웃으며 기분 좋게 흥얼거리던 콧노래는 온데간데없고, 이지철은 당장이라도 울 것 같은 억울한 표정으로 액자를 어루만지며 속삭였다.

"그동안 우리 회사를 저 버러지 같은 놈들에게 맡기고 얼마나 속상하셨어요."

그러더니 이번엔 다짜고짜 목소리를 높이며 분노를 표출했다.

"이태준, 이수혁! 이 찢어 죽일 새끼들."

감정이 널뛰기를 하는 것도 모자라 마치 심한 조울증의 경계선을 타고 넘나드는 사람처럼 이지철의 심경은 순간순간 호떡 뒤집히듯 변하고 있었으며, 어딘가 섬뜩하기까지 했다.

"아버지! 걱정 마세요. 이제 몇 시간만 있으면 제가 이태준의 하나 남은 자식까지 전부 처리할 거예요. 두고 보세요. 아버지가 개처럼 일하고 버림받은 셀튼을 우리 회사로 만들게요."

이지철은 도무지 알 수 없는 말을 두서없이 제멋대로 나불대며 억지로 쥐어짠 눈가에 맺힌 눈물을 훔쳤다. 그리고 거실에 울려 퍼지는 클래식을 끈 뒤 어딘가로 전화를 걸었다.

"여보! 나야. 그래. 잘 있지? 지훈이도 잘 있고? 나야 늘 잘 있지. 여보, 오늘이 드디어 그날이야. 내가, 우리가 새롭게 시작하는 날. 걱정 마. 잘 끝내고 연락할게."

외출을 한 건지 집에 있지 않은 아내에게 전화를 한 그는 만족스러운 통화를 마치고 집을 나섰다.

"날씨 좋네."

검은색 우산을 펼치고 집을 나서는 이지철의 재킷 주머니 속에서 빗소리에 묻힌 휴대폰 소리가 돌림노래처럼 반복되고 있었다.

-지금 거신 전화는 저희 고객님의 요청으로 착신이 정지되었사오니 다시 한번 확인하시고 걸어주십시오.

추적추적 서울에서 내리던 비는 부산까지 이어졌다. 수혁은 리허설에 참석하는 주요 직원들과 함께 전용기로 오는 이 회장 일행보다 먼저 부산에 도착했다.

"만일의 사태를 대비해서 지금 있는 홀을 중심으로 동서남북으로 통하는 진입로에 각각 사복 형사들이 매복하고 있을 겁니다."

형사는 설계도면을 손가락으로 하나씩 짚어가며 자세한 설명을 곁들였다.

"그리고 오늘 테마파크 안에 직원들은 없는 거죠?"

"네. 없습니다. 형사님께서 말씀하신 대로 오늘은 리허설에 참석하는 직원들 빼곤 다른 직원들의 출입을 제한했습니다."

진지하다 못해 살짝 날카로움이 느껴지는 눈빛과 침착한 행동, 그리고 웃음기 가신 표정까지. 지금 수혁의 모습은 라엘을 대할 때와는 확연한 차이를 보였다.

"협조 감사합니다. 그리고 부탁하신 대로 소란이 생기지 않게 하기 위해서 위급 시에는 총기 대신 테이저건을 사용할 겁니다."

"부탁 들어주셔서 감사합니다."

"본부장님, 아까도 말씀드렸지만 이지철이 어떠한 말을 해도 도발하는 멘트는 삼가주시고, 무엇보다 위에 있는 이 조명은 조심해주셔야 합니다."

형사가 손가락을 곧게 펴서 가리킨 곳으로 수혁의 고개가 들렸다. 친근하게 조명이라고 말했지만 정확히 말하면 커다란 샹들리에였다. 두 개의 메인 홀 천장에 걸려 있는 샹들리에에는 테마파크를 위해 유명 장인에게 직접 의뢰한 하나의 작품과도 같은 조명이었다.

형사가 마치 하나의 조각품을 보는 듯한 아름다움이 느껴지는 샹들리에를 가리키며 조심하라고 신신당부하는 이유는 단연 이지철 때문이었다. 그동안 이지철이 수혁을 위험에 빠뜨리기 위해 모색한 방법이 저 조명 안에 모두 들어 있었기 때문이다. 리허설이 끝나면 이 회장이 보는 앞에서 저 거대한 조명을 수혁의 머리 위로 떨어뜨리려고 계획한 것이다.

워낙에 그 크기나 무게나 대단했기에 강철 케이블에 연결돼 자동 리모컨으로 조명을 내려서 점검했는데, 이지철은 바로 그 점을 노렸다. 그동안 조피복을 시켜 거액의 돈을 주고 업자를 찾은 그는 강철 케이블을 건드려 리모컨을 누르면 조명이 떨어지도록 설계를 꾸민 것이다.

조피복에게 진술을 들은 형사는 그 업자를 입건시켰지만 문제는 가장 중요한 리모컨을 이지철이 갖고 있다는 것이었다. 그렇다고 다른 전문가를 불러 문제의 조명을 떼어낼 수도 없었다.

보안 카메라는 한창 테마파크 내부가 단장 중이었던 시기라 완전하게 녹화가 이뤄지지 않았고, 존재하는 영상 속에는 주로 그의 심복들만 촬영된 영상이 대부분이었다. 또한 조피복과 갈치의 진술만으로는 주로 지시에 가까운 행동들이기에 직접적인 살인죄로 보기 애매한 부분이 있었다.

증인들이 넘쳐난다고 해도 이지철이 변호사와 함께 대놓고 부인하기 시작하면 빠져나갈 구멍이 생길 가능성은 충분했다. 그를 법의 이름으로 완벽하게 무너뜨리려면 또 다른 죄를 입증하여 직접 발설하거나 그에 준하는 행동을 확인하는 수밖에 없었다. 그렇기 때문에 위험을 알면서도 형사들은 조명을 떼어내지 않았고, 수혁 역시 그 의견에 동의했다.

"당연히 저희가 주변에서 안전을 확보해드릴 테지만, 시한폭탄 같은 그놈이 무슨 짓을 할지 모르기 때문에 각별히 조심하셔야 합니다."

"알겠습니다. 형사님, 저도 한 가지 부탁드릴 게 있습니다."

"말씀하세요."

"혹시 정말 위급한 상황이 생긴다면 저보다 아버지를 먼저 보호해주시길 부탁드리겠습니다."

자신이 타깃이라는 걸 알면서도 수혁은 이 회장의 신변을 먼저 걱정했다.

지금 이 회장과의 사이가 어떤지는 중요하지 않았다. 혹시라도 만에 하나 생길지 모르는 위급한 상황을 두고 아버지를 보호해야 한다는 생각이 가장 먼저 들었다.

"걱정 마세요. 두 분 모두 안전하게 보호해드리겠습니다."

형사가 자리를 떠나고 곁에 있던 김 비서와 알프레도가 다가와 뭐라고 말을 꺼냈지만 수혁은 아무것도 들리지 않았다. 휴대폰만 응시한 채 라엘이 보낸 메시지에 집중할 뿐이었다.

[수혁 씨, 오늘 다 잘될 거예요. 알죠? 아무 걱정 하지 말고 씩씩하게 리허설 잘하고 와요. 당신을 아주 많이 사랑하는 예쁜 라엘이가♥]

그녀가 보낸 따뜻한 메시지는 그의 미약한 긴장감을 다스리기에 충분했다. 화면 속 해사한 미소를 머금은 라엘의 사진을 부적같이 들여다보며 수혁은 혼잣말로 나지막이 읊조렸다.

"그래. 최라엘의 남자답게 씩씩하게."

직장인들이 막 출근 시간을 넘긴 시간, 라엘은 어느 기업의 고객 상담 직원들을 상대로 강의를 하고 있었다.

"자, 마지막으로 제가 강의 시작할 때 한 말 다들 잊지 않으셨죠? 뭐가 중요하다고요?"

"자신감이요."

"맞아요. 여러분은 회사 안에서 고객을 직접 응대하는 중요한 역할을 하는 사람들이에요. 그 말은 회사의 얼굴이란 뜻이기도 하죠. 회사에서 인정받은 훌륭한 직원이니까 오늘도 자신 있게 말하세요. 다들 수고하셨어요."

"수고하셨습니다."

몇 년 전 선배의 소개로 시작한 강의는 워낙 유능한 진행으로 기업에서 라엘을 마음에 들어 했고 덕분에 매년 같은 시기에 강의를 진행하고 있었다.

"올해도 역시나 에너지 넘치는 수업이네요."

담당 팀장이 수업이 끝나자마자 강의실로 들어와 반갑게 아는 척을 했다.

"매번 불러주시니까 더 잘해야죠."

"지금도 충분히 잘하고 계세요. 근데, 오늘 강의 횟수가 상당한데 괜찮으시겠어요? 저희야 빨리 해주시면 감사하지만 최 선생님 힘드실 것 같아서요."

"아니에요. 힘든 강의도 아니고, 이 정도는 끄떡없어요."

"혹시 불편한 점 있으시면 저한테 바로 연락해주시고 이따 점심은 구내식당 편하게 이용하시면 됩니다. 다음 강의도 잘 부탁드려요."

"네. 신경 써주셔서 감사합니다. 들어가세요, 팀장님."

팀장이 강의실을 나자마자 라엘은 의자에 털썩 주저앉았다. 책상에 프린트된 종이로 그녀의 시선이 옮겨졌다. 오늘 하루만 직원들 퇴근 시간까지 여섯 타임이 넘는 강의를 해야 한다. 거의 고등학생 시간표처럼 빽빽하다.

자신의 일에 누구보다 자부심을 갖고 있지만, 그녀가 이렇게 쉴 틈 없이 강의를 강행하는 건 수혁 때문이었다. 이렇게 하지 않으면 자꾸만 불안한 마음이 치고 올라와 걱정이 됐기 때문이다. 당연히 아무 일도 생기지 않겠지만 이지철이 어떤 인간인지, 어떤 무서운 일을 했는지 알기 때문에 그런 마음이 드는 건 당연할지도 모른다.

라엘은 수혁이 선물한 목걸이를 손으로 감싸며 창문 너머 비가 쏟아지는 하늘로 고개를 돌렸다.

"어떻게 부산에서 놀고 있던 녀석들이 어째 나보다 얼굴이 안 좋냐?"

"원래 아무것도 안 하고 노는 게 더 힘든 법입니다. 갈치야, 안 그러냐?"

조피복은 차가운 커피를 들이켜며 앞에 앉은 이지철의 말을 아무렇지 않게 받아쳤다.

"맞습니다."

"아무튼 오늘만 지나면 니들 손에 돈다발 쥐여주는 건 일도 아니야. 그러니까 마지막으로 내가 시키는 대로 잘해. 알았어?"

"그러니까 사장님 말씀은 리허설이 끝나고 이 회장과 이수혁 본부장에게 할 말이 있다고 남긴 뒤 처리해야 하니까 저희 둘은 업체 직원들 복장으로 갈아입고 눈에 띄지 않게 숨어 있으라는 거네요."

"그렇지. 제대로 이해했네. 어차피 이 회장도 이수혁도 사고로 위장되기 때문에 내가 꾸민 줄은 모를 거야."

이지철은 보이지 않는 낭떠러지 끝을 향해 제 발로 걸어가고 있다는 사실은 알지 못했다.

"잠시만! 근데, 갈치 너 아까부터 왜 자꾸만 다른 곳을 힐끔거려? 왜, 누구 아는 사람 있어?"

"네? ……아!"

예상치 못한 질문에 갈치가 당황한 표정을 보인 찰나,

"하! 이 자식 아직도 정신을 못 차렸네. 너 또 예쁜 여자 쳐다봤나?"

옆에 있던 눈치 빠른 조피복이 그의 뒤통수를 세차게 내리치며 상황을 무마시켰다.

"이 자식 요즘 외롭다며 자꾸 여자 타령을 하더만 여자만 보면 고개가 절로 돌아가네요. 너, 괜히 여자들한테 눈 돌렸다간 고소당해, 인마."

"그럴 수도 있지, 뭐. 얼추 시간 됐네. 그럼 난 출발할 테니까 이따 보자."

부산에 있는 셀튼 호텔에서 모여 함께 움직이기로 했기에 이지철은 자리에서 일어났다. 그가 자리에서 일어나자 사방에 손님으로 위장한 형사들이 조피복과 갈치 테이블로 모여들었다.

"이지철 말하는 거 다들 들었지? 다들 본부장님이 이지철 호출할 때까지 맡은 위치에 잘 숨어 있어. 이 형사는 이 두 사람 서울로 이송하고, 김 형사랑 최 형사는 나랑 이동하자. 정신 바짝 차려."

오후 시간임에도 불구하고 새벽부터 전국에 내린 비로 인해 밖은 제법 어두웠다. 형사들은 분주하게 일어나 서둘러 테마파크로 이동했다.

이 회장과 이사진, 그리고 주요부서 팀장들이 모인 가운데 기조연설 리허설이 진행 중이었다.

"……!"

모두가 숨을 죽이며 연설자인 수혁에게 집중하고 있었지만, 창밖의 천둥을 내지르는 성난 하늘처럼 이지철은 혼자 벌레 씹은 얼굴을 하고 있었다.

'뭐야! 이게 어떻게 된 거야?'

이리저리 눈알을 굴리는 얼굴 위로 당황함이 깊게 번졌다. 그도 그럴 것이 지금 리허설이 진행되는 곳은 함정을 심어놓은 홀이 아니었다. 카펫 바닥 밑 대리석도, 손님을 기다리는 둥근 테이블도, 화려한 인테리어와 천장에 걸린 문제의 샹들리에까지. 전부 똑같았지만 창문 위치와 출입문 등 내부 구조가 판이하게 달랐다. 그리고 주머니 속 탐욕의 손가락이 아무리 리모컨을 눌러도 천장에 걸린 조명이 미동조차 하지 않는 것이 결정적이었다.

'어떻게 이런 일이…….'

뭔가가 잘못됐다는 걸 이지철은 본능적으로 느낄 수 있었다. 분명 아무 문제 없이 잘 진행되고 있었다. 그런데 갑자기 왜 리허설 장소가 바뀐 건지, 뭐가 어떻게 돌아가고 있는 건지 사태 파악이 필요했다.

조피복에게 연락을 취할 심산으로 밖으로 나가려는 찰나 문 앞을 지키고 있던 김 비서가 그에게 다가왔다.

"이 실장님, 죄송하지만 리허설 중에는 나가실 수 없습니다."

단호한 김 비서의 말투와 자신에게 집중되는 분위기에 어쩔 수 없이 제자리로 돌아갔다.

"잘했다. 수혁이 네가 자신한 이유가 있었구나. 이사들 표정을 보니 다들 만족한 듯하구나."

"감사합니다."

모두가 홀을 빠져나간 뒤 이 회장은 단상에서 내려오는 수혁에게 만족감을 드러냈다.

"아버지, 잠시 드릴 말씀이 있는데 시간 좀 주시겠어요?"

진지하기까지 한 아들의 표정을 보며 이 회장의 표정 역시 급격하게 진지해졌다.

"중요한 건이니?"

두 사람의 말이 끝날 때마다 거센 빗소리가 실내를 가득 메웠다.

"네. 진지하게 말씀드려야 하는 심각한 이야기예요."

이 회장은 뒤에 서 있던 알프레도를 통해 호텔로 이동하는 이사들에게 서울로 먼저 돌아가라고 지시했다.

"그래. 들어보자."

"일단, 자리를 옮기셔야 합니다."

"받아! 이 자식들아! 전화 안 받고 어디 있는……."

"실장님?"

이지철은 모두가 만족했던 리허설 내용보다 자신을 보며 비웃던 수혁의 표정만 보다 끝난 리허설 현장을 급하게 빠져나왔다.

"이 실장님!"

이사진들과 반대 방향으로 걸어가던 그에게 한 실장이 급하게 따라붙었다.

"아니, 우리 비서실장님께서 어쩐 일로……."

"회장님께서 찾으십니다."

"저를요?"

"네. 기분 좋은 표정으로 이 실장님께 하실 말씀이 있다고, 모셔 오라고 하셨습니다."

마치 진짜인 것처럼 말하는 한 실장의 발언은 단연 사실이 아니었다. 최대한 의심을 줄이고 이지철을 데려올 수 있는 방법으로 수혁이 지시한 연막이었다.

"회장님께서 기분이 아주 좋으신 게, 제 느낌으로는 뭔가 좋은 일이 있으실 것 같은데요."

"좋은…… 일이요?"

"네."

이지철의 머릿속은 뒤엉킨 거미줄처럼 복잡했지만 일단 한 실장을 따라나섰다. 두 사람은 리허설이 있던 홀의 반대편 건물로 걸어갔다.

"여기?"

문을 향해 손을 펼치며 들어가길 권하는 한 실장을 향해 이지철이 반문했다.

"네. A홀에서 회장님이 기다리고 계십니다. 들어가시죠."

한 실장의 손에 의해 조금씩 열리는 A홀 안으로 이지철이 들어가자마자 숨어 있던 경찰 몇몇이 문 앞을 막아섰다.

"할 말이 뭐니? 그나저나 꼭 이곳에서 해야 하는 말이니?"

수혁을 따라 A홀로 들어온 이 회장은 주변을 들러보며 물었다.

"네. 아버지께서 그러셨죠? 왜 갑자기 행사 장소를 변경했냐고."

"그랬지."

이 회장의 대답과 함께 문이 열리고 때마침 1년 전 벌어진 비극을 끝낼 주인공이 등장했다.

"이 실장? 자네가 여긴 웬일인가?"

"네? 그게……."

이지철이 이 회장을 생전 처음 보는 사람처럼 보며 당황하는 사이,

"이곳에서 이지철이 절 죽이려 했거든요. 1년 전 형을 죽였던 것처럼."

창문 밖에 번쩍이는 천둥과 함께 숨어 있던 진실이 수혁의 입을 통해 튀어나왔다.

다섯 시간 뒤.

라엘은 벌써 한 시간이나 사무실에서 연락이 닿지 않는 수혁의 소식을 기다리고 있었다. 일부러 연락을 안 하고 있다가 걱정되는 마음에 퇴근 후 전화를 했지만 신호만 갈 뿐 연결되지 않았다.

"하!"

답답한 마음에 아랫입술을 깨물고 있던 라엘이 가방을 들고 책

상에서 일어나던 그때였다. 오른손에 결박되어 있는 휴대폰이 몇 초도 안 되는 사이 짧게 울리고 곧장 꺼졌다.

"어!"

화면 위의 부재중 전화는 알프레도의 전화였다. 생각이 끝나기도 전에 제멋대로 움직인 손가락이 통화 버튼을 눌렀다.

-최 선생님.

"알 집사님, 저예요. 수혁 씨 괜찮은 거죠?"

-도련님은 괜찮습니다. 제가 단축 번호를 잘못 누른 것…….

-집사장님, 방금 주치의 선생님께서 들어가셨습니다.

괜찮다는 알프레도의 말소리 뒤로 들리는 또렷한 김 비서의 목소리가 휴대폰 너머로 전달됐다.

-어서 들어가 보세요.

'주치의……!'

순간 라엘의 갈색 눈동자가 두려움을 품고 크게 확장됐다 빠르게 축소됐다.

-최 선생님? 죄송하지만 제가 지금…….

"수혁 씨, 지금 어디 있어요? 김 비서님 말 다 들렸어요."

-…….

"집사님, 제발요. 수혁 씨…… 어디에 있어요?"

-도련님은 지금 병원에 계십니다.

'병원'이란 소리에 그녀의 심장이 쿵 하고 내려앉았다. 바람을 타는 나뭇잎처럼 손끝이 제멋대로 떨리고 벌어진 입술이 다물어지지 않았다.

"어느 병원……."

혀가 꼬여버린 것처럼 생각대로 말이 나오질 않았다.

"병원 좀 알려주세요."

-최 선생님, 놀라게 해드려 죄송합니다. 일단 제 말부터 들어보시는 게…….

"집사님, 저 퇴근하고 수혁 씨랑 연락이 안 돼서 내내 불안한 마음으로 있었어요."

라엘은 여전히 떨리는 목소리를 간신히 가다듬으며 말을 이어 나갔다.

"안 들었으면 모를까 김 비서님 말도 그렇고, 어쨌든 수혁 씨가 현재 병원에 있는 게 사실이라면…… 제발 알려주세요."

-알겠습니다. 대신, 제가 차를 보낼 테니 운전은 하지 마세요.

"택시 타고 갈게요."

당연히 운전대를 잡을 자신도 없었지만, 기다릴 자신도 없었다. 라엘은 알프레도에게 병원 위치를 문자로 받자마자 건물을 나갔다. 앞만 보고 전진한 채 도롯가로 나와 택시를 잡고 급하게 병원으로 향했다.

몇 시간 전, 부산 테마파크 A홀.

"……뭐! 수혁이 너 지금 뭐라고 말한 거니?"

시궁창에 고인 썩은 물같이 어둡게 일그러지는 이지철의 얼굴 뒤로 이 회장은 천둥소리에 제대로 듣지 못한 듯 다시 물었다.

"1년 전, 아버지도 저 역시도 제 실수로 일어났다고 생각했던 그날 그 사고가 실은 저 인간……!"

곧게 뻗은 손가락이 정확히 이지철에게 향했고, 이 회장의 시선이 손가락을 따라갔다.

"그 모두가 저 인간이 저지른 만행입니다. 그리고 이지철은 오늘 저도 죽이려고 했습니다."

도무지 믿을 수 없는 말이 이 회장을 강타했다.

"사고가 나기 며칠 전 아픈 어린 아들의 수술비를 빌미로 오 기사를 속여 차량의 브레이크를 조작한 것도."

눈앞에 보였던 달콤한 거짓에 덮여 있던 더러운 진실이 한 겹씩 차례대로 드러나고 있었다.

"얼마 전 본사에 허위 지라시로 제 이미지를 실추시키고 이사들을 선동해 절 후계자 자리에서 끌어내리려 한 것도, 무엇보다 수호 형이…… 불쌍하게 죽게 된 것도 전부 이지철이 한 짓이에요, 아버지."

"……."

"하하! 우리 본부장님께서 이 무슨 망언을 하시는지."

그물에 걸려 끌어올려진 물고기가 살기 위해 아가미를 벌름거리는 것처럼 계속해서 입을 벌리고 격한 숨소리를 내뱉던 이지철은 또다시 빠져나갈 구멍을 찾아 주둥이를 놀렸다.

-회장님, 접니다. 오 기사. 먼저 이렇게 인사를 드리게 되어 죄송합니다.

그리고 이지철의 헛소리를 덮어버리며 홀 앞쪽에 있는 스크린이 켜지고 오 기사가 등장했다. 경찰이 증인들의 진술을 받으며 촬영한 편집 영상이었다.

-하지만 이지철이란 인간이 저지른 일을 알려드려야 하기 때문에 죄송함을 알면서도 카메라 앞에 섰습니다.

오 기사를 시작으로 이 사건과 직접적으로 엮인 모든 이들이 차례대로 등장했다. 브레이크를 손봤던 튜닝숍 사장과 지라시를 돌리며 이들의 계획을 들었던 두 노숙인. 그리고 바로 옆에서 모든 일을 수족처럼 진행한 조피복과 갈치까지 전부 등장해 더 자세히, 더 깊이 이지철의 민낯을 한 꺼풀씩 벗겨냈다. 자신의 치부가 전부 드러나자 이지철의 얼굴은 점점 하얗게 질려가고 있었다.

"어떻게!"

아무런 여과 없이 귓가에 침투한 무거운 진실은 빠르게 이 회장의 머릿속을 뒤흔들고 폐부에 찔러 박혀 그의 마음을 박살 냈다.

"아니, 어떻게 이럴 수가……."

너무나 믿기 힘든 진실을 마주한 인간의 본능이 그러하듯, 그는 믿을 수가 없었다. 아니, 믿고 싶지 않았고 믿기 힘들었다. 파르르 떨리는 손과 급격히 좁혀진 미간 아래 일그러진 눈매가 이 회장의 심경을 대변했다. 의심을 하고 있던 수혁과 달리 밀알의 의심조차 하지 않았던 그가 받은 타격은 가히 말할 수조차 없었다. 심장이 타들어가고 목 안에 칼이 들어찬 기분이었다.

수호를 죽인 놈한테 수호의 장례를 맡기고 고맙다고 진심을 전하며 그를 믿었던 과거의 자신을 찢어버리고 싶었다. 속에서 천불이 쏟아져 내렸다. 직면하기 힘든 진실의 충격으로 미동조차 없이 서 있던 이 회장이 별안간 이지철을 향해 빠르게 다가갔다.

"회장님…… 이게 뭔가 오해가……."

이지철이 위기를 넘기기 위해 또다시 거짓말을 떠들어대려던 찰나,

짝.

더러운 주둥이보다 빠른 이 회장의 손바닥이 벌레만도 못한 얼굴을 갈겼다.

"감히!"

짝.

"네까짓 게 내 아들을 건드려!"

응집된 분노와 함께 또다시 손바닥이 날아왔고, 나이 든 사람의 힘이라고는 믿기 힘들 정도의 강한 힘으로 이지철의 얼굴은 속절없이 돌아갔다.

짝. 짝. 짝.

그 뒤로도 계속해서 이 회장은 이지철의 뺨을 때렸다. 홀 안에 있던 수혁도, 알프레도도, 김 비서도, 그 누구도 말리는 사람은 없었다.

짝.

마지막 소리와 함께 이지철이 붉은 카펫 위로 넘어졌다.

"캬악, 퉤! ……그래, 이태준 이 개새끼야. 내가 했어."

입술 안쪽에 고인 핏물을 더럽게 뱉어낸 이지철은 더 이상 도망갈 수 없다는 걸 깨닫고 독사 같은 얼굴로 표독스럽게 말했다.

"내가 네 아들 죽였다. 내가 했어. 그리고 이수혁 저 새끼도 죽일 거야."

"이지철 꼼짝 마!"

벌겋게 부어오른 뺨보다 더 붉어진 얼굴로 이지철이 소리를 지르는 동시에 홀 방송실에 숨어 있던 형사들이 빠르게 다가왔다.

"서울 동부경찰서 강력반이다. 이지철! 널 살인 혐의로 체포한다. 넌 묵비권을 행사할 수 있고 변호사를 선임할 수 있으며, 네가 한 말은 법정에서 불리하게 작용할 수 있다."

형사 중 한 명이 정확히 미란다의 원칙을 알려주며 그를 압박했다.

"묵비권? 살인 혐의? 이봐? 형사 양반, 그 말을 들어야 할 사람은 내가 아니라 저 두 사람이야."

그는 한국말이 맞는지 의심스러울 정도로 여전히 해석 불가능한 헛소리를 쏟아냈다. 그러더니 재킷 안쪽 주머니에서 작은 칼을 꺼내 휘두르기 시작했다.

"저, 두 사람이 셸튼을 우리 아버지와 나한테서 뺏어간 거라고. 알아?"

"이지철! 허튼짓하지 말고 그 칼 내려놔."

형사들은 그의 돌발 행동을 예상한 듯 침착하게 그를 말렸다.

"허튼짓? 이게 왜 허튼짓이야? 진짜 허튼짓이 뭔지 보여줘?"

뭔가를 감지한 이지철이 갑자기 천장을 보더니 귀신같이 섬뜩한 미소를 지으며 말했다.

"내가 무슨 잘못을 했는데? 내 회사야, 내 회사라고!"

모두가 정신이 없던 상황이라 누구도 자신들이 샹들리에 밑에서 있다는 걸 몰랐다. 처음에는 누구도 조명 근처에 서 있지 않았다. 이 회장이 이지철의 뺨을 때리면서 두 사람이 그 근처로 이동하게 됐고 수혁은 자연스레 이 회장 쪽으로 발길을 옮겼다.

그러다 보니 세 사람이 모두 문제의 조명 근처에 서게 된 것이다. 그리고 리모컨을 주머니에 넣고 있던 이지철만이 그 사실을 가장 먼저 알아챘다.

"내가 못 가지면 아무도 못 가져. 아무도!"

이미 제정신의 범주를 넘어선 이지철이 악다구니를 지르며 리모컨을 눌렀고,

"다들 피해요!"

계속해서 그를 주시하고 있던 형사들이 발 빠르게 이 회장과 수혁을 옆으로 잡아끌었다.

끼익.

그리고 천장에 있던 거대한 샹들리에 조명은 조금의 간격을 남기고 이지철의 머리 위에서 멈췄다.

"시발! 이게 왜 멈춰, 이게 왜?"

당황한 이지철은 조명을 붙잡고 흔들었고,

"이지철 다 끝났어."

수혁은 담담한 말투로 그의 몰락을 알렸으며,

"이지철, 더 이상 수작 부리지 말고 칼 내려놓고 머리 위로 손들어!"

형사들은 이지철을 포위하기 위해 조금씩 그에게 다가가고 있었다.

"누가 끝났대! 누가? 이태준, 다 너 때문이야!"

제 분에 못 이긴 이지철이 이리저리 칼을 휘두르자 형사들은 테이저건을 꺼내며 무섭게 소리쳤다. 더 이상 두고 볼 수 없었던 형사들은 서로 신호를 주고받으며 그를 향해 조준했다.

그리고 아주 찰나의 순간,

"이태준, 죽어!"

"아버지!"

간발의 차이로 더러운 손을 떠난 칼이 이 회장을 향했다. 하지만 바로 곁에 있던 수혁이 자신의 팔을 들어 이 회장에게 향하는 칼을 막았고, 그의 손등이 칼날에 스쳤다.

"두 분, 괜찮으세요?"

"괜찮습니다."

칼에 베인 손등에서 작은 핏방울이 떨어졌지만 수혁은 눈 하나 꿈쩍하지 않았다.

"……내가 이대로 물러설 것 같아! 내가!"

이지철은 수혁의 팔에서 떨어지는 피를 보고 기분 나쁘게 웃으며 끝까지 발악을 하고 있었다.

"김 형사, 이 형사? 내가 신호 보내면 동시에 발사해."

"알겠습니다, 반장님."

"하나, 둘……."

더 큰 사고가 나기 전에 형사들이 그를 제압하기로 하고 다시한번 신호를 주고받던 그때였다.

쿵.

소리와 함께 추악한 머리 위에서 움직이던 샹들리에 조명이 이지철 위로 떨어졌다. 그와 동시에 울부짖는 소리가 홀 안에 울려 퍼졌다.

"으악!"

마치 죄지은 자를 심판하려는 듯 거대한 조명은 그가 도망가지 못하게 두 다리를 꼭 붙들었고, 붉은 선혈이 빨간 카펫으로 스며들었다.

"내 다리! 내 다리. 으악! 이럴 순 없어, 이럴 순 없다고!"

손끝으로 카펫 위를 긁으면 긁을수록 몸이 부서지는 격한 고통이 이지철을 덮쳤다.

"이지철은 저희와 함께 병원에 들렀다 바로 구속 수사가 진행될 겁니다. 그동안 본부장님께서 많은 협조를 해주셔서 경찰서까지 나오실 필요는 없습니다. 결과는 제가 나오는 대로 따로 연락을 드리겠습니다."

"감사합니다, 형사님. 그리고 이 일은 외부에 나가지 않도록 협조 부탁드리겠습니다."

"그 점은 걱정하지 않으셔도 됩니다."

형사들은 한 실장과 대화를 마친 뒤 대기하고 있던 구급대원과 함께 기절한 이지철을 싣고 현장을 떠났다. 알프레도의 지시 아래 보안팀 직원들이 떨어진 조명과 피 묻은 카펫을 처리했고, 어수선한 현장은 빠르게 정리됐다. 모든 사람들이 나가고 넓은 홀 가운데 이 회장과 수혁만이 남았다.

"아버지……."

걱정스러운 말투에 이 회장의 눈빛이 흔들렸다. 지난 1년의 시간이 마치 주마등처럼 그의 눈앞에 펼쳐졌다. 그 방식이 어떠하든 이 회장은 두 아들을 자신의 목숨보다 사랑하고 있었다. 아무런 근심도 걱정도 없던 행복한 일상을 송두리째 깨뜨려버린 사고로 수호를 잃고, 수혁인 병들었었다.

자랑스러운 첫째 아들의 죽음에 대한 화살을 수혁에게 돌렸다. 자신의 행동이 얼마나 경솔했는지 지금 이 순간 이 회장은 뼈저리게 깨달았다.

"괜찮으세요?"

수혁은 하고 싶은 말이 많았지만 다른 말이 생각나질 않았다. 당장이라도 쓰러질 것만 같은 이 회장이 걱정스러울 뿐이었다.

"내가…… 미안하구나."

천천히 아들을 향해 걸어간 이 회장이 말했다.

"미안하다."

그는 마치 처음 말을 배운 앵무새처럼 20분 가까이 계속해서 똑같은 말을 반복하며 되뇌었다. 찢어질 것 같은 분노를 토해내듯 쏟아지는 반복적인 말에 수혁은 아무런 대꾸를 하지 않고 계속 듣고 있었다. 이 일을 계기로 자신의 아버지가 하루아침에 바뀌지는 않겠지만, 지금 이 순간만큼은 저 말이 진심이라는 걸 알 수 있었다.

"네 엄마와 할머니는……."

"말씀 안 드렸어요."

"잘했구나. 알면 견디기 힘들 거다. 엄마와 할머니에게 말하지 마."

"네. 저도 그게 좋을 것 같아요."

짧은 대화를 마치고 두 사람은 홀을 나섰다.

"수혁아?"

화려한 복도를 걸어가던 이 회장은 걸음을 멈추고 조용히 자신을 뒤따르는 아들을 돌아봤다.

"네가 그랬듯이 나도 오늘은 감정 정리가 필요할 것 같구나. 혼자 있고 싶다."

덤덤하게 말을 마친 이 회장은 재킷에서 손수건을 꺼내 아들의 손등 위를 감쌌다.

"네 손부터 치료해. 알프레도?"

"바로 모시고 가겠습니다."

알프레도를 향해 고개를 끄덕이던 이 회장은 잦아든 빗속으로 걸어갔고, 커다란 우산을 펼쳐 따라간 한 실장이 비를 막으며 함께 걸었다.

22화. 좀 웃어. 웃으라고!

"괜찮다니까 그러네."

병원에 도착한 수혁은 특실에 들어온 자신이 민망한 듯 적극적으로 씩씩한 표정을 지었다.

"제가 안 괜찮습니다. 제가!"

자꾸만 병실을 나가려는 그를 향해 알프레도는 으름장을 놓으며 단호하게 말했다.

서울에 도착한 뒤 곧장 병원으로 온 수혁은 이 회장의 연락을 받고 온 주치의로 인해 특실로 올라왔다. 큰 부상이 아니라 응급실에서 간단하게 처치를 해도 됐지만, 워낙 화제가 되는 인물이기에 괜한 말이 새어 나갈까 봐 병원 측에서도 조용히 치료할 수 있도록 특실을 권했다.

"회장님이 특별히 지시한 거니까 답답해도 가만히 계세요. 그리고 도련님은 이 병원 VVIP 회원이세요. 1년에 그만한 돈을 지불하시고 계시니까 민망해하실 것 없습니다."

"그래. 알았어. 알았으니까 이만 가자. 손도 아무 이상 없잖아."

"아니요. 아까 의사 선생님 말씀 못 들으셨어요? 살짝 찢어지긴 했지만 깊게 베여서 혹여 신경을 건드리진 않았는지 사진 찍어야 한다고요."

"찍었잖아?"

"그러니까 결과 나올 때까지 잠시 기다리세요."

건강에 관한 부분에서는 알프레도를 이길 수 없었다.

"보고 싶은데……."

"최 선생님 보고 싶으시죠?"

"어. 보고 싶어. 아주 많이. 그러니까 적당히 하고 가자."

"실은 최 선생님께서 지금 병원으로 오고 계십니다."

"뭐?"

라엘이 놀랄까 봐 일부러 알리지 않고 병원부터 찾은 거였다. 치료가 끝나고 직접 찾아가서 말하려고 했다. 그런데 가장 입이 무거운 알프레도 입에서 그녀가 오고 있다는 사실을 들은 수혁이 놀라 되물었다.

"제 실수가 좀 있었습니다. 오실 때 다 됐으니까 잠시 기다리세요."

병원에 도착한 라엘은 엘리베이터를 타고 VVIP 병동으로 향했다. 문이 열리자마자 김 비서와 함께 알프레도가 보였다.

"알 집사님?"

"최 선생님 어서 오세요. 많이 놀라셨죠?"

"전 괜찮아요. 그보다 수혁 씨는……."

알프레도의 표정은 생각보다 차분했지만, 온통 수혁만을 생각하고 있는 그녀에겐 그 표정이 눈에 들어오지 않았다.

"이 병실입니다. 들어가 보세요."

라엘이 나무로 된 커다란 미닫이문을 열고 병실 안으로 들어갔다. 따뜻하다 못해 조금 뜨거운 공기 사이로 병원 특유의 향이 가득 밀려왔다.

"수혁 씨……?"

"라엘아!"

안정된 목소리와 함께 그의 모습을 확인한 순간 긴장이 풀려버린 그녀가 바닥에 주저앉았다.

"괜찮아?"

병원 침대에 걸터앉아 있던 수혁은 빛의 속도로 다가가 라엘을 일으켰다.

"하! 감사합니다. 나 수혁 씨…… 잘못된 줄 알고 얼마나 놀랐는지 몰라요."

"내가 이럴까 봐 말하지 말라고 했는데. 괜찮아. 나 멀쩡해."

"이거…… 손은 왜 그래요?"

옆에 앉은 라엘에게 손을 들어 밝게 말하던 그는 그녀의 시선이 붕대가 감겨진 손에 닿았다는 걸 깨달았다. 영화 속에 나오는 고양이처럼 커다란 눈에 금방이라도 눈물이 차오를 것만 같았다.

"아니야. 이거 다치고 그런 거 아냐. 최라엘 뚝!"

붕대를 감고 있는 사람은 수혁인데 환자인 그가 오히려 라엘을 달래는 재미있는 상황이 연출됐다.

"내가 설명할게. 울지 마. 난 네가 울면 미칠 것 같아."

이 와중에 또 그의 멘트는 왜 이리 멋있는지. 저도 모르게 웃음이 나온 라엘은 숨을 내쉬며 표정을 가다듬었다.

"울긴 누가 운다고. 안 울어요. 그러니까 하나도 숨기지 말고 딱 말해요."

"살짝 손등에 상처를 입었고 세 바늘 꿰맸어. 그 외에 다른 곳은 지극히 멀쩡해."

"정말이죠?"

"당연하지. 누구 앞이라고 거짓말을 하겠어."

수혁이 자신 있게 말했다. 만약 정말 신경을 다쳤다면 지금쯤 알프레도와 함께 주치의가 병실 안으로 들어오고도 남았을 테니까. 그리고 지금은 자신의 손보다도 그녀를 달래는 게 우선이었다. 살짝 쓰렸던 손등의 아픈 감각이 라엘을 보자마자 정말 신기할 정도로 눈 녹듯이 사라졌다.

"이지철도 잡혀갔고, 다 잘됐어."

"회장님도 괜찮으시죠?"

"괜찮으셔."

"다들 무사해서 정말 다행이에요."

라엘은 그의 얼굴을 어루만지며 시선을 떼지 않았다.

"손 불편하지 않아요?"

"조금 괜찮아. 그래도 너 안아주는 데 아무 문제없어. 이리 와."

먼저 그녀에게 손을 뻗은 수혁이었다. 그는 긴 두 팔로 바로 옆에 앉아 있는 라엘을 아주 가까이 끌어안았고, 그녀 역시 넓은 등을 자신의 두 팔로 채웠다.

"보고 싶어 죽는 줄 알았어."

"나도 보고 싶었어요."

토닥토닥 부드럽게 등을 쓸어내리는 그녀의 손길에서, 달콤한 그녀의 향기 안에서, 수혁은 힘들었던 오늘 하루를 보상받는 것만 같았다. 길고 길었던 질긴 악연의 끈을 드디어 자른 그의 마음은 그 어느 때보다 후련했다.

수혁이 병원으로 향한 그 시각, 이 회장은 전용기를 타고 서울에 도착했다. 천둥소리는 확연히 잦아들었지만 여전히 비는 그치지 않았다.

테마파크 건물 앞에서 수혁과 나눴던 대화를 끝으로 이 회장은 그 어떤 말도 하지 않았다. 그의 입은 마치 자물쇠로 잠긴 철문처럼 굳게 닫혀 있었고, 이지철을 향해 불을 토해내는 용암처럼 분노하던 얼굴은 무표정 그 이상도 이하도 아니었다. 감정 없는 눈동자 위로 이따금씩 짙은 눈썹만이 간헐적으로 흔들렸다. 공항에서 내린 그는 여전히 침묵을 내세운 채 입을 닫고 있었다.

"회장님은 내가 직접 모실 테니까 자네들은 그만 들어가 봐."

한 실장은 공항에 마중 나온 기사와 비서실 직원들에게 들어가 보라고 지시했다.

"타시죠, 회장님. 제가 모시겠습니다."

한 실장이 차 문을 열자 이 회장은 말없이 뒷좌석에 올라탔다.

목적지는 누구도 말을 하지 않았지만, 오랜 시간 이 회장을 보필해온 한 실장은 그의 속마음이 향한 목적지를 정확히 알고 있었다. 지금, 그가 수호를 보고파 한다는 것을.

아스팔트에 고인 빗물이 주차하는 자동차 바퀴에 사방으로 튀었다. 납골당에 도착한 이 회장은 차에서 내려 안으로 걸어갔다.

틈만 나면 찾아와 꽃을 놓고 소담하게 이야기꽃을 피웠던 연이와 달리 이 회장은 납골당을 찾지 않았다. 이미 저세상 사람이 된 아들을 구태여 추억하는 것조차 부질없는 미련이라 여기며 애써 돌아보지 않았던 것이다.

수호가 안치된 납골당 가장 안쪽이 가까워오자 조용히 뒤를 따르던 한 실장이 일정한 간격을 벌리고 이내 걸음을 멈췄다. 언제나 당당하고 거칠 것 없던 발걸음이 처음으로 힘없이 쓸쓸하게 보였다. 터벅터벅 걸어가던 발걸음이 멈췄다.

이 회장이 정면을 쳐다봤다. 다친 곳 없이 깨끗한 얼굴로 환한 미소를 보이는 사진 속 수호의 모습은 무척이나 평온해 보였다. 가만히 목석처럼 보고 있던 그가 사진 위로 손을 얹었다.

"수호야……!"

그리고 안타까운 목소리와 함께 별안간 우는 소리가 들렸다.

"흑흑!"

조금씩 울던 목소리는 이내 고요한 납골당 전체에 울려 퍼졌다.

"미안하다…… 수호야."

가슴속에 맺힌 한을 토해내는 사람처럼 그는 처량하고 애달프게 눈물을 보였다. 내리는 빗소리보다 구슬프고 슬픈 목소리가 쏟아지는 눈물과 함께 바닥에 흩뿌려졌다. 이 회장은 자신의 모든 것을 쏟아내듯 수호 앞에서 고개를 숙인 채 그렇게 한 시간을 울다 납골당을 떠났다.

한 실장은 곧장 저택으로 출발하지 않았다. 30분이 넘는 시간 동안 한적한 도로 위를 달리며 그가 감정을 추스를 수 있도록 시간을 벌고 나서 저택으로 향했다.

"오셨어요."

연이는 자정이 가까운 시간에 집에 도착한 이 회장을 맞았다.

"고생하셨어요."

수혁과 알프레도까지 세 사람은 오늘 일어난 일에 대해 김 여사와 연이에게 입도 뻥끗하지 않았다.

그녀는 수혁이 말한 대로 이 회장이 본사에서 일을 보다 늦게 온 걸로 알고 있었다.

"수혁인 손을 살짝 찔렸다고 치료를 받고 왔어요."

"가벼운 거라 걱정하지 않아도 돼. 그나저나 당신 먼저 잠자리에 들지, 피곤할 텐데 이 시간까지 뭐 하러 기다렸어."

"어제부터 집에서 쉬고 있는데 내가 뭐가 피곤하겠어요. ……어?"

재킷을 받던 연이의 시선이 멈칫하며 이 회장의 얼굴로 향했다.

"당신, 괜찮아요?"

몰렸던 피로가 한 번에 쏟아진 건지 오늘 아침까지만 해도 괜찮았던 얼굴빛이 눈에 띄게 상했다.

"얼굴이 너무 거칠어요. 영국에서 돌아오자마자 당신 너무 무리하셨어요."

"이 정도 갖고 무슨. 괜찮아."

"따뜻한 물 받아놨으니까 얼른 씻고 자요."

"당신 먼저 자. 나 서재에서 서류 살펴보고 잘게."

"여보!"

어지간해서는 목소리를 높이는 법이 없는 연이의 목소리가 한 톤 높아졌다. 퇴근하고도 서재에서 서류를 확인하는 일이 일상이었지만, 오늘만큼은 말리고 싶었다. 그만큼 이 회장의 얼굴이 안 좋아 보였기 때문이다.

"워낙 급한 건이라 그래. 금방 보고 들어갈게."

"알았어요. 대신 무리하지 말고, 한 시간 안으로 들어오세요."

일에 대한 이 회장의 고집을 잘 알기에 연이는 빨리 들어올 것을 권하며 서재로 향하는 그를 잡지 않았다.

작은 미등이 켜진 서재 책상 위에는 서류 대신 도수가 높은 주
정강화 와인 와인과 커다란 글라스가 놓여 있었다.

독한 와인을 가득 따라 연거푸 두 잔을 들이켰지만 이 회장은
취하지 않았다.

"자네 밖에 있나?"

약속한 한 시간이 지나고, 커다란 창밖의 어둔 하늘이 어수룩한
새벽을 향해 달려갈 즈음 눈을 감고 있던 그가 한 실장을 불렀다.

"부르셨습니까, 회장님."

지금까지 밖에서 대기하고 있던 한 실장이 서재로 들어왔다.

"어떻게 됐어?"

이 회장의 얼굴엔 여전히 피로감이 느껴졌지만, 괴로움에 몸부
림치며 지쳐 보이던 눈빛은 언제 그랬냐는 듯이 강한 기운이 느껴
졌고 목소리엔 힘이 들어찼다.

"조금 전에 담당 형사에게 수술이 끝났다는 연락이 왔습니다.
조명이 떨어지면서 척추 부근을 눌러 결과를 지켜봐야 한다고 했
고, 수사는 이지철이 깨어나는 즉시 진행한다고 했습니다."

"어찌 됐던 결과는 그놈이 죽지는 않는다는 소리네."

"네. 생명에는 지장이 없다고 했습니다."

"그래야지."

이지철의 생사를 확인하며 이 회장은 다행이라는 표정을 지었
다.

"죽긴 누구 마음대로 죽어. 앞으로 죽을 때까지 죗값을 치러야
지. 한 실장?"

"네, 회장님."

"법무팀장에게 내 말 똑똑히 전해. 판사들이 내릴 수 있는 가장 지독한 판결을 받아내라고 해. 결과가 성에 차지 않으면 다들 옷 벗을 각오하라고. 당연히 외부에 흘러가지 않게 철저히 입단속 시키는 것도 잊지 마."

이 회장은 이지철이 빠져나갈 손톱만 한 쥐구멍까지 봉쇄하기 위해 한 실장을 통해 법무팀에게 자신의 의견을 전달했다.

"그리고 내일 오전에 사내 게시판에 공지 올려. 횡령 건에 휘말려서 이지철은 해임시켰다고. 그리고 그 자리에 홍보팀 김 부장을 올려."

일머리가 타고난 이 회장은 이상한 추측이 나오지 않도록 이지철의 일을 빠르게 수습해나갔다.

"네, 회장님. 말씀하신 대로 진행하겠습니다."

늦은 새벽까지 한 실장과 서재에 있던 그는 한 시간 정도 잠을 자고, 새벽 5시에 수영을 시작으로 평소의 모습으로 돌아왔다.

"본채로 부르시지 않고요."

아침 식사를 마치고 출근 준비를 하던 수혁은 방으로 찾아온 이 회장과 차 한잔을 하고 있었다.

"나도 그러려고 했는데, 네 엄마가 직접 가라고 하더라."

어제 있었던 사건 때문에 이 회장이 하루아침에 변해 수혁의 방을 찾은 건 아니었다.

부자 사이를 좀 더 산뜻하게 만들기 위한 연이의 성화 때문이었다. 그 사실을 수혁도 알고 있었지만 이렇게 아버지와 오랜만에 단둘이 마주 앉아 차를 마시는 시간이 그럭저럭 괜찮았다.

"손은…… 괜찮니?"

이 회장의 시선이 붕대가 감긴 손으로 향했다.

"괜찮아요."

"잘했더구나. 리허설도, 테마파크 준비도. 내 예상 범주보다 더 잘했어."

"알프레도와 김 비서를 비롯한 직원들이 잘 도와준 덕분이에요."

"특히 기조연설, 아주 좋더구나. 단어도 고급스럽고 내용도 깊이가 느껴져."

"그쪽 분야의 전문가에게 개인 강습을 받았어요. 지금도 도움을 받고 있고요."

수혁은 은근히 라엘의 존재를 이 회장에게 드러냈다.

"사람을 구했다고? 솜씨가 보통이 아니던데, 믿을 만한 사람이니?"

가족들의 이야기가 밖으로 나가는 걸 꽤나 불편해하는 이 회장은 새로운 사람을 들일 때 상당히 신중했다.

"제 사람이라 누구보다 믿을 수 있어요."

"그래? 네 사람이란 판단이 들면 붙잡고 마지막까지 잘 도움 받도록 해. 그 정도 실력이면 옆에 두어도 좋을 것 같구나."

수혁이 말한 '제 사람'이란 말의 의미를 알 리 없는 이 회장은 오히려 꼭 잡으라는 조언까지 덧붙였다.

"참, 내일이나 모레쯤 차일드그룹에서 사람이 들어올 거다."

"네. 보고받았습니다. 그런데 이렇게 큰 계약 진행을 본사가 아니라 어패럴 쪽에서 나오네요."

"이번에 나오는 사람이 김 회장 막내딸이야. 아들 때처럼 슬슬 경영 수업을 시키려는 거 아니겠니."

살짝 반문을 갖는 수혁에게 이 회장은 그럴듯한 의견으로 의아함을 지워냈다.

"나이도 비슷하고 둘 다 처음으로 진행하는 큰 계약 건이니 잡음 생기지 않게 잘 마무리 지어."

김 회장은 계약 마무리를 수혁과 시라에게 맡겨 두 사람이 친해질 계기를 마련해주자고 했고, 이 회장은 그 의견에 동의했다.

"이 계약이 얼마나 중요한지 잘 알지? 행여 까다롭게 굴어도 네가 이해하고 잘 대응해라."

이 회장은 시라의 부탁으로 당사자인 수혁에게 혼담 이야기를 아직 꺼내지 않았다.

"네. 잘할게요."

푸드득.

대화를 마친 이 회장이 출근을 하기 위해 방을 막 나서려는 그때,

"안 갔어! 안 갔어?"

정원에서 놀던 관우가 요란하게 등장했다.

"무서운 회장님 아직 안 갔어."

셸튼가에서 관우가 아직까지 곁을 주지 않는 사람이 있었으니, 바로 이 회장이었다.

다정한 다른 가족들과 달리 말수도 적고 언제나 웃지 않는 표정 때문에 가까이하길 꺼려했다.

"숨 막혀."

"관우야, 조용."

"좀 웃어. 웃으라고!"

수혁이 말렸지만, 관우는 평소 이 회장에게 하고 싶던 말을 작

정한 듯 멈추지 않았다.

"눈 아프겠다. 그만 째려봐."

업무적인 중요한 대화가 오고 갔던 분위기 속에 한없이 가벼운 대화가 웃음을 자아냈다.

수혁은 자꾸만 터져 나오려는 웃음을 간신히 참고 있었다.

"저 물건, 다시 방에 드나드는 거냐?"

"아버지, 물건이라니요. 쟤 말 다 알아들어요."

"물건 아니다. 관우다. 빨리 가."

막상 무서워서 가까이 다가가지는 못하면서도 관우는 이 회장이 방을 나설 때까지 이리저리 날아다니며 이름을 외쳤다.

"갔다. 무서운 회장님 갔다."

"관우야, 너 다음부터 그러면 회장님한테 혼나."

"몰라. 라엘이 데려와."

관우는 요즘 저택에서 볼 수 없는 라엘이 보고 싶다며 자주 심통을 부렸다.

"라엘이 보고 싶어?"

"보고 싶다. 라엘이 보고 싶어."

"형은 이따 라엘이 보러 간다."

"관우도 데려가."

"넌 못 가. 형 갔다 올게. 집 잘 지키고 있어."

가장 좋아하는 간식이 눈앞에 있는데도 관우는 쳐다보지 않았다. 대신 테라스로 날아가 차를 타는 수혁을 보며 한마디를 던졌다.

"좋을 때다. 좋을 때야."

함께 스피치 학원 강사로 일하면서 친해진 한 선생과 오랜만에 만난 라엘은 늦은 점심을 먹고 사무실로 돌아가는 중이었다.

"아니, 그래서 그 남자가 누구냐니까?"

"도대체 무슨 소리야. 그리고 내가 언제 남자라고 했나? 아닌데."

한 선생은 화장실에 다녀오다 라엘이 통화하는 모습을 우연히 본 뒤 계속해서 추궁했다.

"어허! 이거 안 되겠네. 잠시 스톱!"

팔짱을 끼고 걸어가던 한 선생이 손을 옆으로 뻗으며 걸음을 멈췄다. 그 바람에 함께 걸어가던 라엘의 발걸음도 덩달아 멈췄다.

"한 선생 약속 있다며. 빨리 가자."

"지금 약속이 대수야. 말 돌리지 말고. 자기 나 좀 봐!"

호탕하고 유쾌한 성격의 한 선생은 주머니에 있는 휴대폰까지 꺼내들며 재연했다.

"천하의 걸크러시 최 선생이! 아침 이슬 한 방울 섭취한 토끼 같은 목소리와 표정으로 귀엽고 사랑스럽게 '나도 보고 싶어요'라고 말하는 사람이 남자가 아니면 누군데, 응?"

딱히 숨기거나 하는 건 아니었지만 이쪽 일을 하고 있는 동료들에게는 수혁과 만나고 있다는 얘기를 쉽게 할 수 없었다.

워낙에 다들 대기업 쪽 일을 하고 있어서 그쪽 사람들 귀에 들어갈 것만 같았기 때문이다.

극장에서 데이트를 했을 때 수혁은 아무런 눈치도 보지 말고, 시선도 의식하지 말라고 했었다. 하지만 이 회장이 귀국한 뒤로 라엘은 지금까지보다 더 조심스러울 수밖에 없었다.

"그게 그렇게 궁금해?"

"당연하지. 같이 일하면서 내 남친이 세 명이나 바뀔 동안 죽어라 일만 하던 사람이 연애를 하는데 안 궁금해?"

"알았어. 말할게. 실은…… 우리 아부지셔."

물론 말도 안 되는 방패라는 걸 잘 알고 있었지만 라엘은 급한 대로 부모님을 소환했다.

정말 다 좋은데, 입이 아주 살짝 가벼운 한 선생의 집요함을 벗어나기 위해선 뭐라도 말을 해야 할 것만 같았다.

"한 선생도 알지? 우리 부모님 효도관광으로 해외여행 거하게 가신 거. 이제 곧 오시는데 딸자식 보고 싶다고 전화하셨어."

"에라이! 치사하다, 치사해. 내가 보기엔 분명히 보통 사람 아니야."

"그만하시고요. 얼른 약속……."

한 선생과 장단을 맞추며 장난을 치던 라엘이 주차장에 들어선 누군가를 발견한 순간, 그녀의 말소리가 뚝 하고 끊겼다.

"최 선생, 왜 그래?"

별안간 멈춰선 걸음과 너무 놀라 굳어버린 표정을 보며 한 선생이 걱정스럽게 물었다.

"최 선생, 괜찮아?"

옆에서 한 선생이 계속해서 물었지만 라엘의 귀에는 들리지 않았다.

고급 세단에서 내려 자신에게 다가오는 이의 모습만 보일 뿐이었다.

"안녕하세요, 최라엘 선생님."

고급 세단에서 내려 인사를 건넨 사람은 진 비서였다.

"오랜만에 봬요."

진 비서의 인사 소리 너머로 깔끔하게 닫히는 차 소리와 함께 라엘의 시선이 그곳으로 향했다.

단정한 투피스 복장과 우아한 표정으로 살짝 고개를 숙이며 인사를 건네는 연이의 모습이 눈에 띄었다.

"입맛에 맞으실지 모르겠어요. 믹스커피밖에 없어서……."

한 선생을 보내고 사무실로 올라온 라엘은 가장 아끼는 머그잔에 믹스커피를 담아 연이에게 건넸다.

"음! 커피 향 좋다. 그리고 나 원래 믹스커피도 좋아해요."

연이는 보란 듯이 믹스커피를 맛있게 마셨다.

"우리 오랜만이죠? 그동안 잘 지냈어요?"

"네. 잘 지냈습니다. 출장에서 돌아오셨다는 얘기는 들었어요."

"출장은 편하게 잘 갔다 왔어요. 다만 오래 있다 보니까 시차 적응하는 게 힘드네요."

"사모님?"

"최 선생님?"

각자 할 말이 가득한 얼굴로 인사를 주고받던 두 사람은 누가 먼저라고 할 것 없이 동시에 서로를 불렀다.

"먼저 말해요."

"아니에요. 사모님 먼저 말씀하세요."

"최 선생님……."

"……!"

머그잔을 꼭 쥐고 있던 연이는 테이블 위에 내려놓고 라엘의 손을 두 손에 포개어 잡았다.

"최 선생님은 나한테 은인이에요."

"……."

"우리 수혁이를 살리고 나를 살렸으니 이보다 더한 은인이 어디 있겠어요. 고마워요. 정말 고마워요."

연이의 진심이 전해질수록 어쩐지 라엘의 표정은 그리 밝지 못했다.

"수혁 씨가 잘 따라와 준 덕분이에요."

"그럴지도 모르죠. 근데 수혁이가 포기하지 않고 따라갈 수 있었던 건 최 선생님이 곁에 있었기 때문이에요."

"저, 사모님. 드릴 말씀이 있어요."

"그래요. 어서 해봐요."

"죄송…… 해요."

느릿하게 떨어진 진심 어린 사과의 말이 연이에게 전해졌다.

라엘은 주차장에서 연이를 보는 순간 미안함과 함께 어쩐지 마음이 무거워졌다.

출장을 마친 이 회장 내외가 돌아왔다는 소리를 듣고 연이에게 먼저 연락을 할까도 여러 번 생각했지만, 그러지 못했다.

수혁이 좋아진 부분에 대해서는 떳떳하게 열심히 노력했다 자신 있게 말할 수 있었다. 하지만 그와 사랑하는 사이가 된 지금의 관계를 생각하면 어쩐지 떳떳할 수 없었다.

처음 연이가 제시했던 계약 조항 중엔 개인 핸드폰 번호조차 알려주지 말라는 사항이 있었다.

라엘은 그 당시 연이가 그 문구를 넣은 이유가 혹시 수혁과 자신이 이런 관계가 될까 봐 조심하라는 뜻에서 넣은 게 아닌가 하는 생각이 들었다.

"제가 수혁 씨와 지금 교……."

"서로 교제하는 사이라고 하려는 거죠?"

라엘이 하려는 말을 연이가 마무리했다.

"더 정확히 표현하자면 두 사람, 사랑하는 사이라고 하는 게 맞겠죠."

시원한 초여름의 기분 좋은 바람을 맞은 것처럼 연이는 잔잔한 미소와 함께 두 사람 사이를 정의 내렸다.

"네……. 수혁 씨를 사랑하고 있어요."

"이제야 최 선생님답게 시원하게 말하네요."

기다렸던 답이 나오자 연이의 얼굴이 한층 더 밝아졌다.

"나한테 그 말 하기 쉽지 않았죠? 그래서 죄송하다고 한 거고."

"네. 처음 제 역할은 수혁 씨를 도와주는 거였잖아요. 그 역할이 끝나면 그냥 떠나야 하는 거였는데……. 수혁 씨에 대한 제 마음을 알고 그러지 못했어요."

연이는 차근차근 자신의 속내를 말하는 라엘의 손을 연신 쓰다듬으며 경청했다.

"계약서 일도 그렇고 보고서도 상세히 드리지 못했고, 무엇보다 수혁 씨와 이렇게 된 관계를 미리 말씀드리지 못해서 죄송한 마음이 들었어요."

"계약서라면…… 혹시 그 휴대폰 조항 말하는 거예요?"

라엘은 대답 대신 고개를 끄덕였다.

"개인 번호를 알려주지 말라고 한 건 철저히 보안 때문이었지 다른 의도는 없었어요. 아시다시피 그 당시 제가 다른 쪽을 신경 쓸 겨를이 없었잖아요."

라엘이 느끼는 미안한 마음을 덜어주려는 듯 연이는 작은 오해도 남지 않게 자세히 설명했다.

"그리고 보고서 일과 두 사람의 관계는 수혁이가 부탁해서 최 선생님도 어쩔 수 없었잖아요."

"그래도……."

"나중에 최 선생님도 부모가 되면 알겠지만, 자식은 중년의 어른이 되어도 부모에게는 언제나 보호해주고픈 아이같이 느껴져요. 작은 기침에도 가슴이 내려앉고 내가 대신 아팠으면 하고요. 수혁이 상처는 내가 대신 아프고 싶다고 몸부림쳐도 그럴 수 없었어요. 근데, 최 선생님이 그걸 해줬잖아요. 수혁이의 아픔을 치유해줬잖아요."

힘들었던 지난 시간이 떠오른 연이는 잠시 목소리를 가다듬었다.

"그것만으로도 난 최 선생님에게 빚을 진 거라 생각해요."

"……."

"이보다 더한 빚이 어디 있겠어요. 난 아마 평생을 갚아도 못 갚을 것 같은데."

지금까지의 모든 걱정이 연이의 말 한마디로 씻겨 내려간 기분이었다.

라엘은 자신을 이렇게까지 생각해주는 그녀가 진심으로 고마웠다.

"감사해요. 솔직히 사모님께서 절 이렇게까지 생각해주실 줄 몰랐어요."

"정말? 그건 좀 서운한데. 얼굴도 예쁘고 똑똑하고 인성도 좋은 최 선생님을 내가 어떻게 안 좋아하겠어요."

"저 그렇게 대단한 사람 아닌데. 좋게 봐주셔서 감사해요."

"수혁이의 위치도, 우리 집안도 평범하지 않아서 앞으로 두 사람이 만나면서 힘든 일이 있을지도 모르지만, 내가 이거 하나만은 약속할게요. 난 끝까지 최 선생님 편이 될 거예요. 그러니까 우리 수혁이 많이 예뻐해줘요. 알았죠?"

"네. 그럴게요."

연이는 이날 사실상 김순자 여사의 뒤를 이어 라엘을 예비 며느리로 인정한 거나 다름없었다.

이로써 셀튼가의 주요인물 중 독불장군인 이 회장을 제외하곤 모든 사람들이 라엘을 수혁의 짝으로 지지하기 시작했다.

추리닝을 입은 수혁은 한껏 광대를 올리며 라엘을 쳐다봤다.

"근데 형님은 어디 가셨어?"

두 번째 입은 탓인지 라준의 옷을 빌려 입은 그의 얼굴에는 편안함마저 느껴졌다.

"오늘 동기모임 갔어요. 그리고 오빠 있었으면 오늘 수혁 씨 안 데려왔죠."

익숙한 추리닝과 티셔츠를 입고 야무지게 사과머리를 올려 묶은 라엘 역시 집순이 모드로 편안한 차림이었다.

"왜? 형님이 나를 얼마나 신뢰하는데."

"치! 그건 수혁 씨 생각이죠. 그것보다 오빠 잔소리 감당할 수 있겠어요?"

"그게 왜 잔소리야. 다 동생 아껴서 그런 건데."

"오빠가 들으면 좋아하겠어요."

말 한마디도 참 예쁘게 하는 그를 보던 라엘은 싱그러운 미소를 보내며 하던 일에 다시 집중했다.

"자! 밀가루를 볼에 넣고 올리브 오일 조금 넣고 몸에 좋은 호박가루도 넣습니다."

그녀의 시선이 식탁 위를 훑었다.

"그다음에는…… 조수? 이번에는 따뜻한 물 좀 가져오세요."

"여기 따뜻한 물."

라엘이 주문하자 곁에 있던 그가 정수기에서 따뜻한 물을 가져왔다.

퇴근 후, 두 사람은 근처 마트에서 장을 본 뒤 함께 집에 들어왔다.

수혁은 딱 보기에도 괜찮아 보이는 손이 많이 아프다고 엄살을 부렸다.

'수혁 씨, 손은 괜찮아요?'

'아니, 아파. 나 밤새 한숨도 못 잤어. 근데 네가 해주는 수제비 먹으면 괜찮을 것 같아.'

'알았어요. 내가 맛있게 해줄게요.'

그러면서 여행 갔을 때 먹었던 수제비를 해달라는 말에 라엘은 못 이기는 척 넘어가줬다.

"수제비는 반죽이 생명이라고 할 수 있으니까 이제 반죽을 열심히 하면 돼요. 이렇게……."

손을 씻고 온 라엘은 손바닥에 힘을 주며 열심히 반죽을 치댔다.

이따금씩 식탁에 올리는 작은 '쿵, 쿵' 소리와 함께 가지런한 눈썹이 살짝 일그러지도록 힘을 주는 그녀의 표정을 보며 수혁은 입을 가리고 웃음을 참았다.

"큭!"

사실 수제비가 먹고 싶기도 했지만, 수제비를 만드는 라엘의 모습이 다시 보고 싶었다.

친절하게 과정을 설명하는 도톰한 붉은 입술이 앙증맞게 움직일 때마다 유혹적으로 느껴졌다. 그리고 지금처럼 그녀가 밀가루와 사투를 벌일 때면 그 모습이 어찌나 귀엽고 사랑스러운지, 그때마다 수혁은 깨물어주고 싶은 충동까지 들었다.

"반죽이 잘돼야 쫄깃한 수제…… 어!"

별안간 라엘의 손에서 반죽이 담긴 그릇이 사라졌다.

"줘봐. 아무래도 반죽은 내가 하는 게 낫겠어. 원래 힘쓰는 건 남자가 하는 거야."

누가 봐도 야무지게 반죽을 잘하고 있는 모습이 수혁에게는 힘들어하는 걸로 보였다.

"반죽 은근히 힘든데……."

"너 날 뭘로 보고. 나 이수혁이야. 내가 이런 반죽 하나도 못 할 거 같아?"

"아니, 그게…… 그래요?"

수혁을 말리던 라엘은 그의 신체 한 부분을 빤히 쳐다보더니 태도 변화를 보이며 팔짱을 꼈다.

"그럼 어디 한번 수혁 씨 솜씨 좀 볼까요?"

"말해 뭐 해. 너는 거기 딱 서서 감독이나 해."

감독관의 주문에 맞춰 열심히 반죽을 마친 수혁이 칭찬을 바라며 라엘을 쳐다봤다.

"어때, 이만하면 완벽하지?"

"어머! 진짜 반죽 잘됐네."

얼마나 열심히 반죽을 치댔는지 한눈에 봐도 쫄깃함이 느껴지는 반죽이 완성됐다.

"거봐. 내가 잘할 거라고 했잖아."

"잘했어요. 근데 수혁 씨, 괜찮아요?"

"응? 뭐가. 나 괜찮은데."

"그래요? 잘 생각해봐요."

상큼한 그녀의 미소가 왠지 모르게 장난기 가득한 미소로 바뀌자 수혁은 불안한 기분이 들기 시작했다.

"안 괜찮아야 정상인데. 어떡할까⋯⋯."

뭐지!? 정말이지 당장이라도 안 괜찮은 이유를 찾아야만 할 것 같았다.

"저기⋯⋯."

라엘이 한쪽 눈썹을 들썩이며 손가락을 들고 힘주어 그릇을 잡고 있는 붕대 감긴 손을 가리켰다.

"⋯⋯!"

아뿔싸! 밀가루 반죽에 열중한 나머지 아프다고 했던 손으로 그릇을 잡고 있는 줄도 몰랐다.

"손 괜찮아요?"

"아!"

말이 떨어지기 무섭게 빛의 속도로 손을 뗀 수혁은 오른손으로 왼손을 감싸며 일부러 앓는 소리를 냈다.

"아니. 안 괜찮아. 아파."

그러더니 세상 심각한 표정을 짓고는 태연하게 걱정스러운 말투로 라엘을 쳐다보며 말했다.

"선생님이 각별히 조심하라고 하셨는데 괜찮겠지?"

"이거 보세요, 이수혁 씨. 연기 너무 티 나거든요. 하여간! 애도 아니고 엄살은."

"엄살이라니. 보여줘? 방금 전까지 아팠어. 정말 아팠는데, 너 때문에 잠시 아픔을 못 느낀 거야."

"어이구, 우리 수혁 어린이 아팠쪄요?"

"하!"

라엘이 어린애한테 하듯이 그의 머리를 쓰담쓰담하자 수혁이 헛웃음을 지었다.

"어쭈! 최라엘, 까분다."

"에이, 무슨 소리예요. 나 지금 아픈 남자 친구 위로하는 거 안 보여요?"

급기야 그녀는 수혁의 두 뺨을 잡고 양쪽으로 살짝 잡아당기며 우쭈쭈 하는 표정을 지으며 놀렸다.

"오구오구, 많이 아팠구나."

"나 위로받는 거 맞지?"

"당연하죠."

그녀의 행동이 귀여우면서도 어쩐지 굴욕적인 기분이 들었다.

"이상하다. 근데 왜 자꾸 놀림당하는 기분이지."

"우리 수혁 어린이 삐쳤어요?"

식탁 의자에서 느릿하게 일어난 수혁이 콧바람과 함께 한쪽 입꼬리를 티 나게 올렸다.

"애도 아니고 삐치긴 누가 삐쳤다고 그래."

"에이, 삐쳤네. 삐쳤어."

"최라엘, 그만해."

오늘따라 수혁이 왜 이렇게 귀여워 보이는 건지. 라엘은 평소보다 한껏 장난기를 발산하며 손가락으로 그의 옆구리를 살짝 찔렀다.

"수혁 씨, 설마 진짜 삐친 거 아니죠? 에이 장난 한번 친……!"

순간 가만히 서 있던 그가 순식간에 움직여 라엘을 뒤에서 덥석 안아 제 품 안에 가뒀다.

"내가 그만하라고 했지?"

알싸한 향수 속에 퍼지는 중저음의 목소리가 그녀의 귓가에 열을 더했다.

"……!"

수혁이 아프지 않게 그녀의 귀를 살짝 깨물자 예고 없이 밀려든 자극에 라엘이 움찔거렸다.

"이런 걸 전세 역전이라고 하나?"

"글쎄요. 난 무슨 소리인지 모르겠네……."

"아! 실컷 놀려놓고 모른 척을 하시겠다."

"놀리긴 누가 놀렸다고. 수제비 마저 만들어야 하니까 이거나 어서 풀어줘요."

라엘이 어깨를 살짝 비틀며 빠져나오려 했지만 수혁은 그녀를 더 꽉 끌어안았다.

"싫어."

"수혁 씨!"

"무서워라. 우리 촉새 목소리 높아진다. 알았어. 풀어줄게. 대신 '잘못했어요' 해봐."

"남자가 삐쳐가지고. 알았어요. 그게 뭐 어렵다고. 잘못…… 내가 할 줄 알았죠? 싫어! 안 해. 못 해."

"그럼 나도 해야지. 네가 가장 못 견디는 거. 어디!"

"아니…… 잠시만요!"

순간 싸한 분위기를 감지한 라엘이 빠르게 그를 저지하려 했지만 때는 이미 늦어버렸다.

"꺄!"

살짝 약이 오른 그가 기다란 손가락을 이용해 그녀의 옆구리를 간지럽히기 시작한 것이다.

라엘은 어릴 적부터 유독 간지러움에 약했는데, 수혁은 이미 그 사실을 너무도 잘 알고 있었다.

"엄마야! 그만⋯⋯."

커다란 웃음소리와 함께 다리에 힘이 풀린 그녀는 간신히 그에게 의지하며 커다란 손을 저지했다.

"수혁 씨, 그만해요."

"항복?"

"항복! 항복!"

이윽고 라엘의 입에서 항복이란 소리가 들리자 기다란 손가락이 멈췄다.

"하아! 하⋯⋯."

수혁이 식탁 의자에 앉으며 그녀를 자신의 무릎 위에 옆으로 앉히고, 넘어지지 않게 허리를 감싸 안았다.

"나 간지러움에 약한 거 알면서."

"아니까 그랬지. 자꾸 괴롭히고 싶어서⋯⋯."

"하여간 진짜 못됐어."

라엘이 손바닥으로 넓은 어깨를 찰싹 때렸다.

"오늘 잘 보냈어요?"

언제부터인가 두 사람은 늘 서로의 하루 일상을 공유했다.

특별할 것 없는 평범한 하루도 상대방은 소중하게 기억해주기 때문에 두 사람 다 이 시간을 빠뜨리지 않았다.

"이제 곧 행사니까 임원회의 하고 이틀 안으로 미국에서 업무상 중요한 손님이 와서 이전 계약서 좀 살펴봤어. 우리 촉새는?"

"음……. 나는 일단 한 선생이 오랜만에 와서 같이 점심을 먹었어요."

"오랜만에 봐서 반가웠겠다."

"반가웠어요. 그리고 사모님이 찾아오셨어요."

이미 알고 있던 사실이기에 수혁은 크게 놀라지 않았다.

"어머니가 아침에 말씀하셨어. 말을 할까 생각했는데 일부러 말 안 했어."

"왜 말 안 해준 건지 물어봐도 돼요?"

"내가 이야기를 했다면 어머니가 찾아가기 전까지 네가 계속 걱정스런 마음으로 있을 거잖아. 그게 싫어서 말 안 했어."

자신을 배려하는 그의 마음이 느껴져 라엘의 입가에 미소가 피어올랐다.

"혹시, 속상한 소리 듣지 않았어?"

"전혀요. 사모님 좋은 분이시잖아요."

"물론 나에게 있어 어머니는 누구보다 좋은 분이시지. 근데 그건 내가 어머니의 아들이니까 그런 거잖아. 난 어머니가 너에게 좋은 사람으로 다가갔으면 좋겠어."

"이미 충분히 그러고 계세요. 수혁 씨?"

라엘은 수혁을 불러놓고 말이 없었다. 살짝 고개를 옆으로 꺾으며 그저 천천히, 은밀하게 그를 바라봤다.

밤하늘을 심어다 놓은 칠흑같이 까만 눈동자 속에 자신의 모습이 비쳐졌다. 넓은 어깨 위에 있던 작은 손이 그의 얼굴 위로 닿았다.

짙은 눈썹과 오똑한 콧날을 미끄러지듯 내려온 손이 그의 뺨을 어루만졌다.

라엘은 감춰진 보물을 발견한 탐험가의 눈빛으로 찬란한 수혁의 이목구비에 애정을 심어 넣었다.

그렇게 아무 말 없이 한동안 그를 바라보던 커다란 눈동자가 유려하게 휘어지고 붉은 입술 위로 미소가 흘러나왔다.

"뭐야⋯⋯. 설레게."

방해하지 않고 가만히 그녀를 지켜보던 수혁은 해사한 미소에 저도 모르게 속마음이 튀어나왔다.

"수혁 씨⋯⋯."

조금 전에도 그러더니 라엘은 수혁을 불러놓고 또다시 말이 없었다.

대신 탐스러운 붉은 입술이 그의 이마에 내려앉더니 이내 입술에 입을 맞췄다.

수혁은 그녀의 애정 어린 입맞춤에 더없이 기분 좋았다.

"고마워요."

"⋯⋯?"

"어떻게 그런 멋진 말을 할 수가 있어요."

"혹시 우리 스무고개 하는 거야?"

그는 고맙다는 표현으로 시작한 라엘이 어떤 말을 하려는 건지 아리송했다.

"사모님이 대화 말미에 이런 말을 하셨어요. 아침에 수혁 씨를 보러 갔는데 나에 대해 이야기를 하다가 문득 수혁 씨가 이런 말을 했다면서요."

'어머니, 라엘이는 제가 자신보다 더 사랑하고 아끼는 내 사람이에요. 그러니 어머니가 절 보는 눈빛으로, 절 대하는 마음으로

라엘이를 봐주셨으면 해요. 한없이 따뜻한 눈빛과 사랑하는 마음으로 그렇게 아껴주세요.'

오늘 아침 방을 찾아온 연이에게 수혁이 전한 말이었다.

어머니가 그녀를 어떻게 생각하는지 잘 몰랐던 그는 자신의 의견을 강하게 설득하기보단 현명하게 다가갔다.

연이는 저 말을 듣고 라엘이 수혁에게 어떤 존재인지 확실히 깨달았다.

"나 그 말 듣고 나서 속으로 얼마나 울컥하고 감동받았는지 몰라요."

사랑하는 자식을 바라보는 어머니의 눈으로 자신을 봐달라니.

그녀는 저 말을 듣는 순간 심장이 따뜻함 속에 녹아드는 기분이었다. 또한 지금까지 살면서 들어본 가장 감동스러운 말이라고 생각했다.

"그거 알아요? 수혁 씨 옆에 있으면 매 순간 사랑받고 있다는 느낌이 들어서 내가 특별한 사람이 된 것 같아요. 고마워요."

"나한테 넌 세상 누구보다 특별해."

서로를 향해 마주한 시선이 한없이 따사롭다.

"그리고 이건……."

라엘이 두 손으로 그의 얼굴을 부여잡고 '쪽' 소리와 함께 입을 맞췄다.

"상이에요."

"상이 너무 작은데. 좀 더 큰 상으로 주면 안 돼?"

"좋아요. 근데 더 큰 상이 뭔데요?"

"이거."

짧게 답을 남긴 수혁은 곧장 라엘의 입술을 머금었다.

부딪힌 입술 사이에 더 이상 머뭇거림과 수줍음은 없어졌지만, 그만큼 농밀함이 더해졌다.

"하아!"

작은 손가락이 그의 머리카락 사이로 파고들었다. 가녀린 허리가 살짝 뒤로 밀려나자 수혁이 자신의 품으로 더 밀착해 끌어당겼다.

밀려드는 숨결은 점점 더 빨라지고 온도는 상승했다.

라엘의 혀를 휘감은 수혁은 오랫동안 그녀의 달콤한 입 안을 유랑했다.

맞닿은 혀끝에서 느껴지는 부드럽고 치명적인 감촉이 서로를 더 강렬하게 집어삼켰다.

라엘은 수혁의 키스에 중독될 것만 같았다. 그 아찔한 중독 끝에 짜릿한 흥분이 입술에서부터 전신을 타고 돌았다.

한참 동안 그녀의 입술을 탐한 그가 정성스레 붉은 입술을 핥으며 느릿하게 떨어졌다.

"나…… 더 좋은 상 받고 싶은데 안 될까?"

그가 말하는 더 좋은 상이 무엇을 의미하는지 라엘은 너무나 잘 알고 있었다. 게다가 저렇게나 섹시한 눈빛으로 저런 말을 하다니…….

그의 유혹은 페어플레이가 되기 힘들다.

"후!"

하지만 그럼에도 불구하고 라엘은 치고 올라오는 본능을 간신히 잠재우며 이성을 되찾았다.

"안 돼요. 우리 수제비도 마저 만들어야 하고 또……."

"또, 뭐? 혹시 형님이라면 오늘 늦게 오신다고 했잖아."

하! 하필 라준이 늦게 온다는 얘기를 왜 굳이 했을까 싶은 라엘
이었다.

"수제비는 이따 계속 만들면 돼. 그러니까……."

수혁이 라엘의 무릎 밑으로 손을 넣고 번쩍 안아 들자 그녀의
몸이 순식간에 공중에 떠올랐다.

"상 더 줘."

"아니! 잠시만. 수혁 씨, 정신 좀 차려요."

"나 멀쩡해."

"하나도 안 멀쩡하거든요."

라엘은 침착하게 그를 말리려 했지만 쉽지 않았다. 어느새 방
안으로 들어온 수혁이 그녀를 침대 위에 살포시 내려놓았다.

"정말 안 돼?"

수혁은 폭신한 이불에 빠져 있는 라엘을 애절한 시선으로 바라
보며 말했다.

"나 상 좀 주라."

"정말 미워 죽겠어."

"정말? 나 미워?"

"몰라요."

결국 라엘은 그의 눈빛에 함락당하고 말았다.

"몸에 밀가루도 묻고……."

"괜찮아. 내가 다 씻겨줄게."

그의 입술이 그녀의 이마에 내려앉고, 커다란 손길이 새하얀 티
셔츠 안으로 부드럽게 들어왔다.

"수제비 끓여야 하는데……."

귀여운 목소리로 수제비를 찾는 라엘의 입술 위로 진하게 입을

맞춘 수혁은 손에 쥔 상의를 침대 밑에 떨어뜨리며 그녀에게 몸을
내렸다.

　오랜만에 본채 다이닝룸에 맛있는 냄새가 가득 퍼졌다.
　몇 달 만에 함께 모인 셸튼가 식구들을 위해 요리장 기자는 간
만에 음식 솜씨를 발휘했다.
　"어머니, 이 더덕 좀 드셔보세요. 제철이라 그런지 향이 아주 좋
아요."
　빨간 고추장 옷을 입을 튼실한 더덕구이가 식탁에 오르자 연이
는 김 여사가 먹기 편하도록 그릇을 가까이로 옮겼다.
　그리고 다시 주방 쪽으로 걸어가 꼬막전이 담긴 그릇을 내려놓
으며 이 회장 밥그릇 위에 올려놓았다.
　"당신이 좋아하는 꼬막이에요. 영국에서 이거 드시고 싶다고 했
잖아요. 많이 드세요."
　"그만 일어나고 당신이나 좀 먹어."
　"그래. 애미 네가 자꾸 일어나고 그러면 간만에 솜씨 발휘한 요
리장이 할 일이 없어지잖니."
　"역시 우리 여사님이 제 맴을 꿰뚫어 보시네요."
　따뜻한 보리차가 담긴 투명한 주전자를 식탁에 내려놓은 요리
장이 김 여사의 말에 힘을 보탰다.
　"그런가요?"
　"네. 사모님도 얼른 맛있게 드세요."
　"그럴게요. 수고했어요."
　"그나저나 수혁이가 안 보이는구나?"
　"오늘 일이 있어서 좀 늦는다고 했어요."

연이의 표정을 본 김 여사는 그 일이 라엘을 만나는 거라는 걸 대번에 알아채고 흐뭇하게 고개를 끄덕였다.

"하긴 젊은 사람이 밖으로 나가 사람도 만나고 자꾸 어울려야 인연이 생기고 하지."

"맞아요, 어머니."

"혹시라도 수혁이 늦게 들어온다고 뭐라고 하지 말고 애처럼 어디 갔다 왔냐고 묻지도 마."

김 여사는 마치 이 회장에게 말하는 듯한 뉘앙스로 아들이 앉아 있는 쪽으로 고개를 돌려 말했다.

"그나저나 테마파크 오픈식이 코앞이라 출장에서 돌아와도 우리 이 회장이 많이 바쁘겠어."

"저도 그럴 거라고 예상했는데 수혁이 녀석이 준비를 잘 해놔서 제가 크게 바쁠 것 같진 않아요."

저녁 식사에 집중하고 있던 이 회장이 말했다.

"확실히 경영 쪽에 소질이 있는 것 같아요."

"당신 지금 수혁이 말하는 거 맞죠?"

"그래."

이 회장은 가족이라 해도 회사 일에 관해서는 누구보다 철저하고 그 잣대가 분명한 사람이었다.

그런 그가 수혁을 칭찬하자 연이는 자신이 칭찬받는 것처럼 기분 좋은 표정을 지었다.

"예전에 수호랑 수혁이가 회사에 막 들어왔을 때 회장님이 이런 말을 하셨어. 손주 녀석 둘 다 일머리가 좋아서 나중에 태준이가 든든하겠다고. 회장님이야 워낙에 손주 사랑이 끔찍하셨으니까 그런가 보다 했는데 태준이 네가 그런 말을 하니 진짜인가 보구나."

"아직 부족한 면도 있고, 배울 것도 많아요. 아버지 말대로 든든할지는 더 두고 봐야죠."

방금 전 칭찬했던 말이 무색하게 이 회장은 김 여사의 말에 딱딱하게 반응했다.

"얘, 아범아?"

"네, 어머니."

"수혁이 아픈 거 낫고 후계자로 정식 일 시작한 지 얼마 안 됐어. 충고보단 칭찬이 더 필요한 때야. 내 말 무슨 뜻인지 알겠니?"

"예, 어머니."

식사를 끝낸 세 사람 앞에 과일과 함께 찻잔이 올라왔다.

"영국에서 이 사람한테는 이야기했는데, 마침 수혁이도 없고 어머니도 당연히 아셔야 할 것 같아서요."

이 회장이 뿜어내는 묵직한 분위기를 느낀 모든 직원들이 다이닝룸을 서둘러 빠져나갔다.

"목소리를 들으니 중요한 대화 같구나."

"네. 중요해요."

"수혁이가 들으면 안 되는 거니?"

"아직은요."

메인 주제를 꺼내지 않았지만 연이도 김 여사도 이 회장이 하려는 말이 수혁에 관한 것이라는 걸 다 알고 있었다.

"차일드그룹에서 수혁이 혼사가 들어왔어요."

불투명한 파일에 들어 있던 빳빳한 종이 한 장이 김 여사 앞에 놓아졌다. 시라의 사진과 간단한 인적사항이 적힌 소개 글이었다.

"능력 있고 유능한 인재예요. 어머니 보시기엔 어떠세요?"

"얼굴도 예쁘장하고 집안도 좋고 똑똑한 사람 같구나."

긍정적인 김 여사의 말에 이 회장의 표정이 한결 부드러워졌다.

"근데 아범아, 한 가지 물어봐도 되겠니?"

"말씀하세요."

"넌, 차일드그룹 막내딸을 수혁이 결혼 상대로 마음을 굳힌 거니?"

"거의 그렇다고 볼 수 있죠."

1초도 망설임 없는 답변에 조용히 대화를 듣고 있던 연이의 표정이 살짝 구겨졌다.

"어디 하나 흠잡을 데가 없는 아이니까요. 앞으로 수혁이를 잘 서포트해줄 수 있는 인물이라고 생각합니다."

"그럼 수혁이 마음은? 이 혼사의 주인공인 수혁이의 의견과 마음이 가장 중요하다고 생각하지는 않고?"

"수혁이한테 필요한 사람이에요."

"여보, 수혁이한테 필요한 사람은 수혁이가 직접 선택하는 거예요."

조용하던 연이가 핵심이 담긴 말을 던졌다.

"그건 지금 연이 말이 백번 맞아."

"……"

이 회장은 잠시 말이 없었다. 생각지 못한 김 여사의 반응에 살짝 당황함을 느낀 시선이 시라의 사진 위로 옮겨졌다.

"평범한 집안의 혼사를 정하는 게 아닌데……. 어쩐지 어머니께서 반대하시는 것처럼 들리네요."

"반대를 하고 안 하고의 문제가 아니야. 태준아, 오해하지 말고 들어. 혹시 차일드그룹 막내딸인 김 실장이 수혁이한테 필요한 게 아니라, 우리 회사에 또는 너 자신한테 필요하다고 생각한 건 아니겠지?"

"그건……."

정곡을 찔린 건지 직진으로 날아온 김 여사의 말이 신경이 쓰인 건지 정확히 알 순 없었다.

하지만 한 가지 확실한 건 이 회장의 얼굴 속에 불편함이 가득했다.

"이 문제는 수혁이가 이 사실을 알고 난 후 당사자의 생각을 듣고 결정하는 게 좋을 것 같구나. 그리고 수혁이의 행복을 위해서라도 결혼 상대만큼은 수혁이 스스로가 선택했으면 한다. 태준이 너도 그 정도 양보는 할 수 있지 않겠니?"

드르륵.

대리석 바닥 위로 거친 의자 소리가 일어났다.

"어머니 혹시나 해서 말씀드리지만 사랑이 밥을 먹여주진 않습니다. 검토해야 할 서류가 있어서…… 먼저 일어나 보겠습니다."

"어머니, 어떡해요. 저 사람 고집부리면 못 말리는데……."

걱정 가득한 눈빛으로 연이가 김 여사를 쳐다봤다.

"태준이가 어릴 때부터 가끔씩 자신의 생각이 맞다 싶으면 고집을 부리고 밀고 나가는 버릇이 있었어. 그런데 연이야, 태준이의 저 고집스러운 성격이 누굴 닮은 줄 아니?"

심각한 분위기와 어울리지 않게 김 여사는 입꼬리를 슬며시 올리며 턱을 매만졌다.

"네?!"

"날 닮았어. 여전히 눈에 넣어도 아프지 않은 아들이지만, 늙은 이가 고집을 부리면 어떤 일이 생기는지 쟤가 아직 잘 몰라."

23화. 세상에서 가장 정확하다는 엄마의 촉

"라엘아?"

"응…… 엄마야!"

그의 부름에 돌아서던 라엘의 몸이 별안간 가뿐하게 허공으로 올려졌다.

수혁이 깨끗하게 정리된 한쪽 싱크대 위에 그녀를 들어 앉히고 바로 앞에 마주 섰다.

커다란 손이 봉긋한 이마 뒤로 넘어가더니 동그란 머리 위를 쓰다듬고 내려와 핑크빛 뺨에 머물렀다.

수혁은 나머지 한 손을 들어 양손으로 라엘의 얼굴을 부여잡고 자신을 보며 배시시 미소를 그리는 입술에 버드 키스를 남겼다.

달콤하고 알싸한 서로의 향기가 두 사람의 후각을 기분 좋게 건드렸다.

"왜…… 그렇게 쳐다봐요."

"멋있어서."

예쁘다는 소리는 자주 해주는 그였지만 멋지다는 소리는 처음 듣는 라엘이었다.

"멋있어요? 내가? 수혁 씨가 아니라?"

그녀는 문득 들려온 멋있다는 소리의 의미가 궁금해졌다.

"어. 내가 아니라, 너 최라엘. 내가 사랑하는 네가 멋있어."

아직 이유도 듣지 않았는데 툭툭 내뱉듯이 쏟아지는 그의 말이 라엘을 두근거리게 만들었다.

"요즘 자꾸 비행기 태워서 멀미나겠어요."

괜스레 민망한 라엘은 넓은 가슴에 머리를 살짝 박으며 어색하게 웃었다.

"그럼 멀미 안 나는 기분 좋은 비행기 탈래?"

탁.

갑자기 가스레인지 불이 꺼지는 소리와 함께 그 불꽃이 수혁의 눈동자로 옮겨졌다. 까만 눈동자가 늑대처럼 이글거렸다.

"⋯⋯!"

아주 잠시 '기분 좋은 비행기'가 무슨 소리인가 생각하던 라엘은 불현듯 짐승 같은 수혁의 모습이 머릿속에 떠올랐다.

"미쳤나 봐, 진짜!"

안 그래도 가까운 거리를 자신에게 점점 더 밀착해오는 그의 넓은 가슴팍을 쳐대며 목소리를 높였다.

"몰랐어? 난 최라엘한테 늘 미쳐 있어. 24시간, 언제나⋯⋯."

이게 도대체 어떻게 된 건지.

그저 수제비가 익을 동안 서로 칭찬을 주고받던 건전한 분위기가 왜 19금으로 변한 건지 라엘은 알 수 없었다.

'안 돼! 안 된다고.'

라엘은 속으로 외치며 수혁의 유혹적인 눈빛에 눈을 질끈 감고 고개를 좌우로 도리질 쳤다.

물론 그와 사랑을 나누고 싶은 마음이 없는 건 아니었다.

다만 집에서 두 사람의 분위기가 무르익을 때마다 누군가가 오는 바람에 라엘은 조심스러울 수밖에 없었다.

"수혁 씨?"

"그렇게 다급하게 부르지 않아도 나 어디 안 가."

다급함을 토로하는 그녀와 달리 그는 세상 모든 여유로움을 전부 품은 듯한 미소로 느긋하게 말했다.

"수제비! 우리 수제비 먹어야죠. 수혁 씨 배고프잖아요."

"어떡하지. 갑자기 배가 하나도 안 고픈데."

"내가! 내가 고파요. 나 배고파요."

"아니, 촉새 배 안 고파."

배고프다는 라엘의 말에도 불구하고 수혁은 아니라고 딱 잘라 말했다.

"거짓말하지 마요. 내가 배 안 고픈지 수혁 씨가 그걸 어떻게 알아요?"

"일단 우리 촉새는 배고픈 걸 못 참아. 배가 고프면 목소리 톤이 살짝 올라가고 단정한 일자 눈썹이 산 모양이 되며 앙칼진 고양이처럼 눈꼬리가 살짝 올라가지. 그리고 결정적으로 우리 아까 마트에서 장 보면서 핫도그 먹어서 수제비 얼마 못 먹겠다고 한 말 기억 안 나?"

라엘은 잠시, 아주 잠시 잊고 있었다. 눈앞의 이 남자는 자신에 관해 모르는 게 없다는 사실을.

반박할 수 없는 완벽한 공격에 그녀가 심통 난 듯 자신의 아랫

입술을 깨문 그때였다.

"내 허락 없이⋯⋯."

그 순간 수혁이 그녀의 턱 끝을 잡더니 순식간에 깊은 키스를 시작하며 붉은 입술 안으로 빠르게 들어왔다 아쉬움을 남긴 채 빠져나가며 뇌쇄적인 목소리로 낮게 읊조렸다.

"예쁜 입술 깨물지 마."

"뭐예요. 내 입술이 수혁 씨 거예요?"

"몰랐어? 내 전부가 최라엘 거 듯이 최라엘도 이수혁 거야."

"⋯⋯."

찰나의 순간, 머릿속으로 그를 진정시키려는 생각을 하던 라엘은 자신감 있게 치고 들어오는 그의 멋진 멘트에 잠시 할 말을 잃었다.

"우리 라엘이 왜, 갑자기 꿀 먹은 벙어리가 됐을까."

"아 참! 수혁 씨, 우리 낼 어디 간다고 하지 않았어요?"

"맞아."

"중요한 곳이라면서요."

"어. 중요한 곳이야."

"거기가 어딘데요? 나 무지 궁금한데⋯⋯."

창과 방패의 대결도 아니고, 비행기를 띄우려는 수혁의 창과 막으려는 라엘의 방패가 숱하게 부딪히는 두 사람의 대결이 볼만했다.

"싫어. 비밀이야. 내일 가보면 알아. 더 이상 할 말 없으면 이제 비행기 타도 되는 거지?"

"맞다! 오빠요, 오빠. 이제 곧 라준이 오빠 올 시간 다 됐어요. 그러니까 수혁 씨도 이제 장난 그만하고 우리 수제비⋯⋯."

마지막 남은 라준을 방패 삼아 열변을 토하던 그때 식탁 위의 휴대폰에서 진동이 울렸다.

"어? 오빠 전화네."

호랑이도 제 말 하면 온다더니 발신인은 개또 라준이었다.

"내 말 맞죠? 아마 오빠가 집에 온다는 전화일 거예요."

수혁이 긴팔을 뻗어 라엘의 귀에 전화를 대줬다.

-여보세요? 라엘아?

"어, 오빠. 나야. 끝났어? 지금 집에 오는 중이야?"

-라엘아?

평소와 달리 장난기 쏙 뺀 라준이 상또가 아닌 이름을 부르자 라엘은 불안감이 엄습했다.

뭔가 난감하거나 미안한 일이 생길 때마다 드러나는 라준의 습관이었다.

-나 조금 늦을 것 같아. 유리 씨한테 연락이 와서 지금 만나러 가는 길이거든.

"유리 씨한테 연락 왔구나. 그래. 만나야지."

-나 신경 쓰지 말고 문단속 잘하고 먼저 자.

"안녕하세요, 형님. 저 이수혁입니다."

승리의 여신의 손을 잡은 미소와 함께 수혁이 라준에게 인사를 건넸다.

-어, 지금 두 사람 같이 있어?

"네, 형님. 라엘이랑 데이트 중입니다."

-그래? 잘됐네. 이따 라엘이 좀 잘 데려다줘.

"그럼요. 제가 직접 문단속까지 잘 확인하겠습니다."

통화를 끝낸 그는 휴대폰을 내려놓고 라엘을 빤히 바라봤다.

"라엘이 어떡하나. 더 이상 핑계도 없을 텐데……."

그녀의 볼을 살짝 잡아당긴 수혁은 라엘의 다리를 제 허리에 감으며 그녀를 사뿐히 안아 들었다.

"됐거든요."

라엘이 그의 목에 팔을 감고 귀엽게 눈을 흘기며 말했다.

"이제 진짜 비행기 타러 간다."

"싫은데, 누구 맘대로."

"정말 싫어? 우리 라엘이가 싫다고 하면 난 또 손가락 하나 안 건들지. 정말 싫어?"

"수혁 씨 지금 엄청 미운 거 알아요?"

"나 미워?"

"몰라요. 정말 미워 죽겠어."

"난 네가 예뻐 죽겠는데."

라엘의 두 뺨에 입술을 맞추며 수혁의 발걸음이 방으로 향했다.

"수제비 다 붇겠어요."

"괜찮아. 내가 다 먹을게."

철컥.

서로의 입술을 탐하는 소리와 함께 방문이 닫혔다. 그 뒤로 야릇한 목소리가 방문 너머 들려오고, 두 사람은 몇 번이나 아찔한 비행기에 탑승하며 뜨거운 사랑을 나눴다.

그리고 수혁은 그날 붇은 수제비를 맛있게 전부 다 먹고 집으로 향했다.

요 근래 진행했던 강의를 마치고 강의실을 나온 라엘은 엘리베이터 버튼을 누르고 휴대폰 어플로 지하철 시간을 확인하고 있었다.

복잡한 시내여서 차를 두고 온 것도 있었지만 라준이 선생님들과 등산을 가는 바람에 차를 끌고 올 수 없었다.

그런데 화면을 주의 깊게 보던 라엘의 얼굴이 별안간에 환해지더니,

"……어!"

갑자기 비상계단으로 뛰어갔다.

"여보세요? 아부지."

-어, 우리 딸. 아빠다.

여행 간 부모님한테서 걸려온 전화였다.

"안 그래도 어제 메시지도 안 보내시고, 아침에도 연락이 없으셔서 오빠랑 걱정했어요."

-걱정했구나. 정신이 없어서 깜빡했어.

"이제 3일 뒤엔 아빠 엄마 보겠네. 아침 비행기 맞죠?"

사는 게 바빠 평생 해외여행을 못 간 부모님을 위해 라준과 라엘은 거하게 효도여행을 보내드렸었다. 그리고 오랜 여행을 마치고 드디어 며칠 뒤가 부모님의 귀국 날이었다.

-라엘아? 저기…… 그게 말이다.

"아빠 목소리가 왜 그래요? 혹시 무슨 일 있어요?"

라엘은 머뭇거리는 풍호의 말투에 걱정이 앞섰다.

-실은 아빠 엄마, 지금 일본 공항이야.

"네?!"

"어디로 모실까요?"

"인천공항으로 가주세요."

빠르게 택시에 올라탄 라엘이 급히 행선지를 밝히며 수혁에게

전화를 걸었다.

"수혁 씨, 나예요. 정말 미안한데 오늘 약속 못 갈 거 같아요."

-왜? 무슨 일 있어?

"부모님이 사정이 생겨서 급히 귀국하신대요."

-뭐? 정말? 괜찮으신 거야?

수혁도 그녀만큼이나 놀란 반응을 보였다.

-지금 어디야? 내가 갈게. 나랑 같이 가.

"아니에요. 나 괜찮아요. 혼자 갈게요."

-내가 안 괜찮아.

휴대폰 너머 수혁의 단호한 목소리가 그녀의 고집을 꺾었다.

-빨리 말해. 어디야.

거듭된 수혁의 재촉에 라엘은 결국 그가 말한 장소로 가기로 했다.

"네. 거기 알아요. 그럼 거기서 봐요."

그 시간 라엘의 어머니가 다쳤다는 소식을 들은 수혁은 열 일을 제쳐두고 사무실을 뛰쳐나갔다.

한 시간 뒤.

인천공항에 도착한 라엘과 수혁은 게이트 근처 커피숍에 앉아 있었다.

"어머님 많이 다치신 건 아니지?"

"네. 직접 보지 않아서 확실하진 않지만 말씀하시는 거 들어보면 발목 접질린 것 같아요."

"다행이다. 그래도 일단 병원 가보시는 게 좋아. 근육이 놀란 거면 괜찮지만 인대가 늘어난 걸 수도 있어. 접질린 거 만만히 보면 안 돼."

"네. 그러는 게 좋겠어요."

진동 벨이 울리자 따뜻한 코코아 한 잔을 가져온 수혁이 라엘에게 권하며 어깨를 감쌌다.

"많이 놀랐겠다. 마셔. 좀 진정될 거야."

"이제 괜찮아요. 그나저나……."

코코아를 한 모금 마신 그녀의 미안한 눈빛이 수혁에게 향했다.

"미안해요, 수혁 씨."

"무슨 소리야."

"오늘 중요한 약속이었잖아요. 나 때문에 약속 취소돼서……."

끝내 어디를 가는지 그는 알려주진 않았지만, 며칠 전부터 강조한 오늘의 일정이 꽤나 중요한 거라는 걸 라엘은 알 수 있었다.

그런데도 일말의 망설임 없이 자신에게 와준 그가 정말 고마웠다.

"그런 말이 어디 있어. 지금 이 일에 비하면 오늘 일정은 하나도 중요하지 않아."

수혁은 자신의 손을 잡는 라엘의 손가락 사이에 부드럽게 깍지를 끼었다.

"내일이고 모레고 언제든지 다시 가면 돼. 그러니까 미안해하지 마. 알았지. 대답?"

"알았어요. 대신 고마워는 할게요."

"근데 라엘아, 나 괜찮아? 이상하지 않아?"

"아니요. 괜…… 수혁 씨, 설마 긴장했어요?"

지금까지 놀란 마음을 진정시키느라 몰랐던 라엘은 그가 긴장했다는 걸 알게 됐다.

"그러게. 긴장되네."

늘 완벽한 모습으로 라엘의 부모님께 인사드리는 장면을 생각했었다. 그런데 갑작스럽게 찾아온 상황에 수혁은 저도 모르게 긴장감을 느꼈다.

"긴장하지 마요. 수혁 씬 언제나 최고로 멋있어요."

그러고 보니 오늘은 수혁이 라엘의 부모님을 처음으로 뵙는 자리였다.

커피숍에서 나온 두 사람은 게이트 근처로 향했다.

"수혁 씨?"

라엘이 자신의 손을 꼭 잡고 서 있는 수혁의 팔을 살짝 당겼다. 그러더니 보란 듯이 얼굴근육에 잔뜩 힘을 주며 경직된 표정을 만들었다.

"지금 수혁 씨 표정이 나랑 똑같은 거 알아요?"

"내가?"

"응. 똑같아요. 아직도 긴장돼요?"

긴장되냐고 묻는 말에 수혁은 말없이 깍지 낀 라엘의 손을 슈트 재킷 안쪽으로 가져갔다.

얇은 셔츠 안쪽에서 느껴지는 그의 왼쪽 가슴이 제법 두근거리는 것을 알 수 있었다.

"난 수혁 씨는 긴장 같은 거 안 할 줄 알았어요."

"나도 사람인데. 게다가 여자 친구 부모님 처음 뵙는 자리는 당연히 긴장되지. 부모님은 어떤 분이셔?"

따뜻한 온기가 가득한 작은 손을 꼭 잡고 그녀의 부모님을 기다리던 그는 문득 어떤 분들인지 궁금해졌다.

그러고 보니 지금까지 수혁은 자신의 부모님에 관해서는 이야기를 꽤 했었는데 라엘의 부모님에 관해서는 자세히 묻지 않았었다.

"우리 부모님이요?"

"응. 궁금해."

"엄마는 강인함 속에 소녀 감성이 있는 분이세요. 언제나 가족이 최우선이고, 너무 큰 욕심은 독이라며 평범한 현실에 감사하며 살아가는 분이세요."

"그러기가 쉽지 않은데, 어머님 멋진 분이다."

"맞아요. 우리 엄마 멋있어요. 엄마가 바라시는 게 딱 하나 있는데, 오빠랑 내가 좋은 짝을 만나 행복해지는 거예요."

수혁이 그윽한 눈빛으로 라엘을 내려다보며 자신 있게 말했다.

"형님도 그렇고 우리 라엘이도 그렇고, 어머님 바람은 곧 이뤄지겠네. 그럼 아버님은?"

"아부지는 아……. 어떻게 말해야 하나. 사실 우리 아부지는 굉장히 불같으시고 엄격하고 무서우세요."

"아버님께서 남자다우신가 보다."

뭔가 만만치 않은 소개에 수혁의 표정이 심상치 않게 변했다.

"아! 그리고 운동을 하셨어요."

"운동 좋아하시는구나. 나도 운동 좋아하는데. 어떤 운동 하셨는데?"

"유도랑 복싱, 그리고 역도에 철인삼종 경기……."

"철인삼종 경기까지. 정말 아버님께서 그 운동을 다 하셨어?"

"아니요."

라엘은 당연하다는 표정과 함께 아니라고 딱 잘라 말했다.

"하나 하기도 힘든 그 운동을 전부 다 어떻게 해요. 우리 아부지는 무뚝뚝하지만 속정도 깊고 따뜻하신 분이에요. 실은 수혁 씨 긴장 풀어주려고 장난 좀 쳤어요."

"……뭐라고? 하하!"

"긴장이 좀 풀리지 않아요?"

"역시 너한테는 못 당하겠네. 좀이 아니라 완전히 풀렸어."

라엘 덕분에 긴장이 풀려버린 수혁은 조금은 편안한 마음으로 게이트를 응시했다.

"라엘이만 나온다고 했지?"

"라준이는 개학 앞두고 학교 선생님들하고 단합대회 갔대요."

게이트를 나온 두 사람은 주변을 살피며 라엘을 찾기 바빴다.

"사람들이 많네."

"그러게요. 우리 딸이 어디 있…… 저기 있네. 여보! 라엘이 저기 있네요."

라엘을 먼저 발견한 덕희는 얼굴을 밝히며 풍호의 어깨를 툭툭 쳤다.

"어디?"

"저기 왼편에 있잖아요."

"그러게. 우리 딸 저기 있네."

저만치서 손을 흔드는 라엘을 보며 덕희도 덩달아 손을 흔들었다. 오랜만에 딸을 본 두 사람의 표정에는 누구보다 반가움이 가득 느껴졌다.

"……!"

그런데 접질린 발로 걸음을 재촉하며 걷던 덕희의 발걸음에 점차 브레이크가 걸리더니 이내 무언가를 보며 멈춰버렸다.

"그러게 천천히 걸으라니까. 당신 다리 아파서 그렇지?"

"아니, 그게 아니라. 여보? 저기 라엘이 옆에 있는 키 큰 남자 보여요?"

오직 라엘만 보고 걸어가던 덕희의 시야에 수혁이 들어온 것이다.

"어, 보여."

"어머, 세상에! 여보, 저 남자 혹시 라엘이 남자 친구 아닐까요?"

"에이, 설마. 지금까지 아무 기색도 없었는데."

세상에서 가장 정확하다는 엄마의 촉을 지닌 덕희와 달리 풍호는 딱 잘라 아니라며 고개를 흔들었다.

"그냥 기다리는 사람이겠지."

하지만 덕희는 점점 더 라엘의 옆에 붙어서 다가오는 수혁의 모습을 보고 풍호에게 100%라며 확신했다.

"아부지, 엄마!"

"우리 딸 오랜만이다."

"엄마 발 괜찮은 거야? 아부지도 몸살 기운 있다면서요."

오랜만에 만난 반가움과 함께 자신들을 걱정하는 라엘의 표정과 목소리는 이미 덕희에게 들리지 않았다.

그녀의 관심사는 오롯이 한 걸음 뒤에서 점잖게 서 있는 수혁에게 쏠려 있었다.

"아빤 약 먹어서 이제 괜찮아. 네 엄마는 병원 가봐야 할 것 같다."

"어떡하다 그러셨어요. 걸어오시는 거 보니까 살짝 절뚝이시던데, 우리 엄마 여행 가서 고생하셨네. 엄마 괜찮아? 엄마!"

"어, 어."

혼자 흐뭇한 상상을 하던 덕희는 계속된 부름에 그제야 정신을 차렸다.

"별거 아니야. 엄마 괜찮아. 근데 라엘아……."

그리고 세상 가장 우아한 표정과 교양 있는 목소리로 수혁의 존재를 물어봤다.

"같이 온 분은 누구시니?"

"아, 그게…… 내 남자 친구예요."

"안녕하십니까."

지금까지 가족의 상봉을 조용히 지켜보던 수혁이 한 발 앞으로 나섰다.

"라엘이 남자 친구 이수혁이라고 합니다. 처음 뵙겠습니다."

부드러운 음성과 적절한 미소를 탑재한 그는 너무 과하지도 또 너무 모자라지도 않게 고개를 숙이며 풍호와 덕희를 향해 정중히 인사를 건넸다.

"……!"

지금 이 갑작스러운 상황에 풍호는 어리둥절했다.

'어머나! 저 청년이 우리 딸 남자 친구라고…….'

여행하는 동안 유럽에 있던 소원의 벽에서 빌었던 소원이 드디어 이뤄진 것만 같았다. 덕희는 라엘이 남자 친구가 생겼다는 사실만으로 너무 기뻐 속으로 쾌재를 부르며 외쳤다.

'할렐루야!'

"엄마, 아빠 다 왔어요. 내리세요."

"아니, 라엘아. 여기가 어디니?"

덕희는 라엘의 말에 차창 밖을 보며 이곳이 어디인지를 물었다. 공항에서 인사를 나눈 후 차를 타고 이동하면서 덕희는 수혁에게 굳이 질문을 하지 않았다.

이따금씩 '불편하지 않으세요?'라고 묻는 수혁의 물음에 짧게 대답만 할 뿐이었다.

물론 묻고 싶은 말도 듣고 싶은 말도 이미 머릿속에 포화 상태를 이뤘지만 참고 또 참았다.

안 그래도 여자 친구의 부모님을 모시고 운전하느라 신경이 쓰일 사람에게 질문까지 더하고 싶지 않았기 때문이다. 그저, 두 사람이 대화를 하는 모습이 너무 예뻐 뒷좌석에서 시선을 고정한 채 흐뭇한 미소만 짓고 있었다.

"여기 병원이에요, 엄마."

"병원?"

"뭐, 병원이라고?"

병원이란 소리에 눈을 감고 조용히 있던 풍호가 창밖을 쳐다봤다.

잠귀가 밝아 비행기에서 잠을 설친 그는 살짝 눈을 감고 있다 잠이 들었기 때문에 도착한 곳이 어딘지 몰랐다.

"엄마 발 접질린 것도 그렇고 아빠 몸살기도 있고 해서 병원 들렀다 집에 가는 게 좋을 것 같아서요."

"여기 대학병원이잖아. 이 시간에 진료 보려면 한참 기다려야 하는데 엄만 괜찮으니까 그냥 집으로 가자."

주차장 밖에 서 있는 거대한 건물이 대학병원임을 말해주고 있었다.

"그래. 네 엄마가 괜찮다면 그냥 집으로 가자. 한숨 자고 내일 일찍 동네 병원 가면 돼."

명품 그림 같은 미소와 함께 잠자코 가족들의 대화를 듣고 있던 수혁이 적당한 타이밍에 두 사람을 불렀다.

"어머님, 아버님."

'어머님, 아버님'이란 두 단어만으로 덕희는 이미 수혁의 말에 귀를 기울일 모든 준비를 마쳤다.

"제가 잘 아는 분이 이 병원에 계세요. 오기 전에 연락드려서 오래 걸리진 않을 테니 두 분 치료받고 가시는 게 어떨까요."

"엄마 다리 다쳤다는 소리 듣고 수혁 씨가 먼저 병원 모시고 가자고 했어요. 그러니까 두 분 아무 걱정 마시고 어서 내리세요."

라엘까지 더해서 설득하는 탓에 두 사람은 결국 수혁을 따라 병원으로 들어갔다.

"발목 근육이 많이 놀라서 주사를 맞으셔야 하는데 조금 아프실 수도 있어요."

"네. 괜찮아요."

"안 아프게 놔드릴게요."

나이가 들어도 주사를 무서워하던 덕희는 눈앞에 놓인 상황 때문에 주사가 아픈 줄도 몰랐다.

원래 대학병원이라 함은 예약을 해도 잠깐의 기다림은 당연하게 생각하고 가는 곳이었다. 또한 진료 시간이 지나면 그때부터 응급실은 포화 상태기 때문에 바로 진료를 보는 것이 사실상 어려웠다.

그런데 엘리베이터를 타고 제일 꼭대기 층에서 내리자마자 문 앞에 대기하고 있던 다섯 명의 의료진으로 인해 진료는 동네 편의점 다녀오듯이 일사천리로 진행됐다.

게다가 세심한 진료와 함께 모든 사람들이 하나같이 친절했다.

"아버님은 다행히 몸살 기운은 떨어지셨어요. 처방해드리는 약 잘 드시고 어머님은 당분간 무리해서 걷는 건 피해주세요. 그리고 오랜 여행으로 체력이 떨어진 상태니 두 분 다 식사는 영양가 있게 챙겨 드세요."

"네. 감사합니다."

모든 진료가 끝나고 덕희는 처방전을 챙겨주는 간호사를 통해서 자신들이 진료 본 곳이 VIP 특별병동임을 알고 상당히 놀랐다.

집 앞에 차가 멈추자 수혁은 가장 먼저 내려서 덕희와 풍호의 차 문을 열어줬다.

"정말 고마워요. 덕분에 병원 진료도 잘 보고 집까지 편하게 왔어요."

"아닙니다, 어머님. 그리고 말씀 편하게 하세요."

"차차 편하게 할게요. 저기…… 그러지 말고 저녁 먹고 갈래요?"

모르면 몰랐을까 생각지도 못한 딸의 남자 친구를 본 덕희는 지금까지 참고 참았던 궁금함을 묻고 싶었다.

하지만 그렇다고 길바닥에 서서 물어볼 수도 없었고 때마침 고마운 마음도 표현할 겸 식사 초대를 권했다.

"여보."

덕희가 나긋한 목소리와 표정으로 풍호에게 눈짓을 보내자 그가 한마디 거들었다.

"그래. 자네 바쁜 일 없으면 저녁 먹고 가지."

"혹시 불편해서 그래요?"

"아닙니다, 어머님. 그게 아니라 두 분 쉬셔야 하는데 괜히 저 때문에 못 쉴까 봐 그게 염려돼서 그렇습니다."

입바른 소리가 아니라 정말 그랬다. 여행 갔다 돌아오면 그 피곤이 상당하다는 걸 알고 있는 수혁은 오늘 라엘의 부모님을 집에 모셔다드리는 것까지만 생각했다.

"아까 의사 선생님 말씀 들었죠? 영양식으로 밥 잘 먹으라고. 어차피 우리도 저녁 먹어야 해요."

"엄마 발목도 그렇고 피곤하지 않겠어?"

"어머, 애는. 피곤하긴. 치료를 워낙 잘 받아서 당장 뛰어다닐 수도 있겠다. 그리고 도움받고 이렇게 보내면 우리가 너무 미안하잖아."

덕희의 말을 들은 라엘은 수혁을 보며 고개를 살짝 끄덕였다.

"숟가락 하나만 더 놓으면 돼요."

"네. 그럼 저녁 먹고 가겠습니다."

"그래요. 어서 들어와요."

수혁은 세 사람을 따라 대문 안으로 들어갔다.

"밤에 커피 마시면 잠 안 올까 봐 수정과 준비했는데 괜찮아요?"

덕희는 저녁 준비 전 잠시 수혁과 대화를 하기 위해 테이블에 앉았다.

"네, 어머님. 수정과 좋아합니다."

"막상 손님 초대해놓고 치우지도 못하고 지저분해서 미안해요. 우린 이렇게 살아요."

지저분함이 전혀 느껴지지 않는 깨끗함 그 자체였다. 덕희의 지저분하다는 말은 손님이 오면 엄마들이 자주 하는 인사말 같은 말이었다.

"사람 사는 게 다 똑같지. 이 정도면 깨끗한 거야."

"맞아, 엄마. 그동안 내가 청소를 얼마나 깨끗하게 했는데."

"그래. 잘했어. 근데 암만 봐도 키도 훤칠하고 참 잘생겼네."

"감사합니다, 어머님."

"남자가 얼굴로 살 것도 아닌데 생김새가 뭐가 중요해. 사람 됨 됨이가 중요한 거지."

태백이에게 서열 정리 당한 것 때문인지 아니면 다른 이유가 있는지, 머리부터 발끝까지 수혁이 마음에 쏙 든 덕희와 달리 풍호는 살짝 까칠함을 보였다.

"우리 라엘이 만난 지 오래됐어요?"

"아닙니다. 진지하게 교제한 지 몇 달 안 됐습니다."

드디어 덕희의 호구조사가 시작된 것이다. 그렇게 긴장하던 수혁은 언제 그랬냐는 듯이 평소처럼 멋진 모습으로 돌아왔고, 오히려 그 옆에 앉은 라엘이 긴장하며 조용히 세 사람을 지켜봤다.

"정장을 말끔하니 잘 차려입었는데 자네 무슨 일 하나."

덕희의 질문이 끝나기 무섭게 풍호가 질문을 던졌다.

"호텔에서 일하고 있습니다."

"호텔?"

"셀튼 호텔 본사에서 일하고 있습니다."

"셀튼 호텔이면 높은 건물로 유명한 그 호텔 말하는 거죠?"

"네, 어머님. 맞습니다. 그곳에서 본부장을 역임하고 있습니다."

수혁은 이 회장의 아들이라는 사실을 빼곤 본부장이란 직함을 숨기지 않았다. 풍호와 덕희에게 어떡해서든 잘 보이고 싶었기에 최대한 자신을 어필하기로 마음먹었다.

"본부장이며 높은 거 아닌가? 안 그래요, 여보?"

"뭐, 대단하긴 하네."

"어휴, 당신도 참. 오해하지 말아요. 이 양반이 좀 무뚝뚝한 면이 있어요. 그런데 젊은 사람이 참 대단하네."

"아닙니다, 어머님. 이게 다 라엘이 덕분입니다."

"자네가 일을 잘하는 게 우리 라엘이 덕분이라고?"

"맞습니다, 아버님. 제가 고민하던 시기가 있었는데 그때 라엘이에게 강의를 받으면서 예전의 제 모습을 찾을 수 있었습니다."

"우리 라엘이, 좋아해요?"

진지하게 교제하는 사이에 뻔한 질문이지만 덕희는 그가 어떤 대답을 할지 궁금했다.

"좋아한다는 말보다는 사랑한다고 말씀드리는 게 맞는 것 같습니다. 제가 라엘이를 많이 사랑합니다."

뻔한 질문에 멋지게 답한 수혁의 말을 들은 덕희의 얼굴 위로 흐뭇함이 가득하다 못해 입꼬리가 광대까지 올라갔다.

"가족은 어떻게 돼요?"

"아버지와 어머니 친할머니가 계십니다. 아버지는 회사 일을 하시고 어머니는 따로 하시는 일은 없습니다. 그리고 제 위로 형이 있었는데 작년에 사고로 하늘나라로 갔습니다."

"어머, 저런……."

덤덤하게 말하는 수혁을 보며 덕희는 미안한 마음이 들었다.

"내가 괜한 걸 물어봤네. 미안해요."

"괜찮습니다."

"자, 그럼! 라엘이는 엄마 좀 도와주고 두 분은 거실에서 사이좋게 TV 보고 계세요."

덕희와 라엘이 주방으로 들어가자 TV 소리가 풍호와 수혁의 어색한 침묵을 깨뜨렸다.

-내일의 날씨를 전해드리겠습니다. 내일은 대체로 맑은 날씨로 미세먼지 농도가 낮아지고 깨끗한 하늘을 보실 수 있겠습니다.

"자네 혹시……."

날씨 예보를 시청하던 풍호는 TV를 끄고 수혁을 불렀다.

"바둑 둘 줄 알아?"

"잘은 못하지만 조금은 할 줄 압니다."

겸손하게 말했지만 상당한 실력가였던 돌아가신 친할아버지에게 바둑을 배운 수혁 또한 제법 바둑을 잘 뒀다.

"그래? 그럼 나랑 바둑이나 한판 두지."

잠시 뒤.

"아버님이 이기셨습니다. 제가 상대가 안 되네요."

"이봐, 자네!"

목소리를 내리깐 풍호는 심기가 불편한 듯 말했다.

"자네 그렇게 티 나게 봐주면 상대가 재미없어."

풍호는 수혁이 일부러 자신에게 졌다는 걸 알고 있었다. 짧지 않은 바둑 인생이라 완벽한 속임수가 아니면 그 정도는 알 수 있었다.

"만약 이번 판도 자네가 진다면 내일부터 라엘이 못 만날 걸세."

"……네?"

라엘을 못 만난다는 말에 수혁의 눈빛이 달라졌다. 두 사람의 불꽃 튀는 접전이 계속되고 검은 돌과 흰 돌이 엎치락뒤치락하며 서로의 돌을 가져갔다.

'이거 내가 지게 생겼군.'

하지만 수혁에게 제 실력을 보여주라며 으름장을 놓던 풍호는 막상 자신이 질 상황에 놓이자 초조했다. 승리를 확신한 수혁이 자신감 있게 돌을 내려놓던 그때였다.

-음메~♪♪♬ 음메~♪♪♬

구성진 소 울음소리와 함께 풍호의 휴대폰이 크게 울렸다.

"여보세요. 네, 어르신. 걱정해주신 덕분에 잘 다녀왔습니다. 지금요? 미안하긴요. 제가 연장 챙겨서 바로 가겠습니다."

전화를 끊은 풍호는 아주 자연스럽게 바둑알을 정리하며 승부를 미뤘다.

"이거 미안해서 어떡하지. 내가 잠깐 나가봐야 할 것 같아서."

"괜찮습니다. 바둑은 다음에 다시 두시죠."

"그래. 고맙네."

"여보, 지금 나가시게요?"

전화 소리를 들은 덕희와 라엘이 거실로 나왔다.

"오늘은 그냥 쉬시지."

"그래요. 좀 있으면 저녁 준비도 다 되는데."

"나도 그러려고 했는데 현우 할머니 전화야."

"현우 할머님이요? 그러면 당신이 피곤해도 가보시는 게 좋을 것 같아요."

풍호의 외출을 말리던 덕희는 '현우 할머니'란 소리에 금세 입장을 바꾸며 외출을 허락했다. 방에 들어가서 작업복으로 갈아입고 연장을 챙기는 풍호를 가만히 보던 수혁이 소파에서 일어나 그에게 다가갔다.

"아버님, 혹시 출장 가시는 거면 제가 따라가서 도와드려도 될까요?"

"자네가……?"

"네. 아버님께 방해가 되지 않는다면 도와드리고 싶습니다."

그는 잠시 뭔가 골똘히 생각하더니 수혁이 함께 가는 걸 허락했다.

"그래. 한번 따라와 봐. 근데 지금 이 차림으로는 어림없어."

수혁의 모습을 위아래로 훑던 풍호는 고개를 가로저었다.

"라엘아?"

"네, 아부지."

"이 친구도 함께 갈 거니까 가서 라준이 추리닝 좀 갖다 줘라."

"네? 수혁 씨도 간다고요? 괜찮겠어요?"

"걱정하지 마. 괜찮아."

덕희도 라엘도 말렸지만, 수혁은 자신에게 뭔가 시큰둥한 풍호에게 좋은 인상을 심어줄 기회라고 생각했다.

잠시 뒤.

슈트의 정석이라 불릴 만큼 완벽함을 자랑하던 수혁은 팔다리가 살짝 짧은 라준의 추리닝으로 환복한 상태였다.

"자네, 추리닝 위에 이걸 덧입게."

풍호는 1층 철물점에서 가져온 무언가를 수혁에게 건넸다. 그가 건넨 것은 발목까지 오는 긴 우비였다.

참고로 지금 하늘은 빗방울이 단 한 방울도 내리지 않는 맑은 저녁 하늘이었다.

"자! 준비 다 됐으면 출발하자고."

"네, 아버님."

추리닝과 비옷을 덧입고 마지막으로 슬리퍼까지 신은 두 사람은 완벽한 믹스매치를 자랑했다. 수혁은 인생 역사상 가장 난해한 패션을 하고 풍호를 따라나섰다.

삼선 슬리퍼와 비옷을 입은 두 사람은 집에서 15분 거리에 있는 가파른 언덕길을 올랐다. 풍호의 거친 손에는 두툼한 연장통이 들려 있었고 수혁의 깨끗한 손에는 오는 길에 들른 작은 구멍가게에서 구입한 쌀과 라면, 그리고 덕희가 챙겨준 몇 가지 밑반찬이 보였다.

"다리 아프지 않아?"

"아닙니다."

"이런 꼴을 하고 어디를 가는지 궁금하지?"

"네. 조금……."

수혁이 눈에 띄는 복장을 하고 쌀과 라면, 밑반찬의 정체가 궁금할 즈음 풍호가 입을 열었다.

"자네도 보면 알겠지만 우리 동네가 서울에서는 그래도 집값, 땅값이 그나마 싼 동네야."

그건 풍호 말이 맞았다. 아파트 단지가 없는 동네는 거의 오래된 주택들이 주를 이뤘고, 높고 낮은 언덕이 있어 서울 안의 다른 지역과 비교해도 집값이 낮았다.

"특히 여기 언덕 동네는 나이 많은 어르신들이나 형편이 넉넉하지 못한 사람들이 살고 있지. 저기 3층집 보이지?"

거친 손끝을 따라 수혁의 고개가 오른쪽을 향했다. 그의 시선이 머문 곳은 한눈에 보기에도 꽤 오래된 주택으로 여러 가구가 모여 사는 다세대주택이었다.

"어, 철물점 아저씨!"

두 사람이 가까이 다가가자 초등학생 정도의 어린 남매가 풍호를 발견하곤 할아버지가 아닌 아저씨라는 호칭과 함께 손을 흔들었다.

남매는 고령의 조부모와 함께 3층 건물 반지하에 살고 있었다. 10년째 살고 있는 남매네 집은 오래된 만큼 이곳저곳이 자주 말썽을 부렸다. 강남 어딘가에 살고 있는 고약한 집주인은 월세 가격을 올려도 낼 능력이 없는 할아버지 할머니를 못마땅하게 생각하며 고장 난 부분은 알아서 고치라며 생떼를 부리는 중이었다.

몇 년 전, 동사무소에서 딱한 사정을 접한 풍호는 그때부터 가족들과 함께 작은 손길을 더했다.

"요석들, 잘들 있었냐?"

"네. 근데 화장실 수도가 또 말썽이에요."

"그래? 그럼 수도관 먼저 고쳐볼까?"

"우와! 키 진짜 크다."

집으로 내려가던 남자아이가 수혁을 신기한 눈빛으로 빤히 쳐다봤다.

"아저씨, 이 형아는 누구예요?"

"아저씨 새로운 조수."

"오! 짱 잘생겼다."

남자아이의 감탄사와 함께 네 사람은 집으로 들어갔다.

습기와 함께 미세하게 풍기는 퀴퀴한 곰팡이 냄새가 수혁을 반겼다. 수도꼭지 연결 부분이 떨어져 나간 화장실은 강한 물줄기와 함께 낡은 수도관에서 나온 흙물이 사방으로 튀고 있었다.

"자네 여기 연결 부분 좀 잡고 있게."

"네, 아버님."

이런 광경을 처음 접한 수혁은 조금 당황한 듯했지만, 이내 풍호가 시키는 대로 실수 없이 손발을 맞췄다.

그렇게 30분 정도의 시간이 흐르고 수리를 끝낸 두 사람은 비옷을 입었음에도 물줄기를 꽤 많이 뒤집어썼다.

"최 씨, 이거 번번이 고마워."

"우리가 자네 가족한테 신세가 많아."

"별말씀을요. 아닙니다, 어르신."

남매의 조부모는 풍호와 수혁에게 감사 인사를 전하며 연신 미안해했다.

"감사합니다, 아저씨. 쌀이랑 반찬도 감사해요. 열심히 공부해서 훌륭한 사람이 돼서 저도 누군가를 도와줄게요."

여자아이는 집 밖으로 따라 나와 두 사람을 배웅하며 인사를 전했다.

"저기…… 근데요. 조수 오빠 혹시 라엘이 언니 남자 친구예요?"

"맞아. 남자 친구야. 어떻게 알았어?"

수혁이 땅바닥에 무릎을 대고 여자아이와 시선을 맞추며 답했다.

"아까 전화할 때 언니 목소리가 들려서요. 언니랑 결혼할 거예요?"

"라엘이랑 결혼할 거야."

뒤에서 풍호가 듣고 있다는 걸 알면서도 수혁은 망설임 없이 대답했다.

"조수 오빠 인생은 성공한 거네요."

"어?"

결혼 이야기에도 당황하지 않던 수혁은 어린아이 입에서 나온 인생이란 말에 당황스러운 듯 되물었다.

"우리 할머니가 그랬거든요, 남자든 여자든 좋은 배우자를 만나면 그 인생은 성공한 인생이라고. 라엘 언니 좋은 사람이거든요."

"그래. 맞아. 라엘이 참 좋은 사람이야. 좋은 말 고마워."

"네. 그럼 아저씨, 조심히 들어가세요. 조수 오빠도 수고했어요."

인사말을 들으며 흐뭇한 풍호와 달리 너무 빨리 철이 든 아이의 모습을 보며 수혁은 어딘가 모르게 마음이 아렸다.

"자네, 나 좀 보겠나?"

집까지 반쯤 남았을 때, 지금까지 입을 꾹 닫고 있던 풍호가 갑자기 손수건을 꺼냈다.

"......!"

그러더니 수혁의 얼굴 곳곳에 묻은 흙물을 세심하게 닦아준 뒤 다시 집을 향해 걸었다.

"내가 여길 왜 데려왔는지 궁금하지? 사실 일부러 데려왔어."

가로등 불빛이 내려앉은 아스팔트 위를 빠르게 걸어가던 투박한 발걸음이 속도를 늦추며 수혁의 걸음과 평행선을 이뤘다. 바로 옆으로 다가온 풍호를 의식하던 수혁은 곧이어 들려온 말에 깜짝 놀라 걸음을 멈칫했다.

"자네 부친께서 셀튼 호텔 회장님인가?"

갑작스럽게 라엘의 부모님을 만나고 물세례를 뒤집어쓰며 수도를 고치고. 오늘 하루 동안 예상치 못한 여러 가지 일을 겪었지만, 그는 지금 이 순간이 가장 놀랐다.

"......네. 맞습니다."

지금도 그렇고 앞으로도 결혼할 사람은 오직 최라엘뿐이었다. 테마파크 행사를 잘 마치고 아버지인 이 회장에게 당당하게 결혼 허락을 받은 뒤 자신의 신분을 밝히려 했었다.

그런데 풍호가 자신을 먼저 알아볼 줄은 전혀 생각지 못했다.

"자네 유명하던데....... 내가 알아봐서 많이 놀란 것 같군. 비행기에서 봤어."

유럽에서 인천발 비행기에 탑승하여 곧장 잠이 든 덕희와 달리 예민한 풍호는 잠이 들지 못했다. 승문원에게 읽을거리를 받은 그는 외국 유명 경제 매거진에 표지로 인쇄된 수혁을 본 것이다.

그리고 하필이면 오늘 수혁은 몇 주 전 인터뷰하면서 입었던 그때 슈트를 오늘 똑같이 입고 있었다. 때문에 게이트에서 나온 풍호는 표지 속 인물과 옷차림마저 똑같은 그를 대번에 알아봤다.

"내가 가방끈이 짧아 영어를 못하지만 서울 웬만한 곳에서 다 보인다는 셀튼 호텔 사진과 'NEW CEO'란 단어는 알겠더라고."

풍호가 공항에서 수혁을 보고 시큰둥했던 건 그가 별로여서가 아니었다. 물론 무뚝뚝한 성격 때문이기도 했지만 그런 대단한 집안의 아들이 딸의 남자 친구라는 사실 때문에 놀란 나머지 그런 반응이 나온 것이었다.

"사실대로 말씀드리지 못해 죄송합니다."

"자네도 사정이 있을 텐데 죄송하긴. 사실대로 말하지 않았다고 나무라는 거 아니네."

풍호는 덤덤한 표정으로 솔직한 속내를 이어나갔다.

"아까 내가 집수리 하러 갈 때 자네를 일부러 데려갔다는 말 기억하나?"

"네. 기억합니다."

"소위 말하는 재벌 아닌가, 자네는. 그래서 문득 궁금하더라고. 그런 자네가 과연 이런 일을 할 수 있을까 싶었지. 시늉만 할 거라고 생각한 내 예상과는 달리 진짜 최선을 다하더군."

정면을 향해 고정하던 풍호의 시선이 수혁의 손으로 향했다. 깨끗한 중지와 검지 마디에 벌겋게 살이 올라온 걸 알 수 있었다. 풍호가 수리하는 동안 수혁은 수도와 파이프 연결 고리를 손이 벌게질 정도로 꽉 잡고 있었다.

"체면도 사회적 지위도 있을 텐데 그런 거 신경 쓰지 않고 열심히 하는 자네를 보면서 이 정도면 되겠다 싶더라고. 자네 아까 나한테 라엘이랑 결혼하고 싶다고 했지?"

수리를 마치고 여자아이의 결혼 질문에 답을 한 수혁에게 풍호가 물었을 때, 그는 결혼하고 싶다는 의사를 밝혔다.

"네, 아버님."

"혹시, 부모님도 알고 계시나?"

"친할머니와 어머니는 알고 계시고 두 분 다 라엘이를 예뻐하십니다."

"그래? 예쁘게 봐주셔서 감사하네. 아버지는 아직 모르시나 보지?"

"아버지는…… 조만간 말씀드릴 예정입니다."

아버지란 글자 뒤에 이어진 찰나의 망설임의 의미를 풍호는 빠르게 캐치했다.

"그렇군. 그럼 자네 나랑 약속 하나 해줄 수 있겠나?"

대문 앞에 도착한 풍호가 별안간 걸음을 멈추며 수혁을 마주 봤다.

"말씀하세요, 아버님."

"자네가 대단한 집 아들인 걸 알고 속으로 이런 생각이 들더군. 속물 같지만 결혼하면 우리 라엘이가 현실적인 돈 문제로 힘들진 않겠구나, 라고. 나도 부모인지라 내 새끼가 좋은 환경에서 살면 기분이 좋지."

잘난 얼굴에는 마른 흙물이 얼룩을 이뤘고 비옷에서 떨어진 물기가 슬리퍼로 스며들었다. 두 사람은 지나가는 사람이 보기엔 우스운 모습이었지만, 수혁은 그 어느 때보다 심각하고 진지하게 풍호의 말을 경청했다.

"TV에서 그러더군. 그런 별천지에 있는 사람들은 다 끼리끼리 만난다고. 그래야 결혼에 뒤탈이 없다고. 난 두 사람 결혼 반대할 생각 없네. 다만 자네 부모님 모두 이 결혼에 찬성한다면 나도 그때 허락하겠네."

순간 수혁의 눈앞에 이 회장의 얼굴이 번뜩 떠오르며 풍호의 말이 귓가에 스쳤다.

"내가 돈이 없지 자존심이 없는 게 아니거든. 축복받지 못한 결혼은 시키고 싶지 않아. 그렇게 결혼한다면 라엘이는 마음이 아파서 못 견딜 거야. 부모님의 허락을 받아온다고 나랑 약속할 수 있겠나?"

수혁은 이 회장이 어떤 반응을 보일지 예상됐지만 지금 이 순간만큼은 그걸 신경 쓰고 싶지 않았다. 그저 그녀의 아버지에게 확신과 믿음을 주고 싶었기에 자신 있게 대답했다.

"네, 아버님. 약속드리겠습니다."

까만 밤하늘 위로 작은 별빛이 빛을 발하고 겨울 끝자락의 기분 좋은 잔잔한 바람이 눈썹 위에 걸친 칠흑 같은 머리카락 사이로 스며들었다.

"좋다."

젖은 옷을 갈아입은 수혁은 옥상에 있는 작은 평상 끝에 걸터앉아 밤 풍경을 감상했다. 매일같이 마주하던 거대한 저택도 창밖으로 펼쳐진 눈부신 정원도 어디에도 보이지 않았다.

하지만 울긋불긋 색을 입은 벽돌로 만들어진 오래된 주택들이 붙어 있는 모양새가 보기 좋았고, 불 켜진 창가에서 들려오는 사람들의 정겨운 웃음소리가 듣기 좋았다.

"수혁 씨?"

그리고 무엇보다 이 세상에서 가장 사랑하는 그녀의 목소리가 그의 가슴을 설레게 만들었다. 작은 보온병을 들고 온 라엘이 수혁의 곁으로 다가왔다.

"거기 말고……."

보온병을 내려놓고 그녀가 앉으려 하자 수혁이 라엘을 자신의 무릎 위에 앉혔다.

"여기 앉아. 바닥 차가워."

"그럼, 사양 않고 앉을게요."

긴 팔이 그녀의 허리를 따뜻하게 감싸 안았다.

"수혁 씨 이것 좀 마셔요. 엄마가 일하는 사람 탈나면 안 된다고 만드셨어요."

"아버님은 괜찮으셔?"

덕희가 준비한 거한 저녁상을 먹은 남자들은 곧이어 술자리를 가졌다. 수혁의 주량을 알아보려던 풍호는 여행 피로로 인해 먼저 곯아떨어졌고, 무한 주량을 자랑하는 수혁은 지극히 멀쩡했다.

"비행기에서 잠을 못 주무셔서 그런 것 같아요. 완전히 꿈나라로 가셨어요. 자, 어서 마셔요. 그래야 내일 숙취가 덜하죠."

라엘은 꿀물이 담긴 보온병 뚜껑을 그의 입가에 가져다 댔다.

"근데 수혁 씨는 어쩜 그렇게 술을 잘 마셔요?"

그러고 보니 라엘은 수혁이 술 마시는 모습을 처음 봤다. 고급 양주나 칵테일만 즐겨 마실 것 같은 이미지와 달리 그는 작은 유리잔에 담긴 소주를 굉장히 잘 마셨다.

"집안 내력인가 봐. 우리 집안 남자들, 할아버지를 닮아서 술이 말술이라고 할머니가 그러셨어. 우리 라엘이는 술 못하지?"

"먹으면 는다고 하는데 이상하게 난 전혀 늘지 않더라고요. 이거 봐요."

라엘이 얼굴을 수혁에게 가까이 들이대며 말했다.

"아직도 좀 빨갛죠?"

"아니. 많이 빨개."

"보기 흉하지 않아요?"

"설마. 얼마나 귀여운데."

커다란 손이 붉은 홍당무같이 변한 얼굴을 부여잡더니 '쪽' 소리와 함께 입을 맞췄다.

"아, 시원해. 안 그래도 술기운 때문에 얼굴 뜨거웠는데 기분 좋다."

"라엘아?"

"응?"

여전히 빨간 얼굴로 커다란 두 눈을 깜박이는 그녀를 지그시 보던 수혁의 눈썹이 들썩였다. 한쪽 입꼬리까지 광대를 미는 것으로 보아 분명 기분 좋은 생각에 빠진 것 같다.

"그러고 보니까 우리 둘이 술 마신 적이 없네. 조만간 둘이 술 한잔할까?"

그가 눈썹을 들썩이고 광대를 올리다 술을 마시자고 말을 꺼낸 건 다 이유가 있었다. 조금 전 풍호가 들어간 뒤 라준과 몇 잔 더 술잔을 기울일 때 그가 해준 말 때문이었다.

'라엘이랑 술 먹어봤어?'

'아니요. 아직. 라엘이가 술이 약해서 굳이 먹을 생각을 못 했습니다.'

'내가 오늘 여러모로 고마우니까 비밀 하나를 알려줄게. 사실 내 동생이지만 애교도 없고, 굳이 카테고리를 나누자면 최라엘은 걸크러시잖아.'

라엘이 애교가 많은 건 아니었지만 그래도 사랑을 나눌 때나 둘이 있을 때 그녀만의 사랑스러운 매력이 가득했기에 만족스러웠다. 그런데 라준의 다음 말이 수혁을 자극했다.

'근데 상또 술 먹으면 귀여운 척한다. 나야 핏줄이니까 귀엽다

기보단 한 대 쥐어박고 싶지만 남자 친구가 보면 귀여워 보이지 않겠어?'

당연한 거다. 귀여운 정도가 아니라 아마 심장이 남아나지 않을 수도 있다. 라준의 대화를 듣고 난 후부터 수혁은 자꾸만 그녀의 주사가 보고 싶다는 생각을 했다.

"우리 다음 데이트는 술집! 술집으로 할까?"

"어, 자꾸 술집 타령 하는데, 수혁 씨 수상해요. 술 먹고 뭐 하려고요."

"뭐 하긴. 그런 거 아닌데? 그냥 다른 연인들이 하듯이 술집 데이트를 하자는 거지."

"아냐, 아냐. 지금 수혁 씨 눈빛 엄청 엉큼한 거 알아요?"

"아니. 몰라. 대신……."

그는 술기운에 평소보다 더 붉어진 그녀의 아랫입술을 살풋 깨문 뒤 말을 이었다.

"섹시하다는 건 알아."

"무슨 자신감이래."

"이수혁이란 자신감!"

"어우, 뻔뻔해."

"난 사랑해."

"그게 뭐예요? 진짜."

말도 안 되는 답변에 두 사람은 동시에 미소가 터졌다. 한바탕 웃음꽃이 피는 사이 건너편에서 익숙한 목소리가 들려왔다.

"두 사람 지금 뭐 하는 겁니까?"

한 손에 맥주를 든 종인이 건너편 옥상에서 두 사람을 향해 따가운 눈총을 보냈다.

"종인아, 안녕."

"안녕하고 싶은데 두 사람이 깨 볶는 거 보니까 안녕하지 못하네요."

"종인이 오랜만. 너 근데 어디 갔었어? 요 며칠 안 보이던데."

"이놈아, 저번 주에 일본 학회 간다고 했잖아."

"아, 맞다. 잘 갔다 왔어?"

"오냐. 아니, 근데 두 사람 언제까지 닭 튀길 거야."

두 사람의 다정한 모습을 보며 종인이 부러운 눈빛과 함께 시샘하듯 물었다.

"닭을 튀기다니 그게 무슨 말이야?"

"두 사람 때문에 닭살이 심해서 닭을 튀겨도 되겠다고. 근데 꼭 그렇게 붙어 있어야 합니까? 안 무거워요?"

"라엘이?"

"네. 다리에 쥐날 것 같은데."

"수혁 씨, 나 무거워요?"

"무슨 소리야. 솜털같이 가벼운데."

"김종인, 들었지?"

"와, 심하다, 심해. 저 둘 안 본 눈 삽니다."

"종인아, 와서 같이 놀자."

"됐습니다, 혼술 하렵니다."

두 사람의 꿀 떨어지는 다정한 모습을 참다못한 종인은 맥주를 크게 들이켜며 집으로 들어가 버렸다.

24화. 김칫국 샤워

"요즘 테마파크 행사가 얼마 남지 않아서 다들 고생하는 거 알아. 그런데 자꾸 내부 사진이 언론에 공개되고 있다는 소리가 들리던데 이러면 곤란해."

이른 아침 주요임원들과 팀장들이 모인 회의장은 긴장감이 감돌았다. 호랑이 같은 이 회장과 수혁이 원탁 테이블에 마주 보고 앉아 양쪽에서 날카로운 지적이 흘러나왔다.

"회장님 말씀이 맞습니다. 저번 주에 한 건, 이번 주에만 두 건이 뉴스에 공개됐습니다. 대외적으로 뜨거운 관심이 집중되는 건 감사할 일이지만 그렇다고 이런 식의 공개는 안 됩니다."

요즘 셀튼의 가장 큰 고민거리는 높은 기대를 받고 있는 테마파크였다. 기자들이 부산 현장을 멋대로 기웃거리는 것도 모자라 직원들에게 접근해 허락 없이 사진을 공개하기도 했다.

"당분간 오픈 전까지는 직원들에게 언론사 접근을 피하라고 하시고 소셜 미디어에도 다들 현장 사진 올리지 않도록 주의주세요.

모두 열심히 준비한 만큼 마지막까지 잘 마무리 짓도록 준비합시다."

회의가 끝나고 직원들이 전부 빠져나가자 이 회장이 수혁의 근처로 자리를 옮겼다.

"오늘 회의 주도하는 걸 보니 이제 제법 태가 나는구나."

회의가 있을 때마다 일부러 뒤로 한발 물러서 있던 이 회장은 수혁이 주관한 회의가 마음에 든 듯 흐뭇함을 내비쳤다.

"이제 시작인데요. 더 열심히 해야죠. 참, 아셀에서 아시아 면세점에 브랜드를 준다고 발표했던데 우리도 준비해야 하지 않을까요?"

"콧대 높은 아셀도 더 이상 아시아 소비자들을 무시할 수 없는 거지."

아셀은 프랑스의 가방 브랜드로 명품 중에서도 명품이었다. 돈이 있다고 살 수도 없고 대기 명단을 걸어두고 고객을 선별해서 판매할 정도로 까다롭고 콧대가 높은 브랜드로 명성이 자자했다.

"우리 면세점에 들어오기만 한다면 확실한 효자가 되긴 할 텐데 테마파크랑 시기가 맞물렸어."

이 회장이 몇 년 전부터 눈독을 들이던 브랜드지만 테마파크가 우선이었기에 과감히 포기하기로 했다.

"아쉽지 않으시겠어요?"

"사업을 하다 보면 과감히 선택해야 할 때도 있는 거야. 더 중요하고 더 잘할 수 있는 쪽을 선택하고 자신의 선택에 아쉬워하면 안 돼. 인생도 마찬가지야. 잊지 말아라."

"명심하겠습니다."

"그건 그렇고, 오늘 김 실장 만나기로 한 날이지?"

"네."

"김 비서한테 물어보니까 점심 전에 나간다고 하던데, 점심 약속이니?"

"아니요. 오후에 미팅하기로 했습니다. 그 전에 집에서 기조연설 수업이 있어서요."

요즘 바쁜 업무로 인해 수혁은 따로 연설을 연습할 시간이 없었다. 그동안 라엘과 연습하려고 해도 서로 시간을 맞추기 어려웠는데, 오후 일정을 가기 전에 겨우 시간이 맞아서 그녀를 집으로 불렀다. 사실 사무실에서 둘이 오붓하게 연습하고 싶었지만, 김 여사와 연이가 보고 싶어 하는 탓에 집으로 장소를 옮긴 것이다.

"네가 말했던 그 스피치 선생 말하는 거냐?"

"네. 주요 외신들도 많이 오는데 준비 잘해야죠."

"그래. 뭐든 열심히 하는 게 좋지."

의자에서 일어난 이 회장이 한 실장이 열어준 회의장 문 밖으로 나가려다 별안간 몸을 돌렸다.

"수혁아?"

"네, 아버지."

"김 실장 말이다. 미국에서 태어나서 한국을 잘 모를 거야. 혹시 작은 실수가 있더라도 네가 너그럽게 넘어가고, 잘 챙겨줘라."

실수에 관대하지 못한 이 회장이 아직 생기지도 않은 시라의 실수를 감싸고 있었다.

"대접이니 그런 거창한 단어보다 두 사람 나이대도 비슷하니 친구라고 생각하고 잘 챙겨줘. 가이드 역할도 잘 해주고."

이 회장답지 않은 거창한 사족을 달았지만 수혁은 워낙 중대한 계약 건이다 보니 평소보다 신경을 쓴다고만 생각했다.

"네. 알겠습니다."

"참, 어머님 다리는 좀 괜찮으세요?"

"그러게. 수혁이한테 얘기 듣고 사모님이랑 내가 얼마나 놀랐는지 몰라."

메이드 복장을 곱게 차려입은 김 여사는 연이와 함께 라엘과 본채에서 대화 중이었다.

"네. 수혁 씨 덕분에 치료도 잘 받아서 두 분 다 괜찮으세요. 걱정해주셔서 감사해요."

"그나저나 우리 라엘이 오랜만에 보는데 더 예뻐졌네."

김 여사는 라엘에게서 한시도 눈을 떼지 못하며 손을 꼭 잡고 있었다.

"할머님은 여전히 고우세요."

"말도 참 예쁘게 하지. 그나저나 우리 라엘이 할미하고는 언제 데이트해줄 거야?"

"데이트요?"

"네, 사모님. 제가 도련님께 라엘이를 양보해준 적이 있어서 언제 데이트 한번 하기로 했답니다."

"그래요. 저도 껴야겠네요."

"그럼 두 분 시간 괜찮으실 때 연락 주세요."

"그럴까? 할머니가 사모님이랑 시간 정해서 조만간 연락할게."

"안 됩니다."

'네, 할머니'라는 라엘의 대답이 들리지 않을 정도의 단호한 음성이 세 사람의 대화를 중지시켰다.

"저희도 요즘 바빠서 데이트할 시간 부족합니다."

화보 촬영하는 남자 모델처럼 완벽한 슈트미를 뽐어대며 문에 기대 있던 수혁이 세 사람에게 다가왔다.

"두 분 데이트는 좀 더 나중으로 미뤄주세요. 그리고 이 사람 이만 데려가겠습니다."

수혁은 그녀의 옆으로 다가와 허리를 살며시 감싸며 가뿐하게 라엘을 일으켜 세웠다.

"……수혁 씨 왜 그래요."

덕분에 어른들 앞에서 민망해진 라엘의 눈이 삽시간에 커다래졌다.

"그래, 수혁아. 너 왜 그러니? 우리 최 선생님과 대화한 지 이제 한 시간밖에 안 됐어."

정확히 말하면 한 시간도 아니었다. 문 앞을 지키고 있는 경비병처럼 왔다 갔다 하며 시계와 눈싸움을 하는 수혁의 행동이 신경 쓰여 김 여사와 연이는 제대로 된 대화도 나누지 못했다.

"그래요. 너무하시네요. 오늘은 도련님이 양보하세요."

"안 돼요, 할머니. 저도 연설 연습 있어요. 그리고 어머니, 한 시간밖에가 아니라 한 시간씩이나 지났습니다."

그는 라엘의 손을 꼭 잡고 장군 포스를 뽐어대며 당당하게 말했다.

"두 시간 중에 한 시간을 두 분께 양보해 드렸으니 공평한 거죠."

"세상에! 사모님, 도련님 좀 보세요. 라엘이 뺏어갈까 봐 손까지 잡고 있네요."

"그러게요. 내 아들이지만 너무하네요."

"꼭 사탕 뺏긴 애처럼 심통까지 났으니 못 이기는 척 보내드리죠."

"우리가 져줘야지 어쩌겠어요."

"라엘아?"

"네, 할머니."

"별채 가서 우리 도련님 연습 열심히 시켜드려. 다른 거 말고 꼭 연습만 시켜드려야 한다."

"네. 그럴게요."

"얼른 가봐."

"네, 할머님, 어머님. 저희는 그럼 신속히 가보겠습니다."

가보라는 연이의 말이 떨어지기 무섭게 수혁은 라엘의 손을 잡고 빠르게 별채로 향했다.

"수혁 씨! 잠시만요."

별안간 걸음을 멈춘 라엘이 수혁의 손을 당겼다.

"왜?"

"왜라니……. 아까 할머님이랑 사모님한테 왜 그랬어요?"

"그거야 우리 둘이 있고 싶으니까 그렇지."

"그래도 그렇지. 수혁 씨 때문에 내가 괜히 민망했잖아요."

"민망할 거 없어. 어차피 두 분도 다 이해하고 계실 거야."

"순 자기 멋대로. 이래서 어른들이 아들이 여자 친구 생기면 서운해하시는 거라고요."

"틀린 말은 아닌 것 같아. 어쩔 수 없네. 결혼하면 딸만 낳아야 하나."

"누구랑 결혼하는데요?"

"너랑."

장난을 치며 말하던 수혁이 별안간 진지한 눈빛으로 감미롭게 내뱉은 두 글자가 그녀의 마음을 설레게 했다.

"어머, 이 남자 봐. 누가 해준대요?"

괜스레 민망해진 라엘은 헛기침을 하며 멈췄던 걸음을 다시 걸었다.

"……!"

긴 다리로 성큼성큼 다가온 수혁이 별안간 그녀의 앞을 막아섰다. 그러더니 팔짱을 낀 라엘의 작은 손을 풀고 손등 위에 입을 맞춘 뒤 다시 라엘의 붉은 입술에 사랑스럽게 입을 맞췄다.

"어떡하나. 내가 이미 도장 찍었는데."

그리고 귓가에 입술을 옮겨 유혹적으로 속삭였다.

"어머! 미쳤어. 어른들 보면 어쩌려고 그래요."

기분 좋은 미소를 그리던 라엘은 순간 김 여사와 연이가 떠올라 그의 가슴을 밀쳤다.

"괜찮아. 보긴 누가 본다고 그래."

"내가!"

라엘의 걱정대로 김 여사와 연이가 보진 않았지만 분수대 조각상에 앉아 있던 관우가 심술을 부리며 수혁에게 쏘아댔다.

"내가 봤다. 어쩔래?"

"호텔에 좌식으로 앉는 한식당이 있다니 신기하네요."

시라와 만난 수혁은 그녀의 요청대로 경복궁과 남산, 한강, 인사동을 차례로 둘러보고 식사를 하러 호텔로 돌아왔다. 서울의 명소를 둘러보는 동안 화려한 시라의 눈빛은 단 한순간도 수혁에게서 떨어지지 않았다. 그와 반대로 수혁은 시라의 질문에 답을 하면서도 라엘과 다시 와야겠다는 생각뿐이었다.

"할아버님이 한국적인 게 가장 큰 경쟁력이라고 말씀하시면서 준비한 식당입니다. 할아버님 선구안 덕분에 우리 호텔이 한식으로 이름을 알리는 데 일조했죠."

"할아버님 감각이 상당하셨네요. 오늘 수혁 씨 덕분에 너무 즐거웠어요."

처음엔 정중하게 본부장님이라고 부르던 시라는 어느 순간 '수혁 씨'라는 호칭으로 그를 불렀다.

"참, 그거 알아요? 수혁 씨 예전에 잠시 모델 활동했을 때, 사실 그때 캐스팅 디렉터에게 수혁 씨 제가 추천했어요. 나중에 회장님께 혼났다는 소리 듣고 얼마나 미안했는지 몰라요."

"괜찮아요. 즐거운 경험이었어요."

그 뒤로 이어진 시라의 말과 행동은 수혁을 헷갈리게 만들었다. 빨리 계약서를 받고 사업적인 대화를 나눠야 하는데 그녀는 그때마다 일부러 다른 주제로 대화 내용을 바꿨다.

"전 테니스랑 골프, 수영, 그림 그리는 게 취미예요."

그리고 더 이상한 건 마치 면접을 보는 사람처럼 자신을 소개하더니 급기야 소개팅에 나온 사람처럼 본인을 어필하기 시작했다.

"김시라 실장님."

더 이상 안 되겠다 싶은 수혁이 말이 끝나기 무섭게 시라를 불렀다.

"네, 수혁 씨. 말씀하세요."

지극히 업무적인 호칭에 사심 가득한 호칭이 돌아왔다.

"오늘 이 자리는 셀튼과 차일드그룹의 계약에 관한 자리로 알고 있습니다. 그런데 대화 주제가 상당히 잘못된 방향으로 흘러가는 것 같군요. 자꾸만 김시라 실장님 본인의 이야기를 하는 거 같은데, 제가 오해하는 건가요?"

수혁의 잘생긴 얼굴에 감탄하고 있던 시라는 그의 불편한 기분조차 전혀 느끼지 못했다.

"시라."

"네?"

"제 이름이요. 김시라예요. 수혁 씨가 자꾸만 딱딱하게 실장님 소리를 붙여서 알려주는 거예요."

"……."

"그리고 오해하신 거 아니에요. 음……. 오늘 이 자리, 사업적인 이야기만 하는 자리는 아니라는 뜻이에요."

"그게 무슨……."

스무고개를 하는 것도 아니고 자꾸만 수박 겉핥기식으로 대화하는 시라를 보며 수혁은 도통 무슨 말을 하는 건지 알 수 없었다.

"사실 지금 이 자리는 저와 수혁 씨의 혼사에 대해 논의하는 자리라고 할 수 있어요. 제가 회장님께 말씀드렸거든요."

"……."

"수혁 씨와 결혼하고 싶다고. 진지하게 결혼 전제로 깊은 만남을 갖고 싶다고요."

혼사? 혼사라니! 수혁은 순간 제 두 귀를 의심했다. 마른하늘에 날벼락이 치는 것처럼 순식간에 짙은 눈썹이 확 구겨졌다.

"저, 진짜 진짜로 범인 아니라니까요. 아무리 형사라지만 선량한 시민에게 수갑을 채우시면 안 되죠."

"야, 이놈아. 보안카메라에 범행 현장 다 찍혔어. 헛소리 그만하고 얼른 올라가! 반장님?"

험한 인상의 남자가 끌려가며 변명을 늘어놓자 뒤따르던 형사가 남자의 등짝을 내려치며 형사반장에게 인사를 건넸다.

"금은방 시계 도둑?"

"예. 집에서 술 먹고 자고 있어서 힘 빼지 않고 쉽게 잡았어요."

"수고했다. 올라가서 바로 조서부터 올려."

"예. 근데 무슨 커피를 두 잔이나 뽑고 그래요. 하나 나 주려고?"

"손님 거다, 손님. 어서 올라가."

후배 형사를 보낸 형사반장은 경찰서 주차장 구석 끝에 있는 벤치를 향해 종종걸음으로 다가왔다.

"구석진 곳이라 좀 불편하시죠?"

"전혀 불편하지 않습니다."

반장은 벤치에 앉아 있던 알프레도에게 커피를 건네며 옆자리에 앉았다.

"사무실은 출입하는 기자들도 있고 해서 일부러 이쪽으로 모셨습니다. 그래도 여기가 구석져서 형사들이 담배 피우러 오지도 않고 비밀 얘기하기 좋거든요."

"네. 그런 것 같군요."

한 시간 전까지 셀튼가 저택에 있던 알프레도가 경찰서를 찾은 이유는 이지철 사건 때문이었다. 원래는 수혁이 오려고 했지만 시라와 업무상 미팅을 하고 있기 때문에 대신 오게 됐다.

"근데…… 이런 말씀 드리긴 뭐하지만, 셀튼 호텔 본사 법무팀이 정말 대단하긴 하네요. 솔직히 전, 이지철 상태를 알고 나서 중형을 받기 힘들 수도 있겠구나 했는데 완벽한 판결이 내려진 걸보고 놀랐습니다."

"네. 우리 법무팀이 대단하긴 하죠."

이 회장의 엄포도 있었지만, 본사 법무팀 직원들은 법조계 현직에서 일할 당시 다들 중책을 맡던 사람들로 구성된 집단이었다. 그렇기에 누구보다 법을 잘 알고 있는 그들이 법 안에서 이지철을 요리하기란 눈감기보다 쉬운 일이었다.

"이지철 그 작자, 다리가 불편해졌다고 들었습니다만……."

"제가 사족이 길었네요. 바쁘실 텐데 얼른 말씀드리겠습니다. 먼저 이지철은 몸 상태가 그리 좋지는 않습니다. 수술은 성공적으로 끝났지만, 담당 의사 선생님 말을 빌리자면 한쪽 다리는 감각을 상실해서 온전히 걷기 힘들 거라고 하더군요."

커다란 샹들리에 조명에 하체가 눌린 이지철은 한쪽 다리 신경이 손상되었다. 범죄자인 것을 떠나 수술을 맡은 의료진은 최선을 다했지만 벌을 주려는 하늘의 뜻이었는지 손상된 신경을 살릴 순 없었다.

"그리고 수술에서 깨어난 이지철에게 조사를 한다고 하니 예상한 대로 잘나가는 로펌 회사 변호인을 섭외하더라고요. 근데 이 과정에서 좀 말도 안 되는 발언을 반복적으로 했습니다."

"말도 안 되는 발언이요?"

"네. 셸튼이 본인 아버지 회사고 자신의 회사라는 말을 계속했습니다."

자신의 다리 상태를 알고 극도로 흥분했던 이지철은 남은 돈을 모두 털어 변호사를 선임했다. 그리고 변호사들에게 공통적으로 반복한 말이 있었다. 바로 셸튼 호텔이 자신의 아버지 회사이며 본인이 물려받아야 하는데 이 회장 일가에게 이용당해 회사를 빼앗겼다는 주장이었다. 그 말을 들은 변호사들도 처음엔 고개를 갸웃했지만, 이지철이 눈 하나 깜짝하지 않고 그럴듯한 이유까지 나열하며 주장하는 탓에 그 말을 믿게 됐다.

수많은 사건을 접한 변호사들도 그의 모습을 보며 자신의 것을 남에게 뺏긴 억울한 사람의 모습이 보였다고 의견을 모았다. 또한 이지철은 그동안 본인이 준비했다는 자료를 증거로 제출하기까지 했다. 이 소식을 들은 셀튼 법무팀 변호사들은 기가 차서 모든 자료를 꼼꼼히 모아서 검찰에 제출했다. 회사 창립 이래 지금까지 투명 경영을 실천해온 셀튼이었기에 그 어떤 것도 두려울 게 없었다.

"검찰에서도 예상했듯이 이지철의 발언도 증거도, 그 어떤 것도 맞는 게 없었어요. 그래서 담당 검사님은 이지철의 정신 감정을 지시했습니다."

이 분야 최고 권위자인 수혁의 주치의 임 박사가 검찰의 의뢰를 받고 이지철을 상담했다. 양측 변호인단이 참관한 가운데 상담 결과가 나왔고, 결국 로펌 회사는 뒤도 안 돌아보고 수임료를 돌려주며 손을 뗐다.

"정신적으로 문제가 있던 거군요."

"네. 이지철은 리플리 증후군이었습니다."

"역시 그랬군요."

사건이 있던 날 이지철의 상태를 보며 그가 정신적으로 이상이 있음을 예상한 알프레도는 그리 놀란 반응을 보이지 않았다. 이지철이 앓고 있는 '리플리 증후군(Ripley syndrome)'은 현실세계를 부정하고 존재하지 않는 허구의 세계를 믿으며 거짓말을 일삼는 일종의 인격 장애였다. 실제로 증상이 심한 사람들은 무서운 범행을 저질렀는데, 그가 바로 그런 부류였다.

이지철은 젊은 시절부터 사고를 치고 다니는 탓에 아버지에게 동갑인 이 회장을 두고 심한 비교를 당하며 살았다. 비뚤어진 마음은 계속된 비교와 훈계에 어느 순간 자신만의 허구 세계를 구축하게 되었고, 그는 그것을 진실이라 굳게 믿었다. 이 회장을 마음속으로 저주한 그는 수호를 죽이고 수혁마저 죽인 다음 셀튼을 뺏으려 했지만, 실체 없는 허구는 무너지고 말았다. 거짓된 망상에 갇혀 가정도 깨지고 자신도 잃어버린 이지철에게 남은 건 법의 심판뿐이었다.

검찰의 조사 과정에서 이지철의 새로운 혐의가 추가됐다. 수호와 사고 난 트럭 운전수 역시 그가 매수한 사람이었고 사고가 난 뒤 그는 기사를 살해했다. 무기징역을 선고받은 이지철은 이례적으로 감호소가 아닌 교도소로 보내졌다. 정신 병력이 심한 사람은 감호소로 보내져 형을 살았지만, 여러 건의 살인교사와 직접살인이 입증돼 교소도로 이송된 것이다. 그는 앞으로 죽을 때까지 빛한 줄기 들지 않은 독방에서 쓸쓸이 생을 보내게 될 것이다.

"그동안 마음고생들 많으셨을 텐데 드디어 이지철 사건이 완전히 끝났네요."

"네. 참으로 질긴 악연이었죠."

알프레도는 몸도 정신도 망가진 채 비좁은 감옥에서 평생을 썩어야 하는 이지철이 조금도 불쌍하지 않았다. 그로 인해 아무 죄 없는 수호가 하늘로 갔기에 충분히 합당한 판결이라고 생각했다.

"그동안 반장님께서 수고 많으셨습니다. 감사합니다."

"별말씀을요. 저야 당연히 해야 할 일을 했던 건데요. 그나저나 본부장님은 잘 지내시죠? 손은 괜찮으시고요?"

"그럼요. 본부장님은 염려해주신 덕분에 손도 잘 치료받고 잘 지내고 계십니다. 그럼 저는 이만 가보겠습니다."

반장과 악수를 하고 웃으며 인사를 나눈 알프레도는 경찰서를 서둘러 나왔다. 잘 지내고 있다는 말과 달리 지금 이 시각 수혁이 전혀 괜찮지 못한 상황임을 알고 있는 그는 차를 몰고 셀튼 호텔로 향했다.

"하!"

복잡하고 황당함이 가득 섞인 눈빛 아래 자리한 다부진 입술에서 짧은 한숨이 터져 나왔다. 탄식이 섞인 짧은 한숨 속에는 차마 말로 형용할 수 없는 어이없는 심경이 고스란히 느껴졌다.

"아무래도 지금 내가 뭔가 잘못 들은 것 같은데……."

"아니요. 그럴 리가요."

누가 봐도 황당하기 그지없는 얼굴이었지만 시라는 그런 수혁을 보며 지나치게 발랄하게 답했다.

"지극히 있는 그대로 잘 들으셨어요."

"그럼 지금 김 실장님 그쪽과 내가 혼인을……."

좀 더 정확히 확인하기 위해 문제의 발언을 꺼낸 수혁은 진정이 되지 않는 듯 아주 잠시 말끝을 흐렸다.

"그러니까 쉽게 말해 결혼을 전제로 맞선을 보는 자리라는 건가요?"

"딩동댕. 맞아요. 역시 머리가 좋은 분이라 그런지 이해가 빠르시네요. 표정을 보니 많이 놀란 것 같은데 그래도 너무 기분 나쁘게 생각하지는 말았으면 해요."

아직까지 분위기 파악이 전혀 안 된 시라는 혼자 춤추는 무용수처럼 신나게 빨간 입술을 움직였다.

"어떻게 생각하면 정략결혼이라고 생각할 수도 있겠지만 또 반대로 생각해보면 서로 완벽하게 조건이 맞는 사람끼리 만나는 거 아니겠어요?"

"조건?"

갈수록 태산이란 말이 절로 떠오르는 순간이었다. 제멋대로 결혼 이야기를 꺼내 수혁의 심기를 건드린 시라가 이번엔 조건이란 단어로 또 한 번 그의 심기를 불편하게 만들고 있었다.

"네. 조건이요. 수혁 씨와 나, 우리 두 사람. 모두가 부러워할 만큼 이상적인 조건이잖아요. 그러니까 오히려 안전하고 서로가 서로에게 손해 없이 최고의 결혼을 할 수 있다고 생각해요."

제멋대로 떠들던 시라가 말을 끝나자마자 수혁은 투명한 글라스에 담긴 차가운 얼음물을 단숨에 들이켰다.

"할 말 다 끝났습니까?"

"글쎄요. 수혁 씨랑 할 말은 해도 해도 끝날 것 같지 않지만 일단은 뭐, 제 의사는 충분히 전달했으니 서론은 끝난 거 같네요."

떡 줄 사람은 생각도 안 하는데, 시라는 김칫국을 마시다 못해 온몸에 샤워를 하고 있었다.

"먼저 오늘 자리가 업무적인 자리가 아니라 지극히 개인적인 용무라 한 건 그쪽이란 걸 짚고 넘어가죠."

"……네?"

"지금 이 시간부로 난 더 이상 김시라 씨 그쪽에게 예의를 차리진 않을 겁니다."

깊은 눈매가 삽시간에 사납게 변했다. 수혁은 반말을 사용하진 않았지만 그 내용과 말투는 선인장 가시처럼 날카롭고, 겨울바람처럼 시렸다.

"결론부터 말하자면 난 그쪽과 아무것도 할 생각이 없습니다. 물론 이 시간 이후로 업무적인 만남조차 사양합니다."

"아니, 그게 무슨……."

"내 얘기 아직 안 끝났습니다."

"……."

"완벽한 조건과 손해 없는 결혼이라고? 참! 가관이군. 도대체 이런 생각은 어떻게 하는 건지. 이봐요, 김시라 씨? 결혼은 혼자 합니까?"

"……!"

수혁이 이런 반응으로 나올 거라고는 눈곱만큼도 예상하지 못한 시라였다. 꿀 먹은 벙어리처럼, 그물에 걸려 올라온 물고기처럼 입만 뻥긋거린 채 아무 말도 나오질 않았다.

"처음 만난 사람에게 다짜고짜 결혼을 전제로 만나자고 하면 '네. 좋아요'라는 대답이 나올 줄 알았습니까? 왜, 당신이 재벌 딸이라서?"

지금 이 상황을 상상한 시라가 머릿속에 세운 여러 가지 가설 중에 거절은 없었다. 가장 최악의 대답은 '생각해보겠다'였는데…… 폭풍처럼 쏟아지는 그의 말에 의하면 자신의 뜻대로 되지 않을 수도 있겠다는 두려운 생각이 들었다. 그 때문에 굳어버린 입술이 제멋대로 움직이기 시작했다.

"저기, 그러니까 뭔가 지금 갑작스러운 결혼 이야기로 놀라게 했다면 미안해요."

수혁의 말투와 자신을 향한 사나운 눈빛을 시라는 견딜 수 없었다. 그리고 관심 있어서 결혼을 두고 만나고 싶다는 이야기가 이렇게까지 날 선 눈빛으로 화를 낼 일인지도 이해할 수 없었다. 저 완벽한 얼굴에 미소를 기대한 마음이 한순간에 민망함으로 물들었다.

"김시라 씨 그쪽이 무슨 생각을 하는지, 어떤 말을 하는지 아무것도 중요하지 않아."

"하지만 아까도 얘기했듯이 나 장난하는 거 아니에요. 정말 진심으로 당신과……."

"그리고 마지막으로 난!"

절실함이 가득 담긴 말이 단호한 외침에 또다시 가로막혔다.

"사랑하는 여자가 있습니다."

수혁의 말이 떨어지기 무섭게 시라는 머리를 세게 맞은 기분이었다. 사랑하는 여자라니……. 분명 이 회장도 비서도 만나는 여자가 없다고 했었다.

"거짓…… 말. 수혁 씨 지금 거짓말하는 거죠?"

"거짓말? 그쪽이 뭐 그렇게 대단한 사람이라고 내가 거짓말을 한다고 생각하는 거지?"

"그, 그럼 지금 만나는 여자가 있다는 말이 사실이에요?"

"물론. 나에겐 유일무이한 여자이기 때문에 사랑도 결혼도 오직 그녀가 아니면 아무 의미 없어. 그러니 오늘 들은 불쾌한 얘기는 못 들은 걸로 하죠."

더 이상 들어줄 말도 할 말도 없었다. 자리에서 일어나 마지막 말을 남긴 수혁이 문 앞에선 그때였다.

"잠시만요!"

의자를 넘어뜨리며 서둘러 달려온 시라가 그의 팔을 잡았다. 왠지 이대로 보내면 안 될 것 같은 생각이 들었다.

"난 아직 할 말이 남았어요. 그러니까 조금만 더……."

새빨간 입술에서 튀어나온 말은 차마 이어지지 않았다.

"이 손 놔."

낮게 깔린 목소리와 사납다 못해 무섭도록 압도적인 눈빛 때문에 의지와 상관없이 시라는 손을 들었다. 결이 고운 나뭇결이 탁하게 부딪히는 문소리와 함께 수혁은 뒤도 돌아보지 않고 밖으로 나갔다.

"이게 아닌데……. 아니야. 뭔가 잘못됐어."

심장이 쿵쾅거리도록 쪽팔린 시라는 결국 그 자리에 털썩 주저 앉아 혼잣말을 되풀이했다.

사무실에서 알프레도와 이번 문제를 두고 한참 동안 심각한 대화를 나눈 수혁은 집 근처까지 갔다 차를 돌렸다. 이대로 집으로 들어갔다간 아버지인 이 회장과 감정싸움이 될 것만 같았다. 감정이 앞서면 실수가 생긴다는 걸 알고 있었기에 화나고 복잡한 마음을 가라앉히기로 했다.

대신, 보고 싶은 라엘을 보기 위해 그녀의 동네를 찾았다. 도저히 지금 이 순간 그녀를 보지 않고서는 견딜 수 없을 것만 같았기 때문이다.

"수혁 씨?"

답답한 가슴을 뚫고 들려오는 비타민 같은 목소리가 바닥에 떨어진 고개를 들게 했다.

조금 전 퇴근을 하고 씻은 라엘은 수혁의 연락을 받았다. 옷을 갈아입을 새도 없이 노란 후드 티에 편한 추리닝, 스니커즈 운동화를 신은 채 놀이터로 뛰어왔다.

"촉새야……."

수혁은 벤치에 앉아 있는 자신에게 다가온 그녀의 허리에 손을 올렸다. 그리고 가느다란 허리를 꼭 끌어안았다.

"잠시만 이대로 있을게."

라엘의 가슴에 얼굴을 묻은 그는 가만히 눈을 감았다. 손끝에 전해지는 부드러운 감촉과 코끝에 전해지는 그녀의 체취, 따뜻한 온기가 가슴에 쌓인 답답한 장막을 걷어내는 것 같았다.

"수혁 씨……."

라엘은 며칠 전부터 수혁이 오늘 계약 관련 중요한 미팅이 있다는 걸 알고 있었다. 아버지가 오랫동안 준비했던 계약의 마무리를 짓는 일이라며 잘하고 싶다는 말까지 했었다. 그런데 휴대폰 너머 들려온 평소와 다른 그의 목소리가 신경 쓰였다.

"무슨 일 있는 거죠?"

"아니."

숨도 쉬지 않고 아니라는 대답이 나왔지만, 라엘은 그의 말을 믿지 않았다. 이미 서로에 대해 너무나도 잘 아는 두 사람이었기에 목소리만 들어도 상대가 어떤지 짐작할 수 있었다.

조금 전 통화를 할 때 그의 목소리는 어딘지 모르게 무언가를 참듯 화가 나 있고 기운이 없었다. 라엘은 오늘 계약에 문제가 생긴 건 아닌지 제 일처럼 걱정됐다.

이지철 사건이 일단락되고 아버지와 거리를 좁히기 위해 노력하고 있는 수혁의 모습을 알고 있기에 계약 문제가 아니길 바랐다.

"수혁 씨, 정말 괜찮아요?"

라엘은 수혁의 무릎에 살짝 걸쳐 앉으며 그의 뺨을 쓸어내렸다.

"당연하지. 아무 일 없어. 그냥 네가 너무 보고 싶어서, 그래서 얼굴 보려고 온 거야."

그녀와의 사이에 비밀은 없었지만, 수혁은 이 회장에게 결혼 승낙을 받기도 전에 오늘 일을 말할 순 없었다. 아니, 말하고 싶지 않았다. 만약 말을 한다면 자신보다 라엘이 더 걱정할 거란 걸 불을 보듯 뻔했기 때문이다. 그 어떤 이유에서라도 그녀에게 티끌만 한 걱정조차 주고 싶진 않았다.

"정말?"

"정말."

"음……. 거짓말이네. 수혁 씨 지금 거짓말하고 있는 거 알아요?"

"누구? 누가 감히 최라엘한테 거짓말하는데."

커다란 눈동자 속에 자신을 걱정하는 눈빛을 느꼈지만, 수혁은 분위기를 바꾸려고 뻔뻔하게 굴었다.

"하!"

그 모습을 가만히 지켜보던 라엘이 코웃음을 치며 자리에서 일어나 주머니에 있는 머리끈을 꺼내 잘 말린 머리를 포니테일로 한데 묶어 올렸다.

"……."

그리고 무슨 일인지 의아해하는 수혁을 보며 야무지게 소매를 걷어 올린 뒤 커다란 눈에 힘을 주고 심상치 않은 분위기로 말했다.

"생각할수록 열 받네. 더 이상 안 되겠다. 수혁 씨, 어서 일어나요."

"……."

"뭐예요. 빨리 가게 얼른 일어나지 않고."

"가다니 어딜?"

눈썹을 들썩이며 씩씩거리는 라엘을 보면, 지금 이게 무슨 상황인지 전혀 이해되질 않았다.

"어딜 가긴요. 당연히 수혁 씨 힘들게 한 사람 잡으러 가야죠."

"……!"

"누구예요? 얼른 말만 해요. 어? 누가 감히 내 남자 친구 힘들게 한 거야?"

라엘은 허공을 향해 주먹까지 휘두르는 액션을 취하며 제법 진지한 표정을 지었다.

"다 데려와요. 내가 아주 두 번 다시 찍소리도 못 하게 혼내줄 테니까."

그제야 수혁은 라엘이 자신의 기분을 풀어주려 한다는 사실을 깨달았다.

"누군지 몰라도 아주 큰일 났어."

그 모습을 귀엽게 바라보던 수혁은 한번 어디까지 가나 팔짱을 끼고 그녀를 쳐다봤다. 그런데 입꼬리가 제멋대로 조금씩 올라가더니 급기야 웃음이 터지고 말았다.

"하하!"

"어, 웃었다. 기분 좀 괜찮아졌어요?"

수혁이 올라간 소매를 다정하게 내리며 라엘의 손을 잡고 마주 섰다.

"내 기분은 아까 촉새를 보는 순간부터 좋았어. 다른 사람도 아니고 네가 내 옆에 있는데 어떻게 안 좋을 수가 있겠어."

"아니요. 아직 부족해요."

행사 준비에 회사 업무까지 더해서 요즘 어느 때보다 바쁜 수혁이었다. 자신에게는 언제나 최고의 남자 친구지만 정작 바쁜 업무 속에서 그가 받을 스트레스를 생각하니 마음이 편치 않았다. 다른 거라면 모를까 업무적인 부분은 자신이 도와주고 싶어도 도와줄 수 없으니 대신, 최라엘식으로 그의 기분을 풀어주기로 했다.

"상당히 즉흥적이긴 하지만 지금부터 짧게나마 수혁 씨의 스트레스를 확 날려줄게요. 가요."

세상 편한 차림으로 머리부터 발끝까지 완벽한 슈트를 입은 수혁의 손을 잡고 걸었지만, 라엘은 전혀 민망하지 않았다. 오히려 이런 모습도 재미있고 들뜨는 기분이었다.

"우리 어디 가는 거야?"

"매운맛 보러요."

태양을 좇는 해바라기처럼 그녀에게 시선을 고정한 수혁은 골치 아픈 생각은 잠시 내려놓기로 했다.

지금은 그저 작은 손이 이끄는 대로 따라가고 싶었다.

"하!"

"하아!"

"아오, 미치겠네."

뜨거운 열기와 함께 이따금씩 들려오는 신음 소리 사이로 두 사람이 마주 앉았다. 어딘가 모르게 민망한 수혁과 달리 라엘의 표정은 담담하며 심지어 즐거워 보였다.

"하아, 하아."

계속된 신음 소리가 야한 상상력을 자극했지만, 두 사람이 있는 곳은 19금이 떠오르는 곳이 아닌 작은 떡볶이 가게였다.

"수혁 씨?"

다른 테이블에 앉은 사람들의 신음 소리를 신경 쓰는 그를 라엘이 불렀다.

"우리 떡볶이 나왔어요. 수혁 씨 떡볶이 먹어본 적 있어요?"

물론 수혁도 떡볶이를 먹어본 적은 있다. 어릴 때 요리장이 가끔 만들어주기도 했고, 호텔 뷔페 메뉴가 리뉴얼되면서 추가된 궁중 떡볶이도 시식해봤다. 그런데 이런 분식집에서 그것도 하얀 점이 찍힌 초록색 넓적한 그릇에 시뻘건 옷을 입은 가래떡 모양의 떡볶이는 처음 봤다.

"먹어본 적은 있는데, 분식집을 와보기는 처음이네."

"그렇죠? 그럴 줄 알았어요. 집에서 만든 떡볶이도 맛있지만, 떡볶이의 참맛은 바로 분식집 떡볶이라 할 수 있거든요."

라엘은 떡볶이를 포크에 푹 찔러 수혁에게 향했다.

"자! 어서 먹어봐요."

"아니, 저기 촉새야, 난 괜찮으니까 어서 먹어."

"에이, 무슨 소리예요. 같이 먹어야 맛있죠. 그리고 매운맛이 스트레스 해소에 얼마나 좋은데요."

틀린 말은 아니었다. 외국 어느 의과대학에서 매운맛이 인체에 미치는 영향으로 쓴 논문을 수혁도 본 적이 있었다. 그러나 마치 용암을 뒤집어쓴 듯 어마무시하게 빨간 떡볶이의 비주얼이 자꾸만 멈칫하게 만들었다. 딱히 매운맛을 못 먹는 건 아니었지만, 그 매운맛을 먹고 괜찮을지가 걱정됐다. 지독한 매운맛에 괜히 땀샘이 폭발해 그녀 앞에서 안 좋은 모습을 보이고 싶지 않았다.

"수혁 씨, 나 믿고 한 입만 먹어봐요. 저번에 만화 카페 가서도 재미있었잖아요. 내 말 듣고 후회한 적 없죠? 그러니까 어서 먹어요."

결국 그녀의 계속된 권유에 수혁은 떡볶이를 먹었다. 걱정과 달리 칼칼한 양념에 맛있게 매운 떡볶이가 입맛에 딱 맞았다. 그리고 그녀의 떡볶이 먹는 모습을 보며 수혁은 떡볶이를 먹길 잘했다는 생각을 했다.

"하……."

자신감 넘치던 라엘이 매운 떡볶이 앞에 쩔쩔매는 모습이 자꾸만 야한 상상을 자극했다. 작은 얼굴은 이미 붉게 달아올랐으며 반듯한 눈썹은 파도처럼 일렁였다. 또한 봉긋한 이마 위엔 미세한 땀이 보였다.

그리고 무엇보다 그녀의 의지와 상관없이 도톰한 입술을 비집고 흘러나오는 소리가 참 섹시했다.

'착한 생각. 착한 생각.'

본의 아니게 속으로 계속해서 착한 생각을 주문처럼 읊조리며 넋을 놓고 있는 수혁은 꽤 힘들어하는 라엘을 보며 정신을 다잡았다.

"괜찮아?"

"네. 하! 괜찮…… 아요."

재킷에서 손수건을 꺼낸 그가 그녀의 이마에 맺힌 땀을 닦아주고 물을 먹였다.

"근데 수혁 씨 매운 거 원래 이렇게 잘 먹어요?"

"생각보다 안 매운데. 그것보다 더 이상 안 되겠다."

수혁은 콧물까지 훌쩍이는 라엘의 포크를 테이블 위에 내려놓으며 떡볶이 그릇을 제 쪽으로 당겼다.

"에이, 원래 이 떡볶이는 이런 매운 맛에 먹는 거예요."

"안 돼. 여기서 더 먹었다간 너 내일 큰일 날 거 같아. 어서 일어나. 안 일어나면 안고 나간다."

"알았어요. 나가요, 나가."

사실 라엘 역시 한계를 느꼈기에 못 이기는 척 그를 따라나섰다.

떡볶이집을 나온 두 사람은 매운 맛을 식히기 위해 아이스크림을 사 먹었다. 달달한 아이스크림이 입 안에 녹으면서 매운맛이 씻겨 내려갔다.

라엘의 손을 꼭 잡고 걸어가던 수혁은 우연히 쇼윈도에 비친 자신의 모습을 보며 피식 웃음이 났다. 비단 오늘뿐만 아니었다. 그녀를 만나지 않았다면 아마 이런 평범한 일상 속에 감춰진 행복과 감사함은 절대 알지 못했을 거다.

"라엘아, 고마워."

"에이, 우리 사이에 고맙긴요. 기분은 좀 괜찮아졌어요?"

"괜찮은 정도가 아니라 완전 좋아졌어. 스트레스도 풀렸고."

"그래요. 아직 마지막 코스가 남았는데."

"마지막 코스?"

"저기 간판 보이죠? 바로 저기예요."

수혁의 스트레스 해소를 위해 라엘이 마지막으로 준비한 곳은 오락실이었다. 20년 넘게 운영되고 있는 동네 작은 오락실은 라준과 라엘, 종인이 어릴 때부터 자주 이용하던 곳이었다.

지금은 시내에 좋은 오락 시설이 많이 생겨 예전처럼 아이들이 북적거리진 않았다. 하지만 오히려 추억에 젖은 성인 손님들이 가끔씩 찾아와 게임을 즐기곤 했다.

"안녕하셨어요, 할아버지."

"라엘이구나. 다 큰 어른이 재미도 없는 오락실은 뭐하러 또 왔어?"

"아직 재미있어요, 할아버지."

오락실 한쪽 작은 방에 누워 있던 주인 할아버지가 라엘을 보며 반갑게 맞았다.

"근데 라준이는 또 큰 거야?"

눈과 귀가 살짝 어두운 주인 할아버지는 동전을 바꿔주며 수혁을 보고 라준으로 착각했다.

"아니요, 할아버지. 제 남자 친구예요."

"아~ 신랑이라고. 언제 결혼했어? 난 몰랐네. 축하해. 고놈 참 잘 생겼네그려."

"감사합니다, 어르신. 저희 잘 살겠습니다."

"그럼, 그럼. 지지고 볶고 잘 살아야지."

옆에 서 있던 수혁은 듣기 좋은 말을 넙죽 받으며 찰떡같이 인사를 건넸다.

"그렇다고 그렇게 인사를 하면 어떡해요?"

"어르신이 미래 일어날 일에 덕담을 건네신 건데 당연히 인사를 드려야지."

"하여간."

그런 수혁의 말이 싫지 않은 라엘이었다.

"이제 어떻게 하는지 다 알았죠?"

"생각보다 쉽네. 어떻게? 소원권 내기?"

"당연하죠. 총 세 판에 두 판 이기는 사람이 소원권 가져가는 거예요."

"지고 나서 딴말 없기."

"콜!"

두 사람이 하는 게임은 오래된 고전 게임으로 특정 캐릭터를 골라 대련을 펼치는 무술 게임이었다.

탁. 타탁.

"그렇지. 잘한다."

"잠깐, 촉새야. 그건 아니지. 너 자꾸 필살기만 쓸래?"

"이 게임은 원래 필살기를 써야 이겨요."

버튼을 누르는 소리가 미친 듯이 들려오는 가운데 어린 시절 오락실에서 조이스틱을 주름잡던 솜씨로 라엘이 가뿐히 승리했다.

"아싸! 이겼다. 수혁 씨가 졌어요. 인정?"

"인정."

세 판을 내리 이긴 라엘의 완벽한 승리였다.

오락실 게임을 끝으로 두 사람은 집으로 향했다.

"그렇게 신나?"

집으로 걸어오는 내내 라엘은 소원권을 따내 진짜 기뻐했다.

"물론이죠. 이번 내기를 통해서 다시 한번 신은 공평하다는 걸 알았어요. 수혁 씨가 오락실 게임까지 잘했으면 인간미가 없을 뻔했어요. 뭐랄까, 너무 완벽하다고나 할까?"

"오늘 칭찬이 좀 과한데?"

"이런 날도 있어야죠."

"예. 감사합니다. 근데 우리 촉새는 무슨 소원권을 쓸 거야?"

"그건 비밀이에요. 아주 엄청난 걸 준비할 거란 것만 말해줄게요."

"좋아, 얼마든지."

두 사람은 어느새 대문 앞에 다다랐다. 대문으로 들어서는 계단에 오른 라엘을 향해 수혁이 손을 뻗으며 그녀를 안았다.

"수혁 씨?"

"응."

"지금 내가 무슨 말 하고 싶은지 알아요?"

"알아."

"어떤 말?"

"다 잘될 거야."

"맞았어요. 걱정은 또 다른 걱정으로 이어진다고 했어요. 그러니까 오늘은 더 이상 아무 걱정 하지 말고 집에 가서 푹 자요."

"그래. 그렇게."

"수혁 씨 옆엔 항상 내가 있다는 거 잊지 마요."

수혁에게는 세상 그 어떤 해결책보다 라엘이 정답이었다. 오늘 하루, 가슴을 짓누르던 답답함이 그녀로 인해 평정심을 되찾았다.

"들어가."

"오늘은 가는 거 보고 들어갈게요. 수혁 씨 먼저 가요."

마지막으로 그녀를 꼭 끌어안고 머리에 입을 맞춘 수혁이 차를 탔다.

똑똑.

그가 시동 버튼을 누르는 사이 대문 안으로 들어갔던 라엘이 도로 나와 차창을 노크했다. 그가 차창을 내려 무슨 일이냐고 물어보려는 찰나, 그녀가 입맞춤을 했다.

"굿나잇 키스예요. 운전 조심해서 가요."

굿나잇 키스치고는 깊은 키스를 남긴 라엘은 서둘러 집으로 들어갔다. 흐뭇하게 그 모습을 바라보던 수혁도 집으로 출발했다. 그는 집으로 가는 동안 오늘 일에 대해 이 회장에게 할 말을 정리했다.

그 시각 시라에게 오늘 일어난 일과 수혁에게 여자가 있다는 사실을 알게 된 이 회장은 개인 서재로 알프레도를 호출했다.

"한 실장 자네는 알고 있었나?"

"전 몰랐습니다."

"하긴 나랑 쭉 외국에 나가 있었으니 자네는 몰랐겠지. 이만 나가봐."

한 실장이 서재를 나가고 밖에서 대기하고 있던 알프레도가 안으로 들어왔다.

"부르셨습니까, 회장님."

이 회장 앞에서나 김 여사 앞에서나 바른말을 일삼는 알프레도 역시 지금 이 순간은 긴장한 듯 평소 모습과 달리 보였다.

"쓸데없는 서론 본론 건너뛰고 결론부터 가자고. 알프레도?"

작은 스탠드 불빛에 비치는 이 회장의 눈빛은 성난 포식자처럼 낮게 빛났다.

"네, 회장님."

"사실이야?"

"예. 사실입니다."

"수혁이한테 여자가 있다는 게 사실이라고?"

굳이 들은 사실을 또다시 확인하며 되묻는 이 회장의 질문에 알프레도는 답을 하지 않았다. 대신 작은 파일을 하나 건넸다.

"직접 보시는 게 빠를 것 같아 준비했습니다."

이 회장이 건네받은 파일에는 라엘에 대해 작성한 문서였다.

알프레도는 누구보다 이 회장 스타일을 잘 알고 있었다. 언젠가 이런 일이 생길 거라고 예상한 그는 다른 사람이 라엘을 뒷조사하는 것보다 차라리 본인이 소개하는 게 낫겠다 싶어 호출을 받고 빠르게 문서를 준비했다. 알프레도가 이 자리에서 라엘을 모른다고 했다면 이 회장은 그 즉시 사람을 시켜 그녀를 조사했을 것이다.

"집안이 철물점이라는 걸 빼면 학벌도 외모도 빠지지 않는 인물인 건 확실하네. 게다가 이 사람 때문에 우리 수혁이가 다시 건강해진 거고."

"맞습니다, 회장님. 최 선생님이 노력하신 덕분에 도련님께서 밝은 모습으로 돌아오실 수 있었습니다."

알프레도는 이 회장이 알게 된 이상 라엘에 대해 숨김없이 적었다. 두 사람이 만나게 된 계기부터 수혁에게 그녀가 어떤 존재인지까지 상세히 덧붙였다.

"생명의 은인이란 표현이 뭐하지만, 그래도 틀린 말은 아니군."

"회장님, 도련님께서 많이 좋아하고 계십니다."

시험을 준비하는 학생처럼 문서를 정독하는 이 회장을 보며 알프레도가 조심스럽게 거들었다.

"알프레도 난, 다른 직원들은 몰라도 자네는 가족같이 생각하고 있어. 그래서 자네 말은 백 프로 신뢰하지. 왜냐고? 자네는 거짓말은 못하는 인물이니까."

이 회장은 손에 쥔 문서에서 눈을 떼지 않은 채 계속 말을 이어나갔다.

"그런 자네가 쓴 문서만 봐도 수혁이가 이 사람을 얼마나 좋아하는지 알 거 같아. 그래, 수혁이는 이 여성분과 어디까지 생각하고 있는 거지. 숨기지 말고 사실대로 말해."

"……결혼까지 마음먹고 계십니다."

"생각도 아니고 결혼을 마음먹었다고?"

"네, 회장님."

이 회장은 손에 쥔 문서를 책상 위로 떨어뜨렸다. 고급스러운 문양이 새겨진 책상 위를 손가락으로 두드리던 그는 한참 동안 뭔가를 생각하고 또 생각했다. 그리고 정각을 알리는 괘종시계 울림과 함께 마침내 그가 입을 열었다.

"결혼이라……. 결혼."

마치 혼잣말을 하듯이 낮게 속삭였다. 오랫동안 이 회장을 알고 지낸 알프레도였지만, 그의 말투와 눈빛 그리고 표정 속에 숨겨진 뜻을 읽을 수 없었다. 찬성인지 반대인지 도무지 감이 서질 않았다.

맑은 날씨와 달리 셸튼가의 분위기는 어딘가 모르게 살벌했다. 평소대로라면 이 시간에 호텔 주차장에 서 있어야 할 이 회장과 수혁의 차량은 어찌 된 영문인지 저택 주차장에 그대로 주차되어 있었다.

"아이고, 살 떨려라."

하나둘 휴게실로 향하는 직원들을 저만치서 따라가는 요리장 기자와 쌍방울 댁이 조용히 속삭였다.

"듣자 하니 회장님께서 최 선생의 존재를 아셨다며?"

"누가 아니래. 도련님도 어제 모르고 선 자리에 나가셨다고 하잖아."

"방울아, 회장님이랑 도련님이 충돌할까 봐 내가 막 심장이 벌렁거린다."

"언니 난 간까지 쪼그라드는 기분이라니까."

"그나저나 회장님께서 도련님이랑 최 선생님, 예쁘게 봐주셔야 할 텐데……."

두 사람은 고개를 돌리며 걱정스러운 표정으로 본채를 쳐다봤다.

25화. 라엘 VS 시라

"전 사랑하는 여자가 있습니다."

사랑하는 여자가 있다는 고백을 수혁에게서 직접 듣는 이 회장의 얼굴은 불편 그 자체였다. 알프레도에게 전해 들었을 때와는 전혀 다른 기분이 밀물처럼 밀려 들어왔다.

"그렇다더구나. 알프레도에게 들었다."

응접실에 들어찬 공기조차 두 사람의 분위기에 압도되어 눈치를 보는 것 같았다.

"이름이 최라엘이라고. 그래, 언제까지 날 속일 생각이었니?"

"아버지를 속일 생각은 애초부터 없었습니다."

한차례 목소리가 고조됐던 이 회장과 수혁, 두 사람은 최대한 침착하려 애를 썼다. 하지만 그 침착함이 오히려 서로를 팽팽하게 당기고 있었다.

"아버지와 저뿐만 아니라 테마파크 행사는 모든 직원에게 중요한 거라 행사를 성공적으로 이끌고 정식으로 소개시켜드리려고 했어요. 미리 말씀드리지 못한 점은 죄송합니다."

"네가 그렇게까지 생각하고 있었다면 됐다. 그나저나 수혁아?"

"네, 아버지."

"연애란 감정은 눈앞에 불꽃같은 거야. 반짝이고 짜릿한 감정에 순식간에 정신이 홀리고 현혹되지. 하지만 정신없이 터지던 불꽃이 꺼지면 끝이야."

고급 앤티크 의자에 앉아 이 회장의 말을 듣던 수혁은 의자 손잡이를 세차게 눌러 잡았다.

"연애도 그런 거야. 아주 잠시 잠깐만 혹할 뿐이야."

"아니요. 그 사람에 대한 제 감정은 그리 가벼운 감정이 아닙니다."

"김 실장 똑똑하고 괜찮은 상대다."

"제 옆에 있는 제 사람이 더 똑똑하고 훨씬 더 괜찮은 사람이라고 장담할 수 있습니다."

수혁은 확실히 수호와 달랐다. 자신의 의견을 피력하기보다 참고 받아들였던 수호와 달리 수혁은 아닌 건 목에 칼이 들어와도 아닌 성격이었다. 이 회장은 이런 수혁의 성격이 자신의 젊은 시절과 상당 부분 오버랩되는 것을 느꼈다.

입 근처까지 갔던 커피 잔이 다시 테이블 위로 내려졌다.

"너, 지금 나랑 해보자는 거냐?"

진한 눈썹 아래 날 선 눈빛이 정면을 응시했지만, 수혁은 흔들림 없이 피하지 않았다.

"아니요. 그럴 리가요. 아버지와 뭘 해볼 생각도, 또한 어린애처럼 말도 안 되게 떼를 쓸 생각도 없습니다."

"지금 네가 하는 건 떼쓰는 게 아니다?"

"네. 그저 저와 다른 의견을 강요하시는 아버지께 제 의견을 말씀드리고 잘못된 부분을 바로잡고 싶을 뿐이에요."

"말 한번 잘했구나. 나도 같은 생각이거든. 나 역시 잘못된 부분을 바로잡기 위해 이러는 거란다."

"잘못된 부분이 아버지께서 시작하셨다고는 생각하지 않으세요?"

길었던 고통에서 벗어난 뒤, 수혁은 아버지인 이 회장이 하는 말은 자식으로서 다 들어드리자고 마음먹었었다. 하지만 다른 건 백 번 천 번 양보하고 고집을 꺾을 수 있지만 결혼과 라엘에 관해선 그럴 수 없었다.

"너야말로 네가 만나는 최라엘 선생이라는 그 사람이 잘못된 부분인 걸 모르겠니? 여자는 남자보다 감정에 예민해. 김 실장이 어제 일로 마음이 많이 상했어. 네가 잘 달래줘라."

"아버지!"

"가치 있는 물건이 왜 가치가 있는 줄 아니? 그 가치를 계속 유지하기 때문이야."

수혁은 조금 전보다 목소리를 더 높였지만 이 회장은 눈 하나 깜짝하지 않았다.

"수혁이 네가 내 아들이고 셀튼의 후계자인 이상, 너 역시 우리 집안의 가치를 이어갈 의무가 있는 거야."

"아니요. 그건 가치가 아니라 아버지 개인의 욕심 그 이상도 이하도 아니에요. 마지막으로 아버지를 위해 부탁드릴게요. 김 실장과의 결혼 문제, 깨끗이 잊어 주시고 그 사람 기쁘게 맞아주세요. 아버지 아들인 제 목숨을 살려준 여자라고요."

"목숨을 살려준 사람과 사랑에 빠진다면 이 세상 모든 의사들은 환자와 결혼해야 하는 거냐?"

절실한 수혁의 마음을 이 회장은 차갑게 받아쳤다.

"나 차일드그룹 김시라 실장이에요."

유모의 만류에도 불구하고 시라는 비서를 대동하고 스위트룸을 나와 기어이 수혁의 사무실을 찾았다.

"네. 알고 있습니다."

"이수혁 본부장님과 어제 업무 미팅을 했는데 아직 결론이 나질 않아서요. 제가 급해서 그런데 본부장님 좀 뵐 수 있을까요?"

"그게……."

"안녕하십니까, 실장님."

곤란한 듯 눈치를 보는 여직원 뒤로 김 비서가 시라를 발견하고는 인사를 건넸다.

"누구……?"

"본부장님을 보좌하고 있는 김 비서라고 합니다."

"본부장님을 뵀으면 하는데요."

"외람되지만 사전에 약속을 하신 건지요."

"아니요. 약속은 하지 않았어요. 하지만 제가 왔다고 하면 만나주실 거예요."

"약속을 하지 않고 본부장님을 뵙기란 어렵습니다. 그리고 본부장님은 현재 외부 일정으로 인해 사무실에 안 계십니다."

김 비서는 정면을 응시하며 정중하게 말했지만, 시라는 어쩐지 그가 거짓말을 하고 있다는 생각이 들었다.

"이거 보세요, 김 비서님. 혹시 저한테 거짓말을 하는……."

철컥.

빠르게 열리는 사무실 문소리가 시라의 말꼬리를 잘랐다.

"직접 보시죠."

당당히 열린 사무실 안엔 김 비서의 말대로 아무도 없었다. 하지만 시라는 김 비서의 말을 믿지 않았다. 수혁이 일정 때문이 아니라 자신을 피하고 있다고 착각하며 지체 없이 사무실을 나왔다. 그리고 호텔 밖으로 나와 뒤따라온 비서와 함께 이제 막 손님이 내리는 택시에 급히 올라탔다.

"어디로 모실까요?"

"말해!"

시라가 비서를 향해 물었다.

"아가씨……."

"어떤 사람인지 궁금해서 그래. 잠깐 볼 거야. 잠깐만."

비서는 어쩔 수 없이 행선지를 말하며 시라가 차창 밖으로 고개를 돌린 틈을 타 객실에서 짐을 싸고 있는 유모에게 문자를 남겼다.

"신데렐라 놀이는 이쯤에서 끝내."

"하!"

세상에서 가장 무거운 한숨이 이 회장을 향했다.

"그래도 아버진 저한테 이러시면 안 되셨어요."

"안 되다니? 남들은 사돈을 맺고 싶어서 안달 난 집 딸을 붙여 준 게 안 될 일이라고 하는 거야?"

"다른 모든 집안에서 차일드그룹과 혼사를 맺고 싶어 하는지는 모르지만 전 아닙니다. 어떻게 김시라 그 여자를……."

결국 응집된 감정이 터진 수혁은 화가 나고 답답한 심정이 표정을 덮으며, 최대한 참고 덮으려던 진실을 입 밖으로 내뱉었다.

"어떻게 형과 결혼 얘기가 오갔던 여자를 저랑 결혼시킬 생각을 하셨어요?"

수혁의 말이 끝남과 동시에 응접실 문 하나를 두고 네 사람이 서 있는 자리에 폭탄이 떨어졌다. 그리고 격하게 응접실 문이 열렸다.

"여보…… 지금 이게 다 무슨 소리예요?"

연이는 시라가 과거 수호와 혼인이 오고 갔던 사실을 전혀 몰랐다.

"뭐, 뭐라고? 수혁이 너 지금 뭐라고 했니?"

김 여사 역시 이 사실에 대해 금시초문이었다. 두 사람은 갑자기 뺨이라도 맞은 사람처럼 얼이 빠진 표정으로 수혁과 이 회장을 번갈아 쳐다봤다.

"아범! 도대체 이게 무슨 소리냐고 묻고 있잖아?"

참다못한 김 여사가 이 회장을 향해 버럭 소리를 질렀다. 지금까지 살면서 단 한 번도 본 적 없는 가장 큰 소리였다.

"……!"

그 사실을 수혁이 알고 있을 거라고는 전혀 예상 못 한 이 회장은 크게 놀랐다.

"네가…… 그걸 어떻게……."

"아버지, 형한테 들어서 알고 있었어요. 전부 다."

유난히 사이가 좋았던 형제는 서로에게 비밀이 없었다. 이 회장에게 시라와 혼사 얘기를 들은 수호는 그 사실을 수혁에게 알렸었다. 그 당시 정신적으로 육체적으로 힘들었던 수호는 결혼을 하나의 돌파구로 생각했다. 어차피 자신에게 선택지가 없는 이상 아버지인 이 회장이 정해준 시라와 정말 잘해볼 생각까지 했었다.

"어떻게…… 네가 어떻게 이래!"

김 여사가 바짝 다가와 크게 노하며 소리쳤지만 이 회장은 그 어떤 반응도 보이지 않았다. 안타깝고 속상한 표정으로 응접실을 나가는 수혁의 뒷모습만 바라볼 뿐이었다. 그러다 이내 한 가지 생각이 머릿속에 떠올랐다.

이 회장은 누구보다 셈이 빠르고 머리가 좋은 사람이다. 분명하다는 확신이 있다면 불도저처럼 밀어붙였지만 조금이라도 손해가 느껴진다면 빠르게 놓는 법도 알고 있었다. 그래서 방금 전 수혁의 폭탄 발언을 듣는 순간, 그는 시라가 더 이상 자신의 며느리가 될 수 없음을 빠르게 깨달았다.

엘리베이터에서 내린 라엘이 사무실을 향해 걸어갔다. 안쪽에 있는 사무실을 향해 걸어가자 또각또각거리는 하이힐 소리가 복도를 타고 울렸다. 벽을 끼고 코너를 돌자 편의점 사장의 말대로 두 명의 여자가 그녀의 시야의 들어왔다.

"두 분, 스피치 건으로 찾아오신 건가요?"

단정한 블랙 정장을 입은 비서와 화려하게 꾸며 입은 시라가 동시에 고개를 돌려 돌아봤다.

"혹시…… 최라엘 씨 되시나요?"

"네. 제가 최라엘인데요."

시라는 라엘을 보는 순간, 수혁이 사랑한다는 사람이 이 여자라는 걸 대번에 알 수 있었다. 얼굴 곳곳에 사랑받고 있다는 느낌이 가득했기 때문이다. 자신에게는 없는 뭔가 따뜻하고 밝고 찬란한 기운이 가득 느껴졌다. 찰나의 순간 저도 모르게 부럽다고 느낀 시라는 어제 식당에서 겪은 창피함과 수모가 또다시 떠올라 견딜 수가 없었다. 수혁이 사랑한다고 단언한 이 여자에게 뭔가 분한 마음을 쏟아내고 싶어졌다. 그래야 화난 마음이 그나마 조금이라도 가실 것만 같았다.

"반갑습니다. 김시라예요. 최라엘 씨에게 할 말이 있는데 잠시 시간 좀 내주겠어요?"

"이쪽으로 들어오세요."

라엘은 사무실 문을 열고 시라를 안으로 안내했다.

"일행분은 같이 안 들어오세요?"

"네. 괜찮아요."

두 사람이 작은 테이블을 사이에 두고 마주 앉았다.

"차 좀 드릴까요?"

"아뇨. 제가 믹스커피는 마실 줄 몰라서요. 전, 이런 사람이에요."

시라는 라엘의 기를 죽이기 위해 이천만 원짜리 고가 핸드백에서 금장 테두리가 번쩍거리는 영문 명함을 꺼내 건넸다.

'차일드그룹!'

명함을 유심히 보던 라엘은 얼마 전 수혁이 계약을 진행한다고 말했던 회사 이름이 차일드그룹이라는 게 떠올랐다.

"셸튼 호텔 이수혁 본부장 아시죠?"

"……네. 알고 있어요. 근데 무엇 때문에 그러시죠?"

라엘은 수혁의 이름을 듣자마자 시라가 스피치 때문에 찾아온게 아니라는 걸 바로 캐치했다.

"두 사람이 사귀고 있는데 내가 너무 뻔한 질문을 했네요. 내가 누군지 궁금하죠?"

라엘의 궁금한 표정을 보며 이죽거리던 시라가 바로 다음 말을 이어 붙였다.

"나, 이수혁 본부장과 선본 여자예요."

"……."

"이수혁 본부장이 워낙 그쪽을 열렬히 사랑한다고 했거든요. 그래서 도대체 그 잘난 남자를 홀린 여자가 어떤 여자일까 궁금했어요. 최라엘 씨는 이수혁 본부장과 그 집안이 얼마나 대단한지 모르죠?"

"하고 싶은 말이 뭐죠?"

"고작 이런 쥐구멍만 한 작은 사무실에서 스피치 강사 나부랭이나 하면서 무슨 양심으로 수혁 씨를 만나나 싶어서요. 설마 두 사람 진짜 결혼이 가능할 거라고 믿는 건 아니죠?"

시라는 우아한 척 꾸며낸 미소를 띠고 있었다. 상냥하게 입꼬리를 살짝 올리고 나긋나긋한 말투를 보였지만, 철저하게 라엘을 무시한 태도였다.

"지극히 평범한 여자와 재벌 남자의 현대판 신데렐라 러브스토리를 꿈꿨다면 지금이라도 정신 차리는 게 좋아요."

일부러 대놓고 신경을 건드리며 자극하는 말만 골라 하는 시라를 보며 라엘은 그 어떤 반응도 보이지 않았다. 다만 가만히 정면을 응시한 채 시라의 이야기를 계속 듣고만 있었다.

"사람이라고 다 같은 사람은 아니에요. 카스트제도 알죠? 겉으로 드러난 기준만 없을 뿐 여전히 이 사회 속에서 계급은 존재해요. 그 계급 안에서 그쪽이 저 밑 어딘가에 있는 사람이라면 난 가장 위쪽에 존재하는 사람이에요. 그리고 나와 같은 계급에 있는 사람들이 수혁 씨와 어울리는 사람이죠."

시라는 급기야 계급이라는 단어까지 들먹이며 막말을 즐겼다.

"그래요. 우리 재벌들에겐 결혼도 일종의 비즈니스예요. 서로 합당한 조건 속에서 주고받는 이익이 있어야 하는데, 빛나는 졸업장이 전부인 최라엘 씨는 어떤 걸 줄 수 있는지 모르겠네요. 마지막으로 하나만 더 말해줄까요?"

"……."

"당신은 이 회장님이 어떤 사람인지 전혀 몰라. 근데 난 이 회장님을 좀 알거든. 내가 장담 하나 하죠. 설령 수혁 씨가 이 결혼 밀어붙인다고 해도 결국 회장님 때문에 당신들 결혼 절대 못 하게 될 거야. 아니, 못 할 거야. 못 했으면 좋겠어. 그래야 더러운 내 기분이 조금이라도 좋아질 것 같거든."

무대 위에 올라가 혼자 모노드라마를 하는 배우처럼 시라는 기분 내키는 대로 하고 싶은 말을 전부 내뱉었다. 그러면서 가만히 앉아 자신의 말을 듣는 라엘을 보며 끝없는 우월감마저 느꼈다.

'꽤 놀랐나 봐. 하긴 갑자기 찾아와 찬물을 뿌렸으니 얌전한 아가씨가 얼마나 놀랐……'

내리깐 눈빛으로 라엘을 훑으며 속으로 퍼지던 말을 끝내려는 찰나 당당한 말투가 독백을 끊었다.

"하고 싶은 말 다 한 거 맞죠? 봐서 알겠지만 직업상 상대의 말에 귀 기울일 줄 알거든요. 특히나 김시라 씨처럼 본인 말이 우선인 사람들 말은 더 잘 들어줍니다. 안 그러면 사탕 뺏긴 애처럼 화를 내거든요."

지금까지 표정 변화를 드러내지 않고 조용히 궤변을 듣고 있던 라엘의 반격이 시작됐다.

"오늘은 좀처럼 참기 힘들었는데 그래도 끝까지 들었어요. 잘 들어야 잘못된 그쪽 말을 바로잡을 수 있을 것 같았거든요. 먼저 수혁 씨네 집안이 대단한 집이라는 건 그쪽이 말하지 않아도 잘 알고 있어요. 한국에서 셀튼을 모르는 사람은 잘 없으니까요. 이 공간이 당신한테는 쥐구멍만 한 사무실로 보일지 몰라도 나한테는 내 꿈을 펼치는 축구장 같은 공간이라 전혀 작지 않아요. 그리고 내 직업이 내가 사랑하는 남자를 만남에 있어 선과 악을 판단하는 도덕적 의식인 양심과 무슨 관계가 있는지 이해할 수 없네요. 그쪽 말 참 못하는 거 알아요?"

시라의 얼굴근육이 미세하게 꿈틀거리기 시작했다.

"맞다! 스피치 강사 나부랭이라고 했죠? 재벌 딸이면 적어도 교육을 잘 받았을 텐데 어쩜 이렇게 못 배운 사람처럼 말을 할까."

"……."

"이봐요! 김시라 씨, 당신 아버지 말고 대기업 회장님 만나본 적 있어요? 하늘의 별이라고 하는 톱스타와 독대해본 적은요. 없죠? 난 지금까지 그런 사람들 숱하게 만났고 심지어 그 사람들이 '선생님'이라고 부르면서 존중해줘요. 왜냐고? 말을 제대로 잘하기 위해서예요. 사람이 살면서 가장 중요한 것 중 하나가 언어니까. 의사 전달과 소통이 제대로 되지 않으면 그쪽처럼 막말을 해서 실수하니까 그렇지 않기 위해서죠."

"뭐, 뭐야! 너 지금……."

"조용! 내 말 아직 안 끝났어요."

아랫입술을 꽉 깨물고 있던 시라가 대꾸하려 했지만 라엘이 빠르게 치고 나왔다.

"내가 어릴 때부터 반장이며 학생회장을 놓친 적이 없는데 생각해보니 아무래도 주인공 기질이 좀 있어서 신데렐라를 좋아하는 것 같네요. 근데 신데렐라가 왕자 거저 얻은 거 아니에요. 그 큰집 살림을 혼자서 다 하면서 계모와 언니 뒷바라지까지 하며 착하게 살아서 왕자를 만난 거 아니겠어요? 그래서 사람은 착하게 살아야 하는데 그쪽은 틀린 거 같네요. 수혁 씨와 내 관계가 외부에 알려지면 신데렐라라고 하는 사람도 있겠지만 난 신경 쓰지 않아요. 좋게 해석하면 공주가 됐다는 건데 공주 소리 싫어하는 여자는 드물잖아요."

물 만난 고기처럼 막힘없이 말을 하던 라엘이 자리에서 일어났다.

"마지막으로 한 가지만 더 말할게요. 아까 나한테 물었죠? 수혁 씨한테 뭘 해줄 수 있냐고."

"그래. 물었어. 넌 아무것도 해줄 게 없을걸."

라엘의 말발에 눌려 있던 시라가 이때다 싶어 대꾸하듯 쏘아붙였다.

"아뇨. 난 수혁 씨에게 많은 걸 해줄 수 있어요. 내 자신보다 그를 더 사랑하면서, 힘들 때 같이 울어주며 위로를 줄 수 있죠. 또한 내 지식을 나눠줄 수 있고 잘못된 걸 잘못됐다 말할 수 있는 용기도 줄 수 있어요. 당신이 죽었다 깨어나도 절대 돈으로 살 수 없는 것들이죠."

"하! 이봐, 최라엘 씨! 지금 나랑 장난해?"

"장난은 당신이 하고 있는데 이해가 안 되나 보죠?"

"……."

"이 세상에 절대라는 건 없어요."

아까 이 회장이 절대로 결혼을 허락하지 않는다는 말에 대한 라엘의 답이었다.

"회장님이 보시기에 내가 수혁 씨의 짝으로 부족하다는 건 나도 알아요. 하지만 그 사람과 함께 노력해서 당신 보란 듯이 허락받을 겁니다. 내가 살면서 마음먹고 못 해낸 게 없거든요."

팔짱을 끼고 시원하게 조목조목 반박을 끝낸 라엘이 명함을 손에 쥐고 문 앞으로 걸어갔다.

"이제 딱 봐도 알겠죠? 내가 그쪽보다 멘탈이 훨씬 강하다는 거. 그리고 예전에 당신 같은 부류의 사람을 만났을 때 잠깐 법에 대해 알아봤는데, 김시라 씨가 나한테 한 말 인격모독에 명예훼손인 거 알고 있나요?"

"뭐, 뭐야……!"

"경찰에 확 신고하기 전에 그만 까불고 내 사무실에서 당장 나가요!"

씩씩거리며 자신을 노려보는 시라를 보며 라엘은 112가 찍힌 휴대폰을 보여줬다.

"내 별명이 상또예요. '상또라이'의 줄임말인데. 내가 이 구역의 상또인데, 어떻게, 나랑 더 해볼래요?"

통화 버튼으로 다가가는 라엘의 손가락을 보던 시라는 결국 자리를 박차고 일어났다.

"너, 너 내가…… 가만있을 것 같아?"

곧 죽어도 자존심을 놓지 못한 시라는 자신이 얼마나 미련한지 알지 못한 채 마지막까지 진상을 떨었다.

"아니. 가만히 있지 않고 이 문을 나가는 순간 밖에 서 있는 당신 비서님에게 분을 토할 것 같아. 그래서 당신 비서가 걱정돼."

"뭐야!! 주제 파악 똑바로 하고 있어. 내가 너 망신 줄 거야."

"망신은 지금 그쪽이 당하고 있는 게 망신이에요. 왜! 대단한 재벌 딸이 말하면 무서워서 벌벌 떨 줄 알았나요? 사람 잘못 골랐어요. 나 그렇게 만만한 사람 아니에요."

라엘은 상대를 존중할 줄 알고 언제나 예의 바른 사람이었다.

"돈이 많다고 세상이 그쪽 중심으로 돌아가진 않아요. 내 말 기억해요."

하지만 자신이 잘났다고 상대를 얕보며 무시하는 사람에게까지 예의를 차릴 필요는 없다고 생각했다. 특히 시라 같은 사람에겐 더 그랬다. 그래서 더 당당하게 하고 싶은 말을 전했다.

"아, 그리고 수혁 씨랑 결혼하게 되면 이메일로 청첩장 보낼게요. 시간 되면 밥 한 끼 하러 와줘요. 오늘 반가웠어요."

라엘은 벌레 씹은 표정으로 사무실을 나가는 시라를 향해 위트 있는 한 방으로 배웅하며 문을 닫았다.

"하! 시원해."

라엘은 시원한 냉수를 컵에 따라 단숨에 들이켰다. 유리컵 표면에 맺힌 물방울이 작은 손 틈으로 스며들었지만, 그녀는 미동조차 하지 않았다. 시라의 말대로 수혁이 선을 봤다는 사실을 라엘은 알지 못했다. 오늘 처음 듣는 말이었다.

그런데 조금도 기분이 나쁘거나 서운한 감정이 들지 않았다. 오히려 그가 왜 그렇게 기운 없었는지, 고민 가득한 얼굴을 했는지 이제야 그 이유를 알 것만 같았다.

"바보…… 나한테 티 좀 내지."

걱정 가득한 말투로 라엘이 핸드폰을 들었다.

"하!"

시뻘건 입술 사이로 어이없는 외마디 한숨이 낮게 터져 나왔다.

"무식하게 목소리만 높아서……."

라엘에게 망신을 주려다 도리어 망신을 당한 시라는 분을 이기지 못하고 온몸을 부들부들 떨었다. 야생 장미처럼 날카롭게 가시를 세운 예쁘장한 얼굴은 욕심과 짜증 섞인 표정으로 일그러져 있었다.

혼자서 북 치고 장구 치다 못해 자진모리장단까지 돌린 시라는 본인이 저지른 추태는 생각 안 하고 수혁과 라엘이 자신을 기만했다고 착각했다. 그래서 스피치 건물에서 나온 뒤 비서의 만류에도 불구하고 곧 죽어도 수혁을 만나겠다며 셀튼 호텔로 향했다. 이대로 그냥 가만히 있다가는 속에서 천불이 날 것만 같아 뭐라고 한마디라도 해줘야 분이 풀릴 것 같았기 때문이다.

그 탓에 스피치 건물로 향하고 있던 이 비서와 유모는 호텔로 차를 돌렸다.

"아가씨, 아까 분명히 본부장님 자리에 안 계신 거 보셨잖아요."

"그래. 나도 봤어. 근데 그게 뭐? 자리에 없으면 올 때까지 기다리면 되잖아."

"제발 그만하세요."

유모와 달리 지금까지 목소리를 높인 적 없던 이 비서가 한껏 소리를 높였다.

"······그래. 알았어. 그만할게. 대신 인사 정도는 할 수 있는 거잖아."

더 큰 개망신과 쪽팔림을 당할 거라고는 전혀 예상하지 못한 시라는 결국 질긴 고집으로 엘리베이터 버튼을 눌렀다.

"들어가보시죠."

그사이 회사에 도착한 수혁은 시라가 찾아왔다는 김 비서의 말에 사무실로 들어오라고 전했다. 여전히 못마땅한 얼굴로 사무실로 들어가는 시라를 보며 눈치 빠른 김 비서는 여직원들을 잠시 휴게실로 보냈다.

"이거 보세요, 이수혁 씨. 당신이 지금 얼마나 큰 실수를 하고 있는 줄 알고 있기나 한가요?"

거칠게 사무실 문을 열고 들어온 시라는 들어오자마자 되도 않는 말을 쏟아냈다.

"우리 집안을 얼마나 우습게 여겼으면 기만하는 것도 정도가 있지……."

쾅!

기만이라는 단어가 들림과 동시에 커다란 주먹이 책상을 내리쳤다.

의자가 벽에 부딪히는 소리와 함께 수혁의 거친 음성이 시라의 헛소리를 집어삼켰다.

"기만! 기만이라고?"

진심은 아니더라도, 그럴 마음은 눈곱만큼도 없다 하더라도 수혁은 그래도 본인의 사회적 위치를 생각해서 시라가 적어도 미안하다는 말을 전하러 왔다고 생각했었다.

더는 조금이라도 보고 싶지 않은 사람이었지만, 그렇기 때문에 사무실로 들어오라고 했던 것이었다. 그런데 마지막까지 궤변 섞인 억지가 그의 인내심을 무너뜨렸다. 수혁은 한때 형과 혼사 이야기가 오고 갔던 상대라서 식당에서도 참았던 건데 더 이상 상식이 통하지 않는 사람에게 참을 이유가 없었다.

"이봐, 김시라 씨!"

날카로운 송곳니를 드러낸 맹수의 으르렁거리는 소리와 날 선 눈빛이 정면을 향했다. 그 엄청난 분위기에 압도당한 시라는 자신에게 다가오는 수혁을 보며 저도 모르게 한 발 뒤로 물러섰다.

"내가 그쪽 집안을 우습게 여기고 기만했다고? 입은 삐뚤어졌

내 입술이 움직일 때 315

어도 말은 바로 하지. 난 단 한 번도 그쪽 집안을 우습게 여긴 적 없어. 그쪽이 우리 집안을 우습게 여기고 기만한 거지. 안 그래?"

"……."

"식당에서 그렇게 눈치를 줬으면 알아듣든가 그게 아니면 사과라도 하든가. 그것도 아니면 일말의 양심으로 다신 찾아오진 말았어야지."

시라의 기고만장하던 눈빛은 긴장감을 느끼며, 바람에 흔들리는 볼품없는 낙엽처럼 미세하게 떨리기 시작했다.

"듣자 하니 혼사 얘기도 먼저 시작했다고 하던데……."

도대체 이 말도 안 되는 혼사가 어디서부터 시작됐는지 궁금했던 수혁은 한 실장을 통해 시라가 먼저 제안했다는 사실을 듣게 됐다.

"그, 그래요! 내가 먼저 했어요. 그게 뭐!"

궁지에 몰린 쥐가 마지막 발악을 하듯이 입을 꾹 닫고 있던 시라는 목청을 높이며 수혁을 향해 대꾸했다.

"그리고 난 이수혁 씨가 만나는 여자가 있는 줄도 몰랐어요. 그걸 모르고 혼사 얘기를 꺼낸 게, 이렇게 사람을 무섭게 노려보면서 큰소리를 들어야 할 정도로 잘못인가요?"

뻔뻔함이 지나치다 못해 흘러내리는 시라의 상식 밖의 얘기를 들으며 그는 더 이상 상대하고 싶지 않았다.

"그쪽! 이수호 사장님 누군지 알지?"

"……."

수호의 이름이 나오자 즉각적인 반응을 보인 시라의 동공이 급격히 팽창했다 제자리를 찾았다.

"표정을 보니까 아나 보네. 하긴 모를 리가 없지. 내 형이자 김시라 그쪽과 혼인 얘기가 오갔던 사이였으니까."

"……!"

수혁이 수호와의 혼사 일을 모를 거라고 생각한 시라는 너무 깜짝 놀라 경직됐다. 깊게 논의가 됐던 사항도 아니었고 양측 부친들만 알고 당사자들끼린 만나기 전 한두 차례 통화를 한 게 다였다.

"심지어 형은 그쪽과 결혼해서 잘해볼 생각까지 하고 있었어. 그런데 어떻게 동생인 나한테 혼사를 거론할 수가 있는 거지? 그것도 아무렇지 않게."

더군다나 수호가 자신과 잘해볼 생각을 갖고 있었다는 사실 또한 처음 알았다. 생각해보니 식당에서 혼사문제를 꺼냈을 때 왜 그렇게 수혁이 자신을 못마땅하게 쳐다봤는지 시라는 이제야 모든 게 이해됐다. 지금까지 뻔뻔함에 가려졌던 쪽팔림이 순식간에 밀물처럼 밀려와 전신을 덮었다.

"나와 내 형을 갖고 장난을 해! 어디서 같잖은 거짓말을 하고 있어."

"딸꾹!"

별안간에 얼굴이 불에 덴 듯 화끈거림과 함께 격한 딸꾹질이 시라의 입을 봉쇄했다.

"어이가 없는 것도 어느 정도여야지."

"딸꾹."

온갖 값비싼 명품을 화려하게 휘감은 시라에게 품위 따윈 느껴지지 않았다. 오히려 민망할 정도로 빠르게 쏟아지는 우스꽝스러운 딸꾹질 소리와 표정이 광대처럼 보였다.

"사람이 가진 게 많고 높은 위치에 있으면 그만큼 조심하고 보는 눈이 많다는 걸 알아야지."

수혁은 아무 말도 하지 못하고 딸꾹질만 되풀이하는 시라에게 가까이 다가가 으름장을 놓았다.

"허락도 없이 외국 가십사이트에 나와 결혼을 할 것처럼 올리기까지 하고. 외적으로 평판이 아주 좋던데 그쪽이 벌인 어이없는 이 일을 미국 사교계에 퍼트리면 어떻게 될까?"

"……딸꾹!"

수혁의 말을 듣는 순간, 시라는 눈앞이 까마득했다. 만약 진짜 그의 말대로 이 일이 퍼진다면 사교계에서 조롱거리가 되는 건 시간문제였기 때문이다.

"마지막으로 내가 충고 하나 하지."

다부진 입술에서 튀어나온 단어는 충고였지만, 그의 눈빛과 분위기를 읽은 시라에겐 경고처럼 들렸다.

"만에 하나 나와 내 여자 그리고 우리 집안에 대해 안 좋은 말을 만들어 내면 그땐 두 번 다시 얼굴 못 들고 다니게 해줄 테니까 처신 똑바로 해."

"딸꾹."

여전히 경박스러울 정도로 듣기 거북한 딸꾹질 소리를 내뱉는 시라에게서 고개를 돌린 수혁은 책상 위 수화기를 들었다.

-네, 본부장님.

"사무실에 있는 손님 데리고 나가."

-알겠습니다.

수화기가 내려진 동시에 김 비서를 뒤따라 들어온 시라의 비서가 난감한 표정으로 사무실에 들어왔다. 비서는 대신 죄송한 마음을 표하며 시라를 데리고 빠르게 주차장으로 내려갔다.

"네, 김 비서님."

선배 학원에 들러 동료들과 자료를 공유하며 토론을 하던 라엘이 진동하는 휴대폰을 들고 복도로 나왔다.

-죄송합니다. 회의가 길어지는 바람에 전화가 늦었습니다.

"아니에요. 괜찮아요. 그보다 저기……수혁 씨, 별일 없죠?"

라엘은 자신을 찾아온 시라가 수혁도 찾아갔을 것만 같았다. 직접 물어보고 싶었지만, 그랬다가 시라가 찾아왔다는 걸 그가 알게 될 것만 같아 김 비서에게 물었다.

-안 그래도 저도 전화드리려고 했습니다. 혹시 김시라 씨가 최 선생님을 찾아가지 않았나요?

"그럼 수혁 씨한테도……."

-네. 왔습니다. 역시 최 선생님도 찾아갔군요. 괜찮으세요?

"네. 전 괜찮아요. 그보다 수혁 씨는 괜찮은가요?"

-지금은 괜찮으십니다.

"김 비서님, 죄송하지만 수혁 씨 오후 일정 전에 잠깐 얼굴 좀 봐도 될까요?"

오늘 라엘과 수혁은 각자 오후에 일이 있었기 때문에 두 사람이 만나기로 한 날은 아니었다. 그런데 시라 일도 그렇고 조금 전 알프레도에게 이 회장이 자신의 존재를 알게 됐다는 전화를 받았다. 그리고 시라가 수호와 잠시 혼인이 오고 갔던 사이라는 엄청난 소식을 알게 됐다. 라엘은 죽은 형에 대한 수혁의 마음을 누구보다 잘 알고 있었다. 그렇기에 자신의 존재를 알게 됐다는 이 회장의 소식보다 그가 더 걱정됐다.

-본부장님께서도 마음이 심란하신지 오후 일정을 조정하셨습니다.

"그래요? 그럼 제가 수혁 씨 퇴근 시간 맞춰서 회사 근처로 갈게요."

라엘은 이 상황에서 이 회장에게 두 사람이 함께 있는 모습을 보이는 건 아니라고 생각했다.

-그러지 마시고 주차장에 차를 대고 기다리는 편이 좋을 것 같습니다. 어차피 회장님 외부 일정 때문에 먼저 퇴근하셨습니다.

눈치 빠른 김 비서는 라엘이 이 회장과 마주칠까 싶어 조심한다는 걸 알아차렸다.

-본부장님은 8시쯤 사무실에서 내려가실 겁니다. 차 위치는 문자로 드리겠습니다. 주변 빈 곳에 주차하시면 됩니다.

"네. 감사해요. 아, 그리고 김 비서님 부탁 하나만 드릴게요. 수혁 씨한테 김시라 씨가 절 찾아왔다는 소리는 하지 말아주세요."

-알겠습니다.

라엘은 8시에 맞춰 셀튼 호텔 지하주차장에 도착했다.

"H구역 끝 쪽…… 어, 저기네."

셀튼은 임원들 전용 주차장이 없었기에 김 비서는 언제나 엘리베이터 근처에 차를 주차했다. 오늘도 역시나 어제 주차했던 빈 곳에 차를 주차했던 김 비서는 라엘을 위해 수혁의 차를 가장 안쪽 구석으로 옮겨놓았다.

"주차 완료."

주차를 완료한 라엘은 수혁이 곧 내려갈 거라는 김 비서의 문자를 받고 차에서 내렸다. 벽에 기대 빼꼼히 얼굴을 내밀던 그녀의 얼굴이 갑자기 형광등이 켜진 듯 환하게 밝아왔다. 저만치서 걸어오는 수혁을 발견한 것이다.

한 걸음 두 걸음 그녀를 향해 걸어오던 그의 발걸음에 속도가 붙기 시작했다. 조금씩 거리를 좁히며 가까이 다가온 수혁을 향해 손을 흔들던 라엘의 몸이 갑자기 앞으로 쏠렸다.

"수혁 씨······!?"

그가 잔뜩 심각한 표정으로 별안간 그녀를 자신의 품 안으로 끌어안았다.

"어머님, 차 한잔 하시겠어요?"

연이는 향긋한 국화차를 들고 김 여사의 방을 찾았다.

"아범은?"

"수영하러 내려갔어요."

"다 늦은 밤에 수영하러 내려간 거 보면 확실히 속이 시끄럽긴 한가 보구나."

늘 퇴근 후에도 자기 전 서재에서 회사 일을 보며 하루 일과를 마무리 짓던 이 회장이었다. 그런 그가 퇴근 후 서재가 아닌 수영장을 찾았다는 건 머리가 복잡하다는 증거다.

"네. 그런 것 같아요."

"애미 너한테 아무 언질도 안 하든?"

시라와 수호의 일을 알게 된 김 여사는 이 회장을 향해 목소리를 높이며 다그쳤고, 이 회장은 자신의 경솔함을 인정하며 죄송한 마음을 전했다. 순순히 인정하는 모습을 본 김 여사는 기세를 몰아 수혁과 라엘의 결혼 문제까지 꺼내며 아들을 종용했지만 이 회장은 끝내 함구하고 말았다.

"두 사람 얘기만 꺼내도 피하네요."

"쯔쯧! 못난 놈."

"조금 있으면 테마파크 오픈식이라 당장은 뭐라고 더 말도 못 하겠어요."

"아범도 수혁이도 답답하겠지."

"어머니, 아무래도 뭔가 다른 방도를 생각해봐야 할까 봐요."

"그래야 할 것 같구나."

두 사람은 뜨거운 김이 가득한 국화차를 마시며 생각에 잠겼다.

수혁이 김 비서를 향해 고개를 돌리는 사이 엘리베이터는 문을 닫고 아래로 내려갔다.

"무슨 말?"

"그게……."

"김 비서답지 않게 표정이 왜 그렇게 심각해."

심각하다. 수혁에게 라엘이 어떤 존재인지 알고 있는 김 비서는 심각할 수밖에 없었다.

"오늘 일보다 심각한 거야? 뭔데. 뜸들이지 말고 얘기해."

시라가 멋대로 수혁을 찾아온 것보다 행복스피치 사무실을 찾아간 일이 몇 배는 심각했다. 라엘은 이 일을 말하지 말라고 부탁했지만, 김 비서는 끝까지 함구할 수 없었다. 수혁이 이 일을 알게 되면 어떤 반응을 보일지 뻔했지만 자신의 상관을 속이고 싶지 않았다.

"오늘 김시라 씨가 본부장님을 찾아오기 전 최 선생님을 찾아갔습니다."

"뭐…… 라고? 그걸 왜 이제야 말해!"

예상했던 대로 수혁의 잘생긴 얼굴에서 그나마 있던 부드러운 표정이 대번에 싹 사라졌다.

"죄송합니다. 최 선생님께서 걱정하실까 봐 말씀드리지 말라고 하셔서……."

"괜찮은 거야?"

주어가 빠졌지만 김 비서는 찰떡같이 라엘의 걱정이라는 걸 알아들었다.

"네, 오히려 본부장님을 걱정하셨습니다. 지금 주차장에서 기다리고 계십니다."

정확히 '기다리고'까지만 들은 수혁은 다섯 층만 올라오면 문이 열리는 엘리베이터를 기다릴 시간도 없이 비상계단으로 뛰어 내려갔다.

저만치에 서 있는 그녀를 발견한 수혁의 발걸음이 빨라졌다. 간격이 좁혀들수록 두 사람의 사이가 가까워졌다. 자신을 향해 손을 들고 해사하게 웃는 얼굴을 마주하는 순간 수혁이 라엘을 끌어안았다.

"수혁 씨……!?"

예고 없는 그의 돌발행동에 라엘은 조금 놀란 듯했다. 하지만 이내 모든 걸 알고 있다는 듯이 작은 그녀의 손길이 그를 토닥였다. 그런 라엘을 수혁은 더 꼭 끌어안았다.

감히 라엘을 찾아가다니…….

생각하면 생각할수록 화가 치밀어 올랐다. 그녀가 자신 때문에 겪지 않아도 될 일을 겪은 것만 같아 한없이 미안했다. 그럼에도 불구하고 하나도 티를 내지 않고 도리어 자신을 걱정하며 밝게 웃는 라엘을 보는 순간 수혁은 왠지 모르게 마음이 울컥했다.

달콤하고 향긋한 향기가 코끝을 스쳐 수혁의 폐부까지 깊게 파고들었다. 세상 그 어떤 향기와도 비교할 수 없는 오직 최라엘만이 가진 그녀의 고유한 향기였다. 그리고 이 향기는 그가 마음이 답답할 때나 복잡할 때, 화가 날 때 언제나 수혁을 진정시켜 주는 치료제와도 같았다.

"미안……."

라엘은 단 두 글자 안에 그가 전하고자 하는 수많은 함축적인 의미가 담겨 있다는 걸 느낄 수 있었다.

"에이, 김 비서님이 말했구나. 내가 말하지 말라고 했는데……. 근데 수혁 씨 여기 주차장이에요. 누가 보면 어떡해요."

"누가 보면 어때서. 상관없어. 그보다 괜찮아?"

"당연하죠. 나 최라엘이에요. 수혁 씨가 잠시 잊었나 본데, 나 별채에 살던 까칠한 지미도 이긴 여자라고요."

"그러게. 내가 잠시 잊고 있었네."

그녀의 재치 있는 대답을 듣고서야 그의 얼굴의 심각함이 누그러들기 시작했다.

"어, 잠깐만요."

"얼굴 좀 보여줘."

수혁이 그녀의 얼굴을 보기 위해 안고 있던 팔을 풀려 하자 라엘이 말했다.

"그 전에 나랑 약속 하나만 해줘요."

방금 전까지 누가 볼까 걱정하던 라엘이 까치발을 들더니 그의 귓가에 속삭였다.

"오늘 일에 대해서 김시라 씨나 그 가족에게 따로 연락하지 않겠다고."

"……."

안 그래도 내일 김 비서에게 비서실을 통해 유감의 표시를 하려고 생각했던 수혁이었다.

"대답 안 하면 나 계속 얼굴 안 보여줄 거예요. 그래도 좋아요?"

"……알았어."

라엘은 확답을 받고 나서야 힘을 주고 있던 팔을 풀었다.

"정말 괜찮아? 아무 일 없던 거지?"

수혁은 작은 얼굴을 부여잡고 이곳저곳을 살폈다.

"사실 아주 약간의 일이 있긴 했어요."

"뭐! 무슨 일? 혹시 그 여자가 때리……."

"때리다니요. 그게 아니라 김시라 씨 나한테 찍소리도 못 하고 혼쭐났어요."

무슨 비밀 얘기라도 하듯이 라엘은 한쪽 손으로 입을 살짝 가리며 계속 말을 이었다.

"일명 개망신."

"하하!"

커다란 눈을 동그랗게 힘주어 뜨며 장난기 가득한 표정을 짓는 그녀의 모습을 본 수혁은 그만 웃음이 터지고 말았다.

"심지어 내가 결혼하면 청첩장까지 보내준다고 했다니까요."

"그거 좋은 생각인데? 꼭 보내자."

"에이, 그러지 마요. 수혁 씨 우리 일단 차에 타요."

"그래. 차 타자."

"오늘은 수혁 씨 차 말고……."

라엘은 자연스럽게 보조석 문을 열기 위해 자신의 차로 다가가는 수혁의 앞을 막으며 손가락으로 옆을 가리켰다.

"내 차 타고 가요."

정신이 없던 그는 그녀가 차를 끌고 왔다는 사실도 이제야 알아차렸다.

"오늘 외부 일이 많아서 오빠한테 차를 빌려 왔거든요. 해서 오늘은 우리 둘 다 이 차를 타고 움직일 거예요. 어서 타요."

라엘은 평소 수혁이 자신에게 해주는 대로 똑같이 에스코트를 하며 보조석에 그를 태우고 차에 탔다.

"내가 해줄 거니까 수혁 씨는 가만있어요."

그러더니 낑낑거리며 가까스로 그의 안전벨트를 잡아당겨 채웠다.

"우리 어디 가는 거야?"

"네. 갈 데 있어요."

"어디?"

"수혁 씨가 보고 싶은 사람을 만나러 가기 전에……."

아리송한 말과 함께 라엘이 차에 시동을 걸었다.

"먼저, 시원하게 바람 맞으러 갈게요."

두 사람을 태운 작은 경차가 속도를 높이며 주차장을 빠져나갔다.

"여기야? 시원하게 바람 맞는 곳이."

차에서 내린 수혁이 물었다.

"네. 여기예요."

그녀가 말한 시원하게 바람을 맞는 곳은 다름 아닌 한강이었다.

"시원하지 않아요?"

그가 천천히 시선을 옮겼다. 추운 겨울을 지난 한강은 어느새 봄을 기다리고 있었다. 사방은 까만 어둠이 내려앉았지만 더 이상 춥진 않았다.

앙상했던 나뭇가지 끝으로 작디작은 초록 잎이 안간힘을 쓰며 미약한 모습을 드러냈다. 저마다 자전거를 타거나 걸어가는 사람들 틈바구니 속에서 불어오는 얕은 바람이 피부에 닿을 때마다 그는 그녀의 말대로 시원함을 느꼈다.

막힘없이 저 끝까지 곧게 펼쳐진 길을 쳐다보던 수혁의 시선이 라엘에게로 옮겨졌다. 달빛에 반사된 강물보다 더 반짝이는 눈동자를 행복한 표정으로 바라보던 그의 입술이 부드럽게 휘어지며 속삭인다.

"우리 좀 걸을까?"

라엘이 대답 대신 고개를 끄덕이자 기다란 손가락이 작은 손가락 사이사이로 파고 들어와 깍지를 꼈다. 두 사람은 걷고 또 걸었다. 길게 펼쳐진 한강 산책로를 손을 꼭 잡고 함께 걸었다. 이따금씩 발길을 멈춰 아름다운 야경을 눈에 담기도 하고 여느 연인들처럼 휴대폰으로 사진을 찍기도 했다.

그녀가 조잘조잘 사랑스럽게 지저귀듯 말하면 그는 시험 보는 학생처럼 집중하며 반응했다. 이런저런 이야기를 나누다가도 때때로 침묵이 찾아왔지만 누구 하나 어색하거나 초조함을 느끼지 않았다. 오히려 조용한 침묵 속에 맞잡은 따뜻한 손의 온기를 느꼈다.

그렇게 한참을 걷고 또 걷다 흘러가는 강물이 가까이 보이는 한적한 다리 밑 벤치에 앉았다. 수혁은 슈트 재킷을 벗어 그녀에게 걸쳐주고 기다란 자신의 팔로 어깨를 감쌌다. 라엘이 넓은 어깨에 머리를 기대자 그가 반대편 손으로 그녀의 얼굴을 토닥이며 봉긋한 이마에 입술을 내렸다.

두 사람은 특별하거나 화려하진 않아도 지금 이 순간 함께 있을 수 있음에 행복함과 감사함을 느꼈다.

"음악 들을래?"

"좋아요."

이어폰을 사이좋게 나눠 끼고 싱그러운 음악을 흥얼거리며 주변 풍경으로 천천히 시선을 옮기던 라엘이 고개를 들었다. 조금 떨어진 팻말에 광나루지구라는 문구가 눈에 띄었다.

"……왜?"

갑자기 미어캣처럼 고개를 빼고 좌우를 주시하는 그녀의 행동을 보며 그가 물었다.

"고양이라도 본 거야?"

"아니요. 문득 생각났는데 그냥 신기해서요."

"신기하다니……."

"지금 앉아 있는 이 벤치 말이에요."

"이 벤치가 왜, 혹시 어디 긁히고 그런 거 아니야?"

침착함과 시크함이 무기인 수혁은 라엘의 말이라면 일단 목소리부터 한층 올라가는 버릇이 생겼다. 지나가던 사람이 보면 엉덩이에 가시라도 찔린 듯 당장이라도 그녀를 번쩍 안아들 기세였다.

"셸튼 저택으로 수혁 씨 만나러 가기 이틀 전에 이 벤치에 앉아서 맥주 마시면서 신세 한탄하고 있었어요."

"신세 한탄?"

"네."

계약한 사무실이 사기당했다는 사실을 알고 답답한 마음에 맥주 캔을 사 들고 온 곳이 바로 여기, 광나루지구 다리 밑이었다.

"그땐 진짜 눈앞이 깜깜하고 속상한 마음에 찾아왔었는데, 지금은……."

"지금은?"

"그때랑은 정반대의 기분으로 온 거 같아요."

"어떤 기분인데?"

이 벤치에 앉아서 종인에게 강물로 뛰어든다는 헛소리를 할 때만 해도 그 위기가 이렇게 큰 행복으로 바뀔 거라고는 전혀 예상하지 못했다.

"행복하고 좋은 기분이요."

"그럼 앞으로 이곳이 더 행복하고 더 기분 좋은 기억으로 남을 수 있게 해줄까?"

"어떻게요?"

짧은 대답이 끝나기도 전에 수혁이 양손을 들어 라엘의 작은 얼굴을 부여잡았다.

"이렇게……."

그리고 일말의 지체 없이 그녀의 붉은 입술에 입을 맞췄다.

"……!"

혹시라도 지나가는 사람이 있으면 어쩌나 걱정하던 라엘은 이내 눈을 감고 그에게 집중했다. 꽃에 앉은 나비처럼 가만히 입술을 맞대고 있던 수혁은 그녀의 아랫입술을 살포시 베어 물고 자극했다. 그러더니 부드럽고 말캉거리는 붉은 입술 담장 안으로 들어갔다. 입 안을 미끄러지듯 유랑하며 그녀의 혀를 강하게 휘감았다.

"하!"

그녀의 미약한 신음 소리가 오직 그의 귓가에만 낮게 번졌다.

라엘은 이미 셀 수 없이 그와 함께 입을 맞추고 키스를 했지만, 수혁의 키스는 전혀 익숙해지지 않았다. 할 때마다 새롭고 할 때마다 짜릿하며 거짓말처럼 초콜릿보다 달콤했다.

지나다니는 사람이 뜸한 작은 벤치에서 나눈 두 사람의 키스는 반짝이는 별빛 아래 한 폭의 그림처럼 아름다웠다.

26화. 1%와 999%

한강에서 나온 두 사람은 차를 타고 이동해 장소를 옮겼다.

"어떻게 여길 올 생각을 다 했어."

조금 놀란 표정의 수혁은 평소보다 침착한 목소리로 말했다. 라엘이 그를 데려온 곳은 수호가 잠들어 있는 납골당이었다. 사실 라엘은 수호가 있는 납골당에 이미 온 적이 있었다. 부모님이 여행을 간 날 우연히 공항에서 만난 김 여사를 이곳까지 태워준 기억이 떠올랐기 때문에 낯설지 않았다. 아직까지 김 여사의 철통같은 수비로 그녀가 수혁의 친할머니라는 사실을 모르고 있었기에 라엘은 신기한 우연이라고만 생각했다.

"알 집사님이 연락을 주셔서 요즘 수혁 씨에게 어떤 일이 있었는지 알게 됐어요. 나와 수혁 씨의 사이를 알게 된 회장님, 김시라 씨와 형님의 일까지……. 그제야 요 며칠 수혁 씨의 기운 없던 모습이 이해됐어요."

차분한 감정으로 말하는 그녀를 바라보는 수혁의 눈빛엔 미안함이 가득했다.

"우리 수혁 씨 많이 힘들었겠다."

"아니야. 나 괜찮아."

"거짓말……. 바보같이 왜 혼자 고민해요. 나한테 좀 덜어주지."

속마음을 꿰뚫어 보는 그녀의 말에 그는 더 이상 부정하지 않았다. 오늘 하루 종일 업무를 보면서 수혁이 걱정됐던 라엘은 지금 당장 그에게 필요한 게 뭘까 생각했다.

"수혁 씨에게 어떤 도움을 줄 수 있을까 생각하다가 문득 떠올랐어요. 형님이 보고 싶지 않을까 하고요. 수혁 씨에게 형님이 어떤 존재인지 아니까……. 그래서 알 집사님께 여쭤봤더니 흔쾌히 알려주셨어요."

"고마워."

"고맙다고 말해줘서 나도 고마워요."

라엘이 수혁의 커다란 손 위로 자신의 손을 포개 얹었다.

"수혁 씨……."

그리고 아주 잠시 그의 눈치를 살피며 뜸을 들이더니 조심스럽게 말을 이어나갔다.

"모든 사람이 날 좋아할 순 없어요. 회장님 입장에서는 나를 반기지 않으실 수도 있고요."

라엘은 이 회장의 이야기를 꺼내면서 수혁이 마음 아파할까 봐 '반대'라는 표현을 쓰지 않고 현명하게 돌려 말했다.

"어머님께서 날 예뻐하시고 수혁 씨가 날 넘치게 사랑하는 것만으로도 난 충분히 감사해요."

거짓말이거나 잘 보이기 위함이 아니라 진짜 그랬다. 워낙에 긍정적인 성격이라 그런지 모르겠지만, 라엘은 이 회장의 반응이 속상하거나 서운하게 느껴지지 않았다.

"돌아가신 외할아버지가 좀 엄격하셨어요. 공부를 오래 하진 못하셨지만 책을 좋아하셔서 박학다식하셨거든요. 어느 날 오빠랑 내가 사춘기가 왔을 때 집에 오신 적이 있었는데, 그때 이런 말을 해주셨어요. 부모랑 싸우지 말라고. 부모랑 대립하면 남는 건 서로 상처뿐이라고. 서로 너무 가깝기 때문에 부모 자식 간의 상처는 더 깊고 아프다고요. 정 부모를 설득해야 할 순간이 오면 지혜롭게 생각해서 합의점을 찾으라고 하셨어요."

라엘은 애정을 담아 수혁의 눈을 바라봤다.

"난 수혁 씨가 회장님과 대립하지 않았으면 좋겠어요. 우리 둘 다 똑똑하니까 머리를 맞대고 생각해보면 뭔가 방법이 있을 거예요."

그의 시선이 커다란 손을 쓰다듬는 라엘의 손으로 옮겨 갔다. 돌이켜 생각해보면 항상 그랬다. 처음 그녀를 만날 때부터 지치고 힘들었던 순간마다 저 작은 손에 얼마나 많은 위로를 받았는지 모른다. 언제나 주문처럼 왼쪽 심장에 새기고 또 새겼지만 지금 이 순간, 수혁은 또다시 절실하게 느꼈다. 라엘이 자신에게 얼마나 소중한 사람인지를.

외적인 겉모습이 아름답고 예쁜 사람은 많았지만 그 내면까지 진짜 아름다운 사람은 많지 않았다. 그런데 그녀는 달랐다. 외면뿐만 아니라 그 내면까지 아름다움으로 꽉 채워져 있었다.

"우리 라엘이 진짜 똑똑하네."

"그럼요. 나 최라엘인데. 자! 그럼 난 여기서 기다리고 있을 테니까 수혁 씬 가서 형님 만나고 와요."

"무슨 소리야. 같이 가야지."

"같이……?"

"당연하지. 나랑 같이 가자."

수혁은 그녀의 손을 잡고 수호와 마주했다. 예전부터 라엘과 함께 형을 보러 오고 싶었다. 이 회장에게 결혼 허락을 받고 당당하게 오려고 했는데, 오히려 잘됐다는 생각이 들었다.

"……형 보여? 우리 라엘이."

한참을 말없이 사진 속 웃고 있는 수호를 쳐다보던 그가 입을 열었다.

"내가 평생 나 자신보다 사랑할 사람이고."

그는 그녀의 손을 더 꼭 잡았다.

"결혼할 여자야."

라엘은 담담한 눈빛과 달리 힘이 실린 그의 말투 속에서 느껴지는 '결혼'이란 단어가 평소와는 다른 느낌으로 다가왔다.

"난 라엘이 아니면 못 살아. 그러니까 형이 나 좀 응원해줘."

수호 앞에서 뭔가 굳은 결심을 한 수혁은 한결 편안해진 얼굴로 납골당을 나왔다.

"촉새야?"

'촉새'라고 부른 걸 보아 그가 기운을 차렸다는 걸 라엘은 알 수 있었다.

"나 믿지?"

"당연하죠."

물어보나 마나 한 뻔한 질문에 그녀는 숨도 쉬지 않고 답했다.

"내가 수혁 씨를 믿지 않으면 누가 믿겠어요."

토요일 밤 11시가 넘은 시각.

정원 관리사 김 씨가 주변을 살피며 고양이 걸음으로 별채 뒷문으로 향했다. 듣기 좋은 풀벌레 소리 외에는 인기척이 느껴지지 않았지만 그의 행동거지는 상당히 조심스러웠다.

비밀번호와 함께 열쇠로 잠긴 뒷문이 열리자 편안 복장의 한 실장이 문밖에 서 있었다.

"어서 오세요, 한 실장님."

알프레도와 달리 저택에 상주하지 않는 한 실장은 수혁의 연락을 받고 급히 본집에서 오는 중이었다.

"안녕하세요. 혹시 무슨 일이 생긴 건가요?"

"실은 저도 조금 전에 도련님 연락 받고 나온 거라 무슨 일인지는 모릅니다."

사정을 모르기는 김 씨 역시 마찬가지였다. 주말은 당직이라 기자와 함께 숙소에서 드라마를 보다 잠이 들려는 찰나 수혁의 전화를 받았다. 전화는 40분 뒤쯤 한 실장이 뒷문으로 들어올 수 있게 문을 열어달라는 내용이었다.

"도련님 목소리가 좀 심각하긴 했는데……. 일단 올라가보시죠. 아, 그리고 별채 정문 말고 저기 뒷문으로 들어가셔야 합니다."

"네. 알겠습니다."

한 실장은 고개를 갸웃거리며 서둘러 별채로 향했다.

"한 실장?"

수혁의 방이 있는 2층으로 향하는 계단을 막 들어설 즈음, 익숙한 목소리가 한 실장을 불렀다.

"자네가 이 시간에 여긴 웬일이야?"

목소리의 주인공은 당연 알프레도였다.

"집사장님."

"설마…… 한 실장 자네도?"

"그럼 집사장님도?"

알프레도와 한 실장은 서로를 번갈아가며 부르더니 동시에 고개를 끄덕였다.

셀튼가에서 침착하기로는 양대 산맥인 두 사람의 얼굴에서 좀처럼 볼 수 없는 당황스러움이 느껴졌다.

"무슨 일일까요, 집사장님."

"글쎄……. 이 시간에 자네까지 부르시고 무슨 일인지 도통 모르겠어. 사실 오늘 도련님이 좀 이상하긴 하셨거든."

"이상하시다뇨?"

"어제 납골당에 다녀온 뒤로 아침에 최 선생님을 잠깐 뵙고 들어오신 뒤에는 방에서 나오질 않으셨어."

오늘 하루 종일 알프레도는 2층 방문을 몇 번이나 두드렸다. 하지만 수혁은 가벼운 감기 기운이라고 잠을 잔다며 샌드위치가 담긴 쟁반만 받고 문도 열어주지 않았다.

이 회장은 오늘 연이와 함께 모임에 참석했고, 김 여사는 개인적인 일정을 소화하느라 다들 늦게 들어왔기 때문에 가족들은 오늘 수혁이 방 안에만 있다는 사실을 알지 못했다.

"일단 올라가보자고."

똑똑.

"도련님, 저희 왔습니다."

철컥.

"어서 오세요, 집사장님 그리고 한 실장님."

노크 소리에 기다렸다는 듯이 방문을 열어준 사람은 김 비서였다.

"김 비서! 자네는 언제 온 거야?"

"두 시간 전에."

질문의 응답자인 김 비서 대신 수혁이 답했다.

"어서 들어와."

재촉하는 수혁의 말에 방 안으로 들어선 두 사람은 깜짝 놀라고 말았다. 쉴 새 없이 돌아가는 프린터 소리와 방구석에서 빈 종이를 모아다가 부리로 쪼아대며 신나게 놀고 있는 관우가 보였다. 그리고 테이블과 책상 위에 산처럼 쌓여 있는 서류 더미 사이로 수혁이 모습을 드러냈다. 감기가 걸렸다는 말과 달리 그는 자신감 넘치는 눈빛으로 컨디션도 좋아 보였다.

"도련님, 이게 다 뭔가요?"

알프레도는 방 안의 풍경이 뭘 뜻하는지 여전히 알 수 없었지만, 한 가지는 확실했다. 수혁이 뭔가 엄청난 일을 꾸미고 있다는 것을.

"내가 할 수 있는 최선이자 최고의 설득이라고나 할까?"

"……네?"

"그게 무슨 말씀이신지."

여전히 무슨 말을 하는 건지 이해할 수 없는 알프레도와 한 실장과는 달리 수혁은 김 비서를 쳐다보며 묘한 웃음을 지었다.

"알프레도?"

"네, 도련님."

"우리 아버지는 어떤 분이시지?"

궁금증이 가득한 표정을 짓는 알프레도를 향해 그가 느닷없이 이 회장에 대해 묻기 시작했다.

"외람되지만 회장님께서는 보통 분은 아니시죠."

"보통이라……. 말을 많이 순화시켰군. 그래. 우리 회장님은 어마어마하고 대단한 분이시지. 그런 대단한 분을 상대하려면 어떡해야 할까?"

수혁은 이미 답을 정해놓고 물어보는 느낌이었다.

"도련님, 이러다 늙은이 숨넘어가겠습니다."

지금 이 상황이 어지간히 궁금했던 알프레도가 재촉하기 시작했다.

수혁이 책상 끝에 살짝 걸터앉으며 책상에 쌓여 있는 종이 더미 위를 손바닥으로 '툭툭' 치며 말했다.

"이걸로 완강한 아버지의 허를 찌를 거야. 알프레도, 한 실장?"

"네, 도련님."

"네."

"아침에 내가 아버지랑 했던 대화 기억나?"

수혁의 물음에 두 사람은 오늘 아침에 있던 부자간의 대단했던 설전을 빠르게 떠올렸다.

토요일 오전 아침.

알람이 울리지 않았는데도 평소보다 일찍 일어난 수혁은 가벼운 옷으로 갈아입은 뒤 언제나처럼 운동을 하기 위해 지하로 내려갔다.

"일어나셨습니까, 도련님. 좋은 아침입니다."

뒤이어 수혁이 일어난 걸 확인한 알프레도가 헬스장으로 들어와 기분 좋게 인사를 건넸지만 그는 별다른 반응을 보이지 않았다.

구름 한 점 없이 하늘도 맑고 좋은 아침임은 분명했다. 하지만 수혁의 얼굴은 맑음보다는 흐림에 가까웠다. 스트레칭을 생략한 그는 운동화의 끈을 꽉 조이며 곧바로 러닝머신 위를 달리기 시작했다.

전날, 아버지인 이 회장과 시라의 일과 결혼 문제로 목소리를 높이고 저녁에 라엘을 만났다. 그녀에게 오히려 위로를 받으면서 함께 형을 만나고 돌아온 수혁의 마음은 한결 편해졌지만 여전히 머릿속은 복잡했다. 머릿속이 복잡한 이유는 간단했다. 아버지 때문이었다. 결혼 문제로 갈등을 빚는 이 회장과의 실타래를 어떻게 풀어야 할지 명쾌한 답이 떠오르지 않았다.

라엘은 급할 게 없다고 괜찮다고 했지만, 수혁은 그런 그녀에게 미안해서라도 괜찮지 않았다. 또한 아들로서 아버지의 성향을 누구보다 잘 알고 있었기에 더더욱 괜찮을 수 없었다.

"하아!"

벽이 뚫어질 기세로 정면을 응시하는 눈빛 위로 어느새 땀방울이 맺히고 수혁의 숨소리도 점차 가빠져왔다.

삑삑.

속도를 높이는 소리와 함께 러닝머신 위를 달리는 발걸음도 덩달아 빨라졌다.

또다시 속도 게이지가 올라가는 소리가 들리자마자 옆에서 회중시계를 보며 시간을 체크하던 알프레도가 서서히 러닝머신을 멈췄다.

"넘치면 부족한 것보다 못하다는 말이 있습니다."

달리기를 멈춘 수혁이 고개를 돌리며 불편한 눈빛을 보냈지만 알프레도는 전혀 개의치 않았다.

"벌써 한 시간 가까이 10㎞나 뛰셨어요. 이제 그만 내려오세요."

수혁은 알프레도가 건넨 수건으로 땀을 닦으며 의자에 앉았다.

"도련님 그거 아세요? 회장님과 도련님이 참 많이 닮았다는 거."

단순히 유전적인 외형을 말하는 게 아니었다. 이 회장과 수혁은 둘 다 자신이 맞다고 생각하는 부분에 있어서 황소고집을 능가하는, 절대 물러서지 않는 점이 닮았다.

"그래서 아버지랑 대화할 때면 의견이 더 좁혀지지 않는 것도 알아."

"잘 알고 계시네요. 전 또 우리 도련님께서 모르고 계시는 줄 알았죠."

"어제 라엘이가 외할아버지에게 들었다면서 이런 말을 했어. 부모님을 설득할 땐 지혜롭게 생각해서 합의점을 찾으라고."

"최 선생님이 저보다 낫네요. 어쩜 말씀도 그리 예쁘게 하시는지."

"근데 그 합의점이 떠오르지 않아."

"아니요. 분명 답은 있을 겁니다. 그러니…… 회장님."

말을 잇던 알프레도는 저쪽에서 한 실장과 함께 걸어오는 이 회장을 발견하고 자리에서 일어났다.

"한바탕 뛰었나 보구나."

이 회장이 맞은편에 앉으며 말했다.

"네. 수영하셨어요?"

"그래."

수영장은 지하 끝에 있을뿐더러 1층으로 향하는 출구가 바로 있었다. 그걸 모를 리 없는 이 회장이 굳이 반대편인 헬스장을 찾은 이유는 수혁에게 뭔가 할 말이 있다는 뜻이었다. 간단한 대화를 끝으로 두 사람 사이에 잠시 정적이 찾아왔다.

"김 회장과는 서로 기분 좋게 잘 통화했다."

마주 선 알프레도와 한 실장의 시선이 시끄럽게 오고 가는 와중에 이 회장이 먼저 입을 열었다.

"업무적으로 서로 불편한 거 없이 예정대로 계약은 마무리 짓기로 했으니 수혁이 너도 그렇게 알고 있어라."

"네."

"그리고 어쨌든 이번 일은 내가 생각이 짧았다. 미안하구나."

미안하다는 말에 수혁의 시선이 이 회장을 향했다.

"오픈 행사 끝내고 식사 자리를 만들 테니까 정식으로 집에 초대해라."

"라엘이를 초대하라고요?"

수혁은 갑자기 라엘을 집에, 그것도 중요하게 생각하는 식사 시간에 초대하라는 소리에 놀라 빠르게 되물었다. 곁에 있던 알프레도와 한 실장도 덩달아 놀란 표정을 지었다.

"그래. 초대해라. 내 아들을 살려준 사람이고 너한테 중요한 사람인데 아버지로서 인사를 해야 하지 않겠니."

전혀 예상 못 한 긍정적이고 차분한 대답에 수혁은 자신 있게 결혼 얘기를 꺼내야겠다고 마음먹었다.

"그럼 라엘이와 저, 결혼 허락……."

"결혼은 신중하게 생각하고 또 생각해서 결정하는 거야."

하지만 '결혼'이란 단어가 듣기 불편한 이 회장이 빠르게 수혁의 말을 막아버렸다. 사실 이 회장이 라엘을 식사 자리에 초대하라고 한 것은 본인의 의사가 아니었다. 연이가 끈질기게 설득한 결과였다.

"아버지, 지금까지 살면서 라엘이와의 결혼이 제 인생 역사상 가장 신중한 결정이에요."

"글쎄다. 수혁아, 넌 셀튼의 후계자야. 최 선생이란 그 사람이 이상하다는 게 아니야."

두 사람은 목소리를 높이지 않고 차분하게 대화를 이어갔지만, 오고 가는 내용은 전혀 차분하지 않았다.

"너랑 결혼하려면 널 서포터해줄 힘이 있어야 해. 그래야 네가 편해."

"전 라엘이 때문에 몸도 마음도 감정까지 최고로 편해요."

괜찮은 분위기로 시작된 두 사람의 대화는 어느새 살 떨리는 긴장감이 느껴졌다.

"전부 눈에 보이지 않는 것들이구나. 난 현실적인 걸 말하는 거야. 근데 최 선생이 그런 쪽으로 너한테 뭘 해줄 수 있는지 나는 도무지 계산이 서질 않아."

결국 또 같은 소리를 되풀이하며 원점으로 돌아갔다. 어제 응접실에서 목소리를 높일 때도 이 회장은 라엘이 뭘 해줄 수 있는지를 계속 물었다. 수혁은 눈에 보이는 이득과 결과에 집착하는 아버지가 답답했다.

"아버지께서 저에 대해 실망한 부분이 있다면 죄송합니다."

"죄송할 짓은 하지 말아야지."

두 사람 모두 자신의 뜻에 한 치의 물러섬이 없었다.

"그런데 계속 반대하시면 아무래도 죄송할 짓을 하게 될 것 같아서요."

"왜? 내가 반대하면 둘이서 결혼이라도 하겠다는 거냐?"

"네. 어차피 성인이라 아버지가 반대하셔도 결혼할 수 있습니다. 게다가 할머니와 어머니는 찬성하시니까 결혼하는 데 아무 문제 없어요."

"……!"

수혁의 말에 이 회장은 상당히 놀라며 움찔했다.

"우리 아버지 놀라셨나 보네. 걱정 마세요. 아버지 허락 없이 결혼 안 해요. 그러면 라엘이가 슬퍼할 것 같거든요. 아버지께 보란 듯이 허락받아서 가족들 축복받는 결혼 할 겁니다."

"그래? 그럼 못 하겠구나."

이 회장은 수혁의 말에 반박하며 자리에서 일어났다.

"그 정도의 각오라면 이 결혼 그리 신경 쓰지 않아도 되겠어."

"아니요. 아버지는 결국 라엘이를 인정하고 받아들이게 될 거예요."

라엘의 가치를 알고 있는 수혁은 그녀를 두둔하며 반박했다.

"과연 그럴까? 그래 뭐, 혹시 모르지. 내가 놀라 까무러칠 만한 일이 벌어진다면 그럴지도. 근데 그럴 일은 없어. 이유가 뭔 줄 아니?"

"……."

"수혁이 네가 내 아들이라서 당장 1%의 가능성을 줬다 치자. 그런데 나머지 퍼센트를 뒤집을 가능성과 설득력이 최 선생이란 그 사람에겐 없어. 이제 알겠니?"

뜻을 굽히지 않는 수혁에게 이 회장은 매정하게 말하며 돌아섰다.

"그래도 감사합니다, 아버지."

불만이 아닌 감사의 인사를 들은 이 회장이 걸음을 멈추고 다시 뒤를 돌아섰다.

"1% 가능성만 있다면 못 할 게 없다고 했습니다. 그 1%로 나머지 99%만 뒤집어서 보여드릴게요."

1%의 가능성에 기분 좋게 말하는 아들을 보며 이 회장은 얕은 웃음과 함께 다음과 같이 말했다.

"난 100%라고 말한 적 없다. 최 선생과 넌 999%를 뒤집어야 해."

"수혁 군 셀튼 호텔 아들이라며?"

"……."

라엘은 큰 눈을 동그랗게 뜨며 놀란 표정을 지었다. 조만간 말하려고 했는데 풍호가 먼저 알고 있을 거라고는 생각하지 못했다.

"우리 딸 많이 놀랐나 보네."

풍호는 수혁을 알게 된 계기를 설명했다.

"잡지에서 보고 그날 공항에서 바로 봐서 알아봤지."

"그랬구나. 아부지가 보시기엔 수혁 씨 어땠어요?"

"사실 요즘 언론에 나오는 재벌 소식이 씁쓸하다 보니 좀 걱정이 들긴 했어. 네가 상처받는 건 아닌가 하고. 그런데 애가 괜찮더라."

과묵한 풍호의 입에서 괜찮다는 표현은 마음에 든다는 표현과 일맥상통했다.

"최고로 좋은 환경에서 자란 사람이 익숙하지 않을 텐데 눈 한 번 찡그리지 않고 일을 곧잘 하는 거야."

수혁을 칭찬하는 소리에 라엘은 자신이 칭찬받는 것처럼 기분이 좋았다.

"남자답고 행동도 빠르고 대답도 시원하고. 무엇보다 가진 게 많다고 누굴 무시할 친구로는 안 보이더라."

"네. 그럴 사람은 아니에요."

"벌써부터 편드는 거야?"

"에이, 아부지도 참. 그런 거 아니에요."

"농담이야, 인석아."

풍호는 민망한 표정을 짓는 라엘의 머리를 쓰다듬었다.

"아부지, 혹시 엄마도 아세요? 수혁 씨……."

"아니. 엄마는 아직 몰라. 아무래도 내가 말하는 것보단 라엘이 네가 말하는 게 나을 것 같아서 말 안 했어."

"네. 잘하셨어요. 그나저나 우리 엄마 들으시면 깜짝 놀라시겠네."

"청심환 준비해라."

"네. 진짜 그럴까 봐요."

"그건 그렇고, 현우네 집 소식 들었니?"

"네. 엄마한테 들었어요."

라엘은 덕희로부터 현우네 집 문제가 해결됐다는 소식을 전해 들었다.

"어쩜 그렇게 좋은 사람이 있는지……. 얼굴도 모르는 사람한테 고마운 마음까지 들었다니까요."

"근데 그 좋은 사람이 말이다. 어쩐지 수혁 군이 한 거 같아."

"……네?"

"아버지 생각엔 그 친구가 한 게 맞아."

풍호는 오랫동안 이 동네에 살면서 동사무소 복지과를 통해서도 현우네를 도와주려고 노력했지만 뜻대로 잘 되지 않았다. 그런데 그날 수혁이 현우네를 왔다 간 뒤로 거짓말처럼 모든 문제가 일사천리로 해결됐다. 갑자기 건물 주인이 바뀐 것도 그렇고 월세 문제도 그렇고, 아무래도 수혁이 현우네 집 사정을 보고 도와준 것만 같았다.

"라엘이 네가 내일 만나면 좀 물어봐. 그리고 맞다고 하면 꼭 고맙다는 말 좀 전해줘."

"네…… 그럴게요."

라엘은 그날 풍호와 함께 현우네 수리를 다녀온 그가 크게 별다른 반응을 보이지 않았던 걸로 기억했다.

'그러고 보니 그때 사모님도…….'

그런데 전에 겪었던 이런 비슷한 일을 생각해보니 새로운 건물 주인이 수혁일 수도 있다는 사실에 점점 더 확신이 들기 시작했다.

'난 100%라고 말한 적 없다. 최 선생과 넌 999%를 뒤집어야해.'

푸드득.

어림없다는 말투로 999%를 운운하던 이 회장의 모습을 떠올리던 알프레도는 주변을 날아다니는 관우의 날개소리에 정신이 들었다.

"도련님, 회장님께서는 분명 99%가 아니라고 못 박으셨습니다."

"집사장님 말이 맞습니다. 회장님께서 농담으로 하신 말씀이 아닙니다."

자신감이 태평양급인 얼굴을 마주한 알프레도와 한 실장은 수혁이 뭔가 착각한 건 아닌가 싶었다.

"알아. 999%를 뒤집으라고 하셨지. 근데 난 오히려 아버지 말에서 힌트를 얻었어."

운동을 마치고 아침을 먹는 둥 마는 둥 한 수혁은 머릿속에 가능성과 설득력을 떠올리며 곧장 라엘을 보러갔다.

그리고 정말 신기하게도 그녀의 얼굴을 보는 순간 999%를 뒤집을 가능성과 설득력이 거짓말처럼 번뜩 떠올랐다. 오히려 이 회장이 말한 것보다 그 열 배인 10,000%의 가능성이 확실했다.

"그게 바로 저거야."

수혁이 사인을 보내자 김 비서가 한쪽 벽을 보고 서 있던 화이트보드를 돌렸다.

"글로벌 명품 브랜드 '아셀' 입점 유치."

여러 가지 수치와 글자가 적힌 보드판 위에 가장 큰 글씨를 발견한 알프레도와 한 실장이 동시에 외쳤다.

"아니, 그럼 오늘 하루 종일 방에서 준비하신 게……."

"맞아. 1차로 보낼 서류심사를 준비했어."

아셀은 글로벌 브랜드로 명품 중에 명품이라 불리는 가방 브랜드였다. 콧대 높은 프랑스 본사가 드디어 아시아에 입점을 알렸지만, 이 회장은 테마파크 때문에 일찍이 포기를 한 상태였다. 이 회장이 오랫동안 아셀에 눈독을 들이며 누구보다 한국 셀튼 본사에 입점을 원했던 사실을 알고 있는 수혁은 이거다 싶었다.

"본부장님 정말 죄송하지만, 이건 좀 아닌 것 같습니다."

한 실장은 업무를 볼 때 최선보다 최악의 수를 보고 대비책을 먼저 준비했다. 그만큼 뜬구름을 좇는 사람이기보단 기업의 손해를 막기 위해 누구보다 가장 현실적인 사람이었다.

"물론 이 계획만 놓고 본다면, 그리고 이게 실현된다면 회장님의 마음을 움직이는 건 물론이거니와 우리 회사에 더없는 플러스가 되겠죠. 하지만 현실적으로 불가능합니다."

브랜드 유치는 애들 장난이 아니었다. 1차에서 걸러지는 서류를 위해 보통 다른 기업들은 철저한 자료조사 끝에 호텔방을 잡고 며칠씩 준비를 한다. 그런데 서류 마감 시간이 하루도 남지 않았다. 어설픈 서류로 심사에 뛰어들었다간 도리어 망신을 당할 수도 있었다.

"하하하!"

한 실장의 우려 섞인 목소리가 호탕하게 퍼지는 웃음소리에 묻혔다.

"아니, 한 실장."

김 비서가 건넨 서류 파일을 빠르게 살펴보던 알프레도는 웃음을 멈추고 한 실장에게 파일을 건넸다.

"아무래도 도련님께서 오늘 방 안에 갇혀 있는 동안 그 불가능을 가능하게 만든 거 같아."

그리고 수혁의 계획에 뜻을 더해 힘을 실어 말했다.

"이, 이걸 대체 어떻게……."

빠르게 훑어보긴 했지만 30장에 가까운 서류는 한 실장이 말을 더듬을 만큼 완벽했다.

"한 실장 자네가 보기에도 대단하지? 여기 있는 자료만 놓고 본다면 거의 며칠은 갇혀 지낸 수준인데……."

알프레도는 쌓여 있는 서류 더미를 둘러보며 고개를 흔들었다.

"이걸 어떻게 혼자 하실 생각을 하셨어요."

"원래 가장 소중한 건 그냥 얻어지는 게 아니잖아. 내가 얻고 싶은 게 있으면 노력을 해야지. 그리고 김 비서가 많이 도와줬어."

"전 본부장님이 시키는 것만 했을 뿐입니다."

언제나 수혁을 보필한다고 생각했던 알프레도였다. 하지만 지금은 나이가 한참이나 어린 그가 같은 남자로서 진심으로 멋져 보였다.

"프랑스 시간으로 내일 정오까지가 서류 마감이야. 두 사람 다 불어 유창하지? 프랑스어로 번역해서 둘 다 극비로 아셀에 보내."

"이미 영어로 준비를 하셨는데 굳이 불어로 똑같은 걸 보낼 필요가 있을까요?"

한 실장은 수혁이 만든 영어 서류를 흔들며 물었다.

"아셀 회장님이 불어에 대한 자부심이 높은 분이라 다른 나라 언어를 사용하지 않는 사람으로 유명해. 그쪽 직원들이 번역하면 오류가 날 수 있으니까 우리가 직접 준비하는 게 좋아."

무슨 일이 있어도 서류를 통과하겠다는 그의 의지는 대단했다.

"근데 도련님, 아셀을 유치하는 것과 최 선생님이 회장님을 설득하고 보여줘야 할 가능성이 무슨 관계가 있는 건지 솔직히 전 모르겠습니다."

꼼꼼한 한 실장이 문제를 제기하고 나섰다.

"결국 이 계획은 본부장님의 능력을 보여주는 거 아닌가요? 단순히 아셀을 입점해서 회장님과 결혼 문제를 해결하려는 것밖에는 안 보이는데요."

"여기까지만 본다면 한 실장 말이 맞아. 그럼 나도 하나만 물어 볼게. 브랜드 입점 유치에 있어 가장 중요한 게 뭐지?"

"그건 프레젠테이션 발표자죠."

한 실장의 말이 맞았다. 서류가 통과하면 결국 프레젠테이션 싸움인데 내용이 아무리 좋아도 발표자가 실력 발휘를 못 하면 결과는 참담해진다. 반대로 발표자의 센스로 최종 결정자가 뒤집히는 경우도 종종 있었다. 그만큼 발표자의 능력이 결과에 굉장한 영향을 끼쳤다.

"서류가 통과돼서 프레젠테이션을 하게 된다면 우리 셀튼의 발표자는……."

"그럼 설마?"

"그래. 맞아. 라엘이가 하게 될 거야."

"전, 본부장님이나 집사장님과 달리 최 선생님을 잘 알지 못합니다. 아셀 건은 회사와도 직접적인 영향이 있기 때문에 걱정스러운 부분이 있습니다. 최라엘 선생님으로 괜찮을까요?"

한 실장은 신중하게 자신의 의견을 전했다.

"괜찮아. 서류가 통과되고 막상 어떤 결과가 나올지 장담할 수 없지만, 어떤 발표자보다 최 선생님이라면 잘하실 거야."

수혁 못지않게 라엘의 진가를 잘 알고 있는 알프레도는 그녀에 대한 믿음이 두터웠다.

"들었지? 알프레도 답변. 한 실장이 보기에는 내가 이제 막 회사의 중역이 된 햇병아리가 사랑에 눈이 멀어 미친놈처럼 날뛰는 것처럼 보일 수도 있어."

"……"

"그런 점에서 내 선택이 못 미더우면 대신 할아버지 때부터 셀튼과 함께한 알프레도의 안목을 믿어보는 건 어때?"

"……그렇게 말씀하신다면야 저 역시 이의 제기 없습니다."

사랑을 하면 닮는다더니, 어느새 그녀의 완벽한 말발을 전수받은 그는 한 실장의 마지막 염려까지 뿌리 뽑았다.

수혁은 하루 종일 서류 작업에 몰두하면서 단순히 결혼을 허락받는 게 전부였던 목표를 조금 바꿨다. 결혼을 하면 라엘은 앞으로 평생 셸튼가의 사람으로 이 저택에서 살아야 한다. 궁극적으로 그녀가 이곳에서 화목함을 느끼며 행복하게 살아가는 게 목표였다. 아버지인 이 회장이 자신이 선택한 그녀가 얼마나 가치 있고 인격적으로 본받을 만한 사람인지 그걸 알아야 이곳에서의 라엘의 삶이 행복할 수 있다고 판단했다.

"아버지는 설득당할 분이 아니야. 사람은 자신이 인정하지 않는한 절대 쉽게 변하지 않아. 그걸 알기 때문에 철저하게 아버지가세운 기준으로 본인 스스로가 라엘이를 인정하게 만들 거야."

이번 계획이 성공한다면 수혁은 자신이 생각한 대로 될 거라는확신이 들었다.

"그럼 이번 아셀 프로젝트의 주인공이신 최 선생님께서는 이런엄청난 사실을 알고 계신가요?"

"아니. 미리 말하면 놀랄까 봐 아직 말 안 했어. 서류 심사 확정나면 그때 얘기하려고."

"하긴 전후 사정을 다 들으신다면 충분히 그럴 수 있겠네요."

"두 분 너무 태평하신 거 아닌가요?"

수혁과 함께 평온한 알프레도와 달리 한쪽에서 이미 작업에 들어간 한 실장이 도움을 요청했다.

"집사장님, 저 좀 도와주세요."

"그래. 알았네, 알았어."

"자! 지금 시간 새벽 12시, 앞으로 해 뜰 때까지 이 방에서 아무도 못 나가."

"도련님 낼 중요한 데이트 약속 있다고 하시지 않으셨나요?"

"괜찮아. 어차피 점심때 만나기로 해서. 그때까지 눈 좀 붙이면 돼."

알프레도와 한 실장은 졸지에 꼼짝없이 수혁의 결혼 프로젝트에 한배를 타게 됐다.

"본부장님?"

번역에 빠진 두 사람에게 커피를 주고 온 김 비서가 수혁에게 다가왔다.

"본부장님은 최 선생님께서 성공하실 거라고 믿으세요?"

"당연한 거 아니야?"

질문이 싱겁다는 듯 그는 어깨를 으쓱대며 자신 있게 답했다.

"천하의 이수혁을 변화시킨 여자인데. 이쯤은 아무것도 아니지."

서울 번화가에 있는 핫한 브런치 카페.

주말을 맞아 꽉 들어찬 사람들 가운데 창가 옆, 기다란 테이블에 앉아 있는 라엘이 동창들과 대화를 하고 있었다.

"라엘아, 쟤들 또 시작인가 보다."

옆에 앉은 동창이 그녀의 귀에 대고 불편한 말투로 말했다.

"너희 신랑 이번에 치과 분점 냈다며?"

"그냥 우리 시아버지가 조금 도와주셔서 하나 더 냈어."

"어머, 계집애. 결혼 빨리 하더니만 시집은 끝내주게 잘 갔다니까."

"어머, 별소리를 다 한다."

남자 셋과 여자 일곱이 모인 동창 모임은 라엘이 속한 평범한 다섯 명과 자랑하기 위해 나온 다섯 명의 두 무리로 나눠졌다.

"쟤들은 지치지도 않나 보네."

"그나저나 라엘이 오랜만에 봐서 좋다. 잘 지냈지?"

"응. 나야 늘 똑같지. 너희도 잘 지냈지?"

"그럼."

"맞다. 라엘아, 넌 누구 만나는 사람 없니? 일 좀 그만하고 너도 연애해야지."

남편 치과 분점을 은근히 자랑하던 여자 동창이 물었다. 대학시절 내내 라엘에게 과 수석을 놓쳐 그녀에게 자격지심을 갖던 동창이었다.

"나도 만나는 사람 있어."

"어머! 정말? 어떤 남자야?"

"마음 따뜻하고 좋은 사람이야."

"그래. 뭐……그게 최고지. 나처럼 의사랑 결혼하지 마. 너무 바빠서 같이 있을 시간도 없어."

"야! 천하의 최라엘이 연애를 한다고? 근데 라엘이 성질머리 좀 죽였나? 아, 농담이야."

방금 친절한 말투 속에 비꼼을 섞어 말한 남자 동창은 대학 때 라엘에게 고백했다 까인 마마보이였다.

"오랜만에 봤는데 걱정해줘서 고맙다, 친구야. 영철이 너 결혼한다며? 축하해. 근데 너 엄마한테 물어보고 하는 거야? 나도 농담인 거 알지?"

라엘의 농담 섞인 재치에 주변에 앉은 동창들이 웃음을 참지 못했다.

"야! 야! 영철아, 본전도 못 찾을 거 그만하고. 그나저나 영철이 너 요번에 셀튼 본사로 이직했다며?"

"정말? 셀튼 연봉이랑 복지가 좋아서 이직하기 진짜 힘든데 대단하네."

'셀튼'이란 단어에 라엘은 귀를 쫑긋하며 조용히 귀담아들었다.

"말도 마라. 내가 1년 넘게 수험생 모드로 준비해서 들어갔다는 거 아니야."

"축하한다."

"애들아, 미……."

라엘은 조금 전 약속 장소에 도착한다는 수혁의 문자를 받았다. 잘됐다고 생각하고 먼저 가본다는 말을 하려던 찰나,

"실례합니다."

등 뒤에서 세상 익숙한 내 남자의 목소리가 들렸다.

"누구…… 어머!"

'설마, 아닐 거야. 아닐 거야' 하며 고개를 돌리는 동시에 동창들의 입에서 감탄사가 들려오기 시작했다.

"저…… 사람, 나 저 사람 알아."

"세상에!"

라엘은 서서히 고개를 돌렸다.

"……!"

설마가 사람을 잡는다는 말이 딱 맞았다. 어떻게 된 일인지 자신의 뒤쪽으로 수혁이 서 있었다.

"저 사람 이 사람 아냐?"

치과 의사 남편을 둔 여자 동창은 수혁이 표지로 나온 경제 매거진 잡지를 핸드백에서 꺼내 보였고,

"우리 회사…… 본, 본부장님?"

셀튼으로 이직한 영철은 그를 대번에 알아봤다. 동창들의 커진 목소리 때문이 아닌 수혁의 미친 존재감으로 인해, 사람들의 시선이 일제히 그에게로 쏠렸다.

"네. 제가 그 사람 맞습니다."

모두가 놀란 가운데 혼자 침착함을 유지한 수혁이 리드미컬하게 그녀의 어깨에 손을 올리며 인사를 전했다.

"안녕하세요. 라엘이 남자 친구 이수혁이라고 합니다."

"……."

정말이지 전혀 예상 못 한 서프라이즈한 그의 등장에 누구보다 가장 크게 놀란 라엘은 여전히 놀란 토끼 눈을 하며 그를 올려다 봤다.

"놀랐어?"

그녀와 달리 주변을 전혀 의식하지 않은 수혁이 고개를 숙여 그녀의 귓가에 속삭이듯 말했다.

"어떻게 된 일……."

"라엘아, 정말 네 남자 친구야?"

궁금했던 라엘이 어떻게 알고 온 건지 물어보려 했지만, 두 사람 사이를 더 궁금해하는 동창들의 질문 세례에 묻히고 말았다.

"세상에! 완전 대박이네."

"셀튼 호텔 후계자가 남자 친구라니……."

표정과 입으로 감탄을 금치 못하는 동창들 사이로 손끝을 파르르 떠는 남자가 수혁에게 다가왔다.

"아, 안녕…… 하십니까, 본부장님."

고개를 숙여 정성껏 인사를 건넨 그는 셀튼으로 이직했다던 남자 동창 영철이었다.

"이번에 셀튼 본사로 이직하게 된 김영철이라고 합니다."

"그래요? 반갑습니다. 본사가 이직이 어려운데 고생하셨네요. 어느 부서로 이직하셨죠?"

"아, 네. 마케팅 부서입니다."

"좋은 부서로 이직하셨네요."

"감사합니다. 본부장님, 앞으로 잘 부탁드립니다."

"라엘이 동창분인데 저도 잘 부탁드립니다."

10분 뒤, 라엘은 쏟아지는 질문과 뜨거운 시선을 느끼며 그의 옆에 앉아 있었다. 며칠 전부터 테마파크 오픈을 앞두고 언론에서는 수혁의 모습이 전보다 더 자주 나왔다. 더군다나 가장 기대되는 재벌 3세로 뽑혀 그야말로 현재 대한민국에서 그는 핫한 인물 중 한 명이었다. 그렇기 때문에 라엘은 동창들의 관심이 더 뜨거워지기 전에 카페를 나가려 했지만, 뜻대로 되지 않았다.

선망의 눈빛으로 수혁을 쳐다보던 영철이 오지랖을 발동해 의자까지 가져와 커피 한잔 하고 가라며 권했다. 그러자 두 사람의 스토리가 궁금했던 곁에 있는 동창들까지 커피를 권했고, 난감한 표정의 그녀와 달리 그는 편안한 표정으로 자리에 합석했다.

이미 파스타를 먹은 라엘은 딱히 디저트가 당기지 않았다. 평소 같으면 달콤한 디저트를 그냥 지나치지 않았겠지만 갑작스럽게 벌어진 이 상황에 정신이 없었기 때문이다. 하지만 그렇다고 가만히 있기 민망한 탓에 아메리카노와 함께 나온 생크림 케이크를 조금씩 먹고 있었다.

"이번에 영국에 리조트 건으로 계약하셨다는 기사 봤는데 좋은 결과 있었으면 좋겠네요."

"감사합니다."

곤란한 질문은 하면 어쩌나 했던 걱정과 달리 회사에 관한 질문이 오고 가던 찰나,

"근데, 라엘이랑은 어떻게 만나셨어요?"

맞은편에 앉아 있는 여자 동창이 첫 만남에 관한 질문을 던졌다.

"스피치 강의 때문에 만났고 강의를 받다가 제가 라엘이에게 반했습니다."

"……."

"……!"

듣기 좋은 중저음 톤에 집중하던 동창들은 순식간에 벌어진 수혁의 행동을 보며 그가 등장할 때보다 더욱 놀라고 말았다. 라엘의 얼굴을 보면서 말을 하던 그가 그녀의 입술에 묻은 생크림을 엄지손가락으로 닦으며 자신의 입 안에 넣어버린 것이다.

수혁은 너무나 자연스럽고 다정한 행동과 함께 눈에서 꿀이 떨어진다는 표현을 몸소 실천하며 평소처럼 라엘을 사랑스럽게 대했다. 덕분에 같은 테이블에 앉은 여자 동창들의 표정 위로 금세 부러움이 가득했다.

어차피 하지 말라고 해봤자 소용없다는 걸 너무나 잘 아는 라엘은 눈짓으로 더 이상 하지 말라는 신호를 보내며 조용히 포크를 내려놓았다.

"저…… 이런 질문 드려도 될지 모르겠지만, 두 사람 결혼할 사이인가요?"

치과의사 남편을 자랑하며 라엘에게 결혼을 조언하던 여자 동창이 결혼에 대해 물었다.

"물론입니다."

수혁이 숨도 쉬지 않고 빠르게 답했다.

"언제……."

"양가 집안의 중요한 일이다 보니 일정을 알려드리긴 어렵네요. 대신 나중에 결혼식 초대하면 오세요."

"어머, 정말요? 초대만 해주시면 당연히 가죠."

이제 그만 나가야겠다고 생각한 라엘이 수혁에게 사인을 보내자 두 사람이 자리에서 일어났다.

"이거 어떡하죠? 더 있고 싶지만 선약이 있어서 이만 일어나야겠네요."

"얘들아, 미안. 일이 있어서 먼저 가볼게."

"그럼요. 우리 본부장님 바쁘신 몸이신데 가보셔야죠."

"그래, 라엘아. 우린 괜찮으니까 가봐."

"오랜만에 봐서 반가웠어."

"오늘 즐거웠습니다. 다들 좋은 하루 보내세요."

라엘은 동창들의 부러운 시선을 한 몸에 받으며 수혁의 손을 잡고 카페를 나갔다.

"웬일이니! 라엘이 남자 친구 장난 아니다. 셸튼 호텔 후계자라니."

"두 사람 진짜 잘 어울리더라."

"아까 봤지? 입술에 묻은 생크림 닦아주는 거? 나 무슨 드라마 보는 줄 알았잖아."

"내 말이. 얼굴도 잘생겼는데 완전 스윗하더라."

"실례합니다."

너 나 할 것 없이 두 사람을 화두에 올리며 목소리를 높이는 동창들 사이로 카페 직원이 다가왔다.

"이게 뭐예요?"

직원이 내려놓은 빌지 패드 안에 있는 봉투를 보며 동창들이 물었다.

"아, 방금 전에 여자분과 나가신 키 큰 남자분께서 브런치 계산다 하셨어요. 그리고 이건 식사 교환권인데 구매하시면서 일행분들에게 전달해 달라고 하셨고요."

수혁은 센스를 발휘하며 마지막까지 멋진 남자 친구의 모습을 잃지 않았다.

"클래스가 다르긴 다르네."

동창들에게 그의 인상은 이미 완벽 그 자체였다.

"야! 영철아, 너 앞으로 라엘이한테 까불면 안 되겠다."

"그러게 말이야. 이제 사모님이라 불러야 될까 봐. 난 남잔데 최 라엘이 정말 부럽다, 부러워."

"어떻게 된 거예요?"

보조석에 앉은 라엘은 수혁이 차에 타자마자 어떻게 된 건지를 물었다.

"뭐가?"

"뭐긴 뭐예요."

"어떻게 알고 왔냐고?"

라엘은 대답 대신 고개를 끄덕였다.

"김 비서가 알려줬어."

사실 수혁은 다른 곳에서 라엘을 만나기로 했다. 브런치 카페와 조금 떨어진 작은 커피숍에서 만나기로 해서 그곳에서 차 한잔을 하고 있었다. 그런데 근처 주차장에 차를 주차하고 퇴근하기로 한 김 비서가 커피를 사기 위해 우연히 카페에 들렀다가 라엘을 보게 된 것이다.

"올 때까지 기다릴까 하다가 네가 동창 만난다는 소리가 생각나 서 인사라도 할까 해서 왔지. 혹시 나 때문에 곤란해진 거야?"

"내가 곤란할 게 뭐 있어요. 동창들이야 그렇다 쳐도 다른 사람 들도 있었는데……."

라엘은 인터넷에 수혁과 자신의 말이라도 올라오면 어쩌나 걱정이 됐다. 그의 격려로 이런 걱정을 더 이상 하지 않기로 했지만, 최근 이 회장을 생각하면 아무래도 전보다 신경이 쓰이는 건 어쩔 수 없었다.

"괜히 말 나올까 봐 그러죠."

"내가 내 여자 만나러 오는데 그게 무슨 상관이야. 그리고 그런 거 신경 썼으면 애초에 오지도 않았어."

수혁은 라엘이 어떤 부분을 걱정하는지 잘 알고 있었다.

"아버지 때문에 그런 거라면 더 이상 걱정하지 않아도 돼. 아주 좋은 방법이 떠올랐거든."

"방법이요? 무슨 방법인데요?"

"조만간 말해줄게."

이때까지만 해도 라엘은 자신이 엄청난 계획의 주인공이라는 사실을 전혀 알지 못했다.

"맞다! 그리고 거기 브런치 카페 유명한 곳이라 음식 값도 비싼데 뭐 하려고 식사 교환권까지 샀어요."

"뭐랄까, 사랑하는 여자 친구 기 살려주라고 하면 되려나? 별로였어?"

수혁의 잔뜩 기대에 찬 눈빛이 그녀를 향했다.

"치! 아니요. 여기 보여요?"

라엘이 양쪽 어깨를 으스대며 포즈를 취했다.

"멋진 남친 덕분에 내 어깨 잔뜩 올라간 거 보이죠? 완전 멋있었어요."

"그렇게 멋있었으면……."

"쪽!"

라엘의 뺨을 쓸어내리던 수혁이 말을 하다 말고 검지로 자신의 입술을 가리키자 그녀가 '쪽' 소리와 함께 입을 맞췄다.

"참, 줄 거 있어."

그녀의 입맞춤에 한껏 기분이 좋아진 그가 재킷 안주머니에서 봉투를 꺼내 건넸다.

"이게 뭐예요?"

"열어봐."

"이거……."

황금색 봉투 속에 들어 있는 새하얀 카드는 며칠 뒤에 있을 부산 테마파크 오픈 초대장이었다. 라엘의 손에 들려 있는 이 카드가 다른 초대장과 다른 점은 똑같이 인쇄된 글자가 찍혀 있는 것이 아니라 수혁이 직접 자필로 썼다는 것이다.

〈소중한 나의 당신을 초대합니다.〉

날짜와 함께 간결하게 쓰인 한 줄에 한 글자씩 눌러쓴 그의 정성이 느껴졌다.

"여기…… 내가 가도 되는 거예요?"

라엘은 왠지 모르게 초대장을 받고 나니 수혁과 함께했던 지난 시간들이 머릿속에 떠올라 아주 잠시 울컥함이 올라왔다.

"내가 누구 때문에 이렇게 됐는데, 누구보다 네가 꼭 와야 할 자리야."

"그렇게 말해줘서 고마워요."

"초대장 받은 게 그렇게 좋아?"

미소와 함께 고작 한 줄뿐인 초대장을 두 손으로 꼭 쥐며 보고 또 보는 그녀를 수혁이 빤히 쳐다봤다.

"네. 좋아요. 오픈 파티에 간다는 생각을 전혀 안 하고 있었거든요. 그런데 막상 초대장을 받으니까 소풍 가는 학생처럼 설레는 거 있죠."

"많이 설레?"

"난 이런 게 처음이라 그런지 많이 설레네요."

"큰일 났네."

수혁이 한쪽 눈썹을 살짝 찡그리며 곤란한 듯 말했다.

"큰일이요……?"

"지금부터 데이트하는 동안 계속 설렐 텐데……. 오늘 마음 단단히 먹는 게 좋을 거야."

"……."

어리둥절한 그녀의 표정에 묘한 미소로 화답한 그가 차를 출발시켰다.

"다 왔어. 내리자."

수혁이 보조석 문을 열고 라엘의 손을 잡고 말했다.

"여기 극장이잖아요."

두 사람이 도착한 곳은 크고 작은 공연과 연주회가 열리는 예술 극장이었다.

"우리 공연 보러 온 거예요?"

"공연이라기보다는 연주회를 보러 왔어."

"연주회요?"

"여기 티켓."

"……!"

수혁이 손에 쥐여준 티켓을 본 라엘은 눈을 크게 뜨며 반응했다.

"이걸…… 어떻게."

그가 준비한 티켓은 핀란드 출신 피아니스트의 연주회였다.

"설마 내가 이 연주회 오고 싶어 하는 거 알고 있던 거예요?"

"이 사람 음악이 우리 촉새 힐링송이라며."

"그건 맞는데 어떻게……. 혹시 종인이가?"

"맞아."

티켓의 주인공인 피아니스트는 세계적인 거장은 아니었지만, 라엘에게 이 연주자의 음악은 조금 특별했다. 한창 예민한 고등학교 시절 우연히 자율학습 시간에 라디오를 통해 들은 피아노 선율은 그녀에게 힐링 그 자체였다. 그때부터 라엘은 고민이 있거나 속상할 때 루틴처럼 이 음악에 힐링하며 마음을 다스렸다. 한국에서도 그렇게 인기 있는 연주자가 아니었기에 좀처럼 공연 소식이 들리지 않아 안타까웠는데 최근에 공연 소식을 접했다.

소식을 들은 라엘은 사실 수혁과 함께 오고 싶었지만, 워낙에 아기 숨결처럼 잔잔한 파도 같은 음악이었기에 선뜻 같이 가자는 소리가 나오질 못했다. 그런데 이렇게 세세하게 마음을 알아주고 티켓을 준비한 그가 고맙다 못해 감동스럽기까지 했다.

"촉새한테 특별한 음악인데 당연히 같이 들어야지. 자, 그럼 들어볼까?"

그가 한쪽 팔을 들자 라엘이 다정하게 팔짱을 끼었다. 두 사람은 수혁을 알아본 매니저의 안내를 받으며 작은 공연장 2층으로 올라갔다.

27화. 처음이자 마지막 사랑, 그리고 내 심장

두 사람은 2층 앞쪽 가운데 자리에 앉았다. 2층 객석은 생각보다 무대와 가까워 피아노가 잘 보였다.

"……왜? 뭐 놓고 왔어?"

공연 순서지를 보고 있던 수혁이 고개를 돌리며 자꾸만 주의를 살피는 라엘에게 물었다.

"그게 좀 이상해서요."

아무리 유명한 연주자가 아니라고 해도 2층을 오픈한 거 보면 2층 티켓이 어느 정도 팔렸다는 소리였다. 그런데 공연 시작이 5분도 남지 않았는데 객석에는 자신과 수혁 말고 다른 사람은 전혀 보이지 않았다.

"뭐가?"

"여기 2층에 우리 둘밖에 없잖아요."

"난, 둘이 있어서 좋은데. 조용히 음악 감상할 수 있고 좋은 거 아니야?"

"그건 그런데……. 다른 관객은 안 보여서요."

"아, 그거……."

라엘이 의아해하며 입구 쪽을 쳐다보던 찰나, 수혁이 너무나 당연하다는 표정으로 아무렇지 않게 말했다.

"2층 티켓 내가 전부 샀어."

요 근래 시라 일로 고민할 때나 이 회장과 의견 충돌이 있을 때에 수혁은 다른 사람이 아닌 라엘에게 가장 큰 위로를 받았다. 돌이켜 보면 처음 만난 순간부터 그녀에게 더 많은 것을 받기만 했다.

그래서 오늘은 특별한 데이트를 준비했다. 그녀가 검소한 걸 알기 때문에 평소라면 조금 과하다 싶은 데이트는 생각조차 하지 않는 수혁이었다. 하지만 이번만큼은 이 세상에 존재하는 모든 여자들이 부러워할 만큼 행복한 데이트를 선물해주고 싶다는 생각이 들었다.

지금 피아노 연주회가 그 첫 번째 선물이었다.

"네? 뭐라고요?"

순간 제 귀를 의심한 라엘이 큰 소리와 함께 자리에서 일어나다 제 목소리에 놀라 입을 막았다.

"하여간 귀엽다니까."

예상했던 반응을 그대로 보인 그녀가 귀여운 수혁이 라엘의 손목을 잡아 자리에 앉혔다.

"이보세요, 사랑하는 여자 친구님. 여기 공연장이거든요? 목소리가 너무 큰 거 아닙니까."

"여기 티켓을 전부 샀단 말이에요?"

"2층 객석만 산 거니까 정확하게 말하면 전부가 아니지."

"그게 그 소리잖아요."

"와! 우리 촉새 못난이 됐다."

라엘이 단정한 눈썹을 갈매기 모양으로 올리고 뾰로통한 표정을 짓자 그가 놀렸다.

"미쳤어……."

"저번에도 말하지 않았나? 난 늘 최라엘한테 미쳐 있다고."

"지금 농담이 나와요?"

"누가 농담이래. 난 진심인데."

그녀가 흥분하자 장난으로 대응하던 수혁이 순식간에 표정을 진지하게 바꿨다.

"둘이 함께 오는 첫 번째 공연이잖아. 네가 좋아하는 음악이기도 하고. 그래서 둘이 조용하고 오붓하게 듣고 싶었어."

"그래도 이건……."

"그리고 연주자가 티켓 수익금의 20%를 빈곤아동에 기부한다고 하는데 도움도 되고 좋잖아. 그러니까 촉새야……."

그가 가장 부드러운 목소리로 깊은 애정을 담아 라엘의 애칭을 불렀다.

"공연 즐겁게 보자, 응?"

미안한 마음에 격하게 반응하던 라엘은 결국 멋진 미소를 보이며 그의 말에 수긍하기로 했다.

"고마워요."

"천만에요."

수혁은 라엘의 어깨를 끌어안았다. 공연장의 조명이 무대를 비추고 두 사람은 행복한 미소를 띠며 피아노 선율에 집중했다.

한 시간 반 남짓한 공연 시간이 지났다.

"너무 좋다."

녹음된 소리가 아닌 라이브를 통해 들려온 아름다운 피아노 소리에 라엘은 감동이 쉽게 가시질 않았다.

"수혁 씨, 마지막 앙코르 무대 정말 멋지지 않았어요? 나 너무 감동한 거 있죠?"

"어? 어. 그러게."

당황한 그는 잠시 말을 얼버무렸다.

"연주자가 보통 내공이 아닌 거 같더라."

자연스럽게 연주자를 칭찬했지만 사실 수혁은 앙코르 연주가 어땠는지 정확히 기억이 나질 않았다. 마지막 앙코르 무대는 졸지 않기 위해 눈을 뜨고 사투를 벌여야 했기 때문이다. 오페라나 뮤지컬을 비롯해 각종 연주회에 익숙한 편이었지만 이렇게 잔잔한 음악은 처음이었다. 그 때문에 전혀 졸리지 않았음에도 불구하고 공연 중반부터 의지와 상관없이 졸음을 느꼈다. 종인이 '현지에서 불면증을 치료하는 연주'라고 했던 말이 농담이 아니었다는 걸 절실히 깨닫는 시간이었다.

"수혁 씨, 저기 봐요! 연주자랑 사진 찍을 수 있나 봐요."

라엘은 공연장 입구에서 자신의 CD와 함께 관객들에게 인사를 전하며 사진을 찍어주는 연주자를 보고 다가갔다.

「오랫동안 팬이었는데 연주를 직접 들을 수 있어서 좋았어요. 오늘 연주도 정말 훌륭했고요.」

고개를 살짝 흔드는 수혁을 뒤로하고 CD를 구입한 라엘은 유창한 영어로 연주자에게 소감을 전했다.

「그래요? 감사합니다. 저도 한국 관객들을 만날 수 있어서 소중한 시간이었어요.」

「괜찮으면 사진 한 장 같이 찍어도 될까요?」

「물론이죠. 제가 더 영광인걸요.」

「감사합니다.」

큰 키와 찰랑거리는 머릿결을 가진 연주자가 그녀를 반갑게 맞으며 사진 촬영에 기분 좋게 응했다.

"수혁 씨, 같이 사진 찍어요."

"난 됐어. 사진 찍어 줄게."

수혁이 휴대폰으로 라엘과 연주자의 모습을 화면에 담던 그때였다.

「No, No. No. Stop.」

연주자가 취한 포즈를 본 수혁의 눈빛이 낮게 흔들리더니 휴대폰을 쥔 손에 힘을 주며 그가 말했다.

「Don't touch my fiance.」

연주가가 라엘에게 취한 포즈는 앞서 사진 촬영을 했던 관객에게도 했던 것과 동일하게 어깨에 손을 올리는 포즈였다. 그렇다고 연인의 어깨를 감싸는 남자처럼 꼭 안거나 하지도 않았다. 정확히 설명하자면 어깨에 가볍게 손을 올린 정도였다.

「……」

연신 미소를 띠고 있던 연주자는 갑작스러운 상황에 살짝 놀란 표정을 지었다. 이글거리는 눈빛으로 휴대폰을 꼭 쥐고 다가오는 수혁의 모습에 자신이 뭔가 실수한 건 없나 생각하다 '피앙세'라는 단어를 떠올리며 미안한 표정을 지었다.

「제 행동 때문에 불편했다면 미안합니다.」

「아닙니다. 단순히 포즈일 뿐인데 저도 지나쳤네요. 미안합니다.」

여기까진 참 괜찮았다. 살짝 걱정하던 라엘도 수혁이 연주자에게 사과하며 서로 좋은 말을 주고받아서 다행이라 생각했다. 그런데 바로 다음에 이어진 그의 말과 행동에 기가 막혀 말문이 막혔다.

「핀란드 분이시라고 들었습니다.」

「네. 맞습니다. 한국에 처음 와봤는데 풍경도 좋고 다들 친절하네요.」

「우리나라에 좋은 인상을 받으셨다니 다행이네요. 괜찮다면 제가 포즈를 추천해드려도 될까요?」

「그럼요. 물론이죠.」

「요즘 우리나라에서 유행하는 포즈인데 잘 보고 따라 하시면 됩니다.」

그렇게 포즈를 운운하면서 수혁은 마치 웃음 참기 대회를 나온 사람처럼 무표정으로 차렷 자세를 취했다.

"수혁 씨!"

당황한 라엘이 그를 불렀지만 수혁은 전혀 개의치 않았다.

「이 포즈에서 포인트는 바로 무표정입니다. 그리고 옆 사람과 간격을 두고 살짝 어깨를 45도 밖으로 트는 게 중요하죠.」

「이렇게요?」

연주자는 자신의 공연을 관람한 수혁의 말을 철석같이 믿으며 열심히 포즈를 취했다.

「포즈가 아주 훌륭합니다.」

연주자의 포즈에 만족한 그는 엄지를 추켜세우며 고개를 끄덕였다.

「자, 하나 둘 셋!」

찰칵.

「앞으로도 좋은 연주 많이 기대하겠습니다.」

「네. 와주셔서 감사합니다.」

결국 라엘은 허무한 사진 촬영을 하고 공연장을 나왔다.

"수혁 씨!"

주차장을 향해 걸어가던 라엘이 그를 불렀다.

"도대체 아까 왜 그런 거예요? 그 포즈는 대체 뭐고요."

"왜, 깔끔하고 좋지 않았어? 이거 봐, 사진도 잘 나왔는데."

"됐어요."

"질투…… 나서."

무표정한 표정으로 찍힌 사진을 뾰로통한 표정으로 보다 고개를 돌리는 그녀를 보며 수혁이 말했다.

"네? 뭐라고요?"

라엘이 못 듣고 되묻자 수혁은 민망한 표정으로 다시 한번 분명하게 말했다.

"질투 나서 그랬어."

"질투요?"

"그래. 질투. 그 남자가 네 어깨에 손 올리는 걸 보고 순간 나도 모르게 욱했거든."

"그게 뭐예요. 그건 수혁 씨가 완전 잘못 생각한 거예요. 저 피아니스트는 나한테 관객 그 이상의 감정은 아무것도 없었어요. 그냥 편하게 사진을 찍어주려고 한 거란 말이에요."

"알아. 아는데 난, 나 말고 그 누구라도 네 몸에 손대는 사람은 다 질투 나."

라엘은 그의 말도 안 되는 질투 타령에 웃음이 나면서도 이상하게 기분은 좋았다. 그러면서 별채에서 읽기 수업을 하던 때 수혁이 읽었던 일본 작가의 고백사 한 구절이 떠올랐다.

자신의 연인과 이야기하는 여덟 살 난 꼬마에게 질투를 느꼈다던 구절이 생각나면서 지금 자신의 옆에 있는 수혁의 마음도 그 작가와 같지 않을까란 생각에 입가에 절로 미소가 번졌다.

"난 내 남자 친구가 이렇게 질투가 많은 사람인 줄 몰랐네요."

"내 질투는 최라엘 한정이야. 그러니까 앞으로 질투 나지 않게 부탁할게."

"치! 알겠습니다. 오늘 이렇게 좋은 공연 보여줘서 고마워요."

두 사람은 유쾌한 대화를 주고받으며 예술 극장을 나왔다.

고급 일식집에서 저녁을 먹고 커피숍에서 대화를 나눈 두 사람은 주차장이 있는 곳까지 걸어가고 있었다. 어느덧 시계는 10시를 넘어갔고 반짝이던 쇼윈도의 불빛도 하나둘씩 꺼지고 있었다.

"이쪽으로 가면 주차장이랑 좀 더 가까운데 이쪽으로 걸어갈까?"

"그래요?"

라엘과 손을 잡고 거리를 걷던 수혁은 시계를 확인하더니 오른쪽으로 살짝 방향을 바꿨다. 그리고 'The Shining Street'라고 쓰인 커다란 철제 아치형 조형물을 가리켰다. 다행히 라엘은 눈치채지 못했지만 방금 그의 행동은 상당히 의도적이었다.

"어, 그리고 보니 여기 거기구나."

아치형 조형물을 보던 라엘이 주변을 둘러보며 말했다.

"왜? 여기 유명한 곳이야?"

수혁이 그녀의 시선을 좇아가며 궁금한 듯 물었다.

"네. 여기 요즘 드라마나 영화에도 많이 나오고 SNS에서 핫한 거리예요."

두 사람이 함께 걷고 있는 거리는 몇 달 전에 새로 생긴 일명 '샤이닝 스트릿'이라고 불리는 명품 거리였다. 가운데 펼쳐진 도로 양옆으로 국내외 명품 브랜드가 즐비했는데, 단순히 명품 브랜드가 있다는 사실만으로 유명해진 것은 아니었다.

거리 시작부터 끝까지 허공에 이어진 수많은 불빛과 중간중간 세워진 조각상, 그리고 연주를 하는 거리 예술가까지. 아름답게 꾸며진 건물 외관과 가운데 펼쳐진 거리가 하나의 그림처럼 완벽한 하모니를 이뤘다. 때문에 굳이 명품을 구입하는 사람이 아니더라도 구경하는 사람들과 사진 찍는 사람들로 주말에는 많은 인파가 몰렸다.

"예쁘다."

이미 영업시간이 지나 화려한 거리엔 불이 꺼졌지만, 은은한 달빛이 비추는 거리는 그것만으로도 예쁘게 반짝이는 것 같았다.

"예뻐?"

"네. 예뻐요."

"그럼 다음에 다시 와볼까?"

"그래요. 다음에 여기 조명 다 켜져 있을 때 다시 구경 와요."

그렇게 샤이닝 스트릿을 걸어간 두 사람의 발걸음이 거리 끝자락에 다다랐을 때였다. 별안간 걸음을 멈춘 수혁이 손에 힘을 주어 그녀의 걸음을 멈춰 세웠다.

"……."

꼭 잡고 있던 손을 풀고 두 손으로 여린 어깨를 부드럽게 잡은 그는 그대로 걸어왔던 방향을 향해 라엘을 돌려세웠다.

"수혁 씨, 눈은 왜……."

그러더니 곧이어 커다란 손이 그녀의 두 눈 위로 살포시 내려앉았다.

"생각해보니까 굳이 다시 올 필요가 없겠더라고."

"네……?"

라엘은 갑자기 가던 길을 멈추고 돌려세우더니 눈까지 가린 그가 무슨 말을 하는지 이해할 수 없었다.

"그게 무슨 소리……."

"하나, 둘, 셋!"

그래서 물어보려고 했지만 귓가에 속삭이는 짧은 카운트 소리와 함께 그가 눈에서 손을 뗀 순간, 믿을 수 없는 풍경이 라엘의 말문을 막아버렸다. 정확히 두 사람이 서 있는 곳을 기점으로 샤이닝 스트릿에 수많은 불빛이 차례대로 켜지더니 상점 간판들도 하나씩 불을 밝히기 시작했다. 달빛만이 내려앉은 거리에 마치 마법을 부린 듯 화려한 세상이 펼쳐졌다.

"내가 말했지?"

뒤에서 허리를 감싸 안은 수혁이 라엘의 목에 입을 맞추며 속삭였다.

"오늘 계속 설렐 거라고 했잖아."

수혁이 준비한 특별한 데이트의 마지막이 바로 이곳이었다. 오픈 행사를 위해 그녀에게 드레스를 선물하려고 디자이너의 숍을 방문한 그는 그림처럼 아름다운 이 샤이닝 스트릿을 통째로 빌리기로 한 것이다.

그렇다고 그가 셸튼의 본부장이란 유명한 타이틀과 함께 단순히 돈이 많다는 이유로 이곳을 빌린 건 아니었다. 물론 수혁의 전화 한 통에 샤이닝 스트릿 책임자는 기꺼이 준비를 도와줬는데 그 이유는 그가 전 세계 인구 중 1만 명만 가질 수 있는 'Top Secret Express Black Card'를 소지하고 있었기 때문이다.

특히 그중 셸튼가 식구들은 특별관리 고객이기 때문에 드라마에 나올 법한 범접할 수 없는 이런 이벤트가 그에겐 현실 그 자체였다.

"정말 너무, 너무 예뻐요. 근데 수혁 씨……."

라엘이 그의 품 안에서 몸을 돌려 사랑스러운 눈빛으로 자신을 쳐다보는 수혁과 시선을 맞췄다.

"내가 지금 가장 설레는 게 뭔 줄 알아요?"

"글쎄……."

"바로 당신."

"……!"

"지금 내게 보여준 예쁜 풍경도 설레지만 난 사실 수혁 씨를 볼 때마다 늘 마음이 설레요."

커다란 눈을 반짝이며 말하는 그녀의 대답을 들은 수혁은 저도 모르게 '피식' 웃으며 좋은 기분을 감추지 못했다. 앙증맞은 붉은 입술을 통해 들려오는 고백은 언제나 그의 마음을 두근거리게 만든다. 지금처럼.

"최라엘 너, 참 위험한 여자야. 네가 이럴 때마다 내 심장이 미친 듯이 뛰는 거 알아?"

"그거 알아요? 수혁 씨는 치명적인 남자라는 거?"

"당연히 알지. 내가 또 매력이 어마어마하잖아."

서로의 뻔뻔한 대답에 두 사람은 동시에 웃음이 터져버렸다.

"지금부터는 미안하단 말도 고맙다는 말도 하지 마. 그냥 이 순간을 나와 함께 즐기면 돼."

"너무 좋은데 뭐라고 표현을 해야 할지 모르겠어요. 그냥 공주가 된 기분이에요."

유치한 표현이지만 정말 그랬다. 라엘은 그 단어밖에는 지금 기분을 딱히 설명하지 못 했다.

"그럼 가보실까요?"

그는 진짜 공주님을 대하듯 그녀의 손을 잡고 반짝이는 불빛 안으로 걸어 나갔다.

두 사람이 첫 번째로 들른 곳은 구두 상점이었다.

"어서 오세요."

수혁과 라엘이 다가오자 마치 기다렸다는 듯이 문이 열리고 양옆에 서 있던 점원들이 일제히 인사를 건넸다. 저마다 눈부신 디자인의 수십 켤레 구두가 그녀의 간택을 기다리며 자태를 뽐냈다. 천천히 구두를 둘러본 라엘은 새 모양의 작은 크리스털이 박힌 깔끔한 블랙 힐을 골랐다.

"어때, 마음에 들어?"

"너무 마음에 들어요."

수혁은 바닥에 한쪽 무릎을 꿇고 그녀에게 직접 구두를 신겨줬고, 라엘은 그 구두를 그대로 신고 숍을 나갔다. 그가 두 번째로 그녀를 안내한 곳은 유명한 가방 브랜드숍이었다. 수혁은 그곳에서 라엘을 위해 본사에 의뢰한 하나뿐인 클러치 백를 선물했다. 한 손에 들어오는 작은 클러치 백은 파티에 어울리는 화려한 디자인이 돋보였다.

두 사람은 다시 메인 거리로 나왔다. 별빛처럼 빛나는 거리를 걸어가며 구경하던 중 저만치에 있던 조각상이 조금씩 움직이는 게 보였다. 당연히 조각상이라고 생각했던 것이 점차 큰 움직임을 보이며 바닥으로 내려왔다. 머리부터 발끝까지 온몸을 회색빛으로 칠하고 빳빳한 슈트에 높은 패도라 모자를 쓴 예술가가 라엘을 향해 다가왔다.

라엘에게 가까이 다가온 예술가는 기가 막힌 마임 실력을 선보였다. 그러면서 모자 속에서 꽃가루를 꺼내 날리고, 불꽃을 보여주기도 하며 그녀의 시선을 사로잡을 몇 가지 마술을 연달아 선보였다.

"수혁 씨……?"

그렇게 마술이 끝나고 손뼉을 치던 라엘은 그제야 수혁이 안 보인다는 사실을 알게 됐다.

"수혁 씨? 화장실 갔나."

주변을 둘러보며 그를 찾던 라엘이 휴대폰으로 전화를 하려고 하자 앞에 서 있던 예술가가 팔을 흔들었다. 예술가는 양쪽 팔을 크게 흔들며 그녀의 시선을 끌더니 한 손으로 전화하는 마임을 취하며 고개를 옆으로 흔들었다.

"아, 전화하지 말라고요?"

라엘이 뜻을 알아듣자 그는 손가락으로 오케이 사인을 보냈다. 그러더니 따라오라고 손짓하며 근처 벤치로 그녀를 안내했다.

예술가는 그녀가 벤치에 앉자 잠시 사라졌다가 어디선가 바이올린 연주자를 데려왔다. 연주자는 비발디의 '사계' 중 봄 1악장을 멋스럽게 연주한 뒤 퇴장했다. 라엘의 흡족한 미소에 만족한 예술가는 재킷 안쪽에 숨겨놓은 장미꽃 한 송이를 건넸다. 그리고 샤이닝 스트릿 중간에 있는 가장 화려한 건물 앞으로 그녀를 데려갔다.

영문 필기체로 쓰인 멋진 간판을 올려다본 라엘은 이곳이 유명 명품 매장이라는 걸 대번에 알아차렸다. 한국 사람으로는 최초로 세계적인 명품 브랜드와 어깨를 나란히 하는 의류매장이었다.

"……."

예술가는 셀 수 없을 정도로 반짝이는 건물 외관에 붙은 크리스털을 넋 놓고 보고 있던 라엘의 얼굴 앞으로 손을 흔들어 주의를 끌었다. 그리고 안으로 들어가라는 마임을 선보이며 황금색 빛깔의 아치형 문을 가리켰다.

"아, 들어가라고요?"

라엘은 고개를 끄덕이며 같은 동작을 반복하는 예술가에게 고맙다는 인사를 전하며 문을 열고 안으로 들어갔다.

문을 열자마자 검은색 하이힐이 바닥에 깔려 있는 크림색 대리석 위로 수줍게 나아갔다. 벽에 걸려 있는 멋진 그림에 닿았던 라엘의 시선이 중앙으로 향했다. 중앙에는 빨간 카펫이 깔린 계단이 양옆으로 갈라져 2층까지 연결되어 있었다.

한쪽 계단을 따라 자연스럽게 오른쪽으로 향하던 시선이 계단 끝에 다다를 즈음, 그녀의 입가에 미소가 피어나기 시작했다. 조금 전 거리에서 사라졌던 수혁이 그곳에 서 있었기 때문이다.

"라엘아."

수혁은 부드러운 음성으로 라엘의 이름을 부르며 계단 아래로 내려와 그녀의 손을 잡았다.

"수혁 씨, 언제 온 거예요?"

"아까 네가 거리 예술가 마술에 집중할 때 몰래 돌아왔지."

"그랬구나. 갑자기 안 보여서 찾았잖아요."

"정말, 찾은 거 맞아? 아까 창문으로 보니까 한두 번만 두리번거리고 말던데? 살짝 서운해서 바로 뛰어나가려다 참았어."

"에이~ 당연히 수혁 씨가 준비한 거구나 생각했죠. 근데 여긴 왜 온 거예요?"

"오픈 행사 때 입을 드레스 준비해놨어."

"……네?"

"올라가자."

드레스를 맞추러 왔다는 소리에 라엘은 빠르게 반응했다. 사실 아까 차 안에서 초대장을 받고 입고 갈 의상을 잠시 고민하긴 했었다. 살면서 이렇게 규모가 크고 대단한 자리에 가본 적이 없었기 때문에 어떻게 준비를 해야 할지 감이 서질 않았기 때문이다. 그런데 그가 드레스를 준비했다니, 그것도 이런 명품 드레스를.

"수혁 씨, 잠시…… 잠시만요."

올라가려는 수혁의 팔이 살짝 뒤로 당겨졌다. 라엘은 브런치 카페에서 동창들의 점심값을 지불했을 때도, 좋아하는 연주자의 공연을 보여주기 위해 2층 티켓을 전부 구입했다는 말을 들었을 때만 해도 이 정도로 놀라지 않았었다. 하다못해 이 넓은 샤이닝 스트릿 전체를 반짝이게 만들 때도 그랬다. 그런데 이건 조금 경우가 달랐다. 아예 몰랐으면 모를까 이 브랜드가 대단한 고가의 명품이라는 것을 라엘도 잘 알고 있었다. 연주회 2층 티켓 값을 전부 더해도 살 수 없을 정도로 어마어마한 금액을 자랑했다. 그렇기 때문에 더더욱 수혁을 따라 쉽게 계단을 올라갈 수 없었다.

"왜?"

"나 뭐 하나만 물어봐도 돼요?"

"아니. 하나가 아니라 백 개를 물어봐도 되는데, 지금은 안 돼."

언제나 그녀의 말에 예스맨이었던 그가 처음으로 안 된다고 말했다.

"드레스 가격 물어보려는 거 아니야?"

"……."

속마음을 들킨 라엘이 당황한 표정을 짓기도 전에 수혁이 말을 이어나갔다.

"그리고 여긴 너무 고가라고 나가자고 말하려고 했겠지."

"……!"

"왜 아무 말씀이 없으실까?"

"아닌데. 그런 말 하려던 거 아닌데요?"

"그래. 그럼 잘됐네. 얼른 올라가자."

"아니, 잠시만요. 맞아요, 맞아. 여기가 얼마나 고가인 줄 알기 때문에 나가자고 하려고 했어요."

결국 라엘은 이실직고하며 속마음을 털어놓았다.

"촉새야, 아니 라엘아? 최라엘?"

수혁은 부를 수 있는 모든 호칭을 동원해 그녀를 불렀다. 그리고 계단으로 향해 있던 몸을 완전하게 라엘에게 돌리며 그녀와 시선을 맞췄다.

"그거 알아? 난 지금까지 데이트하면서 내가 생각한 거에 10분의 1도 하지 않고 있어. 왜냐고? 네가 이런 반응을 보일까 봐. 봐, 지금도 네 눈빛에 미안함이 느껴지잖아."

그의 말은 그녀를 달래기 위한 소리가 아니라 진짜였다. 그동안 수혁은 자신의 스케일에 맞게 상상을 초월한 데이트를 꽤 많이 준비했었다. 하지만 라엘이 놀라지 않도록 하나씩 천천히 보여주라는 알프레도의 잔소리를 듣고 계획을 변경한 것이다.

"뭐 하는 거예요?"

갑자기 말하다 말고 좌우를 두리번거리는 수혁의 행동을 보며 라엘이 물었다.

"아니, 항상 당당하고 멋지고 자신감 최고인 최라엘 어디 갔나 하고."

"이보세요, 저 여기 있거든요."

진지해진 분위기를 유쾌하게 바꾸려는 수혁의 의도를 눈치챈 라엘이 그의 뺨에 손을 올리며 얼굴을 정면으로 돌렸다.

"물론 내가 당당하고."

"당연하지."

"멋지고."

"말해 뭐 해. 세상에서 제일 멋진 여잔데."

"자신감도 최고고 또 예쁘기까지 하지만…… 하!"

그의 분위기를 이어받아 유쾌하게 대화를 하기 위해 셀프 칭찬을 하던 라엘은 결국 오글거림을 참지 못했다.

"왜 부끄러워하고 그래. 다 맞는 말인데."

"아무튼 내가 그런 사람인 건 맞지만 그거랑 이거는 좀 다른 문제라고요. 수혁 씨?"

"응. 라엘아."

"그래요. 이건 백화점에 걸린 몇십만 원짜리 드레스를 사는 것과는 다른 일이라고요."

"아! 그런 문제구나. 근데 라엘아……."

수혁은 말을 하다 말고 팔짱을 끼더니 자신의 턱을 살짝 매만지며 자신감 넘치는 눈빛을 보였다.

"나한테는 여기서 옷을 사는 게 백화점에 있는 옷을 사는 것보다도 쉬운 일이야. 나 이수혁이야."

뭔가 딱 부러지게 반박을 하고 싶었지만, 그녀는 지극히 사실적인 말에 딱히 뭐라고 말을 해야 할지 생각이 나질 않았다.

"예전에도 이런 비슷한 상황이 있었던 거 기억나지? 그때도 난 지금처럼 비슷한 말을 했었던 거 같은데."

라엘이 말없이 고개를 끄덕였다.

"나 같은 사회 특권층이 그에 맞게 소비를 해야 내수경제가 활성화된다고."

"진짜 못 말려. 내수경제까지 나와야 해요?"

드레스를 선물하기 위해 내수경제까지 들먹이는 수혁 때문에 그녀는 저도 모르게 웃음이 터져버렸다.

"이제 예전처럼 머플러 주면서 네 눈치 안 볼 거야. 내가 널 위해 내가 해줄 수 있는 건 살면서 다 해줄 거야. 남들에겐 동화 속 꿈같은 얘기일지 몰라도 나한테는 현실이니까. 내가 네게 주는 뭐든 걸 누려도 돼. 넌 그럴 만한 가치와 자격이 있고 무엇보다 내가 사랑하는 유일한 여자니까. 앞으로는 이 삶에 익숙해져야 할 거야. 그러니까 우리 촉새도 이제 슬슬 적응하고 즐겨주시죠."

라엘은 아주 잠시 동안 애정 어린 시선으로 자신을 쳐다보는 수혁을 빤히 쳐다봤다. 그리고 빨간색 카펫이 깔린 대리석 계단을 한 칸 올랐다.

"누가 나한테 그러더라고요. 세상 사람들이 신데렐라라고 할 거라고. 그래서 그랬어요. 그게 뭐가 어떠냐고. 근데 지금 문득 수혁 씨 말을 들으면서 한 가지 생각이 떠올랐어요."

"어떤 생각?"

"음…… 이왕 신데렐라가 될 거, 선한 영향력을 주는 멋지고 당당한 신데렐라가 돼야겠다고."

수혁은 그녀의 말이 끝나기 무섭게 작은 얼굴을 부여잡고 버드키스로 입을 맞췄다.

"수혁 씨!"

깜짝 놀란 라엘이 작은 소리로 외쳤지만 그는 전혀 아무렇지 않은 듯 여전히 당당했다.

"이러니 내가 안 반하고 배겨? 이래야 우리 촉새답지. 이제 올라가도 되지?"

"네, 올라가요."

따뜻한 온기로 가득한 커다란 손을 꼭 잡은 라엘은 수혁과 발을 맞추며 대리석 계단을 올라갔다.

"근데 수혁 씨? 만약 내가 계속 고집부리고 안 올라갔으면 어떡하려고 했어요."

"그때도 다 생각이 있었지. 여기 매장에 있는 옷 전부 사서 당장 집으로 보낸다고 으름장을 놓으려고 했어."

표정 하나 바꾸지 않고 웃으면서 말하는 그를 보며 라엘은 이쯤에서 타협하길 잘했다는 생각을 했다.

"어서 오세요, 본부장님."

2층으로 올라가자 깔끔하게 차려입은 직원들과 함께 셀튼가에서 김 여사와 담소를 나눴던 민머리 디자이너가 두 사람을 반겼다.

"늦은 시간인데 도와주셔서 감사합니다."

"으흠! 무슨 소리세요. 나 마음이 로맨틱해서 이런 거 얼마든지 환영인걸요."

디자이너는 자신의 부탁을 들어준 수혁이 고마움을 표하자 여성스러운 손짓과 함께 고개를 흔든다 라엘과 시선이 마주쳤다.

"이쪽이 우리 본부장님의 마음을 빼앗은 라엘 씨?"

"안녕하세요. 최라엘입니다."

"어머! 세상에. 얼굴이 어쩜 이렇게 엘레강스하고 고저스하게 생겼을까. 혹시 나 알아요?"

"그럼요. 한국을 대표하는 디자이너분이시잖아요."

"어쩜 말도 이렇게 예쁘게 해요. 디자이너가 가장 기분 좋을 때가 본인이 디자인한 옷과 모델이 딱 어울릴 때거든요. 지금 내가 딱 그래요. 옷 준비해줄게요. 잠시 기다려요."

이날 라엘은 미리 준비된 드레스의 가봉을 무사히 마쳤다. 그리고 수혁은 그녀의 드레스 입은 모습을 보고 한동안 말을 잇지 못한 채 멍하니 입을 벌리고 서 있었다. 그렇게 특별한 데이트는 두 사람 사이에 또 한 번의 좋은 추억을 만들며 마무리됐다.

"당신 혹시 무슨 일 있어? 아까부터 표정이 별로야."

약속을 끝내고 집에 들어올 때부터 어딘가 미묘하게 다른 연이의 표정이 신경 쓰이던 이 회장이었다.

"제가 일은 무슨 일이 있겠어요."

가만히 차를 마시던 연이는 이때다 싶어 이야기를 꺼냈다.

"여보, 나 뭐 좀 물어봐도 돼요?"

"그럼."

"만약에…… 만약에 말이에요. 내가 재벌가의 딸이 아니었어도 당신이 나랑 결혼했을까요?"

"아니…… 갑자기 이게 무슨 소리야."

연이가 생전 저런 질문을 한 적이 없었기에 이 회장은 당황할 수밖에 없었다.

"얼른 대답부터 해요."

"그거야 당연하지. 배경이 아니라 난 당신 자체가 중요한 사람이라고."

"정말이죠?"

"당연하지."

"그걸 잘 알고 있으면서 왜 그렇게 수혁이와 라엘이에게 무거운 잣대를 세우세요."

연이는 지금까지 남편인 이 회장의 뜻을 직접적으로 반대하거나 불만을 나타내 목소리를 크게 높인 적이 없었다. 그저, 재단 일을 돌보며 뒤에서 묵묵히 내조로 힘을 실었다. 그런 그녀가 아들의 결혼을 위해서 처음으로 이 회장에게 목소리를 높이기로 마음먹었다.

"……."

결혼 이야기가 나오자 이 회장은 다시 입을 닫았다.

"여보! 또 아무 말씀 안 하실 거예요?"

"당신이 어떻게 생각하는지 모르겠지만, 현실적으로 말을 하자면 수혁이에게 더 이상 수호는 없어. 앞으로는 걔 혼자 모든 걸 짊어지고 셀튼을 꾸려야 한다는 소리야. 난 그냥 수혁이에게 버팀목이 있었으면 하는 바람일 뿐이야."

"아니요. 당신이 틀렸어요."

"……."

"수혁이는 혼자가 아니에요. 당신과 어머님이 있고 저도 있고 그리고 무엇보다 수혁이가 가장 사랑하는 라엘이도 곁에 있어요."

"……."

"때론 겉으로 보이는 것보다 보이지 않는 게 중요할 때도 있는 거예요."

확고한 의지와 함께 연이는 계속해서 자신의 의견을 전했다.

"라엘이는 누구보다 값지고 귀한 내면을 가진 아이예요. 수혁인 그걸 알아본 거고요. 당신이 그토록 원하는 버팀목이 왜 그 아이일 거라는 생각은 못 하세요."

"여보, 이게 이렇게 간단한 문제가 아니라는 걸 당신도 알잖아."

"아니요. 간단한 문제를 복잡하게 하고 있는 건 당신이에요."

"……!"

"나까지 거들면 당신이 더 힘드니까 여기까지만 말할게요. 마지막으로 난 당신이 배경이나 재물이 아니라 그 아이가 가진 장점을 좀 봐줬으면 좋겠어요."

하고 싶은 말을 전부 끝낸 연이는 의자에서 일어났다. 그리고 참하고 우아한 미소와 함께 강력한 한 방을 날렸다.

"아! 당신이 어떤 결정을 하느냐에 따라서 세계여행을 갈 수도 못 갈 수도 있다는 것만 알아두세요. 그럼 나가볼게요."

수혁에게 회사를 완전히 물려주고 나면 연이와 단둘이서 세계여행을 하는 게 이 회장의 오랜 꿈이었다.

김 여사와 수혁이 눈에 보이는 대단한 결과로 이 회장을 공략한다면 연이는 자신을 사랑하는 남편의 마음을 이용해 그를 움직이기로 한 것이다.

"할머니?"

고급 레스토랑이 즐비한 식당 근처 벤치에 앉아 있던 라엘은 김 여사를 발견하고 자리에서 일어났다.

"기다린 거야? 먼저 들어가지 않고."

"아니에요. 저도 방금 막 왔어요."

"오늘 일은 다 마친 거야?"

"네. 마지막 강의 끝나고 오는 길이에요."

라엘은 그동안 미뤄왔던 김 여사와의 식사 약속을 위해 다른 날보다 일을 일찍 마쳤다.

"근데 할머니 오늘 너무 멋있으세요."

그러고 보니 공항에서 본 뒤로 김 여사가 외출복을 입은 걸 처음 본 라엘이었다. 저택에서는 늘 메이드 복장을 입고 있던 그녀 역시 오늘은 라엘을 만난다고 어느 때보다 한껏 힘을 주고 외출했다. 노령의 나이에도 불구하고 패션 센스가 넘치는 김 여사는 원색의 파란 투피스와 트레이드마크인 망사 장갑을 절묘하게 매치시켰다.

"할미, 패션이 괜찮아? 오늘 라엘이 만난다고 메이드복 벗고 신경 좀 썼어."

"그럼요. 정말 잘 어울리세요."

"고마워. 우리 라엘이는 오늘도 예뻐. 아직 점심 전이지?"

"네."

"배고프겠다. 얼른 들어가자."

김 여사는 라엘의 손을 잡고 미리 예약한 고급 레스토랑으로 향했다.

"어서 오세요, 여사님. 오랜만에 뵙습니다."

두 사람이 레스토랑으로 들어서자마자 마치 기다렸다는 듯이 문 앞에서 대기한 사람들이 일제히 깍듯하게 인사를 건넸다. 매니

저는 물론이고 미슐랭 매거진에서도 까다롭기로 소문난 오너 셰프가 요리사의 상징인 흰 모자까지 벗어가며 정중히 인사를 건넸다.

"그래. 자네도 잘 지냈지?"

"그럼요. 이쪽으로 들어가시죠."

언제나 메이드 복장을 입고 인자한 미소를 띤 김 여사의 모습이 익숙한 라엘은 처음 보는 풍경에 살짝 어안이 벙벙했지만 딱히 이상하다고 느끼지는 않았다. 알프레도와 마찬가지로 셀튼가에서 오랫동안 집사 생활을 한 분이기에 이 정도 인맥은 당연하다는 생각이 들었다.

"어떻게 음식은 입맛에 맞았어?"

식사를 하는 동안에도 모든 음식을 라엘이의 앞쪽으로 세팅을 부탁한 김 여사는 식사를 끝내고 레스토랑을 나와서도 여전히 라엘을 신경 쓰고 있었다.

"그럼요. 음식 하나하나 다 맛있었어요. 정말 감사한데 너무 비싼 곳에서 사주셔서……."

아무리 복지가 좋고 급여가 좋은 셀튼가라고 해도 힘든 집안일을 하는 김 여사에게 레스토랑 음식을 대접받아도 되나 싶은 라엘이었다.

"그게 무슨 소리야. 할미가 얼마나 능력이 있는데 손주……."

순간 아주 자연스럽게 '손주며느리'란 단어를 내뱉던 김 여사는 얼른 헛기침을 하며 화제를 돌렸다.

"어흠! 할머니가 우리 라엘이 맛있는 밥 사줄 능력이 충분하니까 그저 '잘 먹었습니다' 하면 되는 거야. 알았지?"

"네. 할머니, 감사히 맛있게 잘 먹었습니다."

그 후 두 사람은 작은 전시회가 열리는 갤러리로 향했다. 평소 그림을 좋아하는 김 여사를 위해 라엘이 전시회 티켓을 준비해 그림 관람을 즐겼다. 그리고 인사동 거리로 나와 전통 찻집에서 즐겁게 담소를 나누며 시간을 보내고 라엘의 집으로 향했다.

"집까지 데려다주셔서 감사해요."

"당연히 데려다줘야지."

김 여사는 기사에게 골목에 주차를 시킨 뒤 라엘을 따라 차에서 내렸다.

"오늘 라엘이 만난다고 사모님이 기사까지 동원해서 차를 빌려주셨는데 당연히 데려다줘야지."

"오늘 할머님이랑 함께해서 즐거웠어요."

"나야말로 우리 라엘이랑 데이트도 하고 아주 행복했어."

"라엘아?"

두 사람이 인사를 주고받는 사이 골목 저만치서 라엘을 부르는 목소리가 들렸다.

"어, 엄마?"

마침 이웃집에 마실을 다녀온 덕희가 두 사람을 발견한 것이다.

"안녕하세요."

김 여사는 엄마라는 소리에 덕희에게 다가가 먼저 인사를 건넸다.

"아, 예. 안녕하세요. 라엘아 어르신은 누구시니……."

한눈에 봐도 드라마에 나올 법한 범상치 않은 패션을 입은 김 여사를 보며 덕희는 얼떨결에 인사를 건네고 라엘에게 물었다.

"저기, 그게 할머니는……."

갑작스러운 상황에 차마 수혁의 집안일을 돌봐주시는 분이라는 말을 못 하고 라엘이 우물쭈물하던 그때였다.

"라엘이 어머님, 제가 수혁이 친할머니 되는 사람입니다."

김 여사가 고민하는 라엘의 표정을 보며 그동안 숨겨왔던 정체를 밝혔다.

"네?"

"……!"

수혁의 친할머니란 말에 덕희도 놀랐지만 그녀 못지않게 라엘도 말 그대로 깜짝 놀랐다. 공항에서 처음 보고 저택에서 마주칠 때마다 모든 순간 항상 메이드 복장을 하며 별채특공대와 함께 있던 김 여사였다. 근데 갑자기 수혁의 친할머니라니. 라엘은 뭐가 어떻게 된 건지 이 상황이 도통 이해가 되질 않았다.

범상치 않은 패션의 소유자가 수혁의 친할머니라는 사실을 알게 된 이상 덕희는 김 여사를 그냥 보낼 수 없었다.

"여기, 이쪽으로 들어오세요."

김 여사가 괜찮다고 사양했지만 덕희는 예의가 아니라면서 집으로 그녀를 안내했다.

"저녁때가 다 돼가는데 제가 괜히 실례를 범한 건 아닌지 모르겠네요."

"실례라니요. 그런 말씀 마세요. 전혀 그렇지 않으니까 편하게 들어오세요."

라엘은 여전히 놀란 표정으로 다정하게 대화하는 두 사람의 뒤를 따라 집으로 들어갔다.

"저희는 이렇게 살아요. 집이 지저분해서 민망하네요."

워낙 깔끔한 성격의 소유자인 덕희는 평생 지저분한 것과는 거리가 먼 사람이었다. 그런데도 누가 봐도 깨끗함 그 자체인 집 안을 민망해하며 어쩔 줄 몰랐다.

　"무슨 말씀이세요. 너무 깨끗한데요."

　"여기 앉으세요."

　주방에 들어간 덕희는 빛의 속도로 커피와 과일을 가져와 거실 테이블 위에 내려놓았다.

　"집에 과일이 사과와 오렌지밖에 없어서요. 좋아하실지 모르겠어요."

　정신이 없는 와중에도 덕희는 토끼 모양으로 예쁘게 썬 사과를 포크에 찍어 김 여사에게 권했다.

　"둘 다 제가 가장 좋아하는 과일입니다. 예고도 없이 불쑥 찾아왔는데 이렇게 반겨주셔서 감사해요."

　"아니에요. 수혁 군 할머니신데 그냥 보내드리면 안 되죠. 일전에 라엘이 아빠와 제가 수혁 군에게 신세를 졌어요."

　"신세요?"

　"네. 여행 갔다 돌아오는 날 제가 발목이 조금 안 좋았었는데 수혁 군이 병원도 데려다주고 큰 도움을 받았습니다."

　"안 그래도 수혁이 통해서 애길 들었어요. 다리는 괜찮으세요?"

　"네. 이제 괜찮아요. 수혁 군이 인물도 좋은데 예의도 바르고 성품이 참 좋아요."

　"좋게 봐주셔서 감사합니다. 라엘이를 볼 때마다 요즘 젊은 친구들답지 않게 어찌나 싹싹하고 마음씨가 고운가 했더니 이렇게 좋은 부모 밑에서 자라서 그런 것 같습니다."

　"어휴, 아니에요, 어르신. 예쁘게 봐주셔서 감사합니다."

보통은 내 자식이 잘났다고 자랑하기 마련인데 김 여사와 덕희
는 그 반대였다. 입에 발린 소리가 아니라 진짜 서로가 수혁과 라
엘이 마음에 들어 하나라도 더 칭찬하려는 대화가 끊이질 않았다.

덕분에 두 사람 사이에 앉아 있던 라엘은 조용히 이 민망한 광
경을 지켜봐야 했다.

"제가 이야기에 심취해 있다 보니까 소개가 늦었네요. 정식으로
다시 인사드리겠습니다."

오고 가는 덕담 속에 분위기가 한껏 무르익을 즈음, 김 여사가
핸드백에서 명함을 꺼내 덕희에게 건넸다.

"김순자라고 합니다."

"네. 전 나덕희…… 큭!"

덕희 역시 이름을 밝히면서 명함으로 시선을 옮긴 찰나, 순간적
으로 사레가 들리고 말았다.

"큭!"

명함에 적힌 '셀튼그룹 재단 명예회장'이라는 엄청난 글자가 사
레의 주범이었다.

"엄마!"

"아이고, 저런. 괜찮으세요?"

"잠시만…… 실례할게요."

"할머니, 저도 잠시만요."

굉장히 깜짝 놀란 덕희는 손으로 명치를 치며 양해를 구하고 자
리에서 일어났고, 라엘 역시 덕희를 따라 자리에서 일어나 안방으
로 향했다.

"엄마, 괜찮아요?"

라엘은 침대 끝자락에 걸터앉아 연신 가슴을 쓸어내리며 손끝까지 떨리는 덕희를 보다 풍호의 말이 번뜩 떠올랐다.

'네 엄마는 청심환이 필요할지도 모르겠구나.'

방에 있는 약상자에서 마시는 청심환을 가져온 라엘이 뚜껑을 열고 덕희에게 건넸다.

"엄마, 이것 좀 마시고 진정해."

"어휴! 놀래라."

"사레는?"

"이것아, 사레가 아니라 이것 때문에 놀란 거야. 너 이거 진짜야?"

덕희는 다른 손에 꼭 쥐고 있던 명함을 들어 보였다.

"아, 이거……."

"셀튼그룹이라면 그, 뭐냐…… 거기, 서울에서 가장 큰 건물 그러니까 호텔로 유명한 그룹 거기 말하는 거 아니야?"

남편인 풍호처럼 뉴스와 신문을 끼고 살진 않았지만, 살림하는 가정주부인 덕희도 셀튼그룹은 알고 있었다.

"……맞아요."

"그럼 수혁 군이 셀튼그룹 회장님 아들이고 밖에 계시는 어른신이 그 할머님이란 소리야? 그래?"

"네……."

김 여사가 수혁의 할머니라는 사실은 지금 알았지만 어쨌든 전부 맞는 말이었다.

"왜 진작 말 안 했어? 그리고 수혁 군이랑은 어떻게 알게 된 거야?"

"수혁 씨랑 같이 말하려고 했어. 그리고 알게 된 건 강의를 통해서인데 자세한 얘기를 하자면 좀 길어요.”

“세상에, 이게 다 무슨 일이야.”

TV 속에서만 보던 드라마 같은 일이 현실로 일어났다는 사실에 덕희는 아직도 마음이 쉬이 진정되질 않았다.

“알았어. 일단 나중에 다시 얘기하고 나가자. 할머니 기다리시겠다.”

“네.”

한 시간 뒤.

“오늘 불쑥 찾아왔는데 따뜻하게 맞아주셔서 감사합니다.”

“별말씀을요. 저야말로 부족한 라엘이 잘 봐주셔서 그저 감사할 따름입니다.”

덕희, 라엘과 함께 즐거운 이야기꽃을 피운 김 여사는 얼굴 가득 인자한 미소를 띠며 대문에서 두 사람의 배웅을 받고 있었다.

“제가 이날 이때까지 살아보니 사람을 보면 그래도 대충은 이 사람은 어떤 사람이구나 하는 게 보이더군요. 근데 라엘이는 사람을 대할 때 가식이 없어요. 뭐든 진심으로 하니 안 예뻐할 수가 있어야지요.”

“어르신, 그러지 마시고 저녁 드시고 가세요.”

“아닙니다. 앞으로 애들 때문이라도 자주 볼 사이인데요. 다음에 초대해주시면 그때는 꼭 먹고 가겠습니다.”

덕희는 집에서부터 저녁 식사를 권했지만 김 여사는 예고 없이 찾아와 그럴 순 없다며 정중히 사양했다.

“라엘아, 넌 차까지 배웅해드리고 들어와.”

“네, 엄마.”

“조심히 들어가세요.”

김 여사가 라엘의 손을 잡고 등을 토닥이는 뒷모습을 한참 바라보던 덕희는 혼잣말을 하며 집으로 들어갔다.

"재벌 마나님이 어쩜 성품이 저리 좋을 수가 있지? 세상에, 꿈꾸는 거 같네. 그나저나 우리 라엘이 진짜 저 집에 시집가게 되는 건가……."

지금 수혁의 눈매는 나비처럼 날아서 벌처럼 쏘는 세계 최고의 주먹 무하마드 알리 그 자체였다. 무심한 듯 시크함이 묻어나는 표정으로 기다란 손가락이 날렵한 턱선을 따라 미끄러지며 고개가 움직였다.

그의 고개가 오른쪽으로 움직이면 깔끔한 검정색 유니폼을 입은 열 명의 직원들의 시선이 함께 움직였고, 다시 왼쪽으로 움직일 때면 역시나 스무 개의 눈동자가 숨을 죽이며 함께 움직였다.

3층까지 이어진 매장을 오르락내리락할 때마다 김 비서를 비롯한 여러 사람들이 민족 대이동을 하듯이 분주하게 뒤를 따랐다.

그렇게 한참을 돌아보던 수혁의 발걸음이 어느 쇼케이스 앞에서 멈췄다.

"본부장님, 그 제품이 마음에 드시나요?"

뒤를 따르던 무리 중에서 맨 앞에 있던 매니저가 조심스럽게 물었다.

"네. 이 제품이 좋은데요."

"아! 근데 그 제품은 폭이 넓고 커플용으로 나온 게 아닌데요."

"그럼 이 반지 혹시……."

수혁은 매니저가 꺼내준 폭이 넓은 반지를 검지와 엄지로 잡고 눈앞으로 집어 올렸다. 그렇다, 수혁이 지금까지 꼼꼼하고 신중하게 고른 물건은 오픈 행사가 끝나고 프러포즈 때 라엘에게 줄 반지였던 것이다.

"정확히 반으로 잘라 두 개로 만들 수도 있을까요?"

"아! 이 반지를 반으로요? 정확히?"

"네."

"그럼요. 당연히 가능하죠. 외람되지만 커플로 나온 반지도 많은데 이유라도 있으신지……."

수혁이 돈이 없어서 하나짜리 반지를 두 개로 만들어달라는 게 아닌 거란 걸 매니저는 알고 있었다. 물론 그가 고른 반지 또한 유명 디자이너가 만든 고급 반지였지만, 그 이유가 궁금하긴 했다.

"그냥요. 같은 걸 끼고 싶어서요."

"아, 예."

호기심 가득한 매니저의 물음에 간략하게 설명하긴 했지만 수혁에겐 그만한 이유가 있었다. 그가 라엘에게 줬던 가장 좋아하는 일본 작가의 고백사인 '심장(心臟)'이라는 소설 때문이었다. 그 소설을 집필한 작가는 죽은 부인에게 프러포즈했을 당시 자신이 끼고 있던 하나의 반지를 반으로 잘라 그녀의 손에 끼워주었다고 한다.

둘이 만나 하나가 되는 부부처럼 하나의 반지를 두 개로 쪼개 서로가 연결된 사이라는 걸 인식하고 싶었다고 작가는 설명했고, 수혁에겐 그 말이 꽤 인상 깊게 남아 있었다. 그래서 지금까지 여러 매장을 돌아다닌 것도 반으로 쪼갰을 때 디자인을 해치지 않고 예쁘게 나올 수 있는 반지를 찾기 위해서였다.

"본부장님 혹시 반지에다 올릴 오브제가 따로 필요하신가요?"

"네. 신부 반지에 블루 다이아를 물방울 모양으로 가공해서 올려주세요. 그리고 문구 삽입이 가능한가요?"

"네. 그럼요. 글자 폰트를 작게 줄이면 안쪽으로 서른 자까지 가능합니다. 새겨드릴까요?"

"네."

"뭐라고 새겨드릴까요?"

반지를 고를 때보다도 더 진지하게 고민하던 수혁은 다음과 같이 말했다.

"처음이자 마지막 사랑, 그리고 내 심장. 최라엘."

28화. 여기서 멈출까?

김 여사는 차로 걸어가면서 라엘의 얼굴을 쳐다봤다.

"항상 메이드 복장을 입었는데 갑자기 수혁이 친할머니라고 하니까 놀랐지?"

"네? 아니…… 네. 조금요."

"왜 안 그랬겠어. 놀라고도 남았지."

"사실은 좀 많이 놀랐어요."

"그래. 아까 라엘이 표정 보니까 많이 놀란 거 같더라."

"할머니?"

"응. 할 말 있어? 뭐든 말해봐."

"사실 공항에서 할머니를 처음 뵀을 때 뭔가 분위기가 평범한 분은 아닌 것 같다는 느낌이 좀 있었어요."

"그랬어?"

"네. 입고 계셨던 옷도 너무 멋스러우셨고 말씀하시는 모습에도 우아함이 느껴졌거든요. 마치 TV 속에 나오시는 분 같았어요."

"고마워라."

"그런데 셀튼가에서 다시 봤을 때는 살짝 놀라긴 했어요."

직업에 귀천이 없다고 생각했지만, 워낙 공항에서의 첫 만남이 기억에 강하게 남았기에 라엘은 메이드 복장을 한 김 여사를 다시 만났을 때 조금 의외라는 생각을 했었다.

"할미가 왜, 군이 라엘이 앞에서 메이드 복장을 입었는지 궁금하지?"

"네. 궁금해요."

"그건 궁궐같이 큰 저택 안에서 라엘이가 답답하면 어쩌나 걱정이 됐거든."

김 여사는 걸음을 멈추고 정면으로 몸을 돌렸다. 그러고는 양손으로 라엘의 손을 꼭 잡고 계속해서 말을 이었다.

"라엘이가 납골당까지 할미를 데려다주고 그대로 헤어져서 너무 아쉬웠어. 믿을지 모르겠지만, 그때 마음 같아서는 우리 수혁이를 소개해주고 싶다는 생각까지 들었었거든."

"정말요?"

"그럼. 그래서 그때 밥을 먹자는 핑계를 대면서 번호를 물어봤던 거야."

"아……."

라엘은 납골당에서 헤어질 때 김 여사가 번호를 물어봤던 게 기억났다.

"그렇게 저택으로 돌아왔는데 알프레도가 수혁이가 좋아하는 아가씨가 생겼다는 거야. 그래서 누군지 기대하고 봤는데 세상에 그게 라엘이잖아. 할미 그때 얼마나 기뻤는지 몰라."

저택에서 라엘을 다시 만난 그때를 회상하던 김 여사의 얼굴 위로 어느새 환한 미소가 가득 번졌다.

"그런데 가만히 생각해 보니 우리 집이 평범하지가 않잖아. 혹시라도 고민이나 힘든 일이 있을 때 말할 상대가 필요하지 않을까 생각했어. 내가 만약 그때 수혁이 친할머니라고 하고 다가갔으면 지금처럼 라엘이랑 친해지기 힘들 것 같았거든."

가만히 김 여사의 말을 듣고 있던 라엘은 고개를 끄떡였다. 김 여사의 말대로 그때 당시 그녀가 수혁의 친할머니로 다가왔다면 지금처럼 허물없이 친한 사이로 대하진 못했을 거란 생각이 들었다. 자신을 이렇게까지 생각해준 김 여사에게 고마운 마음이 든 라엘은 그 마음을 표현하려고 했다. 그런데 그다음 더 놀라운 이야기가 들려왔다.

"라엘아, 혹시 공항에서 본 거 말고 할미 어디서 봤는지 기억 안 나?"

"공항에서 뵌 게 첫 만남이 아니었어요?"

"사람이 옷깃만 스쳐도 인연이라고 했는데 우연한 만남이 세 번이면 그땐 인연이라고 하잖니. 우린 세 번 만났어."

"세 번이요?"

한 번은 공항이었고 나머지 한 번은 셀튼가에서 다시 만난 때가 확실했다. 그런데 아무리 생각해도 라엘은 나머지 한 번이 생각나질 않았다.

"죄송해요, 할머니. 기억이 잘 안 나요."

"납골당에서 할머니한테 알려줬던 거 기억나?"

"네. 기억나요."

라엘이 기억난다고 한 건, 머리카락을 한 가닥 뽑아 손에 쥐고 눈을 감은 채 안 좋은 일을 생각하며 손에 쥔 머리카락을 불어서 날리는 행동이었다. 그리고 라엘은 그 행동을 수호가 있는 납골당을 쓸쓸하게 바라보고 있던 김 여사를 위로하고자 그녀에게 알려 줬었다.

"혹시 예전에 라엘이가 교복을 입었을 때 병원 근처 공원에서 어떤 할머니가 알려준 거 아니야?"

"네. 맞아요. 그때 제가 고등…… 설마!"

김 여사의 말에 자연스레 고등학교 때를 떠올리던 라엘은 '설마' 소리와 함께 말문이 막혔다.

고등학생 시절 아버지인 풍호가 갑자기 수술을 받게 된 때가 있었다. 너무 갑작스럽게 생긴 일에 놀라서 눈물이 터졌지만, 간신히 정신을 부여잡고 있는 엄마 앞에서 차마 울 수 없어 병원 근처 공원으로 가 불안한 마음에 혼자 펑펑 울었다.

한참 울고 있을 때 곱게 차려입은 할머니가 다가오더니 울고 있던 라엘을 위로하며 알려준 행동이 바로 김 여사에게 알려줬던 그 행동이었다.

"그럼 할머님이 그때 그분 맞으시죠?"

라엘은 그제야 나머지 한 번이 그때 공원 벤치에서의 만남임을 깨달았다.

"그래. 맞아."

"어떻게 이런 일이……. 너무 신기해요."

"신기하지? 나도 얼마나 신기했다고. 난 운명을 그렇게 믿는 사람이 아닌데 이런 일을 겪고 보니까 아무래도 라엘이가 진짜 우리 수혁이의 운명의 짝이 아닌가 싶어."

라엘 역시 운명이란 단어를 깊게 믿는 사람은 아니었다. 하지만 김 여사의 설명을 들으면서 어쩌면 정말 수혁과 자신은 만날 수밖에 없는 사이가 아닌가 하는 생각이 들었다.

"어찌 됐든 할미가 우리 수혁이와 라엘이 뒤에 떡 하니 버티고 있으니까 이 회장 너무 신경 쓰지 말고 두 사람은 하던 대로 쭉 밀고 나가. 알았지?"

"네, 할머니. 감사합니다."

프러포즈 반지를 맞추고 숍에서 나오던 수혁은 김 여사로부터 급한 전화를 한 통 받았다.

'그래도 라엘이 어머니를 만났는데 메이드라고 소개하는 건 아닌 것 같아서 사실대로 알려드렸어. 근데 많이 놀라신 거 같더라. 수혁이 네가 가서 찾아뵙고 잘 말씀드려.'

아직 덕희에게 신분을 밝히지 않았던 수혁은 그길로 바로 라엘의 집을 찾았다.

"라엘이와는 결혼을 전제로 진지하게 만나고 있습니다. 그리고 전 셀튼 호텔 본사 본부장을 역임하고 있고요. 미리 말씀드리지 못한 점 죄송합니다, 어머님."

"아니, 그런 말 마. 두 사람이 어떻게 만났는지도 다 듣고, 회사에 중요한 일이 있어서 그거 해결하고 말하려고 했다고 라엘이한테 들었어. 나중에 말하면 그게 뭐 어때서."

"이해해주셔서 감사합니다."

"감사는. 당연히 이해하지. 그나저나 당신?"

"어, 나?"

"그럼요. 여기 내가 당신이라고 부를 사람이 당신밖에 더 있어요?"

옆에서 얌전히 과일을 먹고 있던 풍호에게 불똥이 튀었다.

"당신은 미리 알고 있었다면서요?"

덕희는 수혁이 셀튼그룹의 아들이라는 사실에 놀랐을 뿐 그 사실을 숨긴 것에 대한 건 전혀 서운하지 않았다. 다만 처음부터 그 사실을 알고도 말을 하지 않은 풍호에게는 살짝 서운한 마음이 들었다.

"어쩜! 한 이불 덮고 산 세월이 얼만데 나한테 귀띔도 안 해줘요."

"그게 남자들끼리 약속이 있어서……."

"그래요? 이번에만 특별히 수혁 군 얼굴을 봐서 당신 봐준 거예요."

"예, 마님."

"뭐라고요? 하하하!"

생전 처음 듣는 풍호의 농담 소리에 거실에 둘러앉은 가족들은 너 나 할 것 없이 웃음이 터져버렸다.

김 여사와 연이가 그러하듯이 벌써부터 미래 사위 사랑에 빠진 덕희에게 예쁨을 받고 대문 밖으로 나온 수혁의 얼굴은 밝았다.

"그렇게 홀가분해요?"

"어. 아주 홀가분해. 사실 말은 안 했지만 아버님은 알고 계셨는데 어머님께는 말씀 못 드려서 죄송한 마음도 있었거든."

"에이, 별게 다 죄송하네."

"당연히 죄송하지. '예쁜 딸을 제게 주십쇼' 해야 하는데 처음부터 말 안 했다고 어머님이 반대하시면 어쩌나 하는 생각까지 들었다니까."

"수혁 씨, 갈수록 능청이 느는 거 알아요?"

대문 계단에 올라선 수혁과 눈높이를 맞추고 서 있던 라엘은 그의 능청스러움에 어깨를 '툭툭' 치며 웃음을 참지 못했다.

"능청이라니, 난 세상 진지한데. 참, 아까 할머니한테 들었어. 할머니 정체 알았다며?"

"네. 진짜 깜짝 놀란 거 있죠?"

"왜 아니야. 당연히 놀라지."

"근데 할머니께서 날 그렇게까지 생각해주시고 있다는 사실에 너무 감사하고 또 감사했어요."

"할머니도 어머니도 라엘이 많이 예뻐하셔. 그리고 아버지도 곧 그렇게 되실 거야."

수혁은 라엘을 포근하게 안아주며 그녀의 등을 토닥였다. 밤하늘을 유랑하는 얇은 바람 속에 퍼지는 알싸한 그의 향기가 라엘의 머릿속을 청량하게 만들었다.

"할머니가 수혁 씨와 난 운명의 짝이라고 하셨는데, 왠지 정말 그럴지도 모르겠다는 생각이 들었어요."

"당연하지. 가시투성이 같은 날 이렇게 치유시킬 사람은 천하에 최라엘밖에 없어. 어머니가 처음 네게 연락을 한 것도 할머니가 반복적인 우연으로 널 만난 것도 우리가 만나기 위한 운명이었기 때문이라고 생각해."

"그렇겠죠?"

"그럼. 고백사 작가가 가장 마지막 페이지에 딱 한 줄로 이렇게 써놨잖아."

아주 잠시 약간의 침묵을 동반한 수혁은 라엘을 빤히 쳐다봤다. 영롱하게 빛나는 그녀의 맑은 눈동자를 바라보던 그는 이제 막 사랑에 빠진 소년처럼 행복 가득한 표정으로 말했다.

"나를 긍정적으로 변화시킨 사랑이 바로 나의 운명이다."

"그럼 내가 수혁 씨 운명이 맞네요."

"운명 그 자체지."

라엘은 천천히, 그러나 정확하게 그의 입술을 향해 다가갔다. 맞닿은 입술 사이로 부끄러운 하현달이 스며들며 두 사람의 키스는 열기를 더해갔다.

오픈 행사가 있는 날이었지만, 셀튼가 식구들은 분주한 기색 없이 여느 날과 같았다. 이 회장 역시 여유로운 얼굴로 서재에서 한 실장과 행사 관련 업무를 지시하고 있었다.

원래는 당일 리허설을 하려고 했지만 기자들 출입과 직원들의 막바지 준비로 정신없을 거라 판단한 이 회장은 전날 수혁을 포함한 임원들과 함께 최종 리허설을 마쳤다.

"오늘 저녁에 행사가 끝나면 사람들에게 테마파크가 정식으로 공개되겠군."

"회장님도 본부장님도 모두 고생 많으셨습니다."

"한 실장 자네답지 않게 칭찬이 빨라."

서류 파일을 돌려받은 한 실장은 이 회장을 향해 멋쩍게 웃었다.

"우리 축배는 이따 행사가 끝나고 들도록 하자고."

"예. 알겠습니다."

"아까 와이프한테 들었는데 오늘 집에 그 최 선생이 온다는군."

"아, 그래요? 그거 정말 잘……."

순간 저도 모르게 목소리를 밝게 높인 한 실장은 이 회장의 눈치를 보며 다시 차분한 말투로 돌아왔다.

"듣기에는 어머니가 불렀다고 하는데 무슨 생각이신지 모르겠어."

"저, 회장님. 말씀 중에 죄송하지만 다이닝룸으로 오시라는 메시지가 왔습니다."

"그래? 그럼 이동하지."

이 회장은 한 실장의 안내를 받으며 라엘이 있는 본채 다이닝룸으로 이동했다.

"세상에! 이걸 어머니께서 만들어서 보내신 거야?"

연이는 라엘이 가져온 보쌈 백김치를 보며 감탄사를 연발했다. 덕희는 딸을 예뻐하는 김 여사와 연이에게 감사의 마음을 전하고 싶은 생각에 자신 있는 김치를 만들어 라엘을 통해 전달했다.

"조금 익으면 맛있을 거라고 하셨어요,"

"아니야. 지금 먹어도 너무 맛있어. 그렇죠, 어머님?"

"그럼. 군더더기 없이 깔끔하고 정갈하니 어머니 음식 솜씨가 훌륭하네."

"세상에나, 보쌈김치를 잘 만들기 쉽지 않은데 최 선생 어머님 대단하시네요."

요리라면 일가견 있는 요리장까지 나서서 덕희의 보쌈김치를 칭찬하기 바빴다.

"사모님, 회장님도 맛보시게 한 포기 올릴까요?"

"그거 좋은 생각이네요. 회장님 바로 앞에다가 놔줘요. 그리고 우리 라엘이는 이쪽으로 와볼래? 여기, 이쪽에 앉아."

연이는 크고 화려한 본채 다이닝룸 중앙에 있는 커다란 식탁 중앙으로 라엘을 데려와 의자를 빼줬다.

"감사합니다, 사모님."

"나도 호칭을 바꿨는데 우리 라엘이는 언제까지 사모님이라고 할 거야. 앞으로는 사모님 말고 편하게 불러. 알았지?"

"네. 그럴게요."

"수혁아, 넌 라엘이 옆에 앉아라."

"예, 어머니."

화기애애한 분위기 속에 알프레도와 업무 이야기를 마친 수혁까지 다이닝룸에 합류했다.

"다들 모여보세요. 수혁이랑 라엘이는 거기 앉아서 잠시 대화하고 있어."

한 실장에게 연락을 취한 연이는 수혁과 라엘을 제외하곤 김 여사와 알프레도, 진 비서 그리고 별채특공대를 전부 소집해 다이닝룸 한쪽 구석으로 불러 모았다.

"자! 다들 제가 아까 한 말 기억하시죠?"

김 여사는 이 회장에게 라엘을 보여주기 위해 오라고 했지만, 막상 식사 자리를 앞두고 걱정이 앞섰다. 아직 마음을 완전히 열지 않은 이 회장이 혹시라도 라엘에게 결혼에 관해 안 좋은 소리를 하지 않을까 싶어서였다. 김 여사의 걱정을 들은 연이는 곰곰이 생각하다 좋은 생각이 떠올랐다.

"그러니까 사모님 말씀은 회장님께서 최 선생님에게 뭔가 안 좋은 질문을 할 것 같으면 시선을 끌거나 과한 행동을 하라는 말씀이시죠?"

"네. 맞아요."

그렇다. 방금 알프레도가 말한 것처럼 이 회장이 라엘에게 말할 틈을 주지 않는 것이 바로 그것이었다.

"다들 정신 똑바로 차리고 라엘이를 잘 사수하자고. 알았지?"

"그럼요, 여사님. 염려 붙들어 매세요."

김 여사는 비장한 표정으로 모두에게 각오를 다졌다.

"수혁 씨?"

"응?"

"다들 뭔가 심각해 보이지 않으세요?"

"그런가? 글쎄, 난 잘 모르겠는데."

"당연하죠. 아, 수혁 씨. 내가 아니라 저기 좀 보라고요."

아니, 무슨 얼굴에 껌딱지가 붙은 것도 아닌데 라엘은 고개가 옆으로 꺾어지다시피 자신의 얼굴만 바라보는 수혁에게 귀여운 핀잔을 던졌다.

"회장님 오십니다."

"안녕하세요, 회장님. 처음 뵙겠습니다."

"그래요. 반가워요."

이 회장이 다이닝룸에 도착하고, 긴장한 라엘의 말투와 함께 두 사람이 처음으로 대면했다.

"오늘은 일찍 점심을 준비했어요. 메뉴는 이따 행사도 있고 다들 속이 부대끼시지 않게 간단한 쌀국수입니다."

요리장 기자의 메뉴 설명과 함께 식사가 시작됐다. 식탁 위를 오가는 경쾌한 젓가락 소리가 들리는 가운데 이 회장의 시선이 라엘에게 향했다.

"저기, 최……."

"어머, 어머니 절임양파 더 드릴까요?"

이 회장 입에서 '최'라는 소리가 나오는 동시에 연이가 목소리를 높였다.

"어, 그래, 그래. 안 그래도 딱 그 말 하려던 차였어."

타이밍을 놓친 이 회장은 다시 식사를 이어갔고 5분 뒤 다시 라엘 쪽으로 시선을 옮겼다.

"흠흠! 최 선생?"

"네, 회장님."

"부모……."

이번에는 '부모'라는 두 단어가 들리자마자,

맛있게 쌀국수를 먹고 있던 김 여사가 대놓고 헛기침을 선보였다.

"아니고, 우리 여사님 괜찮으세요?"

"최 선생님, 거기 앞에 물 좀 주시겠어요?"

"네, 네. 할머니, 괜찮으세요?"

요리장 기자와 쌍방울 댁은 다이닝룸이 떠나가라 소리를 높이며 과한 몸짓과 손짓으로 시선을 끌어 이 회장의 말문을 막았다.

"괜찮아. 쌀국수가 너무 맛있어서 잠시 사레가 들렸나 봐. 다들 놀랐을 텐데 어서들 먹어."

그 뒤로도 이 회장은 두 번이나 라엘에게 질문하려 했지만, 그때마다 철벽을 치는 가족들 때문에 말끝을 흐려야 했다.

대단했던 점심 식사 시간이 끝나고 라엘은 오랜만에 재회한 관우와 함께 정원을 걷고 있었다.

"좋다. 촉새랑 산책 좋다."

"관우 너 밖에 나오려고 일부러 방에서 말썽부렸지?"

"관우 새다."

"뭐?"

"촉새 말 모른다. 관우 새다."

"다 알아들으면서 하여간 못 말려요."

"촉새야 따라와. 나 따라와!"

관우를 따라 분수대 쪽으로 가기 위해 코너를 돌던 라엘의 발걸음이 별안간 급정거와 함께 멈췄다.

"꾸엑! 회장님이다. 회장님."

하필이면 마침 산책을 나온 이 회장과 마주친 것이었다.

"안 웃는 회장님. 무섭다."

라엘은 이 회장과 눈을 마주친 뒤 재빨리 고개 숙여 인사를 건넸다.

"산책 나왔나 보군."

"……네, 회장님."

"회장님이 촉새 잡는다."

"관우야, 조용히 해."

"안 된다. 무섭다. 관우 떨린다."

"저 녀석은 여전히 시끄러운 물건이야."

"아니다. 물건 아니다. 관우다."

이 회장의 근엄한 얼굴을 은근히 무서워하는 관우가 두 사람 머리 위를 배회하며 날아다니다 이 회장 뒤편으로 날아갔다. 그러곤 다시 두 사람 머리 위 높은 하늘에서 호를 그리며 날아다녔다.

"수혁이와 같이 있는 거 아니었나?"

1미터가 조금 넘는 간격 안에서 마주친 두 사람의 어색한 대화가 이어졌다.

"아, 네. 관우가 방 안에서 자꾸 날아다녀서 데리고 나왔습니다."

이 회장은 웃음기 없이 신중한 눈빛으로 라엘을 쳐다봤다. 수혁의 까칠함도 가뿐하게 받아치던 라엘은 긴장한 모습이 역력했다.

"내 뭣 좀 물어봐도 되겠나?"

"네, 회장님. 물론입니다."

"내가 두 사람의 결혼을 반대하는 것에 대해 어떻게 생각하는지 궁금하군. 내가 싫겠지?"

이렇게 직접적으로 도리어 질문을 할 거라고 생각 못 한 라엘은 살짝 놀란 듯 어깨를 움찔거렸다. 진지한 눈빛으로 집중하던 라엘이 이 회장을 향해 고개를 들었다.

"……."

그런데 대답을 하려던 라엘이 잠시 머뭇거렸다. 그러더니 오른손에 힘을 꽉 쥐고, 이 회장을 향해 공격적으로 걸어가기 시작했다.

"회장님…… 정말 죄송합니다."

마치 당장이라도 멱살을 잡을 것처럼 그녀의 손은 이 회장의 목 근처를 향하고 있었다.

"죄송해요!"

"……!"

세상 심각한 눈빛으로 돌격하는 라엘은 보며 예상치 못한 상황에 이 회장이 한 걸음 뒤로 물러선 그때였다.

"이게…….."

라엘은 이 회장의 목 근처를 향하던 손을 다시 어깨 쪽으로 들이대더니 무언가를 급하게 덥석 잡았다.

"회장님 목 주변에 이게 있었습니다."

"지렁이…….."

작은 손안에는 제법 커다란 지렁이가 꿈틀거리고 있었다. 이 회장에게 질문을 받고 진지하게 생각하던 라엘은 갑자기 하늘에서 '뚝' 떨어지는 지렁이를 보고 깜짝 놀랄 새도 없이 바로 손을 뻗어 다가간 것이다.

"아깝다. 아까워."

물론 느닷없이 떨어진 지렁이의 정체는 셀튼가의 수혁 못지않게 라엘이 바라기인 관우의 작품이었다.

"회장님, 라엘이 괴롭히지 마."

"관우야 하지 마."

"내가 한 거 아냐. 아냐. 수혁이가 했어. 관우 간다."

지금 이 시각 사다리에서 안절부절못하고 있는 수혁은 졸지에 공범이 됐다.

"아무래도 저 물건이 장난을 친 것 같군. 젊은 아가씨가 징그러울 법도 한데 어쨌든 고맙네."

화단 밑에 지렁이를 내려놓고 다가온 라엘을 보며 이 회장이 말했다.

"어릴 때 오빠와 함께 시골 할머니 집 텃밭에서 자주 놀다 보니 지렁이가 익숙합니다."

"그렇군. 그건 그렇고 아까 내가 한 질문에 답을 들을 수 있을까?"

지렁이 때문에 잠시 당황하던 이 회장은 언제 그랬냐는 듯 다시금 원래의 차분하고 냉철한 표정으로 돌아왔다.

"아, 네."

조금 전 이 회장은 자신이 두 사람의 결혼을 반대하는 것에 대해 어떻게 생각하는지와 자신이 싫지 않은지에 대해 물었다. 숨을 짧게 내쉰 라엘은 이 회장을 향해 반짝이는 눈빛을 들었다.

"회장님 외람되지만 혹시, 여러 가지 종류의 아이스크림을 파는 기업을 알고 계신가요?"

라엘은 뜬금없이 아이스크림 이야기를 꺼냈다.

"알다마다. 미국에서 시작해 다국적 기업이 된 유명 기업이지."

"네. 맞습니다. 그 기업은 사람들에게 좋은 재료로 매일 맛있는 아이스크림을 선보이기 위해 많은 연구와 노력 끝에 다양하고 맛있는 아이스크림을 만들었습니다. 그중에는 누구나 좋아하는 대중적이고 꽤 오랫동안 인기 있는 아이스크림이 있지만, 반대로 누군가는 그 맛을 좋아하지 않는 사람도 있습니다. 제가 드리고 싶은 말씀은 가령 모든 사람이 절 좋아한다고 다른 누군가도 절 꼭 좋아해야 한다고는 생각하지 않습니다. 회장님 입장에서는 수혁 씨의 결혼 상대로 절 반대하실 수도 있다고 생각합니다."

라엘은 여전히 긴장됐지만 가능한 한 이 회장에게 자신의 생각을 잘 전달하고자 노력했다.

"왜지?"

"회장님께서 세운 기준과 자격이 있을 수 있다는 생각이 들었습니다. 그런데 제가 그 기준에 미치지 못해 결혼을 반대하신다고 가정하니 왠지 모르게 납득이 됐습니다."

"……최 선생?"

"네, 회장님."

"우리 수혁이 사랑하나?"

답변이 끝나고 이 회장은 수혁일 사랑하느냐고 물었고,

"사랑합니다."

라엘은 숨도 쉬지 않고 정확한 발음으로 자신 있게 답했다.

"난 내가 내린 결정을 간단하게 번복하는 사람이 아니야. 내가 계속해서 결혼을 반대한다면, 그땐 어쩔 생각이지?"

"지금 하신 질문에 대해 적절한 답이 떠오르지 않습니다. 다만 전, 수혁 씨와 지금처럼 서로의 옆에서 버팀목이 되어 허락을 기다릴 것 같습니다."

라엘은 처음 질문을 진지하게 생각한 뒤 답했지만 지금 질문은 머릿속에서 생각나는 대로 답했다.

"자네는 쉽게 포기하는 사람인가?"

"아니요. 전, 근성 있는 사람입니다."

"그래? 그럼 어디 자네 말이 사실인지 내가 한번 지켜보지."

대화를 하는 동안 누가 봐도 감탄할 만한 답을 내놓은 라엘을 보며 이 회장은 좋은 기색도 싫은 기색도 내비치지 않았다. 오히려 아리송한 말을 남긴 채 본채를 향해 걸어갔다.

전용기로 부산으로 향한 셀튼가 식구들은 늦은 점심시간이 되어서야 도착했다. 별채특공대까지 합세한 비행기 안의 분위기는 소풍 가는 학생들처럼 화기애애했다. 하지만 그 가운데서도 이 회장은 고고한 한 마리의 학처럼 임원들이 올린 보고서에서 눈을 떼지 못했다.

테마파크에 도착하자마자 셀튼가 식구들은 분주하게 움직였다. 수혁은 이 회장을 비롯한 주요임원들과 함께 현장을 둘러보며 대화를 나눴고, 김 여사와 연이는 라엘과 이야기꽃을 피우다 일찍 도착한 기업 안주인들과 티타임을 가졌다. 그리고 별채특공대는 일손이 부족한 부서에 손을 더하러 나갔다.

"최 선생님? 접니다."

"네, 알 집사님. 어서 들어오세요."

테마파크 안에 있는 호텔 숙소에 있던 라엘에게 알프레도가 찾아왔다.

"혼자 심심하지 않으세요?"

"아니에요. 조금 전까지 할머니와 사모…… 아니, 어머님이랑 함께 있다가 시설 좀 둘러보고 들어오는 길이에요. 알 집사님은 바쁘지 않으세요?"

"회장님과 도련님을 한 실장과 김 비서가 보필하니 제가 생각보다 한가하네요. 그래서 저도 주변을 둘러보고 오는 길입니다."

"정말 너무 잘 만든 것 같아요."

"그러게 말입니다. 실은 부산에 테마파크를 만드는 게 돌아가신 회장님의 오랜 바람이기도 했거든요. 그걸 알고 수호 도련님께서도 많이 애쓰셨는데……. 아마, 두 분께서 하늘에서 보시면 활짝 웃고 계실 것 같습니다."

"네. 분명 그럴 거예요."

"참, 최 선생님. 아까 저택에서 우연히 봤는데 회장님과 대화 중에 갑자기 회장님께 손을 왜 뻗으셨는지 물어봐도 될까요?"

라엘은 벌써 이 질문만 세 번째 받고 있었다. 조금 아까 김 여사와 연이가 물어봤고, 그다음에는 별채특공대가 물어 왔다. 신기한 건 다들 우연히 봤다면서 손을 뻗은 이유를 굉장히 궁금해했다.

"그게 사실 관우가 회장님께 지렁이를 떨어뜨렸거든요."

"뭐, 지렁이!"

때마침 현장 점검을 끝내고 도착한 수혁이 질문을 이어나갔다.

"지렁이라니. 그게 사실이야?"

"수혁 씨?"

"도련님 오셨습니까. 점검은 다 끝나셨나 보군요."

"다 끝내고 아버지도 어머니랑 의상 체크하러 숙소로 들어가셨어."

"이제 몇 시간 뒤면 오픈식이 시작이겠네요."

"근데, 알프레도?"

수혁은 시선을 라엘에게 향한 채 알프레도를 불렀다.

"네, 도련님."

"내가 말했던가? 나 오늘 라엘이랑 단둘이 있어본 게 20분도 안된다는 거."

김 여사와 연이가 시간이 날 때마다 라엘을 데려가는 바람에 막상 수혁은 그녀와 함께할 시간이 부족했다.

"아차! 저런……. 제가 눈치를 잠시 두고 왔네요. 죄송합니다. 도련님, 얼른 자리 피해드리겠습니다."

"수혁 씨, 알 집사님께 왜 그래요."

너무 당당한 수혁의 말에 민망해진 라엘이 한마디 거들었다.

"아닙니다, 최 선생님. 안 그래도 막 나가보려던 차였습니다."

"알프레도, 나가는 길에 이 팻말 좀 문고리에 걸어줘."

행사 시작 전까지 남은 시간 동안 이번에야말로 그녀와 단둘이 있고 싶은 수혁은 진짜로 'Don't knock it(노크하지 마세요)'라고 쓰인 팻말을 알프레도에게 건넸다.

"두 분 이따 다시 뵙겠습니다."

문이 닫힘과 동시에 눈에서 꿀을 떨어뜨리던 수혁은 라엘의 새침한 표정에 움찔했다.

"최라엘, 그 눈빛 뭐야. 내가 뭐 잘못한 거라도 있나?"

"네. 잘못했어요. 일부러 말동무해주시러 온 알 집사님을 그렇게 보내면 어떡해요."

"그래. 그 점은 나도 고마운데……."

수혁은 말을 하다 말고 라엘 바로 앞에 있는 침대 끝자락에 앉아 넥타이를 살짝 흐트러뜨렸다. 그리고 한 손으로 가뿐하게 그녀의 손목을 그러쥐고 고개를 들어 시선을 올렸다. 잘 세팅된 포마드 머리와 완벽하게 떨어지는 슈트 사이로 살짝 예민함이 느껴지는 수혁의 눈빛은 어딘가 섹시하게 느껴졌다.

"나도 충전이 필요해."

그는 유리구슬을 움켜잡은 것처럼 얇은 손목을 아찔하게 문지르며 그녀를 제 쪽으로 조금씩 당기며 말을 이었다.

"그거 알아? 요즘 우리 둘이 온전하게 같이 있는 시간이 많이 줄었어. 조금 전에도 아버지랑 임원들이랑 오픈식 얘기하면서도 네가 너무 보고 싶으니까 눈앞에 네 얼굴까지 보이더라."

손목에 가해지는 기분 좋은 힘에 몸을 맡긴 라엘은 못 이기는 척 점차 그에게로 걸어갔다.

"그러니까 라엘아……."

정확히 그녀의 발걸음이 한 걸음 즈음 남았을 때, 수혁이 손에 힘을 더 가해 라엘을 자신의 허벅지 위에 살포시 앉혔다.

"나 좀 안아주라."

긴 팔로 가는 허리를 꼭 끌어안은 수혁은 그녀의 가슴에 얼굴을 묻었다.

"잠시만, 잠시만 이대로 있자."

"그래요. 잠시만 우리 이대로 있어요."

라엘은 한쪽 손으로 그의 목을 끌어안고 나머지 손은 그의 머리로 가져가 천천히 머리칼을 쓸어내렸다. 풍성한 머리칼을 헤치고 파고드는 앙증맞은 손가락이 규칙 없이 이곳저곳을 지날 때마다 기분 좋은 소름이 그를 전염시켰다.

세상 가장 편하고 행복한 표정으로 지그시 눈을 감고 있던 수혁의 입가에 따뜻한 미소가 꽃을 피우고, 그녀의 붉은 입술도 덩달아 그를 보며 미소를 띠운다. 라엘은 수혁을 보며 생각했다. 항상 거칠 것 없고 당당한 늑대 같은 그가 지금 이 순간만큼은 왠지 모르게 귀여운 대형견같이 느껴졌다.

커다란 스위트룸에 한쪽 벽을 차지한 전면 유리창 밖으로 아름다운 테마파크의 전경이 수를 놓았지만, 두 사람에 비할 바는 아니었다. 한 몸처럼 서로를 끌어안은 두 사람 위로 쏟아지는 햇살까지 더해져 수혁과 라엘의 모습은 하나의 조각처럼 아름다웠다.

두 사람은 마치 서로의 심장 소리에 집중이라도 하듯이 누구 하나 말을 하지 않았다. 그저, 조용히 서로의 온기를 느끼며 고요한 침묵마저도 즐겁게 받아들였다. 그리고 몇 분의 시간이 흘렀다.

"하! 이제야 살 것 같다."

그가 크게 숨을 내쉬고 그녀의 목에 입을 맞추며 고개를 들었다.

"살 것 같아요?"

"어. 정말 살 것 같아."

서로를 향한 두 사람의 눈빛이 달콤하게 엉겨 붙었다.

"충전 좀 됐어요?"

"사실 아주 많이 아쉽긴 한데 버틸 순 있을 것 같아. 한 30%, 아니 25% 정도 된 거 같아. 나머지는……."

"나머지는?"

"나머지 75%는 이따 밤에? 그런데……."

수혁은 야릇한 눈빛으로 그녀의 시선을 읽어냈다.

"이 끈 말이야."

그리고 라엘의 블라우스에 달린 리본 끈을 뜨겁게 쳐다보며 말했다.

"풀어주고 싶네. 내가 또 최라엘 한정 끈 풀어버리는 건 선수인데 말이지."

"어으, 정말!"

라엘은 조금 전에 속으로 생각했던 귀여운 대형견 같다는 말을 당장 취소했다.

"수혁 씨 가끔 이렇게 늑대같이 굴 땐 정말이지……."

"좋아 죽겠지?"

"뭐라고요? 참 나, 아니거든요? 얄미워 죽겠거든요?"

"잘됐네. 난 네가 좋아 죽겠거든. 그것도 미치도록. 지금도 내 심박 수가 정신을 못 차리는데, 이거…… 정상 아니지?"

기막혀 하는 그녀를 보며 수혁은 능청스럽게 굴었다.

"글쎄요…… 뭐, 너무 미인을 보면 그럴 수도 있다고 하던데."

"아! 그래서 우리 촉새는 미인이시다?"

"누가 그러더라고요."

"누가?"

"있어요."

"혹시 남자야?"

"네. 남자예요."

"나 말고 또 정확한 눈을 가진 남자가 있단 말인데. 궁금한데, 누군지?"

"좀 까칠하지만 나한테는 다정하고 똑똑하고 멋진…… 지금 내 눈앞에 있는 당신이요."

라엘의 사랑스러운 말이 끝나기 무섭게 수혁의 얼굴 위로 청량한 웃음이 시원스레 번졌다.

"가끔 이런 생각을 해. 우리 최라엘은 스피치 강사라서 이렇게 말을 잘하는 걸까, 아니면 최라엘이라서 잘하는 걸까? 어느 쪽이야."

"글쎄요. 근데 나 지금 뻔뻔해져야 할 타이밍이에요?"

"물론."

"수혁 씨의 최라엘이라서 말을 잘한다고 해야겠어요."

'피식' 하고 그의 입에서 또 한 번의 웃음이 터졌다.

"이러니 내가 최라엘한테 환장하는 거야. 근데, 촉새야?"

"응?"

"끈이 풀려버렸네."

그의 말을 따라 라엘이 고개를 숙였다. 정말이지 언제 풀어버렸는지 블라우스 앞섶에 묶여 있던 리본 끈이 풀어져 그녀의 가슴이 보일 듯 말 듯 농염한 자태를 살짝 드러내고 있었다.

"저기, 수혁……!"

순간, 라엘의 말문이 막혔다. 허리를 감싸고 있던 그의 손이 어느새 얇은 블라우스 안으로 침범해 그녀의 맨허리를 쓰다듬고 있었기 때문이다. 커다란 손바닥에서 느껴지는 뜨거운 온기에 허리를 곧추세우던 라엘의 어깨가 다시금 움찔하며 떨려왔다. 뜨거운 숨결이 쇄골에 닿음과 동시의 그의 입술이 여린 살결을 살풋 깨물었다.

"……."

그녀의 예쁜 목선을 따라 자잘한 입술을 맞추던 수혁이 마침내 붉은 입술을 베어 물려던 그때였다.

"전에⋯⋯!"

라엘이 다급한 목소리와 함께 두 입술 사이로 손을 갖다 댔다.

"키스하기 전에 오늘 연설문 좀 체크해요."

당황함이 짙게 물든 눈빛으로 수혁이 라엘을 빤히 쳐다봤다.

연설문 체크라니! 이게 무슨 산통 깨지는 소린가?

"뭐? 그걸 꼭 지금 이 타이밍 이 분위기에 해야겠어?"

"당연하죠. 실은 아까부터 계속 말하려고 했는데 수혁 씨가 자꾸 분위기를 몰아가는 바람에 못 했잖아요."

라엘은 그의 키스를 막으려는 게 아니었다. 그동안 정신없이 바빠서 마지막으로 연설을 체크할 시간이 전혀 없었다. 그래서 오늘 시간이 있을 때 함께 체크하기로 했었는데 만약 여기서 그의 키스를 받아들이면 왠지 모르게 키스에서 끝날 것 같지 않은 강한 촉이 느껴졌다. 그 때문에 분위기를 깨뜨린 건 미안했지만 라엘도 어쩔 수 없었다.

"체크 안 해도 돼. 완벽하다고."

"알아요. 수혁 씨가 완벽한 거 누구보다 내가 잘 알아요. 근데, 나도 당신만큼 긴장된단 말이에요. 한 번만 빠르게 체크해요. 대신 수혁 씨가 한 번도 안 틀리고 호흡도 놓치지 않으면 그땐 군말하지 않고 키스해줄게요. 어때요?"

이미 완벽하게 수혁을 조련하는 라엘이었다.

"아니. 내가 하고 싶은 거 해줘."

"그래요, 뭐. 좋아요."

잠시 뒤.

세상 쿨하게 오케이를 했던 라엘은 자신의 발언을 후회했다. 마치 몇 배속을 한 것 같은 빠른 속도에도 불구하고 수혁은 처음부터 끝까지 준비한 연설을 틀리지 않고 막힘없이 깔끔하게 마쳤다.

"이제 할 말 없지?"

"……."

"그럼 이제 내가 하고 싶은 걸 하면 되는 거네."

"내가 키스해주면 되는 거죠?"

"무슨 소리. 키스 갖고 어림도 없지."

그는 팔짱을 끼며 맞은편 침대 끝자락에 앉아 있는 라엘을 향해 의미심장한 미소를 날렸다.

"지금 우리한테 네 시간이 조금 넘는 시간이 주어졌는데, 그중 두 시간은 의상 준비를 하며 내려갈 준비를 해야 돼."

손목시계를 보며 시간을 체크하던 수혁이 다시 그녀에게 시선을 옮겼다.

"그러면 두 시간이 남는다는 소린데……. 워낙 월등하고 체계적이며 완벽한 테크닉을 자랑하는 나라면 두 시간 동안 아주 빠르고 정확하게 급속 충전도 할 수 있어. 어때?"

"어떻긴 뭐, 뭐가 어때요?"

"우리 촉새가 왜 갑자기 말까지 더듬으실까."

늑대다. 수혁은 지금 그야말로 야생을 누비는 거친 늑대 그 자체였다. 그는 매혹적이지만 위험하며 유혹적이고 사악한 눈빛으로 라엘에게 다가가고 있었다.

"내 짐작이 맞는다면 지금부터 두 시간 동안 감히 저 문을 노크하는 사람은 없을 거야."

"무슨 소리를 하는 거예요?"

라엘은 저도 모르게 아랫입술을 느릿하게 깨물었다. 분명 방금 전까지 목이 마르다는 느낌이 없었는데 순식간에 입 안에서 갈증이 느껴졌다.

"정말, 내가 무슨 소리 하는지 몰라?"

"네. 난 수혁 씨가 무슨 소리 하는지…… 도통 모르겠어요."

마치 호랑이 굴에 잡혀 온 토끼가 정신을 잃지 않으려는 것처럼 라엘의 모습이 딱 그랬다.

"그래?"

수혁은 어느새 그녀 옆에 가까이 다가와 앉았다. 그것도 아주 빈틈없이 완전히 밀착한 채로.

"그러면 더 자세하고 세세하게 알려줘야겠네."

그리고 닿을 듯 말 듯 라엘의 입술 앞에 자신의 입술을 옮겨놓은 뒤, 단정하게 묶인 블라우스 리본 끈을 빠르게 풀어버렸다.

"여기서……."

수혁이 그녀를 보며 아주 천천히 입술을 맞닿은 채 은밀하게 속삭였다.

"멈출까?"

"몰라요……."

왠지 모르겠지만 지금이 그럴 때가 아니라는 걸 라엘도 알고 있었다. 하지만 소용돌이치는 긴장감 속에 수혁과 처음 함께 보냈던 그날 밤보다 더한 두근거림을 느꼈다.

"농담이야. 나도 멈출 생각 없어."

하나도 재미없는 농담을 하던 그가 붉은 입술을 느릿하게 핥으며 도톰한 입술 안으로 들어가자, 그녀의 눈이 스르륵 감기던 그때였다.

"도련님!"

"본부장님?"

"본부장님! 저흽니다."

호떡집에 불난 것처럼 다급하다 못해 급박함마저 느껴지는 알프레도와 한 실장 그리고 김 비서까지 세 사람이 문을 두드리기 시작했다.

"어!"

갑작스러운 소란에 깜짝 놀란 라엘이 저도 모르게 있는 힘을 다해 그를 밀치며 자리에서 일어났고, 그와 동시에 중심을 잃은 수혁이 바닥으로 떨어졌다.

"워낙 급해서 죄송하지만, 정말 죄송하지만 저희 들어갑니다."

"도련님 저, 알프레도입니다. 문 열겠습니다."

철컥.

얼마나 다급한 상황인지 매너와 점잖음이 생명인 알프레도는 마스터키까지 챙겨 와 스위트룸 문을 열었다. 세 사람은 지금 스위트룸 안이 달콤함을 넘어 뜨겁게 달궈져 있다는 사실을 전혀 알지 못했다.

"본부장님?"

"도련님 정말 급……."

알프레도의 시선을 필두로 나머지 두 사람의 시선이 바닥으로 향했다.

"아니, 도련님? 근데 지금 뭐 하시는 겁니까?"

"그러게요. 본부장님 바닥에서 뭐 하세요?"

수혁은 한쪽 무릎을 세우고 애써 멋진 표정을 지으며 손으로 바닥을 쓸어내렸다.

"아, 오셨어요?"

다행히 그들의 시선을 한 몸에 받은 수혁의 행동 때문에 라엘은 뒤를 돌아 빠르게 옷매무새를 정리한 뒤 세 사람을 맞았다.

"최 선생님, 도련님께서 왜 바닥에 저러고 계신지 혹시 아시나요?"

"하하……. 그러게요. 대화를 하다 말고 갑자기 저러네요."

"다들 내가 왜 바닥에서 이러고 있는지 궁금할 거야."

어색한 웃음과 함께 수혁이 라엘의 바통을 이어받았다.

"사실 별다른 뜻은 없어. 아까 관리 팀장이 이번 시공에서는 특히 바닥에 신경을 많이 썼다고 해서 직접 몸으로 느껴보려고 잠시 앉아 있었지. 상당히 편하고 잘 만들었군."

단숨에 진지한 표정으로 설명하는 수혁의 말에 뭔가 묘하게 설득력을 느낀 세 사람이었다.

"근데, 세 사람은 왜 온 거지? 그것도 마스터키로 문까지 마음대로 막 열고?"

수혁은 자리에서 일어나며 달콤한 시간을 방해받은 불만을 간접적으로 드러냈다.

"그나저나 단 몇 시간 주어진 개인 시간을 방해했다는 건 알고 온 거지?"

"아! 맞다. 도련님께서 바닥에 앉아 계시는 바람에 깜빡할 뻔했네요. 지금 이러고 계실 때가 아닙니다. 뭐 해? 두 사람."

수혁 때문에 급하게 들이닥친 이유를 잠시 잊고 있었던 알프레도가 한 실장과 김 비서를 향해 사인을 보냈다.

"잠깐! 지금 이게 뭐 하는 거야?"

그러자 한 실장과 김 비서가 수혁을 연행하는 것처럼 그의 한쪽 팔에 각각 팔짱을 끼었다.

"알 집사님, 무슨 일 있나요?"

"전혀 아무 일도 없습니다. 행사 관련해서 중요한 전달 사항을 깜빡해서요. 최 선생님, 그래서 말인데, 도련님을 잠시 빌려가도 되겠습니까?"

"아니, 안 돼! 촉새, 아니 최라엘, 안 된다고 해. 우리 지금 상당히 진지한 대화 중이었잖아. 어?"

간절한 눈빛까지 동원해 싫다는 의사를 강력하게 어필하는 수혁을 보던 라엘은 그를 향해 싱긋한 미소를 보내며 알프레도에게 말했다.

"그럼요. 오죽 급한 일이었으면 이렇게 세 분께서 찾아오셨겠어요. 전 신경 쓰지 마시고 얼른 가보세요."

짧은 순간 조금 전 수혁의 짓궂던 모습이 생각난 라엘은 전혀 아쉬울 거 없다는 표정과 말투로 그를 데려가라고 허락했다.

"감사합니다. 최 선생님 그럼, 저흰 이만……."

"잠시만, 알프레도. 나 촉새랑 중요하게 할 말 있어. 지금 해야 한단 말이야……. 라엘아, 좀 말려봐."

"수혁 씨, 이따 봐요. 안녕~"

안타까운 목소리와 함께 황당한 표정으로 손을 흔드는 수혁을 보던 라엘은 방긋 웃는 얼굴로 손을 흔들며 스위트룸 문을 닫았다.

"워낙 급하다 보니 도련님께 무례함을 범한 점 대단히 죄송합니다."

김 비서와 한 실장이 손을 놓자 알프레도는 수혁에게 사과를 전했다.

"당연하지. 만약 정말로 촌각을 다투는 일이 아니라면 그땐 세 사람 각오하는 게 좋을 거야."

수혁은 의자에 긴 다리를 꼬고 팔짱을 끼며 심통 난 얼굴로 불편함을 드러내더니 자신의 뒤쪽에 서 있는 김 비서를 향해 고개를 돌렸다.

"그건 그렇고, 김 비서?"

"네, 본부장님."

"도대체 핸드폰으로 왜 애국가를 틀어서 내 귀에 들이대는 거지?"

"지극히 제 개인적인 느낌으로 왠지 모르게 애국가를 틀어서 본부장님을 진정시켜드려야 할 것만 같은 느낌적인 느낌……."

"당장 꺼."

수혁은 진지하다 못해 심각한 표정으로 농담을 던지는 김 비서에게 으름장을 놓았다.

"네. 당장 끄겠습니다."

"도련님, 저희 세 사람이 도련님을 왜 모시고 왔는지 모르시겠습니까?"

"그러게. 모르겠네? 날 왜 여기까지 데려왔을까?"

입은 웃고 있지만 눈빛은 전혀 웃고 있지 못하는 수혁이었다.

"자! 이제 그 대단한 이유를 들어볼까?"

"아셀 말입니다."

아셀은 세계적인 명품 브랜드로 수혁이 결혼 프로젝트로 이 회장 몰래 세 사람과 함께 브랜드 입점을 준비 중이었다. 수혁과 라엘이 함께 있을 땐 웬만해서는 두 사람을 방해하지 않는 알프레도가 이렇게 다급하게 굴었던 이유는 발표 때문이었다.

"그래. 아셀 1차 발표가 이따 저녁에…… 뭐야? 설마?"

"네. 발표가 났습니다."

"본사에서 연락이 왔는데 심사가 빨리 진행되어 발표를 앞당겼다고 하네요."

"그래? 그럼 세 사람도 아직 결과를 모르겠네?"

"그렇죠. 본부장님 메일에 있으니까요."

"자! 어서 확인해 보세요."

알프레도는 미리 준비한 노트북을 수혁이 앉은 테이블 위에 올려놓았다.

수혁은 개인 이메일 계정에 로그인을 하고 아셀에서 보낸 메일을 클릭한 뒤 빠르게 의자에서 일어나 뒤로 물러섰다.

"도련님?"

"후! 이거 은근히 떨리네. 안 되겠다. 알프레도, 나 대신 확인 좀 해봐."

자신만만하던 수혁은 막상 결과를 확인하려니 초조함을 감추지 못했다.

"그럼 제가 먼저 확인해보겠습니다. 아! 이런……."

한결 여유로운 표정으로 모니터를 주시하던 알프레도는 말을 잇지 못했다.

"왜, 어떻게 됐는데?"

수혁이 방금 전보다 더 걱정스런 눈빛으로 물었지만 알프레도는 한 실장을 쳐다봤다.

"한 실장, 자네가 보고 말씀드리지."

"제가요? 알겠습니다. 어! 아하! 이거, 이거…… 김 비서가 말씀드려."

두 번째로 결과를 확인하던 한 실장마저 김 비서를 불렀다.

"그럼 제가 말씀드리겠습니다. 결과는……."

"김 비서?"

"네, 본부장님."

김 비서가 말하기 직전 수혁이 그를 불렀다.

"한 가지만 말할게. 만약 지금 날 놀리겠다는 심산으로 장난을 치는 거라면 요번 달 보너스는 없어.”

“축하드립니다. 1차 합격입니다.”

수혁이 보너스를 빌미로 으름장을 놓자마자 김 비서는 빠르게 합격 소식을 알렸다.

“김 비서 자네, 본부장님이 살짝 겁을 줬다고 재미없게 바로 말해버리나?”

“그러게 말입니다.”

“두 분이야 그런 농담 섞인 장난도 가능하시지만, 전 아직 두 분처럼 파워가 없어서 이럴 수밖에 없습니다.”

“어쨌든 본부장님, 정말 축하드립니다.”

“그러게요. 사실 워낙 시간이 촉박해서 긴가민가했는데 이걸 해내시네요.”

알프레도와 한 실장은 수혁에게 축하 인사를 건네며 제 일처럼 기뻐했다.

“셀튼 브레인인 세 사람이 도와줬는데 당연한 결과라고 생각해. 다들 수고했어. 일단 급한 용무는 끝났으니까 그럼 난 이만 가볼게.”

좋은 소식에 얼굴이 환해진 수혁은 세 사람과 향후 일정에 대해 진지한 대화를 마치고 빠르게 방을 나섰다.

스위트룸으로 돌아온 수혁은 그녀를 찾아 방 안으로 들어오다 침대 끝에서 걸음을 멈출 수밖에 없었다. 책을 읽고 있었는지, 라엘이 한 손으로 책 모서리를 잡고 힐을 신은 채 침대 위에 몸을 웅크리고 잠이 들어 있었다. 반쯤 열린 테라스 창틈으로 불어온 기분 좋은 바람이 하얀 시트 위를 지나자 보랏빛 치맛자락이 꽃잎처럼 일렁였다. 한 손으로 턱을 괴고 그녀를 내려다보던 그의 얼굴 위로 창밖에 펼쳐진 석양보다 눈부신 미소가 그려진다.

"꽃 같다……. 우리 라엘이."

수혁은 저도 모르게 라엘을 보고 속삭이며 아주 조심스럽게 침대 끝에 앉았다. 그리고 바람에 나부끼는 머리카락을 가지런히 정리한 뒤 이마에 정성스레 입을 맞추고, 곧게 뻗은 다리를 부드럽게 쓸어내리며 그녀의 발목을 살포시 그러쥐었다.

혹시라도 라엘이 깨지 않도록 숨을 죽인 그가 작고 예쁜 발을 가둬버린 하이힐을 잡고 벗기려던 그때였다.

"으음!"

선잠에 빠져 있던 그녀가 게슴츠레 눈을 뜨고 수혁을 확인했다.

"수혁 씨…… 언제 왔어요? 나 깜박 잠들었나 봐요."

"방금. 나 때문에 깬 거야?"

어느새 하이힐을 전부 벗기고 책까지 치운 그가 라엘의 옆으로 다가갔다.

"아니요. 어차피 의상 준비하려면 일어나야 하잖아요."

"아니. 30분 정도 시간 있어."

수혁은 잠이 서린 눈빛으로 일어나려는 그녀를 다시 침대에 뉘며 자신도 그 옆에 함께 누웠다.

"좀 더 자. 내가 깨워줄게. 오늘 일찍 일어나서 피곤했나 보다."

"그럼…… 나 30분만 누워 있을게요."

"팔베개 해줄까?"

질문과 동시에 수혁의 팔은 이미 그녀의 머리를 향해 뻗고 있었다. 그는 대답 대신 고개를 끄덕이며 제 품으로 강아지처럼 파고드는 라엘을 향해 사랑스러워 견딜 수 없는 표정을 지었다.

"참, 아까 갔던 중요한 일을 잘 해결됐어요?"

그녀는 여전히 눈을 감은 채 그에게 물었다.

"아주 잘 해결됐어. 마지막 관문이 남긴 했지만 그건 나의 구원 투수가 해결해 줄 거라 믿어."

"구원투수요?"

"응. 결혼과 관련해서 아버지와 우리 관계를 좀 더 가깝고 친밀하게 만들어줄 사람이라고 할까?"

"그런 사람이 있어요?"

요술 방망이도 아니고 뭔가 신기한 답변에 그의 품에 안겨 있던 라엘이 눈을 뜨며 물었다.

"있어. 똑똑하고 멋지고 나에게는 없는 빛을 가진 사람."

수혁은 그녀의 맑은 눈동자에 시선을 맞추고 커다란 손으로 보드라운 뺨을 토닥였다.

"수혁 씨가 인정한 그 사람이 누군지 궁금해지는데요? 근데 나도 그런 사람 알고 있어요."

"그래. 누군데?"

어느새 잠이 달아난 라엘의 눈동자는 달콤하게 반짝거렸다.

"궁금해요?"

"궁금하지. 누군데 우리 촉새가 이렇게까지 칭찬할까 싶은 생각에 질투 날 것 같은데?"

"난 요즘 수혁 씨가 이럴 때마다 장난인지 진짜인지 헷갈리는 거 알아요?"

"……!"

"나한테 늘 멋지고 빛나는 사람이 누구겠어요. 당연히 당신이지."

그녀의 칭찬 한마디에 멋진 카리스마가 단숨에 무장해제 된 수혁은 소년같이 순수한 미소로 화답했다. 미소를 머금은 그는 라엘의 이마와 콧잔등 그리고 마지막으로 그녀의 입술의 '쪽' 소리와 함께 입을 맞췄다.

"왜 그렇게 빤히 쳐다봐요. 나 갑자기 부끄러워지려고 한단 말이에요."

"예뻐서……."

붉은 석양빛이 수놓은 라엘의 얼굴을 한없이 바라보던 수혁이 그녀의 물음에 덤덤하게 답했다.

"네가 몹시 예뻐서 계속 쳐다보게 돼."

그의 입을 통해 들려오는 '예쁘다'라는 말은 마치 마법처럼 듣고 또 들어도 언제나 그녀를 설레게 만들었다.

"수혁 씨, 고마워요."

"뭐가?"

"늘 예쁘다고 해줘서."

"넌 나한테 단 한순간도 예쁘지 않은 적이 없었어. 앞으로도 평생 그럴 거고."

서로의 입술에 입을 맞춘 채 지분거리며 자잘한 키스를 주고받은 두 사람은 디자이너의 초인종 소리가 울릴 때까지 꼭 끌어안고 두 손을 놓지 않았다.

29화. 그의 떨림과 고백사

"5월이 되면 멋진 풍경이 펼쳐질 것 같아."

행사 시작 전까지 시간이 남은 이 회장은 알프레도와 함께 호텔 산책로를 걷고 있었다.

"지금도 예쁘지만 그때가 되면 아름드리나무와 꽃들이 제 몫을 해서 더 예쁠 것 같습니다."

"그렇겠지. 자연이 주는 풍경이야말로 가장 아름다운 법이니까. 그건 그렇고, 알프레도?"

"네, 회장님."

"그 아이와 대화를 해봤네."

이 회장은 사뭇 진지한 목소리로 라엘의 이야기를 꺼냈다.

"최 선생님을 말씀하시는군요."

"그래."

"회장님께서 최 선생님과 대화한 건 처음이셨을 텐데 어떠셨는지 궁금하네요."

"글쎄…… 여러 가지 느낌을 받았지만 확실한 것은 젊은 친구가 아주 똑똑하더군."

"회장님께서 그렇게 말씀하실 줄 알았습니다."

"눈빛이 말이야 또랑또랑한 게, 뭐랄까……."

"도련님 눈빛과 닮았죠."

"그래. 맞아. 수혁이 눈빛과 닮았어."

알프레도와 계속 대화를 주고받던 이 회장은 정원에서 마주친 라엘이 했던 말을 알프레도에게 전했다.

"하하하! 아이스크림 브랜드에 비유해서 말을 하다니, 역시 최 선생님다운 발상이네요. 그래서 회장님은 어떠셨는데요?"

"긴장한 표정으로 내 눈을 똑바로 보면서 자신의 생각을 확실히 전달하는데 당찬 구석이 느껴졌어. 그런데 왠지 모르게 그 당찬 모습이 불쾌하지가 않더라고."

"그게 바로 최 선생님의 매력 중 하나라고 할 수 있지요. 그리고 최 선생님의 그런 당찬 모습 때문에 도련님이 밝아지셨다고 생각합니다."

"자네는 정말 그렇게 생각하나?"

"물론입니다."

알프레도는 뒷짐을 지고 걸어가는 이 회장의 표정을 보며 그가 전보다 라엘을 신경 쓴다는 것을 확실하게 알 수 있었다.

"회장님, 하나만 질문해도 되겠습니까?"

"자네 표정을 보니 내가 하지 말라고 해도 할 것 같은데, 아닌가?"

"맞습니다."

"혹시 두 사람의 결혼에 대해 질문하려는 건가?"

"정확히 알고 계시네요."

"두 사람의 결혼은 아마도……."

아주 잠시 침묵한 이 회장이 다시 입을 열었다.

"그 아이의 근성에 달리지 않았을까 싶네."

수혁은 지금 다른 방에서 의상 준비와 헤어, 메이크업을 받고 있는 라엘을 기다리고 있었다. 머리부터 발끝까지 30분 만에 빠르게 모든 준비를 마친 그의 모습은 완벽 그 자체였다. 잘생긴 남자들만 가능하다는 2대 8 가르마의 헤어스타일 아래 잘난 이목구비가 존재감을 뽐내고, 턱시도 핏은 당장 런웨이를 걸어도 손색없을 정도로 모델처럼 빛났다.

그런데 모든 준비를 마치고 기분 좋게 그녀를 기다리고 있어야할 수혁의 표정 위로 고민이 엿보였다. 오픈 연설부터 테마파크의 시설 점검과 의상까지, 지금 이 순간 모든 것이 완벽했기에 그가 고민할 만한 문제점은 없었다.

"……볼까?"

고민이 깊은지 그는 꽤 심각한 표정으로 아까부터 계속 혼잣말로 중얼거렸다.

"아니지, 아니야. 그래. 보지 말자."

수혁은 고개를 양옆으로 살짝 가로저으며 꽤 단호하게 보지 말자고 스스로를 다독였다. 하지만 내뱉은 말과 정반대로 몸은 보고 싶은 무언가가 있는 화장대 쪽을 향해 서서히 움직였다.

"그래도 궁금한데, 상당히 궁금하단 말이지."

화장대 앞에 멈춰선 그는 첫 번째 서랍을 투시라도 할 기세로 뚫어지게 쳐다보며 또다시 혼잣말을 시작했다.

"표지만 살짝 보고 있던 자리에 그대로 두면 되지 않을까?"

드르륵.

결국 수혁은 화장대 첫 번째 서랍을 열었다. 그가 그토록 궁금하던 그것의 정체는 책이었다. 책을 꺼내든 수혁은 조금 전 상황을 떠올렸다.

조금 전, 침대 위에 누워 달달함을 연출하던 두 사람은 디자이너가 올라온다는 연락을 받고 일어났다.

"내가 신을 수 있어요."

"평소에 불편하다고 힐 안 신잖아. 오늘만 해줄게."

오직 그녀에게만 보여주는 자상함으로 바닥에 벗겨놓았던 하이힐을 라엘에게 직접 신겨주던 수혁은 그녀를 일으켜 세우며 침대 한쪽에 치워둔 책을 집어 들었다.

"근데 이 책은 뭐야……. 특이하네."

그가 손에 든 책은 조금 아까 침대 위에서 깜빡 잠이 든 라엘의 손에 있던 바로 그 책이었다.

"아! 안 돼요!"

라엘이 빛의 속도로 달려와 수혁의 손에 들린 책을 잡으려 했지만, 운동으로 다져진 반사 신경을 자랑하는 그가 손을 허공으로 높이 들었다.

"뭐지, 이 반응은?"

라엘은 순간 '아차' 싶었다. 의연하게 단순히 그냥 책이라 말하고 넘겼으면 그가 저런 반응을 보이지 않았을 것이다. 그런데 워낙 중요한 책이다 보니 저도 모르게 리얼한 반응이 튀어나왔다.

"촉새 이런 반응 상당히 오랜만인데."

덕분에 그녀와 관련된 일이라면 하나부터 열까지 다 알고 싶은 수혁의 궁금증에 구미가 당겼다.

"수상해."

"수상하긴…… 뭐가 수상하다고 그래요. 그냥 책이에요. 책!"

"그냥 책이면 봐도 되는 거 아니야?"

"안 돼요."

"혹시 보면 얼굴 붉히는 그런 내용들이 가득한, 뭔가 야릇한 분위기가……."

"지금 무슨 생각 하는 거예요. 절대 그런 거 아니거든요? 얼마나 깨끗하고 순수한 내용인데."

수혁의 농담에 라엘은 발끈하며 반박했다.

"그러면 봐도 되잖아."

"나중에요. 나중에. 지금은 안 돼요."

라엘이 높은 힐을 신긴 했지만, 키가 큰 수혁이 높이 치켜든 손에 들린 책을 빼앗기에는 역부족이었다.

"줄게. 대신 '오빠 주세요'라고 해봐."

"장난 그만 치고 얼른 줘요."

"나 장난치는 거 아닌데?"

"수혁 씨 계속 그러다 혼쭐나는 수가 있어요."

까치발까지 들며 제자리에서 폴짝거리던 라엘은 잔뜩 약이 오른 눈빛으로 그를 노려봤다.

"오구, 무서워라. 하긴 우리 촉새가 화나면 엄청 무섭긴 하지."

"이거 보세요, 이수혁 씨?"

"왜요? 최라엘 씨?"

"좋은 말 할 때 주시죠?"

"뭔지 말해주면 돌려드리죠."

"자꾸 그러면 무력으로 빼앗는 수가 있어요."

"무력? 그거 참 기대되는데. 좋아, 만약 내 손에서 이 책을 가져가면 두 번 다시 안 물어볼게."

"진짜죠?"

"여부가 있겠습니까."

수혁의 말에 자극받은 라엘은 그의 넥타이를 당겼다. 별안간 넥타이에 가해지는 힘에 의해 그의 고개가 앞으로 내려온 순간,

"……!"

라엘은 단숨에 딥키스를 선보이며 수혁을 깜짝 놀라게 만들었다. 입 안 가득 번지는 달콤함과 함께 그가 키스에 집중하자 우뚝 솟아 있던 팔이 점점 내려오기 시작했다. 어느새 그의 손이 어깨 정도로 내려오자, 그녀는 이때다 싶은 생각에 수혁의 입술을 귀엽게 깨물며 빠르게 책을 빼앗아 들었다.

"봤죠?"

라엘은 우쭐하며 빼앗은 책을 품에 안았다.

"이런 방법을 쓸 줄이야. 역시 촉새는 못 당하겠네."

"이제 물어보지도 말고 궁금해하지도 말아요."

"본부장님, 라엘 씨, 저희 왔어요."

거실에서 들려오는 디자이너의 인기척에 라엘은 책을 화장대 서랍에 넣고 그의 등을 떠밀며 방을 나섰다.

수혁은 일반 소설책보다 조금 얇은 책의 표지를 자세히 쳐다봤다. 와인색 고급 양장 표지 위로 황금색 자수로 쓰인 책의 제목이 눈에 띄었다.

"당신의 입술이 움직일 때."

어딘지 모르게 자꾸만 시선이 가는 제목을 쳐다보던 그는 이 책이 어떤 책인지 더 궁금해졌다. 그 궁금증을 풀기 위해 두꺼운 표지를 넘기려는 그때였다.

똑똑.

"본부장님, 저희 준비 끝났어요. 라엘 씨 들어갑니다."

책 내용을 볼 수 있는 기회를 또다시 놓친 수혁은 아쉬운 표정으로 책을 원래 있던 서랍에 갖다 놨다.

"들어와요."

철컥.

"자! 놀라지 마세요."

반짝이는 민머리 디자이너의 뒤를 따라 라엘이 방 안으로 들어왔다.

"본부장님, 어떠세요? 가봉 때랑은 느낌이 다르지 않나요?"

그녀를 보는 순간 수혁의 눈빛이 흔들렸다. 디자이너가 라엘을 위해 준비한 드레스는 어깨 라인이 돋보이는 민소매 롱드레스였다. 전체적으로 볼륨이 드러나는 드레스는 한쪽 무릎 위로 트임이 있었고 골드빛 벨트가 가녀린 허리를 더욱더 부각시켰다. 마지막으로 올 블랙 드레스 위로 과하지 않은 붉은 입술이 그녀의 섹시미를 빛나게 만들었다.

"어쩜. 이렇게 드레스를 완벽하게 소화하다니, 디자이너로서 너무 흐뭇하네요. 뷰리풀하고 엘레강스하고 기품이 넘치는 게 우리 라엘 씨 그냥 여신이네, 여신."

디자이너는 물개 박수를 치며 라엘의 주변을 한 바퀴 돌았다.

"감사합니다, 선생님."

"무슨 소리야. 라엘 씨가 내 드레스 입어줘서 내가 감사하지. 근데 우리 본부장님 꿀을 한 숟가락 드셨나 말이 없으시네. 본부장님? 라엘 씨 예쁘죠?"

"아니."

"네? 아니라고요?"

숨도 쉬지 않고 딱 잘라 아니라고 말하는 수혁의 대답에 디자이너는 살짝 당황하고 말았다. 그렇게 다정하던 두 사람이 그새 싸웠나 걱정하던 디자이너에게 부끄러움 따위는 전혀 모르는 그의 당당한 대답이 들려왔다.

"……눈부셔."

정말 그랬다. 그녀의 주변에 환한 불빛이 켜진 것처럼 눈이 부셨다. 단순히 예쁘다는 단어로는 라엘을 표현하기에는 부족했다.

"눈부시게 아름다워."

망설임 없이 쏟아지는 그의 칭찬에 살짝 긴장했던 라엘은 그제야 미소를 보이며 마음이 편안해졌다.

"어머! 뭐야, 뭐야? 우리 본부장님 애정 표현이 너무 솔직하셔서 나까지 두근거리겠어요. 하긴 라엘 씨 드레스 입은 모습은 내가 봐도 판타스틱하게 눈부시긴 해. 그럼 조연은 이만 퇴장할 테니까 주인공 두 분은 이따 행사장에서 봐요."

자신이 준비한 의상을 완벽하게 소화한 두 사람을 보며 한껏 흥이 오른 디자이너는 콧노래를 부르며 나갔다.

"자! 그럼 우리도 이제 가볼까?"

수혁은 라엘의 손을 살포시 잡으며 행사장을 향해 출발했다.

셀튼가 식구들은 함께 행사장에 입장하기 위해 행사장 근처에

서 다 같이 만났다.

"세상에, 우리 라엘이 너무 예쁘다."

"그러게요. 정말 예쁘네. 드레스도 너무 잘 어울리고."

"감사합니다."

김 여사와 연이는 라엘의 모습을 흐뭇하게 바라보며 칭찬을 아끼지 않았다. 쉬지 않고 들려오는 칭찬에 앞쪽에 서 있던 이 회장은 몇 번이나 고개를 살짝 움직였지만 완전히 돌아보진 않았다.

"우리 식구들 다 모였으니까 이제 출발하지."

김 여사가 사인을 보내자 셸튼가 식구들은 행사장을 향해 출발했다. 저만치에서 레드카펫과 기자들이 눈에 들어오자 나란히 서 있던 김 여사와 연이는 자연스럽게 파트너인 이 회장과 알프레도의 옆자리로 이동해 걸었다. 김 여사와 연이가 자리를 옮기는 동안 그들과 함께 서 있던 라엘은 수혁의 눈치를 살피며 티 나지 않게 속도를 줄여 끝 쪽에 서 있는 한 실장과 진 비서 근처로 이동했다.

"최 선생님, 본부장님 옆으로 가셔야죠?"

"아니에요. 전 괜찮아요."

진 비서가 작게 속삭이며 앞쪽으로 가라고 권했지만 라엘은 괜찮다며 거절했다. 부모님과 이 회장의 당부가 있기도 했지만 그녀 스스로도 튀는 행동을 삼가는 게 좋다고 생각했기 때문이다.

"떨리세요?"

"조금요."

"그냥 평소의 최 선생님처럼 당당하게 입장하시면 돼요."

"네."

진 비서와 짧은 대화를 주고받은 라엘은 김 여사와 연이 뒤쪽에 서서 걸어가는 수혁을 쳐다봤다. 뒷모습에서조차 당당함과 멋짐

이 느껴지는 그를 바라보던 라엘은 갑자기 뒤를 돌아본 그가 자신에게 다가오자 움찔했다.

"왜 여기 있어?"

수혁은 잠시 머릿속에 연설문을 되새기느라 그녀가 옆자리에 없다는 사실조차 몰랐다.

"수혁 씨, 난 여기 서서 입장할게요. 얼른 앞으로 가요."

라엘이 작은 소리로 답하며 수혁에게 앞으로 가라고 권했다. 그러자 그의 단호한 대답이 돌아왔다.

"네가 뒤쪽에 있는데 내가 어떻게 앞으로 가. 네 자리는 언제 어디서든 항상 내 옆자리야."

수혁은 당당하게 그녀의 손을 잡고 레드카펫을 향해 걸어 나갔다. 그가 그녀와 공식 석상에 함께 입장한다는 것은 지금 이 순간 라엘을 자신의 여자로 세상에 공개한 것이나 마찬가지였다.

넓은 행사장 안은 파티 느낌이 물씬 났다. 천장에 매달린 커다란 샹들리에와 벽에 걸린 작은 조명들이 실내를 밝혔고, 깨끗한 흰색 천이 덮인 둥근 테이블 위에는 시작을 응원하는 노란 프리지아 꽃이 투명한 화병에 꽂혀 있었다.

-장내 모이신 귀빈 여러분께 안내 말씀 드립니다. 곧 테마파크의 오픈 행사가 시작할 예정이오니 다들 자리에 착석해주시길 부탁드립니다.

행사장 스피커를 통해 들려오는 장내 아나운서의 안내 멘트를 시작으로 무대 위에 설치된 커다란 모니터가 켜졌다. 넓고 길게 설치된 모니터에는 지금까지 셀튼그룹의 역사와 함께 셀튼이 이룬 업적이 멋진 영상으로 소개됐다.

"안녕하십니까."

그리고 준비된 영상이 끝남과 동시에 수혁이 무대 위에 등장했다.

"오늘 행사의 연설을 맡은 셀튼그룹 본부장 이수혁이라고 합니다."

행사장에 모인 사람들은 박수로 그를 맞았다.

"오늘 이 자리는 셀튼그룹의 또 다른 시작을 알리는 자리입니다."

수혁은 듣기 좋은 발성으로 자신이 준비한 연설을 시작했다.

"선대 회장님으로부터 시작된 셀튼그룹은 그동안 많은 발전과 도약을 했습니다. 그 결과 전 세계 일류 기업으로 우뚝 설 수 있었습니다. 하지만 셀튼은 단순히 그 결과에 안주하지 않고 더 높은 발전을 위해 또 다른 계획을 세웠습니다. 그것이 바로 여러분들이 지금 보고 계신 셀튼 테마파크입니다. 처음 이 테마파크를 준비한다는 사실을 발표했을 때만 해도 언론을 비롯해 곳곳에서 우려의 목소리가 나왔지만 저희는 신경 쓰지 않았습니다. 그 이유는 자신이 있었기 때문입니다. 오랜 기간 동안 공을 들여 준비했기 때문에 차별화된 모습으로 제대로 보여드릴 자신이 있었습니다."

넓은 무대 위에서 사람들을 쳐다보며 준비된 연설을 진행하던 수혁은 셀튼가 식구들이 앉은 테이블을 향해 고개를 돌렸다. 그는 자신을 쳐다보는 라엘과 눈을 맞추며 뜻밖의 말을 사람들에게 전했다.

"실은 여기까지 연설은 홍보팀과 함께 준비한 연설입니다. 이 뒤에는 테마파크를 자랑하는 연설이 남았지만 하지 않겠습니다. 지금부터는 준비되지 않은 제 이야기를 들려드릴까 합니다."

연출되지 않은 갑작스러운 수혁의 멘트에 사람들은 의아했고, 라엘을 비롯한 셀튼가 식구들도 당황했다.

"이미 많은 분들이 알고 계시겠지만, 제 친형인 이수호 사장님은 교통사고로 안타깝게 돌아가셨습니다. 전 그 사고 이후 업무에 집중한다는 명목 아래 외부 노출을 삼갔지만, 사실 아팠습니다. 형의 죽음을 받아들이지 못하고 마음의 병이 생겼기 때문이죠. 스스로 제 자신을 괴롭히며 외부와의 소통을 단절하던 때에, 가족들의 관심과 함께 절 포기하지 않은 은인을 만나 다시 일어설 수 있었습니다. 그 시기를 보내고 난 후에 전 많은 걸 깨달았습니다. 아무리 잘난 사람도 혼자서는 살아갈 수 없다는 것을요."

그의 솔직한 고백을 사람들은 경청했고, 예상외로 이 회장은 덤덤한 표정을 지었으며, 라엘은 애틋한 눈빛을 보였다.

"오늘 이 테마파크의 오픈을 기점으로 감히 약속을 드리려 합니다. 제가 만들어갈 셸튼은 더 겸손하고 더 낮아지며 더 깨끗하게 나아가겠습니다. 보여주기식이 아닌, 도움이 필요한 사람들에게 진정으로 베풀어 우리나라에도 외국처럼 존경받을 수 있는 기업이 있다는 것을 보여드리겠습니다. 마지막으로 선대 회장님과 아버지, 형에게 누가 되지 않도록 열심히 발로 뛰겠습니다."

때때로 사람들은 준비된 모습이 아닌 진실된 모습에 열광한다고 했다. 지금 이 순간이 그랬다. 수혁이 가식 없이 준비한 연설에 행사장에 모인 사람들은 하나둘씩 자리에서 일어나 기립 박수를 보냈다.

"최고예요."

그를 향해 엄지를 추켜세운 그녀는 입 모양으로 그를 응원했다. 우레와 같은 박수 소리와 함께 라엘은 지난날이 떠올라 만감이 교차하며, 당당하고 멋지게 연설을 마친 그가 한없이 자랑스러웠다.

행사장에 모인 사람들은 자유롭게 움직이며 대화를 주고받았고, 무대 위 관현악단의 축하 공연으로 파티 분위기는 한껏 고조되고 있었다. 테이블에 혼자 남아 공연을 즐기고 있던 라엘에게 다가온 알프레도는 그녀를 조용히 밖으로 데리고 나갔다.

"오늘 도련님이 주인공이셔서 그런지 많이 바쁘시네요."

"네. 아무래도 찾는 분들이 많은 것 같아요."

"파티 지루하지 않으세요?"

알프레도는 자연스럽게 걸음을 유도하며 큰길 가로 라엘을 인도했다.

"아니에요. 음식도 맛있고 공연도 즐겁고……. 실은 지루하기보다는 이런 자리가 처음이라 그런지 조금 어색하긴 했어요."

라엘은 결국 알프레도에게 속마음을 털어놨다.

"안 그래도 바깥 공기 좀 쐬고 싶었는데 알 집사님 때문에 살았어요. 감사합니다."

"그럼 최 선생님께 칭찬받은 김에 보고 싶은 도련님을 소환해볼까요?"

"네? 그게 무슨……."

수혁이라면 아까부터 다른 기업인들에게 둘러싸여 대화를 하느라 정신없었다.

"저기 오시네요."

그런데 알프레도가 가리키는 방향으로 고개를 돌리자 진짜 그의 모습이 보였다. 그것도 유럽 거리에서나 볼 법한 고풍스러운 노면 전차인 트램을 타고 있는 수혁이 라엘을 향해 손을 흔들었다.

"굿 타이밍입니다, 도련님."

"수고했어, 알프레도."

"별말씀을요. 최 선생님? 어서 타세요."

"……네?"

"가자."

수혁은 도대체 이게 무슨 상황인지 파악하려는 라엘의 손을 잡으며 그녀를 트램 안으로 이끌었다.

"수혁 씨, 우리 어디 가는 거예요?"

"불꽃놀이 보러."

바닥에 깔린 레일 위를 달린 트램은 몇 개의 언덕을 지나 테마파크 내에서 가장 높은 곳으로 두 사람을 데려갔다.

"다 왔다. 내리자."

그는 그녀의 손을 잡고 트램에서 내렸다.

"와!"

트램에서 내린 라엘은 눈앞에 마주한 풍경에 절로 감탄했다. 폭이 작은 길 양옆으로 수천 송이의 LED 꽃들이 반짝이는 꽃잎을 일렁이며 어둠 속에서 길을 밝혔다. 두 사람은 꽃길 끝에 있는 덩그러니 놓인 운치 있는 벤치로 걸어갔다.

"여기 정말 예쁘다."

"너한테 가장 먼저 보여주고 싶었어."

"고마워요. 맞다. 수혁 씨, 아까 연설할 때 진짜 멋있었어요."

"당연하지. 누가 도와줬는데."

"근데 여기 있어도 괜찮아요?"

"식순은 다 끝났고, 중요한 분들에게 다 인사드려서 괜찮아. 걱정하지 말고 우리 촉새는 나랑 같이 불꽃놀이나 구경합시다. 어, 시작한다."

때마침 시작된 불꽃놀이에 수혁은 라엘의 손에 깍지를 끼고 나란히 자리에 앉았다. '펑' 소리와 함께 불꽃이 밤하늘 위로 쉴 새 없이 쏟아졌다. 붉은빛과 노란빛이 어우러진 불꽃은 우월한 자태를 뽐내며 두 사람의 얼굴을 환히 밝혔다. 웅장하고 화려한 마지막 불꽃이 끝나자 라엘은 저도 모르게 박수를 치며 활짝 웃었고 수혁은 그런 그녀를 사랑스럽게 바라봤다.

"박수를 칠 정도로 좋았어?"

"그럼요. 나 이렇게 불꽃을 가까이서 본 게 처음이거든요. 이래서 사람들이 복잡해도 매년 여의도로 불꽃 구경을 가나 봐요. 진짜 끝내줬어요."

"복잡하게 볼 필요가 있나? 매년 여기서 같이 보자."

"좋아요."

애정 어린 손길로 라엘의 뺨을 부드럽게 쓰다듬던 수혁이 갑자기 자리에서 일어났다.

"수혁 씨……?"

그는 뒤를 돌아 살짝 목소리를 가다듬었다. 그러더니 맨바닥에 한쪽 무릎을 꿇고 가지런히 놓인 라엘의 손을 살포시 잡으며 그녀의 이름을 불렀다.

"라엘아……."

수혁은 애틋한 목소리로 오롯이 라엘만을 위한 고백사를 시작했다.

"사실 어떻게 말을 하고 어떻게 준비를 할까 수도 없이 생각했던 것 같아. 합창단과 오케스트라를 섭외해서 해볼까, 그것도 아니면 수만 송이의 꽃밭을 빌려서 해볼까 하는 생각도 해봤어."

언제나 당당하던 그는 긴장한 듯 목소리 끝이 미세하게 떨려왔다.

"근데 결국에는 솔직함이 최고더라고. 두서없이 들려도 이해해 줘. 음…… 나는 있잖아. 전부 기억해. 너에 관한 거라면 하나부터 열까지, 아니 백까지 전부 기억해. 네가 나를 처음 만나러 왔던 날 잔뜩 긴장한 표정도. 커튼에 매달린 채로 괜찮다며 자신 있게 말하던 네 모습도 전부 기억나. 그리고 내 고백을 받아주던 날도, 내 품에 처음 안기던 그날의 너도, 전부 또렷이 기억해. 오래전에 히카루 작가의 책을 처음 읽었을 때 이런 생각을 한 적이 있었어. '어떻게 사람이 그냥 좋을 수 있지? 어떻게 보기만 해도 행복할 수 있지?'라고. 그 사람의 직업은 작가니까 작가의 풍부한 상상력으로 꾸며낸 게 아닐까 싶었거든."

부드러운 시선으로 자신을 바라보는 수혁을 보며 라엘은 숨소리조차 죽이고 그의 말을 경청했다.

"그런데 비로소 널 만나고 나서야 그 작가의 심정이 완전히 이해가 되더라. 어느새 정신을 차려보니 나도 모르게 내 마음속에 네가 들어와 있었어. 그때부터 내 모든 신경이 너를 향해 움직인 것 같아. 주인을 기다리는 강아지처럼 네 발걸음 소리에 기분이 좋아지고 네 의미 없는 웃음소리에도 가슴이 두근거렸거든."

가로등 불빛에 반사된 붉은색 입술이 그의 손처럼 떨리기 시작했다.

"네가 날 보고 미소 짓는 날에는 세상을 다 가진 사람처럼 그렇게 행복할 수가 없더라. 넌 전혀 눈치채지 못했겠지만, 난 지금도 너와 눈을 마주치는 이 순간에도 내 마음은 미친 듯이 떨려. 저 높은 하늘뿐만 아니라 깊은 바다를 원고지 삼아도 널 좋아하는 이유를 적으라면 망설임 없이 적을 수 있을 것 같아."

라엘의 눈동자는 입술과 함께 떨리기 시작했고 눈가는 점차 촉촉하게 젖어들고 있었다.

"넌 나에게 내가 가진 전부를 주어도, 내 목숨을 주어도 아깝지 않은 유일한 사람이야. 더불어 내 존재의 이유이기도 하지. 늘 사랑한다 말할게. 늘 웃게 해줄게. 식탁 위에 차려진 밥을 혼자 먹게 하지 않을게. 너의 미세한 변화도 놓치지 않고 귀 기울일게. 힘든 일이 있을 때 내가 방패가 되어 전부 막아줄게. 내 자신보다 더 사랑하는 라엘아, 정식으로 말할게……."

수혁은 호흡을 가다듬고 재킷 주머니에서 꺼낸 다이아몬드 반지를 그녀의 왼손 네 번째 손가락에 끼워주며 고백사의 마지막을 장식했다.

"내 아내가 되어줄래?"

그 말을 듣는 순간 라엘은 숨이 턱 막혔다. 반짝이는 반지 때문이 아니었다. 수혁의 절절하고 애절한 고백사와 함께 아내가 되어 달라는 그의 말에 행복해서 숨이 막혔다. 누군가 그랬다. 너무 행복하면 눈물이 난다고. 지금 라엘이 그랬다. 그의 사랑에 너무 황홀하고 행복해서 눈물이 났다.

"흐……!"

라엘은 영화나 드라마에 나오는 어여쁜 여주인공처럼 프러포즈를 받고 세상에서 가장 예쁜 미소로 화답하려 했지만 그럴 수 없었다. 예쁜 화장이 번지면 어떡하나 웃긴 생각을 하면서도 수혁이 선사한 감동의 무게가 주체가 안 돼 어깨까지 들썩였다.

"흑! 흑……."

전혀 예상할 수조차 없었던 그의 감동스러운 프러포즈로 인해 결국 그녀는 아이처럼 엉엉 울기 시작했다.

"음…… 흠! 정말 고마…… 흐흑……."

라엘은 자신을 사랑해줘서 고맙다고 말하려 했지만 몰아치는 눈물 때문에 쉽지 않았다. 그렁그렁 차오른 눈물로 눈앞의 시야가 희뿌옇게 변해갔기 때문이다.

"누가 우리 최라엘을 울렸어?"

"수혁 씨, 흑……."

"괜찮아. 네가 무슨 말 하려는지 다 알아. 어떡하지? 웃게 해주려고 했는데 울려버렸네."

사랑스러운 미소로 라엘을 바라보던 수혁은 얼른 손수건을 꺼내 그녀의 두 뺨에 흐르는 굵은 눈물을 닦아주며 말했다.

"근데, 우리 라엘이는 우는 것도 이렇게 예쁘네."

수혁은 그녀를 꼭 끌어안았다. 라엘은 따뜻한 품안과 머리를 감싸는 다정한 손길, 그리고 그의 절절한 고백사가 머릿속에 맴돌아서 눈물이 쉬이 멈추질 않았다.

"수혁 씨……."

"응."

"사랑…… 해요."

눈물에 젖어버린 떨리는 입술을 간신히 움직인 라엘은 자신이 할 수 있는 가장 큰 진심을 전하며 그를 있는 힘껏 끌어안았다.

"나 좀 봐."

수혁은 바닷가 쪽으로 고개를 돌리며 걷고 있는 라엘의 얼굴을 보기 위해 그녀의 손을 제 쪽으로 살짝 당겼다.

"안 돼요. 눈 잔뜩 부었단 말이에요."

그가 준비한 프러포즈에 감동한 라엘은 장작 두 시간 가까이 눈물을 쏟아낸 탓에 결국 눈이 붓고 말았다. 바닷가로 나오기 전 호텔 욕실에서 자신의 얼굴을 확인한 그녀는 깜짝 놀라고 말았다. 쌍꺼풀이 두 배로 부어올라 눈조차 뜨기 힘들었기 때문이다. 얼음으로 부기를 조금 빼긴 했지만, 라엘은 민망함에 차마 그의 얼굴을 똑바로 쳐다볼 수가 없었다.

"괜찮대도 그러네. 내 눈에는 예쁘기만 한데…… 큭!"

예쁘다고 자신 있게 말하는 그를 향해 라엘이 고개를 빠르게 돌리자 갑자기 튀어나온 웃음이 수혁의 말문을 막았다.

"뭐예요? 예쁘다고 한 지 얼마나 됐다고. 수혁 씨 방금 내 얼굴 보고 웃었죠?"

"에이, 무슨 소리야. 내가 설마 우리 예쁜 촉새 얼굴을 보고 웃었을라고."

"정말이죠?"

"당연하지."

"근데 왜 내 얼굴을 못 쳐다봐요?"

"못 쳐다보긴 누가. 이렇게 잘 보고……."

라엘은 웃음을 참으며 자신과 눈을 못 마주치는 그에게 얼굴을 들이대며 장난쳤다.

"어, 또 웃었어."

"안 웃었다니까."

"웃었다니까요."

"아니거든."

"맞거든요. 자꾸 그렇게 웃으면 나 막 이렇게 얼굴 들이대고…… 쪽!"

우스운 표정과 함께 장난스럽게 얼굴을 들이대던 그녀의 얼굴을 부여잡은 수혁이 빠르게 입을 맞췄다. 그리고 라엘의 눈을 빤히 바라보며 분명하게 말했다.

"웃은 거 인정. 근데 웃겨서 웃은 게 아니라 눈 부은 게 귀여워서 웃은 거야."

"몰라요. 이게 다 수혁 씨 때문이에요."

라엘은 손가락 사이로 파고드는 그의 손에 깍지를 끼며 말을 이었다.

"나 아까 정말이지 심장이 터지는 줄 알았단 말이에요."

"나도 그랬어. 지금까지 살면서 두 번째로 떨리는 순간이었어."

"그럼 첫 번째는 언제였는데요?"

"첫 번째는 네 집 앞에서 너에게 고백했을 때. 그때도 아까처럼 심장이 터질 정도로 떨렸지."

그의 삶에 모든 경이로운 순간의 주인공은 언제나 그녀였다.

"춥지 않아?"

"아니. 전혀요."

두 사람은 함께 모래사장을 걸었다. 작은 파도에 일렁이는 바닷바람이 두 사람 사이를 기분 좋게 파고들며 노닐었다.

수혁과 라엘은 맨발로 모래사장을 걷기도 하고, 이따금씩 서로에게 바닷물을 뿌리며 장난을 치기도 했다.

"참, 아까 파티 때 보니까 얼마 먹지도 못하던데 배고프지 않아?"

"실은 좀 출출하긴 해요."

안 그래도 라엘은 아까부터 배가 고프기 시작했다. 이미 충분히 늦은 시간이었지만 파티 때 긴장해서인지 좀처럼 입맛이 없어 저녁을 제대로 먹질 못했다.

"우리 뭐 좀 먹을까?"

"좋아요."

"그럼 부산까지 왔으니까 조개구이 어때?"

"좋아요, 조개구이 콜!"

두 사람은 입맛을 다시며 조개구이 골목으로 향했다.

"들어와요. 들어와."

아주 쾌활한 성격을 자랑하는 주인 여자가 입구에서 두리번거리는 수혁과 라엘에게 반갑게 손짓했다.

"영업하시는 거 맞죠?"

"그럼요. 홀에 사람이 없어서 놀라셨구나."

수혁의 말에 주인 여자는 고개를 끄덕이며 두 사람을 테이블로 안내했다.

"우리가 리모델링 끝나고 내일부터 영업 시작인데 하루 일찍 문 열어서 오늘 사람이 없어요."

"그래도 저희 집이 여기서 20년 넘게 장사한 터줏대감이라 조개도 싱싱하고 맛도 보장합니다."

주인 여자의 남편으로 보이는 남자가 주방에서 쏜살같이 나와 두 사람에게 가게를 자랑했다.

"근데 남자분도 그렇고 여자분도 그렇고 키도 크고, 두 분 인물이 아주 출중하시네요."

키가 작은 남자 주인장은 두 사람의 외모를 보며 칭찬을 아끼지 않았다.

"감사합니다."

"분위기가 달달하니 커플이시네."

"뭐라카노, 이 양반이. 딱 보니까 두 사람 신혼부부네. 맞죠?"

"네. 맞습니다."

라엘이 커플이라고 말하려 했지만, 신혼부부란 말에 기분이 좋아진 수혁이 한발 빨랐다.

"조개구이 2인분 드릴까요?"

"네. 2인분 주세요."

"3분인 같은 2인분으로 푸짐하게 드릴게요."

"잠시만 기다리세요. 아, 근데……."

남편을 따라 주방으로 가던 주인 여자가 황급히 뒤를 돌아 두 사람에게 다가왔다.

"요거 안 하세요?"

그러더니 엄지와 검지로 잔을 넘기는 행동을 선보였다.

"아, 술이요?"

주인 여자의 찰진 표현에 웃는 라엘을 보며 수혁이 답했다.

"네. 조개구이에는 원래 이 소주가 찰떡이거든요."

"그렇긴 하죠. 근데……."

사실 수혁 역시 소주가 생각나긴 마찬가지였다. 하지만 술이 약한 그녀 때문에 먹지 않는 게 좋다고 판단하고 괜찮다고 말하려던 찰나,

'근데 상또 술 먹으면 귀여운 척한다. 나야 핏줄이니까 귀엽다기보다 한 대 쥐어박고 싶지만 남자 친구가 보면 귀여워 보이지 않겠어?'

라준이 술을 마시며 알려준 대박 사실 하나가 불현듯 그의 전두엽을 강타했다. 수혁은 저 말을 들었을 때에도 술을 먹으면 귀엽게 변하는 라엘의 모습이 보고 싶어 한동안 다음 데이트는 술집에서 하자고 말했었다. 생각해보니 지금처럼 완벽한 기회는 다시없을 것만 같았다. 그녀의 눈치를 살피던 그가 조심스럽게 물었다.

"라엘아, 우리 소주 한잔 할까?"

"소주요? 그래요."

수혁의 조심스러운 반응과 달리 라엘은 쿨한 모습을 보였다.

"정말?"

"네. 다른 사람도 아니고 수혁 씨랑 마시는 건데 한두 잔 정도는 괜찮을 거 같아요."

"잘 생각했어요. 소주랑 같이 먹어야 맛있지. 소주 한 병도 같이 줄 테니까 잠깐 기다려요."

주인 여자가 주방으로 들어가고 수혁은 컵에 담긴 냉수를 시원하게 들이켰다. 지금 그의 머릿속에는 똑같은 문장만이 되풀이되고 있었다.

'술 먹은 촉새의 모습이라……. 기대되네.'

"하아! 호!"

입 안에 손부채를 불어가며 뜨거운 열기를 식힌 라엘은 조개구이를 맛나게 먹고 있었다.

"수혁 씨 맛있지 않아요? 여기 조개구이 진짜 맛있는 것 같아요. 이것 좀 먹어봐요."

라엘은 고소한 치즈와 매콤한 양념 소스가 어우러진 커다란 키조개 살을 발라 그의 그릇에 올려놓았다.

"그러네. 정말 사장님 말대로 조갯살이 바다에서 곧장 뛰어나온 것처럼 싱싱하네. 같이 나온 반찬도 깔끔하니 맛있고. 정말 맛있다."

웬만해서는 음식 칭찬을 하지 않는 수혁이 저 정도로 칭찬할 정도면 그 음식은 정말 맛있다는 뜻이었다. 그런데 그의 표정이 어딘가 좀 이상했다. 맛있다는 설명과 달리 전혀 맛있는 음식을 먹는 사람의 표정처럼 보이지 않았다. 수혁은 어딘가 모르게 안타까운 눈빛으로 아까부터 전혀 줄지 않는 라엘의 소주잔을 쳐다봤다.

"촉새야, 우리 건배 할까?"

"그래요. 뭐라고 건배할까요?"

"행복한 이 순간을 위해서."

"그 말 멋지다. 그럼 행복한 우리 둘의 이 순간을 위하여. 짠!"

투명한 소주잔이 허공에서 경쾌하게 부딪히고, 빠르게 소주잔을 비운 그가 작은 손에 아찔하게 들린 그녀의 소주잔으로 시선을 옮겼다.

"아! 쓰다. 어휴, 써."

소주를 한 모금 넘긴 라엘은 쓴 약을 먹은 사람처럼 격한 반응을 보였다.

"많이 써?"

"네. 많이 쓰네요. 아무래도 난 술은 맥주가 좀 더 나은 것 같아요. 소주는 도저히 써서 못 먹겠어요."

이번에도 역시나 외면받은 그녀의 소주를 보며 수혁은 어느 때보다 안타까운 심정이었다.

"어때요, 음식은 입에 맞아요?"

주방에 있던 주인 여자가 두 사람에게 다시 다가왔다.

"네. 조개도 싱싱하고 반찬도 깔끔하니 정말 맛있어요."

"아이고, 예쁜 사람이 말도 참 예쁘게 하네. 근데 보니까 우리 언니야는 술은 못하나 봐?"

"네. 제가 소주를 잘 못 마셔서요."

"아이고! 저런. 그래서 우리 잘생긴 신랑이 혼자 마시고 있었구나. 에이, 혼자 마시면 재미없지. 그래서 내가 이걸 가져왔지."

주인 여자는 손에 들고 있던 호리병 모양의 술병을 테이블 위에 내려놓았다.

"근데 우리 언니는 과일주는 좀 마실 줄 알아?"

"과일주요? 네. 과일주는 조금 마실 수 있어요."

"그래요? 잘됐네. 이제 신랑이랑 같이 마시면 되겠어. 술은 같이 마셔야 더 잘 넘어가거든. 이거 과일준데 내가 두 사람에게 주는 특별한 서비스."

수혁은 라엘이 마실 수 있는 과일주라는 말에 속으로 쾌재를 불렀다. 마음 같아서는 주인 여자에게 절이라도 하고 싶은 심정이었다.

"실은 이게 보통 과일주가 아니에요. 이 과일주로 말할 것 같으면, 우리 친정집에서 삼대째 내려오는 황금 비율로 담근 10년 된 과일주로 일명 벌떡주와 야관문주의 효능이 더한 '기적주'랍니다."

"……."

"……!"

벌떡주? 야관문주? 기적주?

정확히 무슨 뜻인지는 모르겠지만, 왠지 모르게 뭔가 범상치 않는 기운이 느껴지는 술 이름을 들은 수혁과 라엘은 말이 없었다.

"아~ 두 분 모르시는구나? 벌떡주는 그러니까 거기 막 기운이 고마 팍팍! 불끈! 뭔지 알겠죠?"

살짝 민망해하는 두 사람의 반응을 재미있어한 주인 여자는 어깨를 들썩이더니 설명까지 더하는 친절함을 보였다.

"그리고 야관문주는 말 그대로 '밤의 빗장을 연다'라는 뜻인데 그냥 여는 것도 아니고 아주 힘 좋은 호랑이가 기분 좋게 열죠. 마지막으로 우리 가문의 자랑이자 보배인 기적주는 뭐 말이 필요 없어. 그냥 미라클 그 자체예요."

뭐가 그렇게 재미있는지 주인 여자는 물개 박수와 호탕한 웃음소리를 선보이며 마지막 설명을 이어나갔다.

"두 분 표정 보니까 안 믿는 눈치네. 진짜로 내가 한 말 전부 사실이에요. 작년에 영화제 왔던 그 뭐시기냐. 유명한 할리우드 부부가 이 술 먹고 아기도 생기고 원더풀 외치면서 또 왔었다니까요."

"길다, 길어. 손님들 식사하시잖아. 간단하게 해야지. 간단하게."

주인 여자의 끝없는 설명에 주방에 있던 남편이 홀로 나와 부인을 말렸다.

"이게 술 못하는 사람들도 먹기 편하게 부드럽고 또 다음 날에 숙취가 전혀 없어요. 과일에 한약재가 들어가서 적당히 마시면 몸에도 좋아요. 한 병 서비스로 드리는 거니까 한번 드셔보세요."

"서비스로 받기에는 너무 귀한 술인데요."

"두 사람이 너무 보기 좋아서 드리는 거니까 거절 말고 받아요."

"그럼 감사히 받겠습니다."

두 사람은 주인 부부의 성의를 생각하며 특별한 술을 마셔보기로 했다.

"어때, 괜찮아?"

수혁은 건배와 함께 기적주를 마신 라엘의 반응부터 살폈다.

"어!"

"왜? 독해? 이리 줘. 독하면 먹지 마. 내가 마실게."

그는 독한 술이면 술이 약한 그녀에게 무리가 가기 때문에 말리려 했다. 그런데 기분 좋은 대답이 수혁에게 들려왔다.

"안 독해요. 과일주라 그런지 쓴맛도 그렇게 강하지 않고 상큼하고 맛있는데요?"

"정말? 어, 그러네."

라엘의 말에 수혁은 잔에 담긴 과일주를 들이켰다. 오래 숙성된 술이라 그런지 주인 부부의 말처럼 향긋한 향과 함께 술맛이 좋았다.

"수혁 씨, 우리 짠 해요?"

"그럴까?"

"짠!"

"한 번 더 짠!"

한 잔이 두 잔이 되고, 두 잔이 석 잔이 되고, 석 잔이 넉 잔이 되고……

그렇게 조개구이 위로 경쾌한 술잔이 리듬을 더해가고 두 사람은 기적주의 맛에 빠져들어 갔다.

두 시간 뒤, 수혁은 라엘을 업고 호텔에 도착했다. 이미 자정을 넘긴 시간이었기에 두 사람의 모습을 본 사람은 없었다.

"어랏! 이상한데? 야! 너, 뭔데…… 뭔데 자꾸 튀어나와?"

"어, 어! 안 돼!"

호텔 방 안으로 들어온 수혁은 손에 쥔 차가운 생수를 바닥에 던지고 대신 벽 앞으로 머리를 박으려던 라엘을 붙잡았다.

"다행이다."

"어! 이게 누구야?"

넓은 가슴에 얼굴을 묻고 있던 라엘이 고개를 들어 수혁을 올려다봤다. 누군가 그랬다. 과일주는 취기가 한 방에 몰려온다고. 그 말이 딱 맞았다. 라엘은 입에 맞는다며 상큼한 과일주를 홀짝홀짝 마셨고, 태어나 처음으로 주량을 넘긴 그녀는 결국 거하게 취하고 말았다.

"내 남자 친구. 이, 수, 혁."

라엘의 모습은 고양이 같은 눈빛에 두 뺨은 딸기처럼 발그레 붉어진 상태였다. 또한 혀가 살짝 꼬여 의도치 않은 애교 섞인 목소리가 절로 나왔다.

"괜찮아?"

"아니. 라엘이 정말 똑땅해요. 쟤가 자꾸 나한테 시비를 걸잖아."

여기서 라엘이 말하는 쟤는 아무런 움직임이 없는 바닥과 벽을 말하는 것이었다. 상당한 취기를 느낀 그녀는 자꾸만 벽이 올라온다며 엉뚱한 소리를 했다.

"우리 촉새 취했구나?"

평소에는 전혀 볼 수 없었던 라엘의 새로운 모습을 보는 수혁의 얼굴에는 미소가 끊이질 않았다.

"취해? 아닌데 나 하나도 안 취했는데? 거짓말하지 마."

"그래. 우리 라엘이 하나도 안 취했다. 귀여워."

"뭐, 귀엽다고? 자기야!"

"……뭐?"

지금까지 단 한 번도 들어본 적 없는 그녀의 '자기야' 소리에 수혁은 두 귀를 의심했다.

"지금 뭐라고 했어? 한 번만 다시 불러볼래?"

"음…… 자기?"

라엘은 관우에게 빙의한 듯 '자기'란 단어를 계속해서 반복했다.

"자기, 자기, 자기. 우리 자기."

수혁은 순간 자신의 의지와는 전혀 상관없이 손을 들어 마른세수를 했다.

"미치겠다, 진짜."

그의 눈에 라엘은 평소에도 충분히 넘치게 사랑스러웠지만, 취기와 함께 주사를 보이는 그녀는 위험할 정도로 사랑스러움이 더해졌다.

"이렇게 귀여운 널 어쩌면 좋을까?"

"어, 어. 또 귀엽다고 그런다. 어이, 이수혁! 너 누나가 분명히 말한다."

"네. 말해보세요. 근데 촉새야, 그거 알아?"

"뭐, 뭐? 난 다 안다. 라엘이 다 알아."

"너 내일 일어나서 내 얘기 듣는 순간 이불킥할 것 같은데……."

"쉿!"

라엘은 두 번째 손가락을 들어 그의 입술을 '톡톡' 쳤다.

"쓰읍! 누나가 말하잖아. 이수혁 넌, 다 좋은데 말이 너무 많아. 어? 지금 기분이 최고 좋으니까 참는 거야. 알았어?"

"네. 죄송합니다. 어디 하고 싶은 말 계속해보시죠, 사랑하는 최라엘 씨."

가녀린 허리를 한 손으로 감싼 수혁은 그녀의 취기에 장단을 맞추며 웃었다.

"후! 아~ 기분 좋다. 우리 지미 진짜 잘생겼네. 지랄 맞은 미남, 내 남친 지미."

라엘은 수혁의 볼을 잡고 양쪽으로 쭉쭉 늘이는 행동을 취하며 고개를 흔들었다.

"촉새야, 지금 뭐 하는 거야."

"지금? 지금 사랑하는 내 남친 예뻐해주는 중이지."

"재미있어?"

"응. 재미있어."

어딘지 모르게 약간 굴욕적인 기분이 들긴 했지만, 수혁은 이 또한 라엘이 좋다면 상관없기에 그녀의 행동을 말리지 않았다.

"그래. 네가 좋다는데 고작 볼 꼬집힌 게 뭐가 대수라고."

그렇게 그의 볼을 잡고 장난치던 라엘은 수혁의 눈빛을 뜨겁게 쳐다봤다.

"해주세요……."

"어? 뭐라고?"

"수혁 씨 해주…… 세요."

"응. 뭐 해줄까? 말만 해. 혹시 속 불편해?"

"아니."

"머리 아파?"

마지막으로 그가 던진 질문에 고개를 가로젓던 라엘이 천천히 까치발을 들었다. 그리고 그의 아랫입술을 살풋 깨문 뒤 숨소리조차 죽이며 속삭였다.

"키스…… 해줘요."

그녀의 말이 끝나기 무섭게 수혁의 눈에 스위치가 켜진 듯 늑대의 본성이 뜨겁게 타올랐다.

"……하고 싶어……. 지금 당장. 읍!"

그는 지체 없이 라엘의 붉은 입술을 머금었고, 그녀 또한 그의 입술을 베어 물었다. 불과 단 몇 분 전에 그녀가 귀엽고 사랑스러웠다면 지금의 그녀는 섹시하고 적극적이며 앙칼진 고양이 같이 거침없었다. 두 사람은 N극과 S극이 만난 자석같이 한 몸처럼 붙어 서로에게 매달렸다.

엉켜 붙은 혀 사이로 아찔한 타액이 밀려들었다. 알싸한 알코올 향이 평소와는 확연하게 다른 키스의 맛을 선사하며 서로가 서로를 더욱 취하게 만들었다. 끓는점을 넘긴 뜨거운 물처럼 뜨겁게 키스를 이어가던 두 사람은 침대 끝에 걸려 매트 위로 넘어졌다.

"하아……."

수혁은 상체를 들어 자신의 아래 누운 그녀를 내려다봤다. 흐트러진 머리와 술기운으로 인해 쇄골까지 달아오른 붉은 피부, 그리고 뜨거운 그녀의 숨소리가 그를 미치게 만들었다.

"하!"

그는 당장이라도 그녀에게 자신이 사랑을 선사할 수 있는 한계까지 밀어붙여 올리고 싶다는 아찔하고 위험한 생각에 사로잡혔다. 그리고 수혁의 아찔한 생각이 꼬리에 꼬리를 물 즈음,

"쉬면…… 반칙이잖아요."

그녀가 유혹적인 눈빛으로 그의 목에 손을 감고 다시 키스를 이어나갔다. 두 사람의 몸은 다시 서로를 향해 가까워지고 8월의 태양처럼 뜨거운 입맞춤이 오랫동안 지속됐다.

수혁의 손에 의해 그녀의 상의가 조금씩 말려 올라가고 있을 때였다.

"……!"

라엘이 옆으로 몸을 빼더니 상체를 일으켜 단숨에 수혁을 눕히고 그의 몸 위로 올라앉았다. 그녀의 행동에 입꼬리를 올린 수혁은 자신의 상체를 일으켜 라엘의 허리를 잡고 그대로 침대 헤드에 등을 기대앉았다.

"오늘 상당히 적극적인데……."

입고 있던 상의를 벗어 던진 그녀를 보며 그가 말했다.

"오늘은 내가…… 리드할 거예요. 그러니까 수혁 씨는 아무것도 하지 말아요."

"정말?"

"정…… 말."

"그럼 난 그냥 따라가면 되겠네."

두 사람의 분위기는 숨조차 편히 쉴 수 없을 만큼 농염하고 끈적함이 느껴졌다.

"하지 마요."

수혁이 입고 있는 셔츠의 첫 번째 단추를 풀어버리려 하자 라엘이 그의 손을 제지하고 나섰다.

"이것도…… 내가 할 거야."

"그래. 가만히 있을게."

라엘은 푸른 핏줄이 일어선 커다란 손을 침대 바닥에 내려놓고 그가 입고 있는 셔츠 단추에 집중하기 시작했다. 하지만 수혁은 뜨거운 분위기에 잠시 잊고 있었다. 그녀가 상당히 취해 있었다는 사실을.

20분 뒤.

정확히 20개가 주르륵 달린 작은 단추 중, 라엘이 20분 동안 풀어 버린 단추는 두 개, 고작 단 두 개뿐이었다.

"라, 라엘아…… 이제 내가 하면 안 될까?"

"안 돼! 내가 할 거야. 할 수 있다고요."

술에 취하지 않는 유전자를 물려받은 수혁은 지금까지도 전혀 숙취를 느끼지 않고 멀쩡했다. 하지만 너무 멀쩡한 정신 때문에 더 힘들었다.

조개구이집 주인 부부의 말대로 '기적주'의 효능이 몸에 느껴졌기 때문이다. 안 그래도 이미 충분히 훌륭한데도 불구하고 기적주까지 그를 부추기고 있었다. 게다가 술이 취한 그녀는 자신이 리드한다며 단추에 집착을 보이는 탓에 진도가 나가지 않고 있었다.

"라엘아?"

결국 이마에 송골송골 땀이 맺히도록 힘겨운 시간을 버틴 수혁이 '후두둑' 소리와 함께 자신의 셔츠 단추를 빛의 속도로 뜯어버렸다.

"더는 못 버티겠다."

"어머, 내 단추…… 읍!"

날아간 단추를 안타깝게 바라보는 라엘에게 입을 맞춘 그가 그녀를 깊게 끌어안고 침대에 누워버렸다. 두 사람은 서로를 향해 거침없이 파고들었고, 몸의 열기는 그 어느 때보다 뜨겁게 달아올랐다.

두 사람을 비추던 창밖의 하현달이 부끄러운 듯 구름 뒤로 숨어버리고 달뜬 숨소리만이 방 안을 가득 메웠다.

30화. Wedding day

점심을 먹고 사무실로 돌아온 라엘은 문을 열고 들어가지 못하고 걸음을 멈췄다.

"다행히 제가 딱 맞춰 왔군요."

그의 시그니처인 집사 복장 대신 멋진 정장을 입은 알프레도가 문 앞에 있었기 때문이다.

"알 집사님? 여긴 어쩐 일로……. 일단 안으로 들어오세요."

"그럼 실례 좀 하겠습니다."

알프레도는 라엘을 따라 그녀의 사무실로 들어갔다.

잠시 뒤.

"이걸, 저한테 맡기신다고요?"

알프레도가 가져온 파일을 몇 번이나 정독하던 라엘이 고개를 들며 말했다.

"그렇습니다. 커피가 상당히 맛있군요."

몇 년 만에 먹어보는 믹스커피 맛에 감탄한 알프레도가 간결하게 답했다.

"브랜드 유치 프레젠테이션을요?"

다시 한번 확인하듯 그녀가 되물었고 알프레도는 당연하게 답했다.

"물론이죠."

라엘의 시선이 다시 파일로 향했다. 분명 어제까지 수혁은 이 건에 대해 아무런 말이 없었기에 조금 갑작스러웠다. 게다가 브랜드 유치 발표자는 상당히 중요한 위치라는 걸 그녀는 누구보다 잘 알고 있었다.

"너무 갑작스러우신가요?"

"……네."

"도련님께서도 지금까지 아무 말씀 없으셨겠지요."

"맞아요."

"그렇군요. 근데 실은 발표자로 최 선생님을 추천한 건 도련님 이셨습니다."

"수혁 씨가요?"

"네. 도련님께서 직접 말씀하시지 않은 건 행여 최 선생님께서 부담스러워하실까 봐 그러신 겁니다. 그래서 가장 중립적인 입장 인 제가 전달을 하면 좋겠다 싶어 찾아왔습니다."

알프레도의 설명을 들은 라엘은 말이 없었다. 순간적으로 자신 이 수혁의 여자 친구이기 때문에 그가 자신을 추천한 건 아닌가 하는 생각이 들었기 때문이다.

"제가 아는 본부장님은 누구보다……."

알프레도는 라엘의 고민을 꿰뚫고 있는 것만 같았다.

"공과 사가 분명한 분입니다."

물론 수혁이 이 발표를 통해 그녀가 이 회장에게 인정받길 바라고 있는 건 사실이었다. 하지만 그렇다고 라엘이 자신의 여자 친구이기 때문에 그가 회사의 중요한 일을 무턱대고 맡긴 건 더더욱 아니었다. 남자 친구 이수혁이 아니라 셀튼 본부장의 입장으로 봐도 그녀만 한 적임자가 없다는 확실한 판단이 들었기 때문이었다. 그리고 이 의견에는 알프레도를 비롯한 한 실장과 김 비서 역시 찬성하는 바였다.

"제가 잘할 수 있을까요?"

"그럼요. 이 일에 있어 최 선생님만큼 적임자는 없다고 생각합니다. 전 오히려 지금 소극적인 최 선생님의 반응이 아쉬운데요? 잊으셨습니까?"

"……네?"

"제 앞에 계신 최 선생님이 누구십니까? 별채특공대 리더이자 모두가 안 된다고 손을 놓고 외면하던 까칠하고 제멋대로인 도련님을 순한 양처럼 길들이신 분 아니십니까?"

한참 심각한 표정을 짓던 라엘은 코믹한 알프레도의 모습에 웃음이 나왔다.

"알 집사님 말씀을 들어보니까 제가 막 능력자 같은데요?"

"맞습니다. 기업이 능력이 있는 사람을 고용해 함께 일을 하는 건 당연한 일입니다. 최 선생님은 넘치는 능력이 있는 멋진 분이시죠. 그러니 더 이상 고민하지 마시고 맡아주세요."

"……좋아요. 할게요. 브랜드 유치 프레젠테이션, 제가 해볼게요."

알프레도의 설득에 넘어간 라엘은 프레젠테이션을 맡기로 결정했다. 그리고 열심히 준비해서 수혁에게 도움을 줘야겠다고 생각했다.

"종인이가 테마파크 이용권 받고 얼마나 고마워했는지 몰라요."

함께 저녁을 먹고 라엘의 집 근처 골목에 도착한 라엘과 수혁은 차 안에서 대화를 나누고 있었다.

"안 그래도 조금 전에 전화 왔었어. 고맙다고 다음에 술 한잔 사기로 했어. 그래서 내가 그랬지. 조개구이에 과일주 어떠냐고?"

"……."

그의 장난에 라엘은 말이 없었다. 또 시작이다. 요즘 수혁은 하루에 한 번씩 부산 에피소드를 꺼내며 틈만 나면 놀리기 바빴다.

"우리 귀여운 최라엘 자기 씨가 갑자기 말이 없어졌네?"

"오늘 데이트 너무 즐거웠고요, 이만 가볼게요. 운전 조심해요."

수혁은 눈에 힘을 주고 말하며 차에서 내리려는 그녀를 빠르게 붙잡았다.

"아, 잘못했어. 안 놀릴게."

"그 말을 나보고 믿으라고요? 수혁 씨 주말 내내 나한테 계속 그 말 했던 거 기억 안 나요? 그러고 또 놀릴 거면서."

"어떻게 알았어? 역시 우리 촉새는 날 너무 잘 알아."

"그래요. 차라리 실컷 놀려요."

"아니야. 이제 진짜 안 놀릴게. 약속."

그는 일부러 토라진 표정을 짓는 그녀의 뺨을 애정을 담아 쓸어 내렸다.

"믿어볼게요. 참, 수혁 씨? 나 이거 하기로 했어요."

라엘은 가방에서 프레젠테이션 파일을 꺼내 보였다.

"알프레도에게 들었어. 수락해줘서 고마워."

일부러 그녀가 말할 때까지 가만히 있던 수혁도 이제야 프레젠테이션에 대한 말을 꺼냈다.

"좋은 결과로 이어질 수 있도록 나 정말 열심히 준비할 거예요."

"당연하지. 최라엘이 누군데. 당연히 잘할 수 있어."

수혁은 그녀에게 힘을 불어넣어 주며 자세한 일정을 설명했다.

"앞으로 열흘 동안 알프레도가 전담으로 맡아서 도와줄 거야."

"열흘 정도면 충분히 잘 준비할 수 있을 것 같아요."

"발표 자료는 이미 다 완성했으니까 내일 전해줄게. 읽기 편하게 문장을 다듬는 건 괜찮아. 뭐든 필요한 건 말만 해."

"근데…… 이 아셀이란 회사 말이에요. 외국 기업으로 규모가 그렇게 크지 않다면서요?"

명품에 관심이 없는 사람조차 글로벌 명품 기업인 '아셀'을 모르는 사람은 드물었다. 하지만 라엘은 이 '아셀'이 세계 패션계를 제패한 그 '아셀'일 거라고는 전혀 예상하지 못했다.

그 이유는 알프레도가 거기까지 설명을 하지 않았기 때문이다. 물론 발표 당일에는 설명하겠지만, 지금 바로 말할 필요는 없다고 생각했다. 처음부터 모든 걸 오픈하고 설명하면 라엘이 부담을 느낄 거라고 생각했기 때문이다. 그래서 그는 독특한 로고를 자랑하는 아셀의 로고 대신 일반 폰트를 이용해 철자를 적으며 그 유명한 아셀임을 숨겼다.

"어? 어. 맞아."

"셸튼 같은 대기업이 작은 기업의 브랜드를 유치하기도 하는 게 좀 신선한 거 같아요."

"기업 규모에 상관없이 투자 가치가 있다고 판단했으니까."

수혁은 라엘이 의심하지 못하도록 교과서에 나올 법한 모범 답안을 선보였다.

"우리 촉새 잘할 수 있지?"

"당연하죠. 나 예전에 모기업 제품 발표자도 해봤어요. 그때는

300명이 넘는 사람들 앞에서 했는데 40명 정도는 문제없어요."

"최라엘, 파이팅!"

"파이팅."

40명 정도의 사람들 앞에서 발표하는 건 사실이었다. 다만 그 40명 안에 이 회장은 물론이거니와 전 세계 경제 거물들이 대거 포함되어 있다는 사실을 라엘은 모르고 있었다.

프레젠테이션 준비가 시작된 날부터 라엘은 데이트까지 줄여가며, 고3 수험생 모드로 돌입했다. 잠을 줄이고 먹는 시간까지 줄여가며 자료를 읽고 또 읽으며 토씨 하나까지 놓치지 않고 집중했다. 알프레도는 사무실로 출퇴근을 하며 그녀를 도왔고, 수혁 또한 퇴근하면 곧장 라엘을 찾아 함께했다.

"알 집사님, 여기, 이 문장 말이에요. 여긴 'Trust'를 쓰는 게 더 매끄럽지 않을까요?"

"맞습니다. 그게 더 좋을 것 같네요."

그렇게 열흘 가까이 되는 시간 동안 밤낮 없이 프레젠테이션 준비에 매달린 끝에 라엘은 30분 가까이 되는 영어 자료를 전부 다 머릿속에 넣는 데 성공했다. 그리고 모두가 기다리던 결전의 날이 밝았다.

"아니, 어떻게 이런 일이……."

너무 놀란 이 회장은 자리에서 벌떡 일어났다.

"우리 셀튼이 아셀 브랜드 유치전에 참석하다니……."

이 회장은 수혁에게 그동안의 일을 전해 들었다. 테마파크 준비로 아셀 유치를 포기했던 이 회장이었다. 늘 근엄하고 냉철한 표정으로 업무를 보던 그는 갑자기 알게 된 낭보에 더없이 기쁜 표정을 지었다.

"그래서 저번 주부터 한 실장 자네가 자꾸만 오늘 중요한 일정이 있다고 강조했던 거군."

"네. 맞습니다, 회장님."

"수고했다. 수혁아, 정말 수고했어."

"감사합니다, 아버지."

"이 녀석아, 근데 귀띔이라도 해주지 그랬어?"

"아버지가 더 잘 아시잖아요. 발표는 보안이 생명이라는 거. 그리고 서류 통과하고 깜짝 놀라게 해드리고 싶어서 일부러 말씀 안 드렸어요."

"그래. 살면서 네 엄마한테 고백한 이래 이렇게까지 놀란 건 처음이다."

이 소식이 얼마나 좋았으면 이 회장은 평소에는 볼 수 없는 유쾌한 모습까지 보였다.

"일본 기업이랑 홍콩 기업도 만만치 않지만 내가 보기엔 우리가 충분히 우세해."

"저 역시 그렇게 생각해요."

"발표자는 당연 수혁이 네가 하겠지?"

이 회장은 오늘 승패의 키를 쥐고 있는 프레젠테이션 발표자를 궁금해했다.

"죄송하지만 그것 또한 비밀입니다. 이따 발표장에서 알려드릴게요."

"허허! 이 녀석. 그래. 여기까지 온 거 보면 네가 준비를 잘한 것 같은데 기대하마."

자신만만한 수혁의 표정을 보며 안심한 이 회장은 더 이상 묻지 않았지만 그는 이때까지만 해도 발표자가 수혁일 거라고 확신하고 있었다.

프레젠테이션 발표까지 세 시간이 넘게 남았다. 진 비서와 김 비서, 알프레도를 비롯해 헤어메이크업 팀까지 더해 셀튼 대기실은 정신없었다.

"저, 도련님. 아무래도 최 선생님 표정이 좋지 않은데요?"

알프레도와 대화를 하고 있던 수혁은 김 비서의 말을 듣고 라엘을 향해 고개를 돌렸다. 방금 전까지만 해도 긴장한 기색 없던 그녀의 표정이 어딘지 이상했다. 알프레도가 오늘 라엘을 도와주기 위해 함께한 진 비서에게 눈짓을 보냈다.

"진 비서, 최 선생님 표정이 좋지 않던데?"

"그러게요. 방금 화장실 다녀오신 뒤로 표정이 좀 안 좋아서 물어봤는데 괜찮다고만 하시네요."

뚜렷하게 이유를 모르는 진 비서 역시 난감하긴 마찬가지였다.

"라엘아, 무슨 일 있어?"

발표자에게 멘탈은 중요한 부분을 차지했기 때문에 가만히 두고 볼 수 없었던 수혁은 라엘에게 다가갔다.

"표정이 안 좋네. 떨려서 그래?"

"수혁 씨, 나…… 발표 못 해요."

"뭐라고?"

손에 쥐고 있던 발표 자료에 닿은 그녀의 시선이 수혁에게 옮겨 갔다.

"프레젠테이션 못 하겠다고요."

대기실에 모인 모든 사람들의 시선이 라엘에게 향했다. 발표를 못 하겠다는 그녀의 말에 알프레도와 김 비서, 진 비서는 어쩔 줄 모르겠다는 표정으로 말없이 서로의 얼굴을 번갈아 쳐다봤다.

"그게 무슨 소리야."

갑작스러운 라엘의 말에 수혁은 당황하지 않고 말끝을 내리며 차분하게 다시 물었다. 그는 그녀를 누구보다 잘 아는 사람이었다. 다른 사람도 아니고 최라엘이 아니었던가? 그녀는 책임감 강하고 당당하고 멋진 여자다. 그런 라엘이 발표를 몇 시간 앞두고 다짜고짜 프레젠테이션을 못 하겠다고 말한 데는 분명 그럴 만한 이유가 있을 거라고 생각했다. 그의 눈이 불안한 눈빛으로 프러포즈 때 받은 반지를 만지작거리는 라엘을 향했다.

"모두들, 잠시만 자리를 비켜주시겠습니까?"

시선을 그녀에게 고정한 채 그가 말하자 대기실 안에 있던 사람들이 전부 밖으로 나갔다.

옆에 있는 의자를 재빨리 손으로 잡아당긴 수혁이 그녀 앞에 바짝 앉았다.

"라엘아……."

"수혁 씨?"

"그래. 말해."

"왜? 말하지 않았어요? 오늘 이 자리가 회장님이 그토록 바라시는 명품 브랜드 유치를 위한 발표라면서요."

어찌 된 영문인지 라엘은 조금 이따 수혁이 말하려던 사실을 전부 다 알고 있었다.

"내 말 맞아요?"

"그래. 맞아."

"아까 화장실 갔다 오다가 휴게실에서 진 비서님과 김 비서님이

하는 대화를 우연히 들었어요."

라엘은 두 사람의 대화를 통해 오늘 자리가 어떤 자리인지 전부 알게 되었다.

"오늘 프레젠테이션이 이렇게나 중요하면서 왜, 나한테 미리 말해주지 않았어요?"

"미안. 미리 말하지 못해서 미안해. 조금 이따가 말하려고 했어."

수혁은 라엘의 손을 잡고 미안한 마음을 전하며 그동안의 상황을 설명했다.

"그리고 처음부터 사실대로 말하지 않은 건 네가 부담스러워서 거절할지도 모른다고 생각했어."

그의 말에 반박할 수 없었다. 수혁이 말한 대로 처음부터 이 사실을 알았더라면 라엘은 부담감에 바로 거절했을 거라고 생각했다.

"라엘아? 최라엘? 촉새야?"

수혁은 자신이 부를 수 있는 모든 호칭을 동원해 그녀를 불렀다.

"나 봐. 걱정스럽고 떨리는 네 마음 알아."

"수혁 씨, 만약…… 만약에 내가 발표하다 실수라도 하면 그땐, 브랜드 유치도 날아가는 거잖아요. 그리고 또 나 때문에 우리 결혼 문제가 행여……."

"아니!"

라엘이 결혼 문제를 걱정하고 나선 순간 단호한 목소리로 그가 말했다.

"실수해도 돼. 이번 유치를 우리 회사가 가져오지 못해도 괜찮아. 그 누구도 네 탓 하지 않아."

"……."

"그리고 우리 결혼해. 반드시 해. 넌 아무 걱정 하지 마."

수혁은 라엘의 두 손을 포개 잡으며 그녀에게 힘을 주었다.

"할 수 있어."

"그, 그래요. 할 수 있어요."

수혁을 따라 할 수 있다고 하긴 했지만 사실 라엘은 잘 해낼 자신이 없었다. 불과 몇십 분 전까지만 해도 아무 문제 없이 잘할 수 있겠다는 자신감이 있었다. 하지만 모든 걸 알게 된 지금은 상황이 조금 달랐다.

일반 프레젠테이션이었다면 자신 있게 준비한 걸 발표하겠지만, 이건 상황이 다르다. '아셀'이란 브랜드가 어떤 브랜드인지 익히 들어 알고 있을뿐더러 게다가 이 회장이 이 브랜드 유치를 위해 상당 시간 공을 들였다는 소리도 조금 아까 진 비서와 김 비서의 대화를 통해 들을 수 있었다.

더군다나 이 프레젠테이션에 몇천억의 경제 가치가 달려 있고, 아직은 자신을 완전히 받아들이지 않은 이 회장에게 행여 더 안좋은 모습으로 비치진 않을까 하는 걱정도 되었다.

"여기 있었는데……"

수혁을 마주 보고 있던 라엘이 뒤를 돌아 테이블 위를 살폈다.

"뭐, 찾아?"

"수혁 씨, 혹시 청심환 못 봤어요?"

세심한 진 비서는 혹시나 하는 마음에 청심환을 준비해왔다.

"이거 찾는 거야?"

메이크업 박스 사이에 있던 청심환을 먼저 발견한 수혁이 집어 들었다.

"맞아요. 아무래도 그걸 마셔야 좀 진정될 거 같아요. 이리 줘요."

"아니. 이거 필요 없어."

"수혁 씨, 나 그거 필요하다니까요."

라엘이 손을 뻗으며 잡으려 했지만 수혁이 청심환을 반대편 테이블 위로 올려놓았다.

"내가 더 강한 걸로 해줄게. 지금 걱정 싹 잊게."

"아니, 그게 무슨 소리…… 읍!"

그러고선 청심환을 가지러 가는 그녀를 잡아 세워 곧장 키스를 퍼부었다. 그것도 아주 강하게.

짧은 시간 동안 아주 강렬하게 쏟아지는 딥키스로 인해 라엘은 저도 모르게 손에 힘이 풀려 들고 있던 자료를 바닥에 떨어뜨렸다. 뿐만 아니라 갑작스러운 키스 세례에 머릿속에 가득 들어찬 프레젠테이션을 향한 걱정 또한 이 순간 날아가버렸다.

"내 눈 똑바로 봐! 잊었어? 너, 최라엘이야."

뜨거운 숨결이 번지는 입술을 마주한 수혁은 라엘의 얼굴을 부여잡고 그녀의 눈을 직시한 채 분명하게 말했다.

"제멋대로에 까칠한 나한테 패기 넘치게 다가오던 것도 너고, 한밤중에 커튼에 매달려 햇빛 봐야 한다고 용기 있게 소리치던 것도 너야. 본인이 옳다고 생각하는 일에 끝까지 밀어붙이는 사람이 바로 너, 최라엘이야. 결과는 생각하지 말고 하고 싶은 대로 나한테 했던 것처럼 무대 위에 올라가서 멋있게 뒤집어버려. 넌 할 수 있어!"

"……풋!"

상당히 심각한 얼굴로 자신의 무용담을 늘어놓는 수혁을 보고 있던 라엘의 입에서 작은 웃음이 터져 나왔다.

"수혁 씨 말 듣고 보니까 내가 좀 대단하긴 했네요."

속사포처럼 쏟아지던 그의 진지한 응원 덕분이었을까? 아니면 자신을 부여잡은 커다란 손에서 느껴지는 따뜻한 온기 때문이었을까? 그것도 아니면 모든 생각을 리셋시켜버린 그의 키스 때문이었을까? 정말 신기하게도 머리부터 발끝까지 온몸을 감싸던 긴장감이 한순간에 싹 사라졌다.

"수혁 씨? 나 준비한 만큼 잘할게요. 할 수 있을 거 같아."

"그럼, 이게 최라엘이지."

"옷을요?"

"네."

대기실로 들어온 진 비서는 옷, 신발, 귀걸이와 헤어스타일까지 이미 완벽하게 세팅을 마친 라엘이 옷을 바꿔 입자는 말을 하자 어안이 벙벙했다.

"제 옷은 그냥 정장이에요. 최 선생님이 입고 계신 옷은 아셀 분위기에 맞게 특별히 준비한 의상이고요."

진 비서의 말대로 두 사람의 의상은 상당한 차이가 있었다.

"저도 알아요. 근데, 제가 방금 전에 휴대폰으로 검색을 해봤는데 아셀 회장님이 평소에는 검소한 분이라고 하시더라고요. 그래서 제가 생각한 대로 한번 해보고 싶어서요."

"준비한 의상을 다시 갈아입으시겠다고요?"

"네. 바로 그거예요."

결국 라엘은 입고 있던 명품 의류를 깔끔한 흰색 블라우스와 함께 진 비서의 남색 정장으로 갈아입었다.

또한 하이힐 대신 낮은 굽의 구두를 신고 화려한 귀걸이는 작은 크리스털 귀걸이로 대체했다.

마지막으로 풍성하게 들어갔던 웨이브 머리는 깔끔한 포니테일로 질끈 묶어 올렸다.

"해보자. 아자!"

거울에 비친 자신의 모습을 마주한 라엘은 주먹을 불끈 쥐며 기합을 외쳤다.

"수혁이 네가 여기까지 준비한 건 잘했다고 칭찬할 수 있어. 그런데 이게 얼마나 중요한 기회인데, 이 자리에 발표자로 최 선생을 올릴 생각을 하다니……."

이 회장은 셀튼의 발표자가 라엘이라는 사실을 알고 수혁에게 불편한 심경을 드러냈다.

"결국 저 아이를 띄우려는 거냐? 아무리 결혼이 하고 싶어도 그렇지, 이런 식은 곤란해."

"결혼 문제가 아예 결여됐다고는 말씀드리지 않겠습니다. 하지만 지금 이 상황에서 아버지가 믿으실지 모르겠지만, 결혼 문제를 아예 배제하고서라도 전 셀튼의 발표자로 저 사람을 세웠을 겁니다."

"……."

"라엘이보다 발표를 잘할 사람은 없다고 생각하기 때문이죠. 제 사람이어서가 아니라 누구보다 능력이 있는 사람이에요. 아버지께서 그 점을 봐주셨으면 좋겠습니다."

"그래? 네 자신감 넘치는 판단이 진짜인지 한번 지켜보마."

이 회장은 수혁의 눈을 똑바로 쳐다보며 못마땅한 표정으로 회장 안으로 들어갔다.

아셀이 정한 호텔에 모인 한국과 홍콩, 일본의 세 기업은 순서대로 프레젠테이션을 진행했다. 가장 먼저 홍콩 기업을 시작으로 그다음은 일본 기업이 프레젠테이션을 끝냈다. 그리고 라엘의 차

례가 돌아왔다.

"마지막으로 한국 셀튼 기업의 프레젠테이션을 시작하겠습니다."

장내 아나운서의 말에 라엘이 무대 위 단상에 올랐다. 일본과 홍콩 기업은 생각보다 수수한 차림의 라엘을 보며 크게 견제하지 않는 표정이었다.

「안녕하세요, 회장님. 셀튼그룹의 '최라엘'이라고 합니다. 그럼 지금부터 저희 셀튼그룹의 프레젠테이션을 진행하겠습니다.」

라엘은 무대 위 스크린에 올라온 자료를 유창한 영어로 설명하며 프레젠테이션을 진행했다. 이따금씩 근엄한 표정으로 앉아 있는 이 회장에게도 당당한 시선 처리를 하며 발표를 이어갔다. 또한 백발의 빨간 립스틱이 눈에 띄는 아셀 회장의 날카로운 눈매에 주눅 들지 않고 준비한 발표를 무사히 침착하게 마쳤다. 70세가 훌쩍 넘는 나이에도 아직까지 필드에서 뛰고 있는 아셀 회장은 허리를 꼿꼿하게 펴고 앉아 있는 모습만으로 상당한 카리스마가 느껴졌다.

「발표 잘 들었어요.」

발표가 끝나고 아셀 회장은 앞서 그랬던 것처럼 라엘과 질의응답 시간을 가졌다. 자국어인 불어만 사용한다는 소문과 달리 그녀는 영어 또한 현지인처럼 다루며 질문을 이어나갔다.

「혹시 다른 기업 발표자의 의상을 봤나요?」

「네. 봤습니다.」

「봤으면 알겠네요. 다른 기업 발표자들의 의상이 얼마나 화려했는지. 명색이 아셀 브랜드 유치 자리인데, 최라엘 씨 의상이 성의 없는 건 아닌지에 대해 생각을 잠시 했어요.」

아셀 회장은 라엘의 의상을 들먹였다. 군더더기 없이 깔끔하고 매끄럽게 발표를 마친 그녀를 견제하던 홍콩, 일본 기업 관계자들은 얄밉게도 고소하다는 표정으로 라엘을 보며 입꼬리를 올렸다. 그리고 다른 기업들과 반대로 수혁과 이 회장을 비롯한 셀튼가 사람들은 긴장하며 두 사람의 대화를 지켜봤다.

「개인적으로 밋밋한 최라엘 씨 의상이 그리 유쾌하진 않았어요.」

「먼저 회장님과 아셀 관계자분들께 제 의상이 불편함을 드렸다면 사과의 말씀을 드립니다. 저 또한 처음에는 아셀 이미지에 맞게 화려하고 예쁜 의상을 입었다가 지금의 의상으로 갈아입은 겁니다.」

「그렇게 입은 이유라도 있나요?」

「네. 있습니다. 오늘 이 자리에 제가 선 이유는 우리 셀튼그룹이 어느 기업보다 아셀 유치에 적합한 기업임을 증명하기 위해 선 자리입니다. 그런데 화려한 의상을 입으면 발표자인 제게 더 시선이 끌릴 거라고 생각했습니다. 공식적인 자리에서는 화려한 스타일을 선호하시지만, 회장님께서 오늘 20만 원짜리 정장을 입으신 건 오늘의 주인공은 본인이 아니라 발표자들이라는 생각을 하셨기 때문이라고 예상했습니다.」

조금 전 아셀 회장에 관한 자료를 폭풍 검색하던 라엘은 우연하게 찍힌 그녀의 공항 입국 사진을 클릭했었다. 그리고 신기하게도 첫 번째 댓글이 그녀가 입고 온 의상 가격에 관한 것이었고 라엘은 거기서 정보를 수집할 수 있었다.

「마지막으로 우리 브랜드에 하고 싶은 말이 있나요?」

의상에 관한 대답을 들은 아셀 회장은 모든 기업 발표자에게 했던 똑같은 질문을 마지막으로 던졌다.

「아셀은 누가 뭐라고 해도 200년을 지켜온 최고의 패션 브랜드라고 할 수 있습니다. 우리나라에는 '손맛'이라는 단어가 있습니다. 음식을 만들 때 좋은 재료도 중요하지만 그 재료를 아우르는 손맛이 더해지면 더 맛있는 음식이 된다는 뜻입니다. 아셀 또한 좋은 재료에 장인들의 바느질 정성이 더해져 그 가치가 빛난 것이라고 생각합니다. 그 장인들을 생각한다면 고가의 가격이 비싸다고 생각하진 않습니다. 하지만 회장님, 전 세계적으로 가장 많은 모조품을 가지고 있는 것 또한 아셀의 가방입니다. 이건 아셀의 가방을 갖고 싶지만 너무 고가이기 때문에 알면서도 모조품을 구매한다는 뜻이죠. 제가 감히 이 자리에서 패션을 좋아하는 한 사람으로 부탁드리겠습니다. 아셀에서도 적합한 금액대의 세컨드 브랜드 론칭에 대해 생각해주셨으면 좋겠습니다.」

생각지 못한 라엘의 발언으로 사람들은 술렁거리며 그녀를 쳐다봤지만 라엘은 아랑곳하지 않았다.

「아셀은 이미 그 이름만으로 하나의 전통이자 역사가 된 브랜드입니다. 금액대를 낮춘 브랜드를 론칭한다고 해서 아무도 아셀의 가치를 폄하하지 않을 겁니다. 이상입니다. 제 발표를 들어주셔서 감사합니다.」

다른 기업들은 모두 아셀을 찬양하는 발언으로 마무리 지었지만, 역시나 라엘은 끝까지 범상치 않은 발언으로 발표장에 앉아 있던 모든 사람에게 깊은 인상을 남겼다.

"이상으로 아셀 브랜드 유치 프레젠테이션을 모두 마치겠습니다. 결과는 추후 본사에서 직접 연락을 드리겠습니다."

대기실로 돌아온 라엘은 차가운 냉수를 단숨에 들이켰다.

"수혁 씨, 괜찮았어요?"

"아니. 괜찮은 정도가 아니라 멋있었어. 역시 우리 최라엘 말발은 최고야."

수혁은 기특한 눈빛으로 한 손으로 라엘의 머리를 쓰다듬었고,

다른 한 손으론 엄지를 추켜세우며 칭찬을 아끼지 않았다.

"사실 진짜 걱정 많이 했는데 하고 나니까 후련하네요."

"그래. 결과는 하늘에 맡기자."

두 사람이 대화하던 대기실에 별안간 문 여는 소리와 함께 이 회장이 찾아왔다.

"아버지?"

수혁과 라엘은 누가 먼저라고 할 것 없이 동시에 자리에서 일어났다. 이 회장은 대기실 안으로 들어오지 않았다. 그는 문 앞에 서서 자신을 향해 꾸벅 고개 숙이며 인사를 건네는 라엘을 한동안 말없이 계속 쳐다보다 무표정으로 한마디를 남기고 대기실을 떠났다.

"발표 잘 봤다."

아셀 브랜드 유치 발표가 있던 날부터 며칠이 지났다. 그사이 작은 변화가 있었는데, 바로 라엘에 대한 기사가 퍼지고 있었다. 부산 테마파크 오픈 행사 때 찍힌 사진의 여파 때문인지 온라인에서 라엘을 궁금해하는 사람이 점점 늘어났고, 수혁과의 결혼 여부 또한 세간의 화두로 떠올랐다. 그나마 다행인 건 수혁의 발 빠른 조치로 기사가 올라올 때마다 셀튼 홍보실에서 빠르게 기사를 내리며 최대한 라엘이 불편하지 않도록 신경 썼다. 수혁과 라엘의 결혼에 대해 김 여사는 몇 번이나 이 회장에게 답을 구했지만, 그는 아직까지 이렇다 할 답을 내놓지 않았다.

"연이야, 오늘 밤 나 말리지 마라."

그 때문에 김 여사는 그동안 준비한 비장의 카드를 내놓기로 결심했다.

"그럼요, 어머님. 저도 힘을 보탤게요."

"그래. 알프레도에게 듣기로는 프레젠테이션도 그렇게 잘했다며?"

"저도 진 비서에게 들었는데 라엘이가 똑 부러지게 잘했대요."

"결과를 떠나서 두 사람이 이렇게나 애를 쓰는데 가장 어른인 내가 더 이상 두고 보면 안 되지. 아범 오늘 저녁 약속 따로 없지?"

"네. 제시간에 들어온다고 했어요."

"오늘 아주 결판을 내야겠어."

눈에 잔뜩 힘을 준 김 여사는 테이블 서랍에서 서류 파일을 꺼내들며 연이와 함께 결의를 다졌다.

"오늘 식사가 깔끔하니 아주 맛있네요."

"그러게요. 요즘 신제품 출시로 입맛이 없었는데 김 회장님 덕분에 맛있게 잘 먹었습니다."

"별말씀을요. 우리 이 회장님은 식사가 입에 맞으셨나요?"

"저도 맛있게 잘 먹었습니다."

이 회장은 재계 회장들과 함께 오찬 모임을 갖고 있었다.

"미식가인 이 회장님께 칭찬을 들으니 기분이 좋네요. 그나저나 최 회장님 좋은 소식이 있으시던데요."

"하하! 벌써 소식이 그렇게나 퍼졌나요?"

"장남이 이번에 결혼을 한다면서요. 그것도 국회의원 따님이랑?"

언제나 그러하듯 식사 시간의 마지막을 장식하는 건 회장들의 자랑 타임이었다. 서로 마음을 나눈 사이가 아닌 비즈니스 사이이다 보니 그들은 식사가 끝나면 사업 실적부터 시작해 자연스레 자식 이야기까지 이어지며 은근히 자신들을 자랑하기 바빴다.

"무슨 경제 모임에서 공부하다 교제를 시작했다는데 서로 부모님이 누군지도 몰랐다는군요."

"아니, 요즘에도 그런 순수한 만남이 있단 말입니까?"

"졸지에 마음에도 없던 국회의원 사돈이 생겼습니다."

"얼마나 든든하십니까? 앞으로 좋으시겠습니다."

"큰일 날 소리를 하십니다. 참, 우리 애들 얘기하다 보니까 생각이 나네요. 이 회장님?"

늘 이맘때쯤이면 들려오는 영양가 없는 소리에 귀를 닫고 있던 이 회장이 고개를 들었다. 국회의원 사돈을 맞이한 최 회장이 그를 부른 것이다.

"네, 최 회장님."

차를 마시며 무언가를 심오하게 생각하던 이 회장은 잔뜩 으스대는 표정으로 웃고 있는 최 회장을 쳐다봤다.

"무슨 생각을 그리 깊게 하시나요?"

"아닙니다. 근데 무슨 하실 말씀이라도 있나요?"

"아, 그게 다름이 아니라 요즘 항간에 재미있는 가십이 떠돌아서요."

"재미있는 가십이요?"

최 회장 옆자리에 앉은 김 회장이 이 회장을 대신하여 반문하며 물었다.

"요즘 이 회장님 아드님인 이수혁 본부장과 관련해서 핫한 소식 있지 않습니까?"

"우리 수혁이에 관해서요?"

이 회장은 대추차에 닿아 있던 시선을 다시 최 회장에게 옮겼다.

"네. 요즘 이 본부장이 만나는 여자가 있다고 들었습니다."

오늘 오찬 모임에 모인 회장들은 누구 하나 할 것 없이 모두가 지금 최 회장이 질문한 발언을 가장 궁금해하고 있었다.

"혹시 테마파크 행사 때 이 본부장과 동승했던 여성분 아닌가요?"

"네. 맞을 겁니다. 근데 그 여성분이 철물점집 딸이라는 소문이 있더군요."

사실 최 회장이 이 회장에게 대놓고 질문을 던진 이유가 있었다. 얼마 전 화려하게 오픈한 부산 테마파크 부지 선정을 놓고 몇 년 전 셀튼과 경쟁하던 사이였기 때문이다.

각고의 심사 끝에 셀튼에게 부지가 넘어가자 최 회장은 한동안 이 회장에게 배가 아파 모임도 나오지 않았었다. 성격이 꽁한 최 회장은 자신이 국회의원 며느리를 얻게 된 사실을 자랑하며 라엘에 관한 가십으로 이 회장을 약 올리려는 심산이었다.

"그런가요? 그날 보니 아주 예쁘고 우아한 분위기가 있는 집 자녀같이 보이던걸요."

테마파크 행사 때 참석한 김 회장이 라엘을 본 기억을 떠올리며 답했다.

"하긴 그렇죠? 세계적인 그룹 셀튼의 며느리가 될 사람이 고작 철물점집 딸이라니요. 저도 국회의원 며느리를 얻었는데 우리 이 회장님은 저보다 더 대단한 며느리를 얻어야 하지 않겠습니까?"

최 회장은 계속해서 철물점을 들먹이며 얄밉게 굴었다.

"철물점이라니……. 제가 생각해도 이렇게 기가 차는데 이 회장님은 오죽하셨겠습니까? 하하하!"

"최 회장님?"

묵직한 목소리와 함께 이 회장이 손에 쥐고 있던 찻잔을 테이블 위에 힘주어 내려놓았다.

"네."

"맞습니다. 철물점집 딸이."

"당연히 철물점집…… 네, 네?"

"오픈 행사 때 수혁이와 함께 동승했던 그 아이가 제 며느리가 될 사람입니다."

이 회장의 말에 최 회장을 비롯한 방 안에 모인 다른 회장들의 눈이 일제히 휘둥그레졌다.

"이름은 최라엘이고 앞으로 우리 셀튼그룹의 새로운 안주인 될 아이죠. 그리고 사돈께서는 철물점을 평생 운영하셨습니다. 이보세요, 최 회장님? 그거 아십니까?"

"……."

당당한 이 회장의 태도에 최 회장은 아무런 말도 하지 않았다.

"평생 고급 책상에 앉아 일한 손은 흠집 하나 없이 깨끗하죠. 마치 제 손과 여기 계신 모든 회장님들의 손처럼 말입니다. 하지만 철물점과 같이 현장에서 직접 일을 하시는 분들의 손은 깨끗한 우리 손과는 다르죠. 손톱도 깨지고 기름때도 묻고 군데군데 지문도 지워졌을 겁니다. 다들 보신 적 있으신가요?"

"……."

"없으시겠죠. 저도 아직 못 봤습니다. 아마 이번에 상견례를 하면 사돈의 손을 통해 볼 것 같습니다. 그런데 제가 이번에 깨달은 게 하나 있습니다. 그분들이야말로 기업 회장이라는 저희들보다 더욱 대단하고 가치 있는 일을 하시는 분들이 아닌가 하는 사실을요. 그분들 앞에서는 저희 모두가 부끄러운 사람일 뿐입니다. 철물점집 딸이 말이 안 된다니. 아니, 그러면 도대체 어느 직업의 딸이어야 한단 말씀입니까. 최 회장님, 말씀을 해보시죠?"

"……."

"국회의원 딸이요? 죄송하지만 최 회장님, 대통령 딸이 와도 제

며느리와는 바꾸지 않을 겁니다."

제대로 한 방 먹은 최 회장은 당황해서 얼굴이 홍당무가 될 정도로 붉어졌다.

"이봐! 최 회장, 그러니까 자네가 만년 이등인 거야."

이 회장은 마지막까지 위풍당당한 모습으로 최 회장의 어깨를 '툭툭' 치고 충고하며 밖으로 나갔다.

"한 실장?"

차에 탄 이 회장이 보조석에 앉은 한 실장을 불렀다.

"지금 당장 홍보팀에 연락해서 수혁이 결혼 공식 자료 돌리라고 지시해."

"네, 회장님."

요 며칠 이 회장이 라엘에 대해 이것저것 물으며 진지하게 고민한 사실을 알고 있던 한 실장은 그 어떤 대꾸도 하지 않고 홍보실에 연락을 취하고 이 회장의 다음 대답을 기다리며 룸미러를 쳐다봤다.

"행복스피치 건물로 가지."

"알겠습니다."

"커피…… 드시겠어요?"

라엘은 긴장한 눈빛으로 예고 없이 사무실을 찾아온 이 회장에게 조심스럽게 물었다.

"아니다."

테이블 위를 빛의 속도로 치운 라엘이 커피를 권했지만 이 회장은 괜찮다고 말하며 자리에 앉을 것을 권했다.

"점심을 아직 안 한 모양이구나."

"아, 네. 점심 식사는 하셨어요?"

"난, 먹었다."

마주 앉은 두 사람 사이로 어색한 정적이 흘렀다.

"세상을 오래 살고 나이가 많은 어른이라고 다 옳은 건 아니더구나."

바른 자세로 앉아 있는 라엘을 지켜보던 이 회장이 입을 열었다.

"난 수호도 수혁이도 항상 최고가 되어야 한다고 생각했다. 그리고 내 두 아들에게 어울리는 사람도 늘 최고여야 한다고 생각했지. 그런데 그 최고라는 게 내면이 아닌 겉으로 보이는 것에 집착을 했어. 특히나 수호가 하늘나라로 간 뒤, 수혁이가 좋아지고 나서는 그 생각이 더 짙어졌지."

조금 전 식당에서 최 회장에게 충고하던 이 회장의 근엄한 모습은 전혀 보이지 않았다. 그는 좀 더 부드러운 표정으로 차분하게 말을 이어나갔다.

"근데 그런 내 생각들과 고집들이 잘못됐더구나. 사람의 직업이나 물질, 집안 등 겉으로 보이는 것이 아니라 참된 내면이 진짜라는 걸 너를 보면서 최근에야 깨달았단다."

"……."

"집사람이 나에게 여러 번 강조한 말이 있어. 네가 우리 수혁이를 살린 은인이라고. 늦었지만 그래도 이 말을 꼭 해야겠구나. 우리 수혁이 살려줘서 고맙다."

'고맙다'라는 이 회장의 말이 들리는 순간 라엘의 손끝이 파르르 떨려왔다.

"나 때문에 적잖이 마음고생을 했을 텐데 그것도 미안하다."

다시 한번 미안한 마음을 전한 이 회장은 자리에서 일어났고 라엘도 그를 따라 자리에서 일어났다.

"아셀 발표는 네가 가장 잘했어. 네 발표를 보고도 우리 회사를 선택하지 않는다면 그건 아셀이 보는 눈이 없는 거야. 그러니까 결과는 신경 쓰지 마."

"……네."

감정이 교차하는 라엘의 얼굴을 흐뭇하게 바라보던 이 회장은 손을 내밀며 진짜 하고 싶었던 말을 덧붙였다.

"근성 있는 우리 새아가, 앞으로 잘해보자."

그리고 그 말 한마디에 라엘은 참았던 눈물을 흘리고 말았다.

"내가 앞으로 더 노력하마."

"네…… 회장님."

"아니지. 그렇게 부르면 내가 섭섭하지 않겠니."

"네, 아버님."

꼭 잡은 예비 며느리의 손등을 토닥이던 이 회장은 자신의 손수건을 건네며 사무실을 나섰다.

"잘하셨습니다, 회장님. 아주 잘하셨어요."

한 실장으로부터 모든 소식을 전해 들은 알프레도는 이 회장이 퇴근하자마자 서재를 찾았다.

"최 선생님께서 좋아하셨겠습니다."

"그 아이 울더라고."

"왜 아니겠습니까."

"알프레도?"

"네, 회장님."

"내일 당장 라엘이 부모님께 연락드려 빠른 시일에 약속을 잡아."

"그 약속이라 함은 혹시 상견례를 말씀하시는 건가요?"

"그래. 맞아."

"네. 내일 해 뜨자마자 처리하도록 하겠습니다. 그런데 말입니다, 회장님."

격하게 진동하는 휴대폰 알람을 확인한 알프레도가 이 회장을 불렀다.

"지금 당장 여사님 방으로 오시라는 전갈입니다."

"어머님 방으로?"

"네. 아마 가시면 여사님과 사모님 두 분께 싫은 소리를 들으실 수도 있습니다."

이 회장이 김 여사의 방에 들어오자, 그를 기다리고 있던 김 여사와 연이는 나란히 사이좋게 앉아 똑같이 팔짱을 끼고 이 회장을 노려봤다.

"아범? 내가 그동안 아범이 먼저 옳은 선택을 하길 기다리고 기다렸는데 더 이상은 못 기다리겠어."

"저도요."

"그래서 아범이 더는 라엘이를 거절하지 못하게 내가 작은 장치를 하나 마련했지."

두 사람이 고개를 끄덕이자 곁에 서 있던 알프레도가 서류 파일을 하나 건넸다.

"한번 봐!"

"보세요, 여보."

파일에 들어 있는 종이는 주식 증여에 관한 서류였다. 그동안 김 여사가 준비했던 장치는 다름이 아닌 자신이 보유하고 있는 셀튼그룹의 주식 일부를 라엘에게 증여하는 것이었다. 보통 대기업에서 자식이나 오랫동안 결혼 생활을 유지한 며느리에게 주식을 증여하는 일이 빈번하지만 지금 김 여사의 경우처럼 결혼을 하지도 않은 상태에서 주는 경우는 거의 없었다. 서류상에 나와 있는 수치는 한 자리 숫자에 불과했다. 하지만 지분과 돈으로 환산하면 라엘이 바로 셀튼 그룹 내 대주주의 한 사람이 될 수 있는 막강한 수치였다.

"어머님, 그이가 꽤나 놀란 것 같은데요?"

"그러게. 충격이 좀 있을 거다."

김 여사와 연이는 작게 소곤거렸지만, 두 사람의 목소리는 이 회장 귀에 전부 들렸다.

"주식을 준비하셨네요."

"그래. 원래는 결혼을 하고 증여할 생각이었는데 아범이 자꾸 지지부진 애들 결혼을 끄니까 내가 라엘이에게 힘을 실어줄 생각으로 준비했지."

"저 역시 어머님 의견에 적극 동참했고요."

"잘하셨네요."

"그럼, 잘했……."

"당신 지금 뭐라고 하신 거예요?"

주식 증여 서류를 보고도 눈 하나 깜짝하지 않고 도리어 잘했다는 이 회장을 보며 김 여사와 연이는 어안이 벙벙했다.

"아범, 혹시 오늘 뭘 잘못 먹은 건 아니지?"

"아니에요. 어머니, 실은 아까 라엘이 사무실에 들러서 결혼 허락했습니다."

"뭐라고?"

"그게 정말이에요?"

두 사람은 빛의 속도로 자리에서 일어나며 격한 반응을 보였다.

"정말이지, 그럼. 아마 지금쯤 수혁이가 라엘이 집에 정식으로 인사드리러 갔을 겁니다."

"세상에! 아범, 너무 잘했다. 너무 잘했어."

김 여사는 마음을 바꾼 이 회장이 고마운 듯 다 큰 아들을 끌어 안으며 기쁨 마음을 드러냈다.

"그러게요. 여보, 고마워요."

"이거야, 원. 어머님과 당신이 칭찬하니까 내가 괜히 민망하네."

"아범아, 어멈아? 우리 이럴 게 아니라 와인이라도 한잔하자꾸 나. 기분이 좋아서 도저히 가만있을 수가 없어."

"네, 어머님."

이날 세 사람은 저녁 식사 자리에서 와인 두 병을 거뜬히 비우 며 수혁과 라엘의 결혼을 축하했다.

수혁과 라엘, 두 사람의 집안이 상견례를 마치고 몇 달이 지났 다. 그사이 라준은 유리와 결혼을 하여 단란한 가정을 꾸렸고, 라 엘의 응원 덕분이었는지 종인 역시 소개팅을 했던 여자와 만남을 이어가고 있었다. 그리고 아셀 회장을 깜짝 놀라게 했던 라엘의 프 레젠테이션 결과는 대성공을 거뒀다. 아셀 회장은 단순히 브랜드 유치권뿐만 아니라 아시아 지역의 총괄권을 셀튼에게 넘기는 파 격적인 제안까지 덧붙였다.

푸른 새싹이 고개를 들고 노란 개나리 잎과 연분홍 벚꽃 잎이 지나간 셀튼 저택은 온통 초록색으로 옷을 갈아입었다. 한국에서 세 손가락에 꼽히는 셀튼의 아름다운 정원은 1년 중 가장 아름다 운 자태를 뽐내는 5월을 맞이했고, 모두가 기다렸던 수혁과 라엘의 결혼이 하루 앞으로 다가왔다.

그동안 별채는 리모델링을 통해 두 사람이 함께할 신혼집으로 탈바꿈했다. 수혁과 라엘은 이미 혼인 신고를 마쳤으며, 3일 전부터 라엘은 별채에서 수혁과 함께 생활하고 있었다. 라엘의 식구들은 이 회장의 초대로 내일 결혼식을 위해 셀튼가에서 함께 머물기로 했다. 양가 가족들이 함께 모여 즐거운 식사를 마치고 라엘은 수혁과 함께 정원을 산책하고 있었다.

"드디어 내일이 우리 결혼이네?"

수혁은 꿀이 떨어지는 눈빛으로 라엘의 손을 꼭 잡고 있었다.

"그러게요. 수혁 씨는 실감 나요? 난 우리가 함께 살고 있는 것도 결혼하는 것도 아직 실감이 안 나요."

"나도 그래. 아무래도 내일 턱시도를 입어야 실감이 날 것 같아."

"나도 그래요. ……왜요?"

손을 잡고 걸어가던 그가 별안간 걸음을 멈추자 라엘이 뒤를 돌아봤다.

"내가 계속 생각해봤는데 말이야."

"뭘요?"

꿀이 떨어지던 눈빛은 어느새 진지하다 못해 심각한 눈빛으로 변해 있었다.

"관우 말이야."

"관우가 왜요?"

"오늘은 반드시 관우를 밖에서 재우자."

"참! 난 또 뭐라고. 그게 그렇게 결의에 찬 표정으로 말해야 하는 거예요?"

"무슨 소리야. 난 지금 심각하다고."

라엘은 별일 아니라는 듯이 웃어넘겼지만, 수혁에게는 지금 가장 심각한 고민 중 하나였다. 그녀와 함께 산 지 3일이 됐지만, 관우 때문에 제대로 된 뜨거운 밤을 보내지 못하고 있었다. 특히나 잠이 드는 순간까지 라엘의 곁에서 떨어지지 않으려 하는 탓에 수혁의 신경이 불편할 수밖에 없었다.

밖으로 내보내려고 몇 번이나 시도를 해봤지만 그때마다 부리로 유리창을 쪼아댔으며, 다른 방으로 옮겨도 어떻게든 탈출해 두 사람의 방을 찾았다.

"수혁 씨가 하도 고민하는 것 같아서 내가 아까 동물의 왕국을 찾아봤는데 며칠만 지나면 자연스럽게 떨어질 거래요."

"며칠?"

"네. 주인이랑 유대 관계가 깊은 반려동물은 주인이 결혼을 해서 새 식구가 들어왔을 때 질투를 하는 경우가 종종 있다고 하더라고요."

"질투? 근데 왜, 그 질투가 나를 향해 있는 거지?"

친절한 그녀의 설명대로라면 질투의 대상이 라엘이어야 하는데 문제는 관우가 이상하게도 수혁을 질투하고 있다는 사실이다.

"우리 오빠 이러다 또 관우랑 싸우시겠네."

'우리 오빠'라는 말에 귀를 쫑긋 세운 대형견처럼 움찔한 수혁이 입꼬리를 슬쩍 올렸다.

"방금 한 말 한 번만 더 해줘."

요즘 그가 가장 좋아하는 말이 바로 그녀가 불러주는 '우리 오빠'였다. 지금처럼 수혁이 진지해질 때나 업무상의 문제로 스트레스를 받으려 할 때 라엘은 그 타이밍을 바로 알고 그를 조련했다.

"우리 오빠."

앙증맞은 입술로 말하는 그녀가 얼마나 예쁜지 수혁은 그새를 못 참고 라엘의 입술에 입을 맞췄다.

"라엘아?"

"네?"

"우리 예쁘게 서로를 위하며 잘 살자. 늘 좋은 남편으로 함께할게."

"그래요. 늘 아끼면서 행복하게 살아요. 나도 현명한 아내로 함께할게요."

결혼을 몇 시간 앞둔 두 사람은 덕담을 주고받으며 서로를 꼭 끌어안았다. 결혼식은 셸튼 저택 정원에서 하기로 했다. 양가 직계 가족과 가까운 친척들만 더한 50명 정도의 하객이 오늘 두 사람의 결혼식을 축하하기 위해 셸튼가로 모여들었다.

연예인도 아니건만 워낙 세간의 관심이 집중되다 보니 셸튼가 저택 주변에는 두 사람의 결혼식 사진을 찍으려는 기자들이 새벽부터 기다리는 진풍경도 연출됐다. 하지만 이 회장이 미리 준비한 경호팀으로 인해 기자들은 빈 카메라만 들고 집으로 돌아가야 했다.

"잠시 후 이수혁 군과 최라엘 양의 결혼식을 시작하겠습니다. 하객 여러분께서는 자리에 앉아주시길 부탁드립니다."

사회를 맡은 알프레도의 멘트에 주변에 모여 있던 하객들이 비밀의 화원 근처로 모여들었다. 처음부터 화원을 결혼식 장소로 생각한 두 사람의 의견을 적극 반영해 화원이 새롭게 꾸며졌다. 먼저 장소가 그리 크지 않은 화원 안에는 직계 가족들만 자리하고 나머지 하객들은 화원 밖에 배치됐다.

동서남북 사방이 유리창으로 이뤄진 화원의 모든 창을 일제히 오픈하여 밖에서도 하객들이 신랑 신부의 모습을 볼 수 있게 조정했다. 가족들만 함께한 소박한 결혼식이었지만 실내는 이 세상 어떤 결혼식보다 화려하고 아름답게 꾸며져 있었다. 특히나 누구보다 이 회장이 앞장서서 두 사람의 결혼을 적극적으로 진두지휘했다. 신랑 신부가 입장할 버진로드는 변하지 않는 사랑을 뜻하는 비단향꽃무 꽃이 향기로운 꽃길을 만들었다. 또한 본채에 있던 그랜드 피아노와 함께 10인의 오케스트라 단원이 결혼식의 아름다운 음악을 책임졌다.

그리고 무엇보다 돈으로도 살 수 없는 완벽한 날씨가 두 사람의 결혼을 축복했다. 끝없이 펼쳐진 파란 하늘과 풍성한 뭉게구름이 어우러져 한 폭의 그림처럼 멋진 풍경을 연출했다.

"떨려?"

"네. 살면서 이렇게 떨려본 적이 있나 싶을 정도로 떨려요. 심장 소리가 들릴 것만 같다니까요."

결혼식 시작을 코앞에 두고 함께 자리한 수혁이 라엘의 긴장을 풀어주고 있었다.

"수혁 씨는 안 떨려요?"

그러고 보니 턱시도를 입은 멋진 남자는 결혼식을 하는 이 순간까지도 당당함이 빛을 발하고 있었다.

"왜 안 떨리겠어. 나야말로 심장이 터질 것만 같은데?"

하나도 안 떨리는 것처럼 보였던 겉모습과 달리 수혁은 꽤 떨고 있다고 고백했다.

"내 옆에 웨딩드레스를 입은 네가 있는데 내가 어떻게 괜찮을 수 있겠어."

하지만 그의 떨림은 결혼식에 관한 것이 아니라 지금 바로 자신의 눈앞에 보이는 그녀 때문이었다.

"이렇게나 눈이 부신데……."

새하얀 드레스를 입은 라엘은 정말이지 눈 뜨고 볼 수 없을 정도였다. 막연하게 아름답다, 예쁘다는 단어로도 그 표현이 부족할 정도였다.

살짝 어깨를 드러낸 웨딩드레스는 잘록한 그녀의 허리 라인을 살리면서, 그 밑으로는 최고급 오간자 원단이 파이처럼 켜켜이 쌓여 그 사이사이 박힌 작은 크리스털이 햇빛을 머금고 반짝거렸다. 머리 위에 놓인 물방울 모양으로 이뤄진 작은 티아라는 하얀 피부의 라엘을 더 여신같이 만들어줬다.

"그거 알아요? 당신은 오늘도 멋있어요."

"알지. 내가 이수혁인데."

수혁의 농담 한마디에 라엘은 긴장감을 내려놓고 미소를 되찾았다.

피아노 선율과 현악기의 선율이 아름다운 화원 속에 음악을 더하고 두 사람의 결혼이 시작되었다.

"신랑 입장!"

알프레도의 목소리에 맞춰 수혁은 당당한 발걸음으로 입장했다.

"신부 입장!"

곧이어 풍호의 손을 꼭 잡은 눈부신 라엘이 리본이 달린 카라 부케를 들고 입장했다. 꽃길을 지날 때마다 향기로운 꽃 내음이 그녀의 웨딩드레스 자락에 스며들었다.

"내 딸 잘 부탁하네."

"감사합니다, 아버님."

울컥한 마음을 누른 풍호는 떨리는 손끝을 천천히 움직이며 라엘의 손을 수혁에게 넘겼다.

"그럼 다음은 가족분들의 축하 메시지가 있겠습니다."

따로 주례사를 두지 않은 두 사람은 대신 가족들의 메시지를 돌아가며 듣기로 했다. 수혁과 라엘은 서로의 손을 꼭 잡고 가족들을 향해 뒤를 돌았다.

"사랑하는 내 동생 상…… 아니 라엘아, 행복해. 두 사람 앞으로도 변치 말고 사랑해. 흑!"

"여보, 왜 울고 그래요. 죄송합니다. 두 사람 너무 축하하고 행복하세요."

임신한 유리와 함께 입덧을 하고 있는 라준은 감수성이 터져 굵은 눈물을 보였다.

"엄마는 다른 거 없어. 두 사람 지금처럼만 예쁘게 살아."

"그래. 엄마 말씀처럼 예쁘게 서로를 위하면서 건강하게 살아라."

덕희는 애틋한 눈빛으로 딸을 쳐다보며 울컥한 마음을 달랬고, 풍호는 조금 전보다 진정된 표정으로 덤덤하게 덕담을 마쳤다.

"난 아무것도 바라지 않아. 우리 집에 내 며느리로 와줘서 고마워. 우리 라엘이, 앞으로 잘 지내자. 두 사람 늘 사랑하며 살아."

"수혁아, 아내에게 지는 게 이기는 거다. 새아가에게 무조건 어떤 경우에라도 네가 져라. 그게 가족의 평화를 지키는 거야."

두 사람을 보기만 해도 배가 부른 연이는 미소를 띠었고, 이 회장은 어느새 며느리 사랑을 실천하고 있었다. 그리고 마지막으로 가장 연장자인 김 여사의 덕담이 시작됐다.

"결혼이란 한평생 서로 다른 곳에서 각자의 방식으로 살던 두 사람이 함께 새로운 삶을 개척하는 거란다. 비옥한 땅에 들어가 돌을 고르고 씨앗을 심어 싹이 틔우는 것과도 같지. 그만큼 쉽지 않다는 거야. 늘 맑은 하늘만 있으면 좋겠지만, 때론 비도 오고 때론 흐리기도 한단다. 하지만 그 어떤 순간에도 서로를 끝까지 믿고 상대방에게 내가 먼저 양보하고 사랑으로 다가서면 두 사람이 싸울 일은 없을 거야. 할미는 너희 두 사람에게 아무것도 바라지 않아. 그저, 첫째도 사랑하고 두 번째도 사랑하고 끝까지 사랑했으면 한다. 늘 서로가 서로의 곁에 있음을 당연하게 생각하지 말고 감사한 마음으로 살아가렴."

"네, 할머니."

"명심하겠습니다."

두 사람은 입을 모아 김 여사의 진심 어린 마음에 화답했다.

모든 결혼식 순서가 막을 내리고 수혁과 라엘은 서로를 보고 마주 섰다.

"나의 사랑 나의 신부, 최라엘. 사랑해. 평생 너만을 아끼며 사랑하고 또 사랑할게."

"저도요. 평생 당신만을 사랑할게요."

라엘의 얼굴 위로 드리워진 면사포를 조심스럽게 걷어낸 수혁은 그녀에게 뜨거운 키스를 건넸다.

두 사람의 키스에 맞춰 정원에 있는 커다란 분수 위로 시원한 물줄기가 하늘 높이 치솟았고,

"촉새, 지미, 축하해."

"축하해."

작은 리본을 목에 건 관우와 여자 친구 여왕이가 그 주변을 힘차게 날아다녔다.

하늘에선 눈부신 꽃비가 두 사람을 향해 쏟아져 내렸으며 오케스트라의 아름다운 선율이 정원 안에 가득 울려 퍼졌다.

앞으로도 두 사람의 사랑은 반짝이는 태양보다 뜨겁고 꽃보다 향기로우며, 지금처럼 거짓 없이 진실한 마음으로 서로를 향할 것이다.

눈이 부신 5월의 끝자락에서 수혁과 라엘은 '부부'란 이름으로 새로운 출발을 시작했다.

한 편의 동화와도 같던 지미와 촉새의 러브스토리는 앞으로도 계속 이어질 것이다.

-마침-

작가후기

안녕하세요. 옐로피쉬입니다.

<네 입술이 움직일 때> 마치고 후기를 쓰네요. 항상 소설을 쓸 때마다 애착을 가지곤 하는데, 이 소설은 저의 다른 소설보다 그 마음이 더 컸던 작품이라고 말씀드릴 수 있습니다.

<네 입술이 움직일 때>는 2015년 첫 소설을 끝내고 시놉시스와 함께 준비를 했었습니다.

좀 더 일찍 보여드리고 싶은 마음이 컸지만, 가능한 한 많은 분들에게 제 소설이 보이길 바라는 마음에 열심히 준비하다 보니 예상과 달리 시간이 걸렸습니다. 하지만 기다린 만큼 많은 분들에게 보여드릴 수 있어서 좋았고, 또 이렇게 책으로 출간하게 되어 감사해요.

작품을 준비하면서 당당한 여자 주인공을 보여드리고 싶었습니다. 어떠한 상대를 만나도 제 할 말을 당차게 하는 멋진 여자가 모든 걸 다 가졌으나 마음에 상처를 지닌 남자를 만나 사랑으로 발전하는 모습을 보여드리고 싶었습니다.

연재를 하는 동안 '수혁'이와 '라엘'이의 매력을 알아봐주시고 함께 공감해주시는 독자님들이 계셔서 저 역시 마지막까지 기쁜 마음으로 즐겁게 써내려갈 수 있었습니다.

지금까지 제 어떤 소설보다 <네 입술이 움직일 때>를 통해서 많은 독자님이 응원해주시고 함께 해주셔서 글을 쓰는 동안 진심으로 행복했습니다. 지면을 통해서나마 제 글을 읽어주시고 응원해주신 분들께 감사한 마음을 전합니다.

오랫동안 준비하고 애착을 가진 이 글이 책으로 나올 수 있도록 도움을 주신 와이엠북스 출판사와 마지막까지 잘 도와주신 편집자님께 정말 감사드립니다.

항상 제 글을 재미있다 해주시고 기도를 아끼지 않으시는 사랑하는 부모님과 늘 객관적 의견을 주는 언니, 그리고 묵묵하게 응원하는 남동생까지. 우리 가족 감사하고 늘 사랑합니다.

읽을수록 마음이 따뜻해지고 여운이 남는 좋은 글을 쓰는 작가가 되도록 앞으로도 열심히 하겠습니다. 전 또 다른 사랑이야기와 다양한 이야기로 찾아뵐게요.

항상 행복하시고 사랑하시며 늘 좋은 일 가득하시길 기도합니다. 남은 2018년 잘 마무리 하시고 다가오는 2019년은 더 행복하세요.

The Lord is my ability.

알록달록 가을 절경이 아름다운 어느 날, 옐로피쉬 드림.